Norris von Schirach

BLASSE HELDEN

Roman

PENGUIN VERLAG

Sollte diese Publikation Links auf Webseiten Dritter enthalten, so übernehmen wir für deren Inhalte keine Haftung, da wir uns diese nicht zu eigen machen, sondern lediglich auf deren Stand zum Zeitpunkt der Erstveröffentlichung verweisen.

MIX
Papier aus verantwortungsvollen Quellen
FSC® C014496

Klimaneutral*
Druckprodukt
ClimatePartner.com/14044-1912-1001

Penguin Random House Verlagsgruppe FSC® N001967

1. Auflage 2022

Die Originalausgabe ist 2018 im Albrecht Knaus Verlag
in der Penguin Random House Verlagsgruppe erschienen.
Umschlaggestaltung: Sabine Kwauka
Umschlagabbildungen: © mauritius images / JSPhoto / Alamy / Alamy Stock Photos; shutterstock/
Satz: Buch-Werkstatt GmbH, Bad-Aibing
Druck und Bindung: GGP Media GmbH, Pößneck
Printed in Germany
ISBN 978-3-328-10938-9
www.penguin-verlag.de

Für meinen Sohn Maxim

Wo es nicht besser wird, da wird es schlechter,
und vom Schlechten zum Guten ist es wiederum
auch nicht weit.
Michail Lermontow

Gleitet, ihr Sterblichen, lastet nicht!
Pierre-Charles Roy

I

TANZBÄR

Wann immer der Generaldirektor Igor Pawlowitsch in das Bürogebäude kam, gab sich die Rohstoffabteilung hochmotiviert. Er allein entschied über monatliche Menge und Preis, die eines der größten Stahlwerke an sie lieferte. Anton bemerkte zu seinem Missfallen, wie auch er im Umgang mit dem Sibirier eine devote Haltung annahm.

Alles lief nach der bewährten Routine ab. Zu Beginn war das Konferenzzimmer noch voll von Antons Mitarbeitern, die sich bereithielten, Igor Pawlowitschs Fragen zu beantworten. Anton folgte wortlos dem Abgleich logistischer Details. Noch eine halbe Stunde, dann wäre seine Mitarbeit gefragt. Es war sein neunter Monat in Moskau.

Er hatte die Stadt wie durch eine Tapetentür betreten, und man stellte ihm eine kleine Wohnung aus den dreißiger Jahren in der für hiesige Verhältnisse engen Brjussow-Gasse zwischen Twerskaja und Tschaikowski-Konservatorium zur Verfügung. Das hohe graue Haus in bester Lage stammte vom Architekten des Lenin-Mausoleums, was als Erklärung für die düsteren Räume galt. Unter Stalin war das Gebäude verdienten Künstlern vorbehalten gewesen, woran der Straße zugewandte Reliefs in der Hauswand erinnerten. Die Wohnung im dritten Stock hatte zwei Zimmer, die in etwa gleich hoch wie breit waren. Aus den Fenstern blickte man auf Pappeln und auf ein Wohnhaus aus den zwanziger Jahren. Im Sommer wartete er manchmal auf dem klobigen Steinbalkon, bis die Klingel des Konservatoriums läutete, um dann erst in einen der Säle hinüberzugehen. Bis zum Büro in Kitai Gorod, einem der ältesten Viertel Moskaus, waren es zehn Minuten mit dem Wagen. Es unterschied sich völlig von seinem letzten Arbeitsplatz in Manhattan, wo er als Controller für eine Versicherungsgesellschaft gearbeitet hatte. Dort saß er im 28. Stockwerk über der Wall Street, hier im ersten Stock eines kleinen Bürohauses, das eben erst errichtet zwischen heruntergekommenen Mietshäusern stand.

Den November '89 hatte er mit Freunden auf der Berliner Mauer verbracht, und als diese schließlich fiel, wünschte er sich nur noch, so weit wie möglich in den Osten einzutauchen.

Zurück in New York, begann er Russisch-Unterricht zu nehmen, knüpfte Kontakte zu Emigranten und aß an den Wochenenden Borschtsch in Brighton Beach. Einer seiner Onkel, ein Anwalt aus Köln, machte ihn auf einen Mandanten aus Moskau aufmerksam, und während seines nächsten Besuchs in Deutschland traf er sich zum ersten Mal mit Paul Ehrenthal.

Der etwas linkische Kaufmann mit baltisch-deutschen Wurzeln und einem ausgeprägten Hang zur Selbstdarstellung lebte seit Anfang der siebziger Jahre als Handelsvertreter in Moskau. Die Sowjetunion duldete seit ihren Anfängen einige wenige privatwirtschaftliche Organisationen, um unverzichtbare Importe abzuwickeln. Als die Wirtschaftsreformen Ende der achtziger Jahre Wirkung zeigten, hatten solche kommerziellen Strukturen aufgrund von Kapitalausstattung, Organisationsgrad und Netzwerk einen Vorsprung gegenüber den neu auftretenden Konkurrenten. Mitunter verzettelten sie sich jedoch in einem übermütigen Aktionismus, der in allerlei unsinnige Investitionen mündete. Auch Ehrenthal versuchte auf die für seine Verhältnisse meist zu schnellen Züge aufzuspringen. Tatsächlich erzielte er zunächst im Rohstoffbereich einige Anfangserfolge, wurde in letzter Zeit aber von smarten jungen Russen aus den lukrativeren Geschäftsfeldern verdrängt. Sie hatten bei dem trägen und zaudernden Ehrenthal leichtes Spiel.

Der ehrbare hanseatische Kaufmann, wie er sich selbst gerne nannte, der mental immer ein erbsenzählender Handelsvertreter blieb, war längst vom neuen Russland überfordert und flüchtete sich in nostalgische Schwärmerei für die Sowjetunion der siebziger Jahre. Stetes Lamentieren und der Hang zum Belehren verrieten seine Bereitschaft, sich mit den Krümeln zufriedenzugeben, die die echten Oligarchen übrig ließen.

Ehrenthal war auf der Suche nach einem vertrauenswürdigen Mr Fix-it, der seine ebenso breitgefächerten wie unklugen Investitionen in Russland konsolidieren sollte. Die Sowjetunion zerfiel gerade rapide, und Anton nahm die Herausforderung an, zu groß war die Verlockung nach all den Charakteren und ihren Geschichten in der Neuen Welt. Er war jetzt zweiunddreißig Jahre alt und hoffte, in der Öde des Ostens, die so verblüffend sein Lebensgefühl spiegelte, eine Leichtigkeit zu finden, die er, wie er sich in aufrichtigeren Momenten eingestand, nie erlebt hatte.

Die Mitarbeiter verließen nach und nach den Raum, bis sich nur noch Igor Pawlowitsch und Anton gegenübersaßen. Ehrenthal hatte gerade noch vorbeigeschaut, um den Grußaugust zu geben. Er sagte dann immer denselben Satz.

»Mein lieber Igor Pawlowitsch, die Welt verläuft nicht linear.«

Der Sibirier nickte hierauf stets wortlos, und Ehrenthal ließ sie wieder alleine.

Vordergründig war bereits alles geklärt. Um von den nach Stahl lechzenden Chinesen weiterhin zu profitieren, würde das Kombinat die Liefermengen erhöhen. Nun glitten sie hinüber zum inoffiziellen Teil des Treffens. Den Übergang bildete etwas Small Talk. Igor Pawlowitsch widmete sich seit einiger Zeit der Großwildjagd und berichtete von den Mühen, die *Big Five* in Ostafrika zu erlegen, wobei sich Elefant und Nashorn die Waage hielten. Eine köstliche Schilderung über den verwegenen Transport der Trophäen im Privatjet nach Sibirien folgte.

Das Intermezzo belangloser Plauderei neigte sich dem Ende zu. Gleich würde der Generaldirektor des metallurgischen Kombinats kleinteilige Wünsche äußern. Die Verteilung der Bestechungssummen aus den diversen Vereinbarungen bildete den Höhepunkt der vierteljährlichen Treffen. Über die exakte Summe gab es keinen Zweifel, Anton hatte in den vergangenen Wochen alle diesbezüglichen Vorgänge stark vereinfacht und übersichtlicher strukturiert. Transparenz stand nun an vorderster Stelle, mühselige Interpretationsdifferenzen gehörten der Vergangenheit an.

Igor Pawlowitsch hielt sich bereits seit fast zwei Jahren an der Spitze des Kombinats. Dies lag nicht an seinen beruflichen Fähigkeiten. Vielmehr teilte der kluge Mann ohne Reue seine Kick-backs mit all denjenigen, die ihn im Gegenzug weiterhin am Leben ließen.

Das hemmungslose Plündern des ihm anvertrauten Unternehmens war höchst rational. Jeden Tag drohte Vertreibung. Sein Aktienpaket und sein Vertrag spielten dabei keine Rolle, nie gehörte einem etwas wirklich, weder damals in der Sowjetunion noch heute. Wer nicht von Beginn an alles zusammenraffte und unauffindbar verschwinden ließ, galt als Idiot. Igor Pawlowitsch war keiner. Wenn er sich noch sechs Monate hielt, würde sein Reinvermögen bei etwa fünfzig Millionen Dollar liegen.

Wie immer schob er sorgfältig einen kleinen Zettel mit Notizen in die Mitte zwischen sich und Anton. Dieser nickte betulich-konspirativ.

»Igor Pawlowitsch, wie sollen wir diesmal verfahren?«

Jetzt folgten detaillierte Instruktionen zu Überweisungen auf Konten von Offshorefirmen, deren Begünstigte sich nur sporadisch änderten. Der Gouverneur, zwei Minister, eine KGB-Tarnorganisation, zwei leitende Angestellte des Kombinats, ein lokaler Gewerkschaftsboss und ein paar Banker, die über Kredite entschieden. Dann kam er zu den Konten von Ehefrau und Geliebter in Zürich und Genf. Damit sie sich nicht begegneten, so sein jovialer Running Gag.

Als Nächstes folgte Igor Pawlowitschs ausgeklugelte Spezialität, die vierteljährliche Auftragsliste für zu bestellende Neuwagen. Welches Modell für wen als adäquate Aufmerksamkeit vorgesehen war, bildete einen zuverlässigen Indikator für die aktuellen Machtkonfigurationen in der Provinz und in Moskau. Danach kam noch Kleinkram, ein paar der günstigeren Rolex-Uhren und zwei Dutzend individuell gravierte Montblanc-Füller, Mitbringsel für das Fußvolk in den Ministerien, ohne deren Kooperation Anweisungen von oben nur schleppend umgesetzt wurden.

Bis zu diesem Punkt äußerte der Russe keine problematischen Wünsche. Anton begann sich bereits zu entspannen.

»Noch eine Bitte zum Schluss. Sie kennen doch meinen Sohn Pjotr?«

Der Deutsche nickte verständnisvoll. Familienangehörige standen für potenzielle Katastrophen.

»Ein aufgeweckter Junge. Er soll nach Atom«, sagte der Generaldirektor.

»Sie meinen Eton.«

»Wie auch immer. Er ist begabt. Also ab nächstem Monat.«

»Spricht er denn Englisch?«

»Ein wenig. Den Rest kann er ja dort lernen.«

Anton stimmte zu. »Hierfür gibt es Agenturen. Aber das ist mit Aufwand verbunden. Rechnen Sie fürs Erste mit zweihunderttausend Dollar.«

»Der Junge ist es wert.«

Anton erinnerte sich vage an das hyperaktive Bürschchen, er war ihm im Moskauer oder im sibirischen Domizil des Generaldirektors begegnet. Ein Teil der Summe würde als Rücklage für das Schmerzensgeld der Erzieher dienen müssen. Er könnte den Sibirier jetzt warnen; die Auslagerung der Brut in Nobelinternate führte unweigerlich zu irreparablen Zerwürfnissen in den Familien. Bereits beim ersten Wiedersehen mit den Eltern wurden diese vom Nachwuchs als neureich gekleidete Emporkömmlinge erkannt, deren Tischmanieren zu problematisch waren, um weiter mit ihnen zu verkehren. Das Kalkül von Igor Pawlowitsch, das Kerlchen so auf eine tragende Rolle im zukünftigen Russland vorzubereiten, war an Einfalt nicht zu überbieten. Die einmal in Oxbridge oder an der LSE sozialisierten Blagen kehrten nie mehr ins Land ihrer grobschlächtigen Vorfahren zurück. Natürlich behielt Anton all dies für sich; es ging hier schließlich nicht um Familienberatung, sondern um ein rustikales Stahlgeschäft. Außerdem nahm er dem Sibirier die Schilderung der Safari ein wenig übel. Anton hatte gedacht, Nashörner gäbe es längst nur noch im Zoo.

Er begleitete Igor Pawlowitsch zu dessen Fahrzeugkolonne vor dem Bürogebäude. Kein Minister konnte sich mit derart vielen Blaulichtern und Sirenen schmücken. Die beiden deuteten zum Abschied eine kurze Umarmung an. Während sich der Pulk entfernte, sog Anton die kalte Luft ein. Er fröstelte erleichtert;

für die Ewigkeit von drei Monaten würden nun wieder Tausende mit Stahl beladene Eisenbahnwagons in die Häfen rollen. Vorausgesetzt, Igor Pawlowitsch verteidigte weiterhin seine Position und Eton zierte sich nicht allzu sehr.

Anton kehrte zu seinem Schreibtisch zurück, um sich der Gestaltung des abendlichen Kontrastprogramms zum eben erlebten Zivilisationsbruch zu widmen.

Boshafterweise legte ihm Sergei, ein gewitzter Schlaukopf, der längst sein wichtigster Verbündeter in der Firma war, noch eine Zeitungsnotiz mit Meldungen zum Kombinat von Igor Pawlowitsch auf den Tisch. Eine Liste der altbekannten Widrigkeiten: monatelang ausstehende Gehälter, Tausende von Entlassungen, gewalttätige Streiks, horrende Steuerschulden und astronomische Forderungen von Energieunternehmen.

»Nicht zu vergessen gravierende Qualitätsmängel und keine Investitionen seit zwanzig Jahren«, murmelte Anton, des Themas längst überdrüssig, vor sich hin, während er die Nummer des Poeten Wiktor Jefimowitsch Landtsman wählte.

Wiktor war eine der kultiviertesten Personen, die Anton kannte. Mitte dreißig, schmächtig, abstehende Ohren, kleine Nase und stets flackernde Augen. Natürlich konnte er nicht vom Verkauf seiner Gedichte leben, weshalb er wie viele Künstler ein *Business* betrieb. Unter anderem importierte er einen Kräuterschnaps aus Finnland, den er landesweit als *elitären* Zusatz für Saunaaufgüsse verkaufte. *Elitär* diente als Steigerung von exklusiv und bedeutete sehr teuer, ein gängiges Verkaufsargument, das erfolgreich Qualität suggerierte. Wiktor lebte glücklich mit Frau und Tochter in einem heruntergekommenen Hochhaus, und Anton hatte den Eindruck, dass in dieser jüdischen Kleinfamilie ständig musiziert, vorgelesen und unfassbar schlecht gekocht wurde. Auf diese Weise gelang es ihnen, sich in den drei Zimmern gegen die brutale Tristesse der Satellitensiedlung zu stemmen. Wiktors Leben war so gut wie noch nie. Vor ein paar Jahren, als er noch ein Marinesoldat gewesen war, hatte er durch ausgiebigen Genuss von kontaminiertem Wasser auf einem Kriegsschiff eine Niere eingebüßt. Verglichen mit der Existenz beim Militär, fühlte er sich nun im Paradies.

Seine Gedichte handelten von Figuren aus Shakespeare-Stücken, die im heutigen Russland fiktiven oder realen Persönlichkeiten des 19. Jahrhunderts begegneten. Puck traf dort in einer McDonald's-Filiale an der Twerskaja auf Gogol. Wiktor ließ die Bändchen in winzigen Auflagen drucken und überredete Ladeninhaber, sie in Kommission zu nehmen. So behielt er seine Würde als *verlegter* Poet. Manchmal entdeckte Anton solch ein Exemplar in der Auslage eines Kiosks zwischen Pornofilmen und Pfefferspray.

»Hier ist Anton. Was läuft schlechter, die Gedichte oder deine kommerziellen Sünden?«

»Angenehme Überraschung, dich zu vernehmen. Poesie und Kommerz entwickeln sich gut, aber das spielt alles keine Rolle mehr.«

»Was ist passiert?«

»Kernsanierung!«

Anton erschrak, in Friedenszeiten war dies der meistgefürchtete Schicksalsschlag. Die verhasste Obrigkeit ordnete die Entvölkerung eines Wohnblocks an, um ihn räuberischen Baubrigaden zu überlassen, die dadurch uneingeschränkten Zugang zu den möblierten Wohnungen bekamen. Manchmal hinderte man die ehemaligen Bewohner mit offiziellen Verfügungen an der Rückkehr. Die Umsiedlung in noch unattraktiveren Wohnraum wurde dann mit akuten Baumängeln begründet. In letzter Zeit mehrten sich Gerüchte über die Zusammenarbeit von Bürokraten mit marodierenden Banden, die auf diese Weise ganze Wohnblocks übernahmen, um sie anschließend schnell zu verkaufen.

»Das musst du mir genau erzählen. Sollen wir heute essen gehen?«, fragte Anton.

»Gerne. Danach böte sich der Besuch einer Geburtstagsfeier in Eduards Wohnung an.«

»Was sind das denn für Leute?«

»Die übliche Versammlung mittelloser Geistesmenschen.«

»Klingt gut. Um acht hole ich dich Ecke Kropotkinskaja ab«, sagte Anton und legte auf.

Er freute sich auf einen Abend mit Wiktor. Auf diese Weise entkam er der Melancholie, die sich immer dann einstellte, wenn er ein paar Stunden lang postsowjetischen Generaldirektoren ausgesetzt gewesen war. Da ihn die Verkommenheit von Akteuren wie Igor Pawlowitsch an seine eigene erinnerte, hatte er sich ein ganzes Repertoire an Strategien zugelegt, um anschließend auf andere Gedanken zu kommen. Die Gesellschaft von Wiktor war als Gegengift zuverlässig wirkungsvoll. Bei profaneren Mitteln, wie etwa einer Flasche *Grange*, während ihn Tatjana Samoilowa als Anna Karenina auf dem Fernsehschirm rührte, oder einem Rendez-vous mit zwei oder drei begabten Kokotten gab es keine Gewissheit, ob er sich danach nicht noch fahler fühlte.

Das Interieur des Restaurants im Zentrum orientierte sich an einem populären Sowjetfilm, der in einer zentralasiatischen Wüstenlandschaft spielte.

»Meine arme Familie wollte eigentlich auf der Datscha ausharren, bis die Wohnung wieder zugänglich ist«, sagte Wiktor.

»Wie lange dauert diese Heimsuchung noch?«

»Mindestens acht Wochen. Oder drei Monate. Das ist bei unseren barbarischen Baubrigaden doch nicht abzuschätzen.«

»Haben die euch schon ausgeplündert?«

»Ein Vorarbeiter hat mich gleich gewarnt. Daraufhin habe ich ihm einen Batzen Geld gegeben, damit sie nicht sofort unsere Schränke aufbrechen oder die Küche klauen.« Wiktor schnitt eine gequälte Grimasse, die kopfschüttelnd in resignierendes Lachen überging. »Kurz darauf stellte sich heraus, dass er gar nicht für unsere Wohnung zuständig war. Dann musste ich noch einmal an den Richtigen zahlen.«

»Das Problem kenne ich. Wir schmieren auch dauernd die falschen Leute in den Behörden.«

»Der alte Mangel an Glasnost des Staatsapparats«, seufzte Wiktor.

»Ist die Datscha denn winterfest?«

»Nicht wirklich. Wir sind zurück in die Stadt geflüchtet. Jetzt wohnt meine Frau mit dem Töchterlein bei ihren Eltern in deren winziger Wohnung.«

»Und du?«

»Mal hier, mal dort. Alles besser als auf dem Land. Da geht es niederschmetternd zu.«

»Du meinst, dort beschäftigt sich keiner mit deinen Gedichten«, grinste Anton.

»Die Zustände dort scheinen nur aus der Distanz witzig. Die kollektiven Besäufnisse der Dorfbewohner sind animalisch. Irgendwann fallen immer alle übereinander her.«

»Aber das hat doch Tradition.«

»Du hast keine Ahnung. Die gehen dann von Haus zu Haus, vergewaltigen alles, was sich bewegt, und plündern einander ihre Habseligkeiten.«

»Das ist aber doch allgemein bekannt. Was hat das denn mit euch zu tun?«

»Sie kommen dann auch zu uns und verlangen Geld für

Wodka, werden extrem aggressiv. Gruppendynamischer Wahn eben, die erschlagen auch gerne mal jemanden. Der flächendeckende Alkoholismus führt auf dem Land zu einem bisher unerreichten Grad der Verrohung. Wir bekamen einfach Angst dort draußen. Die Verherrlichung des Landlebens ist ein tief im russischen Volk verwurzelter Irrglaube.«

»Nicht nur des russischen. Ein deutscher Freund von mir hat vor drei Jahren einen Bauernhof gekauft und ist bereits grenzdebil. Er braut jetzt seinen Kefir selbst. Vorher hat er bemerkenswerte Thesen über Schnittke verfasst«, sagte Anton.

»Das Landleben führt hier und anderswo zu nichts als tragischer Verblödung«, stimmte Wiktor zu.

»Eine menschenwürdige Existenz ist nur in den Großstädten möglich.«

»Wir haben uns die fixe Idee vom reinigenden Landleben von Tolstoi einreden lassen.«

»Dabei gibt es nirgendwo mehr Niedertracht und Gemeinheit als auf dem Land«, bemerkte Anton, der noch nie außerhalb von Großstädten gelebt hatte.

»Eben. Koste doch mal dieses vorzüglich marinierte Schaschlik vom Stör mit Granatapfelsoße.«

Sie bestellten mehr Pouilly-Fumé und rekelten sich auf orientalisch anmutenden Kissen. Vielleicht war dieses Erlebnisrestaurant durch das Regieteam eines der kriselnden Theater inszeniert worden. Das wache Mittagslicht Zentralasiens schien gedämpft durch hölzerne Fenstergitter auf gemauerte weiße Bänke. Ein Springbrunnen plätscherte in einem maurischen Innenhof vor sich hin. Der sowjetische Western *Weiße Sonne der Wüste* vermengte sich mit der *Entführung aus dem Serail*. Beflissene Kellnerinnen in Phantasietracht trugen Köstlichkeiten auf. Die Restaurantkultur Moskaus hatte bereits das Niveau westlicher Hauptstädte überflügelt.

Anschließend fuhren sie auf dem Weg zur Party langsam durch die Stadt. Sie unterhielten sich dabei unbeschwert, der Wein hatte die Widrigkeiten des Tages sanft verbleichen lassen, und Anton bog ständig falsch ab. Aus der Behaglichkeit des Fahrzeugs heraus verfolgten sie das Treiben entlang der Prachtstraßen. Auf den schwach beleuchteten Trottoirs ließen sich Details nur bei geringer Geschwindigkeit erkennen. Es begann leicht zu schneien. Hunderte von Frauen standen schlotternd am Straßenrand, während Polizeifahrzeuge sich ihnen näherten und wieder verschwanden. Seit Tagen waren die Zeitungen voll von Berichten über den Streit innerhalb der Ordnungskräfte wegen den von ihnen eingetriebenen Schutzgeldern der Prostituierten.

»Ich habe gelesen, dass achtzig Prozent der vierzehnjährigen Mädchen als Berufswunsch Callgirl angeben«, sagte Wiktor.

»Wird Zeit, dass sich die restlichen Einkommen denen der Nutten anpassen. Sogar die am Straßenrand machen in zwei Nächten mehr als ein Professor im Monat.«

»Wie mag es mit all denen da draußen weitergehen, wenn sich die Dinge hier normalisieren?«

»Die meisten werden heiraten und versuchen, irgendwie durchzukommen. So war es in Deutschland nach dem Krieg doch auch.«

»Mit vernarbten Seelen.«

»Ja, mit vernarbten russischen Seelen«, stimmte Anton zu. Die dahinplätschernde Konversation der beiden wurde immer wieder durch sonderbare Szenen draußen unterbrochen. Unter den Säulen des Tschaikowski-Konzertsaals hockten zwei Mädchen pinkelnd nebeneinander und unterhielten sich dabei. Eine der beiden winkte ihnen lachend zu.

»Die russische Seele war der Marketingeinfall einiger Schriftsteller im 19. Jahrhundert. Damit bediente man die Schwäche ausländischer Leser für Exotik«, sagte Wiktor.

»Wie prosaisch. Dabei klammere ich mich so an sie.« Anton sah ihn versonnen an.

»Wie viele halbwegs gebildete Westler tendierst du dazu, alles Russische kritiklos zu verherrlichen.«

»Da hast du recht.«

»Eine merkwürdige Form von Dekadenz, ausgerechnet das heutige Russland zu preisen.«

Heimelig knirschte der Schnee unter den Reifen, während sie die Moskwa entlangfuhren. Die uralte Schokoladenfabrik *Roter Oktober* auf der Flussinsel sah nach Weihnachtsmärchen aus. Eigenartig, dass sie noch nicht in ein Business Center umgewandelt worden war.

Die Wohnung mit Blick auf die Moskwa lag im siebten Stockwerk eines Häuserblocks aus den fünfziger Jahren. Von dem sich langsam nähernden Wagen aus musterten die beiden die eindrucksvolle Fassade. Noch immer kündete die Anlage im Stil des sozialistischen Klassizismus ungelenk vom Stolz und Glanz der Sowjetunion. Schon nach wenigen Jahren war dieser Baustil von einer Flut niedriger, kastenförmiger Chrustschowkas verdrängt worden. Angetrunken nahm Anton die sowjetische Architektur Moskaus immer als politische Parabel wahr: von der phantastischen konstruktiv-experimentellen Phase nach der Revolution über Stalins bizarr kleinteilig verzierten Zuckerbäckerstil bis zur bitteren Bankrotterklärung des Plattenbaus während Breschnews Jahren der Stagnation. Ein steter architektonischer Abstieg in die Biederkeit, der seinen Tiefpunkt in den jüngst entstandenen Bürokomplexen nach westlichem Vorbild erreichte.

Im unbeleuchteten Innenhof ließen sie den Wagen stehen und

tasteten sich bis zur offenen Haustür vor. Routiniert hantierte Wiktor im Uringestank mit der defekten Lifttür, während Anton versuchte, die eingeritzten Worte auf dem hellbraunen Holzdekorplastik zu entziffern. Es ging um konventionelle Sexualpraktiken und die Diffamierung einzelner Hausbewohner. Ein Päderast im dritten Stock wurde mehrmals erwähnt.

Die Tür zur Wohnung war angelehnt. Anton kannte keinen der auf dem Flur herumstehenden Leute. Hier war nie renoviert worden, und die jahrzehntelange Patina eines russischen Intelligenzija-Haushalts begeisterte ihn. Derlei Wohnungen wiesen die immer gleichen Spuren von Mangelwirtschaft, profunder Bildung und Literaturexzessen auf. Kleine Bücherregale mit seitlich verschiebbaren Glasscheiben stapelten sich wabenartig bis unter die Decke. Jahresringen gleich, gaben die Buchrücken viel über die Vergangenheit der Bewohner preis. Die Kenntnis Zehntausender Seiten von Klassikern galt in diesen Kreisen als Grundvoraussetzung menschlicher Existenz. Interessant war eher, welche Werke nicht vorhanden waren. Der Zensurfilter hatte schmerzhafte Lücken in der Weltliteratur hinterlassen; Heinrich Mann, Remarque und Feuchtwanger waren hingegen immer vertreten. Die jüngst hinzugekommenen Nabokov-, Schalamow- oder Solschenizyn-Bände lagen nun neben Henry Miller und Jack Kerouac aus Platzmangel quer über den Reihen. Seit ein paar Jahren gab es nur noch die Zensur des Marktes.

Seitwärts bewegte sich Anton langsam weiter den schmalen Flur entlang. Nippes verriet mehr über die Bewohner. In einem Setzkasten lagen Streichholzbriefchen mit den Aufschriften von Restaurants aus europäischen Hauptstädten, San Francisco und Tokio. Mitbringsel aus den siebziger Jahren, einst prestigereiche Trophäen, die dem Besucher bereits im Flur das ultimative Statussymbol, wiederholte Reisen zum Klassenfeind, präsentierten.

Der Aschenbecher aus einem verwanzten New Yorker Hotel war bis Mitte der achtziger Jahre auch bei Geistesmenschen mitunter kostbarer als eine Werkausgabe Dostojewskis.

Seit dem Tod seiner Eltern lebte Eduard hier mit regelmäßig wechselnden, sich stark ähnelnden Freundinnen. Wie schon sein unter Fachleuten international bekannter Vater wurde er Chemiker, wenngleich völlig erfolglos, wie er gerne vorbeugend bemerkte. Er war Ende dreißig, recht farblos, und es blieb unklar, woher das Geld zum Leben kam. Anton vermutete, dass er auf einer abgelegenen Datscha Giftcocktails für Gangster oder synthetische Drogen für die Hauptstadtjugend herstellte. Im Konservatorium traf er ihn manchmal in der Gesellschaft nur schwer einzuordnender Menschen. Er wirkte ruhig, und man hätte ihn für einen Langweiler halten können, wäre da nicht seine wahnhafte Liebe zu Maria Callas gewesen. Seine Hymnen auf die Griechin waren gefürchtet. Diese Ausfälle begannen immer gleich, erst redete er sich kompetent in zittrige Rage, wurde nach einer Weile immer hysterischer und gestenreicher, bis er schließlich nur noch erschöpft etwas von Pariser oder Londoner Aufnahmen stammelte. Worte wie *Norma, Tebaldi* oder *Scotto* konnten solche Anfälle auslösen und wurden von seinem Umfeld tunlichst vermieden.

Sein gutmütiges Wesen und der Umstand, dass er mit unzähligen originellen Menschen befreundet war, die über keine eigenen Räumlichkeiten verfügten, ermöglichten regelmäßige Partys in seiner Stadtwohnung. Er bereitete hierfür nichts vor und kümmerte sich um nichts, saß nur in einer Ecke und beobachtete entspannt das Treiben. Viele der Anwesenden wussten nicht einmal, wer er war, und ignorierten ihn. Er reichte Anton und Wiktor lächelnd die Hand, ohne aufzustehen. Wiktor setzte sich zu ihm.

Der dicke Mann, mit dem Anton in der Küche zusammenstieß, musterte interessiert die zwei mitgebrachten Flaschen. Während er sich die verklebten Haare aus der Stirn wischte, rang er nach Worten. Langsam schwollen die Backen, und er prustete los. »Ein Ausländer! Unsere Leute bringen keine solchen Tropfen mit. Sag was, damit ich weiß, woher du kommst. Mein Name ist Pawel, und ich habe heute Geburtstag. Das alles sind …«

Eine zierliche Brünette unterbrach ihn: »Hör nicht auf ihn und gib das gleich mal her.« Sie deutete auf die beiden Flaschen. »Ich bin Lena, und wir feiern tatsächlich den Geburtstag dieses Scheusals. Ist doch egal, woher du kommst. Verstehst du Russisch?«

Sie trug eines dieser schlichten grauen, sowjetischen Wollkleider, die man nur noch selten sah und die Anton sehr schätzte.

»Ein wenig. Ich mag dein Kleid.«

»Oh Gott. Dann bist du wirklich ein Ausländer. Wenigstens ist das Ding warm. Auf dich wirkt es also exotisch. Stehst du etwa auf kleine arme Russinnen in Sowjetkleidchen?«

»Mehr als auf alles andere.«

»Haha – so einen wie dich habe ich hier nicht erwartet.« Sie tippte ihm auf die Brust.

Er hatte das Gefühl, sie zu kennen, konnte sie aber erst nicht einordnen. Dann wurde ihm klar, dass sie ihn an die junge Petra Kelly auf den Schwarz-Weiß-Fotos der Illustrierten seiner Schulzeit erinnerte. Pawel verschwand kopfschüttelnd und singend mit einer der Flaschen.

»Was treibst du überhaupt in Moskau?«, fragte sie.

»Ich arbeite in Kitai Gorod für eine kleine Firma. Die beraten Unternehmen in Sibirien.«

»Netter Euphemismus. Endlich treffe ich mal einen von euch Verwesern!« Sie zwinkerte ihm zu. »Wenigstens siehst du nicht aus wie eines unserer korrupten Ferkel. Wahrscheinlich bist du hochkultiviert und sprichst vier Sprachen. Was ist der wahre Grund, warum du hier bist?«

»Die Frauen.«

»Die Frauen und das Geld also. Was ist wichtiger für dich?«

»Das Geld«, log Anton.

Sie schlängelten sich durch den Gang in das Wohnzimmer. Für einen Augenblick umspielte der grobe Stoff ihre Hüften. In der verrauchten Hitze des Zimmers waren um die zwanzig Gäste. Lena setzte sich auf ein Fenstersims und ließ die Beine baumeln. Sie glich jetzt einem lustigen Mädchen auf einer Schaukel. Ein paar Leute sangen den Refrain eines Schlagers mit, dann übertönten die Gespräche wieder die Musik. Neben ihnen erstarrte ein Pärchen in einer Umarmung.

»Was wirst du mit dem ganzen Geld machen, das du hier zusammenraffst?«

Damit er sie besser verstand, beugte sie sich etwas vor und hielt sich dabei an seiner Schulter fest. Verzückt sog er ihren Duft ein und betrachtete die Silhouette der kleinen Brüste.

»Ich will einen Film drehen, sobald ich genug verdient habe. Aber das wird noch dauern. Zurzeit schreibe ich am Drehbuch. Und was machst du?« Er glaubte, ohne derlei Storys sich nicht in solcher Gesellschaft behaupten zu können.

»Wenn ich nicht male, mache ich Musik mit Freunden. Wir leben und arbeiten in einer Gruppe. Genau genommen bin ich ein Hippie. Wusstest du, dass es in Russland Hippies gibt?«

»Ja. Am Alten Arbat. Berufshippies wie auf Ibiza. Ihr liegt mal wieder zwanzig Jahre zurück.«

»Darum geht es ja. Wir müssen das im Schnellgang nachholen, sonst läuft es wieder so wie mit der Renaissance.«

Sie sah ihn ernst an. Dann lachten beide. Er strich ihr eine Haarsträhne aus der Stirn und spürte weiter ihrem Geruch nach.

»Warst du auf der Akademie?«, fragte er.

»Nein. Studiert habe ich Biologie.«

Gab es überhaupt noch junge Menschen, die einem normal bezahlten Beruf nachgingen, für den sie sich mit einem Studium qualifiziert hatten? Doch kaum jemand schien mit dieser Situation zu hadern.

»Lebst du in einer Kommune?«

»Ja. Soviel ich weiß, ist es die Einzige in Moskau.«

Sie turtelten im Lärm des feuchtwarmen Zimmers. Lena wollte mehr über sein Filmprojekt hören, woraufhin er so überzeugend phantasierte, dass er nach einer halben Stunde selbst daran glaubte. Nach einem flüchtigen Kuss betrachteten sie einander amüsiert.

Jemand kreischte auf dem Flur und stürmte ins Zimmer. Alle blickten auf. In der Tür stand aufrecht ein Bär und sah sich halb souverän, halb verwundert um. Einige wichen zurück, andere begrüßten das Tier euphorisch. Nun erschien auch der Bärenführer im Türrahmen, ein schmächtiger, linkischer Stallknecht.

Lena verdrehte die Augen. »Armer Meister Petz. Keine Party mehr ohne irgendeine idiotische Showeinlage. Entweder das verblödete Lenin-Stalin-Duo oder so ein Tanzbär.«

Der Bär lief auf allen vieren und schnüffelte unbeeindruckt von dem Gekreische herum. Der Bärenführer hielt bereits ein Glas Wodka in der Hand und rief Kommandos, die das Tier ignorierte. Die Ersten trauten sich, es zu streicheln, während andere es bemitleideten. Alles beruhigte sich wieder, und der Bär setzte sich umständlich auf das Sofa neben einen schlafenden Mann.

Lena nahm Antons Hand, und sie drängten sich an den Regalen im Flur vorbei in die Küche. Von dem offenen Fenster aus blickten sie auf die Moskwa hinunter.

»Diese schaurige Brühe«, sagte Lena.

Erst wollte er ihr zustimmen und sich ein wenig über die Ausgesetztheit des Individuums in der Welt empören. Aber dann sagte er die erprobten Schopenhauer-Sätze doch nicht, vielleicht berührte ihn die Ödnis da unten ja auch. Das Auftauchen des Bären war ein unerbittlicher Katalysator gewesen, jetzt sah alles nach geschundener Natur aus. Der halb gefrorene Fluss kroch durch die in rötlichen Granit gefasste Uferbefestigung, und täglich schütteten Lastwagen schwarzbraune Ladungen an Schnee und Eis von einer Rampe hinunter; die Strömung war zu schwach, um das Gebirge abzutragen. Weiter flussaufwärts ragte die gestrandete sowjetische Raumfähre Buran aus dem Gorki Park, sie war jetzt Teil eines jämmerlichen Vergnügungsparks.

Lenas Atemwolke legte sich stoßweise über die Szene. Es war tröstlich, wie die Elfe neben ihm ähnlichen Gedanken nachhing; es zeichnete sich eine zarte Seelenverwandtschaft ab. Einige wonnige wortlose Minuten folgten. Wenn er in den Armen einer Russin war, konnte die Welt da draußen gar nicht feindlich genug sein. Innig bewahrten sie ihn dann vor Abgründen und Dämonen. Männliches Schutzbedürfnis. Er glaubte, die Frauen täten dies unbewusst, es war ihre ureigene Art von Gesten und Zärtlichkeiten, die ihn rettete.

Als sie sich umdrehten, saß der Bärenführer mit reduzierter Mimik am Küchentisch, trank Wodka und versuchte mit Selbstgesprächen Aufmerksamkeit zu erregen. Da es den beiden nicht gelang, neben diesem Fremdkörper an den feinen Nuancen der Zutraulichkeit weiter zu flechten, setzten sie sich zu ihm. Der Fremdkörper nickte ihnen zu.

»Wie bist du und der Bär überhaupt hierhergekommen?«, fragte ihn Lena.

»Wir wohnen an der Moschaika in einer Datscha. Wenn uns

jemand bucht, erfahren wir das von der Agentur *Bär und Mehr*. Dann fahren wir in meinem Schiguli in die Stadt.«

»Mit Mischka auf dem Beifahrersitz?«

»Ja, da sitzt er am liebsten«, gähnte er.

Der Typ, halb Buchhalter, halb Sittlichkeitsverbrecher, starrte auf die Flasche, trank mechanisch weiter und ignorierte nach Säuferart die beiden routiniert. Lena schüttelte den Kopf, und sie standen auf. Im Flur küssten sie sich lange.

»Lass uns verschwinden, unten steht mein Auto.«

Sie nickte und ging ihre Tasche holen. Dann küsste sie ihn wieder. »Glaub bloß nicht, nur weil ich ein Hippie bin, geht das mit uns so schnell.«

Im Wohnzimmer ließen sich ein paar Mädchen mit dem stinkenden Bären fotografieren. Wiktor saß neben Eduard. Sie tranken den mitgebrachten Pouilly-Fumé und tauschten in der Minute bis zu fünf Worte aus. Im Gedränge auf dem Flur stützte sich Lena auf Antons Schulter, während sie ihre Stiefel anzog.

Die kalte Luft draußen war wunderbar. Sie schlenderten umschlungen zu dem Mercedes, dessen Umrisse erst sichtbar wurden, als sie fast dagegenstießen. Während Anton neben ihr stand, glitt Lenas zierlicher Körper in das erhellte Innere der Festung. Er wunderte sich, wie sehr ihn diese Szene erregte.

Der Motor lief, es wurde langsam wärmer. Im Radio sagte Schirinowski, der Westen nütze die Schwäche Russlands schamlos aus.

»Da hat er recht. Mit der Filmgeschichte hast du mich schwach gemacht«, sagte Lena lachend. »Wahrscheinlich ist alles eine Lüge, aber eine schöne.«

»Wenn überhaupt, dann eine Notlüge.«

Auf einem anderen Sender sang die wunderbare Schanna Aguzarowa über den Schnee. In dem großen Sitz wirkte Lena noch kleiner. Mit einer einzigen fließenden Bewegung schwang sie sich zu ihm hinüber. Als er ihren Hals küsste, fröstelte sie. Er fischte einen Mantel von der Rückbank und legte ihn über ihre Schultern. Leicht gegen das Lenkrad gelehnt, saß sie jetzt auf ihm und musterte ihn triumphierend. Ein famoser Bogen spannte sich vom ersten Kontakt vor zwei Stunden bis zu diesem Moment.

Um seine maßlose Erregung zu verbergen, küsste er ihre Wangenknochen und begann dann verlegen an einem der Ohrläppchen zu knabbern. Sie erbarmte sich seiner schmerzhaften Erektion, öffnete den Reißverschluss und massierte ihn etwas mit ihrer kleinen kühlen Hand.

»Bleib so, bis ich zurückkomme«, flüsterte sie.

Sie glitt zurück auf den Beifahrersitz, zog die Stiefel aus, schlüpfte eine Bewegung später aus der schwarzen Strumpfhose, kletterte wieder hinüber und nahm auf ihm Platz. Sie musterte ihn wohlwollend, seinen Küssen wich sie dabei kess aus. Dann richtete sie sich auf, schob den Slip zur Seite und ließ den Flehenden millimeterweise vor. Dabei sah sie ihn konzentriert an. Als er ganz in ihr verschwunden war, verharrte sie einen Augenblick nachdenklich und lobte dann seine Behutsamkeit. Sie sagte, sie sei immer wieder überrascht und ein wenig stolz, welch große Schwänze in ihr Platz fänden. Er war auf die Hitze eifersüchtig, die sein Glied umgab. Zwei seiner Finger erkundeten Wirbel für Wirbel ihres gekrümmten Rückens. Dann umschloss jede Hand eine Pobacke und folgte den leichten Trabbewegungen ihres Beckens. Sie verlangsamte den Rhythmus ein paar Mal, damit er nicht kam. Irgendwann verlor er die Kontrolle über seine Beine und stemmte sich gegen das Gaspedal. Die Orgasmen gingen im aufheulenden Motor und Gelächter unter.

Als er wieder zu sich kam, steckte sie feixend ihre Zunge in sein Ohr und flüsterte: »Ist dir schon einmal aufgefallen, dass nur während dem Orgasmus alle Menschen gleich sind? Eigentlich bin ich gegen Sex im Auto, aber diese Kiste gleicht einem Wohnzimmer. Jetzt weiß ich endlich, warum solche Früchtchen wie du mit getönten Scheiben rumfahren.« Er nickte zustimmend und lauschte vergnügt ihren Schilderungen über Sex an merkwürdigen Orten angesichts der sowjetischen Wohnungsnot.

»Meine ersten Erfahrungen machte ich auf einem Matratzenlager während dem obligatorischen Einsatz zur Kartoffelernte. Und du?«, fragte Lena.

»Auf einem Matratzenlager während einem Skikurs.«

»Cool, Skifahren war bei uns nicht drin. Ich habe Hunger. Lass uns Sushi essen gehen«, sagte sie schließlich. Er war sofort einverstanden; einige der Restaurants, die rund um die Uhr geöffnet hatten, waren erstaunlich gut.

Da Lena ihrer Freundin Bescheid geben wollte, gingen sie noch einmal hinauf. Selbst den Gestank im Treppenhaus bemerkten sie jetzt nicht mehr. Es war halb vier, doch es schien kaum jemand gegangen zu sein. Im Flur saßen zwei oder drei Männer an die Wand gelehnt und schliefen, aus dem Wohnzimmer drangen Stimmen. Lena suchte ihre Freundin, und Anton blickte langsam in die Runde. Seine Augen mussten sich erst an das helle Licht gewöhnen. Nur noch ein Pärchen stand in der Mitte des Raumes, alle anderen saßen oder lagen zwischen Dutzenden von Flaschen. Alles wirkte friedlich, jemand zupfte auf einer Gitarre und sang leise. Anton nickte ihm zu. Ein melancholischer Gitarrenspieler war immer ein Glücksfall für fortgeschrittene Besäufnisse. In Russland tauchten sie an traumversunkenen Orten auf wie etwa dem Grab von Pasternak in Peredelkino. Er würde dort mal mit Lena hinfahren. Eine wohlige Leichtigkeit durchdrang ihn, während er auf sie wartete. Er ließ die berückend idyllische Szene, die er gerne festgehalten hätte, auf sich wirken. Hinter dem Sofa entdeckte er den schlafenden Bärenführer. Nur der Bär fehlte.

Anton ging rasch in die Küche und ins Schlafzimmer. Kein Bär. Er klopfte an die verriegelte Badezimmertür, zwei Stimmen protestierten gleichzeitig. Als er sich nach dem Bären erkundigte, wurde drinnen schallend gelacht. »Glaubst du, der sitzt mit uns in der Wanne?«

Zurück im Wohnzimmer, stellte er sich in die Mitte des Raumes. »Wo ist der Bär? Wo ist Mischka?«

Es dauerte lange, bevor jemand reagierte. »Wo wird er schon sein? Zu Hause bei dem Säufer.«

Der Bärenführer richtete sich lallend auf, strauchelte, fiel vornüber auf den Couchtisch und warf beim Hinuntergleiten ein paar Flaschen um. Obwohl Anton ihn schüttelte, nickte er wieder ein.

Da tauchte Pawel mit hochrotem Kopf lachend neben ihm auf, bückte sich schwankend und schleifte den Bärenführer wortlos an den Beinen durch die Wohnung bis vor die Badezimmertür, die nach längerem Klopfen geöffnet wurde. Ein Pärchen stand vor der Wanne, er mit einem Handtuch um die Hüften, während sie hüpfend hinter ihm in einen Slip schlüpfte. Auf dem Wannenrand brannten zwei Kerzen. Pawel rang nach Luft, noch immer hielt er schubkarrengleich in jeder Hand einen Fuß des Bärenführers, der vor sich hin sabberte.

»Du versoffenes Schwein! Wo ist dein Bär?«

Anstatt die Antwort abzuwarten, gab er einem danebenstehenden Mann kurze Anweisungen. Dieser packte schnell den Bärenführer unter den Armen, wuchtete ihn hoch, und die beiden warfen den schlaffen Körper in die volle Wanne. Ruckhaft kehrte Leben in ihn zurück. Ein immer wütenderer Pawel ohrfeigte ihn jetzt rhythmisch; sobald dieser aber munter wurde und mit den Handflächen auf das Wasser schlug, wurde er wieder hinuntergedrückt. Dem Geburtstagskind schien das Quälen des Säufers große Lust zu bereiten. Erst der überraschend aufgetauchte Wiktor konnte ihn beruhigen.

Inzwischen drängten sich immer mehr Gäste auf den Pfützen des Badezimmers und redeten laut durcheinander. Der Bärenführer versuchte verzweifelt aus der Wanne zu klettern, doch ohne hinzusehen, stieß ihn Pawel mit seiner fleischigen Pranke zurück. Dabei erörterte er gelassen mit Wiktor und Anton die Situation.

»Wir gehen jetzt alle los und suchen ihn. Denn sobald es hell wird, trifft Mischka auf die erste Babuschka, die ihren Köter ausführt. Und kurz darauf dreht halb Moskau durch.«

Während er weiterhin mit der linken Hand den Kopf des Bärenführers festhielt, sinnierte er noch einen Moment über die möglichen Entgleisungen der Situation nach. Schlagartig fühlten sich die anderen nüchtern.

Der Bär war auch nicht im Treppenhaus. Eine Gruppe von etwa zwanzig vorwiegend jüngeren Leuten tastete sich im stockfinsteren Hof der Wohnanlage vorwärts. Auch der schlotternde Bärenführer war unter ihnen und versuchte Autorität zurückzugewinnen, indem er im lächerlich schwachen Lichtkegel seiner Taschenlampe nach Spuren suchte.

Schnell fiel die Gruppe auseinander. Während einige Nachzügler Wodka trinkend ein sogenanntes Bärenlied anstimmten, stürmte Pawel mit einem Stoßtrupp voran und stand bereits am Eingang eines kleinen Parks. Anton und Lena schmiegten sich etwas abseits aneinander, ein Student erinnerte an Tolstois Schilderung einer Bärenjagd, und der Bärenführer bettelte erfolglos um Wodka.

»Erst findest du dein Tier. Was für ein Schwachsinn, einen Bären nach Moskau zu bringen«, schimpfte Lenas Freundin.

»Bären gibt es traditionell auch in zoologischen Gärten und im Zirkus. Städtische Bären sind keine Seltenheit«, sagte der Säufer.

Boris, ein stiller Institutsdozent, gab dem Bärenführer eine Kopfnuss. »Hat dein Bär jetzt vielleicht Hunger? Wann hast du ihn zum letzten Mal gefüttert?«

»Wann er das letzte Mal gefressen hat? Lassen Sie mich kurz überlegen …« Er bekam wieder eine Kopfnuss, diesmal von Swetlana. Und noch eine von Rita.

Der Bärenführer versuchte, sich zu rehabilitieren. Überraschenderweise wartete er mit zoologischen Theorien auf. »Grundsätzlich geht von domestizierten Bären keine Gefahr für die Allgemeinheit aus. Allerdings müssen etwaige Kontaktpersonen mit elementaren verhaltenstypischen Profilen vertraut sein …«

Jetzt erhielt er mehrere Kopfnüsse und einen Tritt, der ihn aber eher anspornte. Er referierte nun über die Kunst waidmännischer Fährtensuche.

»Ich hätte dich gleich ersäufen sollen. Jetzt werde ich dich eben erschlagen«, brüllte Pawel.

Wiktor, Anton und Boris stemmten sich gegen das wild entschlossene Geburtstagskind. Der Bärenführer wurde noch ein paar Mal bedroht und trollte sich schließlich.

Vor dem offenen Tor des Parks trafen alle aufeinander und fingen an zu diskutieren. Es war kalt und dunkel, und nur das Mondlicht ließ am Ende der Allee ein Denkmal erahnen. Die Gruppe ging schweigend in den Park, so wie man eine Kirche betritt. Ein Mädchen bekreuzigte sich, während eine andere sie dabei kopfschüttelnd beobachtete. Am Denkmal angekommen, entwickelte sich eine Debatte, wer die Person auf dem Sockel sei, in welchem Park man sich überhaupt befinde und ob man nicht besser Mülltonnen absuchen sollte. Anton dachte an Sushi und mehr Sex mit Lena. Jemand versuchte, die Gefahr eines im Zentrum Moskaus herumlaufenden Bären herunterzuspielen.

»Gehen wir zurück, das verängstigte Tier wird schon mit den Ordnungskräften kooperieren.«

»Idiot. Erschießen werden sie Mischka.«

»Die Natur wird sich gegen die Zivilisation behaupten.«

»Lasst uns doch den Bärenführer noch einmal verprügeln.«

»Gute Idee. Zurück in die Wanne mit ihm. Pawel, was meinst du? Es ist doch dein Geburtstag.«

Pawel überlegte. »Der Bär war entsetzt über unser Benehmen. Ich meine, die vielen Leute, die schlechte Luft und die importierte Popmusik.«

Lena unterbrach ihn: »Ihr Jungs bleibt jetzt hier und haltet einfach mal die Klappe. Wir Mädels gehen alleine los und flüstern Mischkas Namen. Ich meine, *zärtlich*. Wir hauchen seinen Namen in die Mondnacht. Immerhin ist er ein männliches Wesen.«

»Klingt rührselig, entbehrt aber nicht eines gewissen Zaubers«, murmelte Wiktor in Antons Ohr.

Pawel maulte den abziehenden Frauen noch etwas von Gefühlsduselei nach, unzufrieden damit, dass er seine Führungsrolle eingebüßt hatte. Aber auch die übrigen Männer fügten sich. Etwas verschämt rückte die Hammelherde näher zusammen und blickte dumpf um sich, bevor sie wieder über das Denkmal zu diskutieren begannen.

Die Frauen schwärmten in alle Richtungen aus. Ein nächtlicher Park in Moskau während der neunziger Jahre hatte etwas Furchteinflößendes. Einige verschwanden zu zweit im nebligen Schwarz, andere staksten alleine los. Die meisten kannten sich aus Uni, Klinik oder Institut. Eine Verkäuferin und eine Sekretärin, die beide promoviert hatten, waren auch dabei.

Schön und mutig saß der Bär auf einer kleinen Anhöhe, wo er den Mond betrachtete. Vielleicht war er auch einfach nur müde und hungrig. Jedenfalls ließ er sich bereitwillig kraulen und Zärtlichkeiten zuflüstern. Dann wurde er an seiner Leine zurück zum Denkmal geführt.

Einer der schon wieder lärmenden Männer hatte eine Wodkaflasche mitgenommen, die sofort geleert wurde. Sie verstummten erst, als sich der Tross näherte. Der gut gelaunt wirkende Bär war umringt von wildvergnügten Frauen, die ihrer Verachtung für die einfältigen Männer freien Lauf ließen. Auf der Treppe des Hauseingangs lag der schlafende Bärenführer.

Der Bär saß jetzt in der Küche, fraß unter Aufsicht alle möglichen Köstlichkeiten und furzte dabei unmäßig. Im Wohnzimmer wurde wieder getanzt, und jemand versuchte ein Taxi zu organisieren, um mehr Wodka zu holen. Der Bärenführer wurde verhört, musste die Lebensumstände des Tieres im Detail schildern und erhielt sporadisch Ohrfeigen. Jemand forderte die Freilassung Mischkas, ohne zu sagen, wie dies geschehen sollte. Andere schlugen vor, man solle sofort eine Verifizierung der Aussagen des Bärenführers an seinem Wohnort vornehmen. Wiktor nickte zustimmend, nicht weit davon gäbe es auch ein Rasthaus, das sich zum Frühstücken anböte. Die meisten waren sofort einverstanden und begannen Details des Ausflugs zu diskutieren. Der übel zugerichtete Bärenführer protestierte nur noch leise.

Anton und Lena hatten andere Pläne. Sie fuhren durch das aufhellende Moskau und küssten sich an jeder roten Ampel. Bei Miso-Suppe und Sushi betrachteten sie schweigend die von der Nacht gezeichneten Gäste. Ein paar Nutten saßen an der Bar und starrten auf den Fisch in der Vitrine. Zwei dicke Verkehrspolizisten gaben die Bestechungseinnahmen der Nachtschicht für einen Berg von Yakitori-Spießen aus. In der Nische daneben lümmelten fünf minderjährige Kleinkriminelle in Trainingsanzügen. Mit am Tisch der Milchgesichter saßen drei schweigende Mädchen, während der als Japaner verkleidete kirgisische Koch hinter der Theke mit jemandem in Bischkek telefonierte. Wegen der weiten Entfernung schrie er in den Hörer.

Es war kurz nach sieben, ein magischer Sonntagmorgen in der herrlichsten aller Städte. Sie würden gleich in Antons Wohnung fahren, um den ganzen Tag im Bett und der riesigen Wanne zu verbringen.

II

VERFASSUNGSKRISE

Wirklich interessiert war Anton im September 1993 ausschließlich an Tatjana und an seinem Aufschlag.

Der Belag des Tennisplatzes auf der Datscha von Ehrenthal war ein feuchter, bemooster Teppich unter hohen Birken, ein Idyll an dem gemächlichen Fluss Istra, etwa fünfzig Kilometer westlich von Moskau.

In der Nähe lag das von den Deutschen 1941 schwer verwundete Kloster Neu-Jerusalem, ein verzauberter Ort, zu dem er im Sommer manchmal mit dem Motorrad fuhr. Flach atmend kauerte er dann geschützt vor der Nachmittagshitze im Schatten der Mauern. Bewegungsloses Dösen, nur unterbrochen von den Versuchen der gelangweilten Dorfjugend, das Schloss der Yamaha TT600 zu knacken, ein luftgekühlter Einzylinder mit großem Acerbis-Tank und Stollenreifen, wie geschaffen für Russland. Auf dem Rücken liegend, blickte er dann schläfrig auf die noch verbliebenen Majolikaverzierungen, die sich von der weißen Fassade abhoben. Der von den Barbaren seiner Heimat gesprengte Glockenturm war nie mehr aufgebaut worden. Das Ensemble verbarg seine Wunden nicht, ein Ort wie von Piranesi erschaffen. Die Luft stand still, und die Würde der geschundenen Gebäude betäubte ihn. Nur ein Gewitter oder die Tölpel, die dem Krad zusetzten, holten ihn dann aus der Ereignislosigkeit zurück. Er liebte das melancholische Kloster, dieser nah gelegene Sehnsuchtsort war ein Gegengewicht zur Drohkulisse des Dritten Roms.

Warum Ehrenthal auf einem stets glitschigen Teppich Tennis spielte, blieb unklar. Vielleicht ein Übersetzungsfehler bei der Bestellung des Belags im Ausland. Bevor er einige Jahre später in der Nähe eine pompöse Tennishalle mit Spa errichten ließ, spielten sie auch im Winter hier. Um diese Monty-Python-Szene zu ermöglichen, musste jemand vorher tagelang Schnee und Eis entfernen, damit vier eingemummte Männer ihr Doppel spielen konnten. Das Ballverhalten ließ sich dabei nicht vorhersehen, die Linien blieben unsichtbar, das Regelwerk obskur. Sank die Temperatur unter zwanzig Grad, sprang selbst der Ball nicht mehr.

Jetzt aber war der Platz bespielbar und Anton motiviert, dem zweiten Aufschlag mehr Spin zu geben. Der Trainer, er hatte laut Ehrenthal einmal der Davis-Cup-Mannschaft der UdSSR angehört, korrigierte gleichmütig Antons Bewegungsablauf. Wadim verbrachte die Wochenenden hier und wurde von allen verehrt.

Auf der Bank neben dem Schiedsrichterstuhl saß Tanja, eine junge Ärztin, und beobachtete die beiden Männer. Obwohl sie nicht das erste Mal hier war, spürte Anton, wie sie das mehrere Hektar große Anwesen noch immer befremdete. Ihre Eltern arbeiteten in einer Fabrik für optische Instrumente, und in dem Wohnblock der Satellitensiedlung, in der sie aufgewachsen war, hatte sie kein eigenes Zimmer gehabt. Der Wintergarten hier war größer als die Wohnung ihrer Eltern. Das also war die Welt der Reichen. Sie hatten viel Platz, Ruhe und waren entspannt. Sie schwebten in ihren enormen Fahrzeugen aus dem Weichbild des Molochs hinaus in Paradiese wie dieses, wo sie von Köchinnen, Gärtnern oder angenehm riechenden Gästen erwartet wurden. Theater- und Fernsehleute, Schriftsteller, Journalisten, Politiker und Geschäftsleute kamen hierher, um die Abende an der langen Tafel oder am Kamin zu verbringen. Wie hatten sich diese gepflegten Menschen das alles erschaffen? Wie füllte sich der Weinkeller unter der Woche wieder auf, und wie gestaltete sich der Nachschub dieses unglaublichen Toilettenpapiers? Jeder wusste von der Existenz des Paralleluniversums der Nomenklatura, aber diese lässige Aura des Wohlstands übertraf alles.

Als Tanja vor ein paar Monaten ihren Arm am Straßenrand ausgestreckt hatte, stoppte zu ihrer Verblüffung eine westliche Limousine. Gewöhnlich hielten auf das Zeichen nur klapprige Sowjetkisten, und man verhandelte dann den Preis für die Fahrt. Das Nummernschild wies den Insassen als Angehörigen einer anderen Kaste aus. Sie stieg ein und fuhr neben Anton den Lenin-Prospekt entlang ins Zentrum. Tanja kam vom Nachtdienst, und er hoffte auf etwas Ablenkung im morgendlichen Verkehr. Sie korrigierte sein Russisch nachsichtig und lachte ein paar Mal über die tollpatschigen Späße des Ausländers. Als er sie für den nächsten Abend auf einen Drink einlud, um, wie er arglos betonte, sein Russisch weiter zu verbessern, willigte sie ein.

Die beiden ganz in Weiß gekleideten Männer auf dem Tennisplatz verströmten feierliche Ernsthaftigkeit. Anton verehrte den Meister offenbar. Dann löste ihn der knöchrige Ehrenthal ab, auch er absolvierte eine korrekte Trainingseinheit.

Anton setzte sich neben Tanja in die Herbstsonne. Die Bäume der parkähnlichen Landschaft brannten ein Feuerwerk an Farben ab. Auf der Fahrt hierher hatte sie über *bab'ye leto*, den russischen Altweibersommer, gesprochen, und als er sie verständnislos ansah, was sie mit der zusätzlichen Jahreszeit meinte, versuchte sie es auf Englisch. Ihre Unterarme bewegten sich dabei etwas ruckhaft, als ließe sich ein Überschuss an Energie nicht anders abbauen.

»Indian summer, my stupid lover. Indian summer they call it in America.«

Auch davon hatte er noch nie gehört, die jahrelange Verweigerungshaltung gegenüber der Natur zeigte Wirkung, und sie amüsierte sich noch ein paar Kilometer über die Blöße, die die originelle Wissenslücke hinterließ. Zeige- und Mittelfinger glitten dabei über seine Wange. Partielle Inkompetenz in alltäglichen Dingen war für sie kein schlechtes Zeichen.

Sie arbeitete als Chirurgin in einer staatlichen Klinik, die sich in einem bereits morbiden Hochhaus aus den achtziger Jahren befand. Manchmal besuchte er sie während der Nachtschicht, dann liebten sie sich vor dem Panoramablick über Moskau auf dem Bett eines gerade leerstehenden Zimmers.

Die meisten Ärzte dort waren jung und wurden seit Monaten unregelmäßig oder gar nicht bezahlt. Jeder versuchte, bei einer Privatklinik unterzukommen oder sonst irgendwie Geld zu verdienen. Schönheitschirurgie war das Zauberwort. Auch Tanja assistierte nebenher in einer Luxusklinik bei solchen Operationen. Als Naturallohn ließ sie sich dort die eigenen Brüste operieren, und Anton war klug genug, diesen Eingriff nicht zu kommentieren, betrachtete aber den Trend zur Brustvergrößerung als eine der unerfreulichsten Folgen der Perestroika. Er sehnte sich nach ihren wonnigen 75B zurück, für die er in den neueröffneten Boutiquen Dessous erstanden hatte. Deren Begutachtung und Auswahl hatten ihm so sehr behagt, dass sich bald eine zarte Obsession abzeichnete, was den smarten Verkäuferinnen nicht verborgen blieb. Sie begannen ihn vertraulich über seine frisch eingetroffenen Lieblingsmodelle aus Frankreich und Italien zu informieren.

Sich die Geliebte in den atemberaubenden Spitzen vorzustellen, entwickelte sich für ihn immer mehr zu einem Vorspiel voll deliziöser Nuancen. Er sehnte sich dann unbändig nach der barfüßigen Tanjuschka, wie sie in einem entlegenen Zimmer des Siechenhauses stand, nur in einen Hauch von La Perla oder Lise Charmel gehüllt. Anton war einfach gestrickt, die verletzliche Schönheit inmitten der Ödnis löste bereits Glücksmomente aus. Meist war sie entzückt darüber, was er aus dem Kosmos der Lingerie für sie auswählte, und kommentierte seine Leidenschaft wohlwollend. Zu ihrer Erleichterung lehnte er aufgesetzte oder laszive Posen ab. Dankbar für ihre Natürlichkeit, entblätterte er sie behutsam und stellte sich landesuntypisch in den Dienst ihrer Orgasmen.

Viele der jungen Ärzte in der Klinik kämpften täglich um ihre Existenz, was auch Organ- und Drogenhandel oder Prostitution einschloss. Einige kamen aus der Provinz, hatten nach Abschluss des Studiums keinen festen Wohnort, waren mittellos und schliefen alle paar Nächte woanders. Mit der Zeit lernte Anton immer mehr von ihnen im Neonlicht der Gänge kennen. Selbstmitleid war in Russland unüblich, und die trockenen Schilderungen der Überlebensstrategien raubten ihm den Atem. Tanja schien dann einen Moment lang gerührt: Der sentimentale Ausländer war ein Exot in ihrer Welt.

Vom Tennisplatz schlenderten sie die Anhöhe hinauf zum Haus aus den dreißiger Jahren, wo die Köchin sie bereits mit Watruschki und Tee in der immer etwas nach Dill und Schmand duftenden Küche erwartete. Die sanftmütige, rundliche Frau schien einem Kinderbuch entstiegen, wie sie ihnen an den Herd gelehnt beim Essen zusah und dabei Geschichten erzählte. Auf ihrer rosigen Haut lag meist eine dünne Mehlschicht, die im

Gegenlicht des niedrigen Fensters schimmerte. Anton kannte kein gütigeres Gesicht als das der Alten. Viele Gäste kamen nur ihretwegen vorbei, sie war der menschliche Gegenpol zu den Ehrenthals, diesem grauenhaften Paar, das sich stets bekämpfte und offenbar nur in der qualvollsten emotionalen Einöde existieren konnte. Trafen die beiden aufeinander, begann die Gebieterin ansatzlos ihren Mann niederzumachen, vorzugsweise vor Dritten. Manchmal geriet sie in eine Art Wahn, dann verfolgte sie den geschundenen Gatten einen ganzen Abend. Anton war sprachlich mit den grotesk obszönen Ausflügen dieses Drachens in den Sexual- und Fäkalbereich zunächst so überfordert, dass er bei Valentin Defkins Standardwerk über den russischen Tabuwortschatz Zuflucht suchte. Er konnte sich nie entscheiden, was schlimmer war, das Toben der Furie oder die Haltung devoter Selbsterniedrigung, die Ehrenthal dann stets einnahm. Natürlich näherte sich Anton der Datscha nur, wenn er sich darauf verlassen konnte, dass die Herrin des Hauses nicht anwesend war.

Jedenfalls besuchte er die Köchin manchmal unangekündigt auf der Suche nach ein paar Wärmeeinheiten. Sie fragte nie, warum er kam oder wann er wieder zurückfuhr. Eine nahe Verwandte von ihr war eine der berühmtesten Sängerinnen des Landes gewesen. Während des Krieges war sie öfter für sie eingesprungen, um vor Rotarmisten im Rahmen der Truppenbetreuung zu singen. Sie wurde dann nur mit ihrem Nachnamen angekündigt, und niemand bemerkte, dass es nicht der Star war, der sang. Dies war eine ihrer Lieblingsanekdoten. Wenn man sie lange genug bat, sang sie mit ihrem von Natur aus sonoren Mezzosopran Romanzen, und in der düsteren Kellerküche stellte sich eine Sehnsuchtsstimmung ein, die von erschütternder Intensität sein konnte.

Als Anton und Tanja aufbrachen, begleiteten mehrere große Hunde, allesamt schneeweiß, vital und humorvoll, die beiden zu den Garagen am Eingangstor. Wie immer standen dort einige Männer, die aus den verarmten umliegenden Ortschaften stammten und sich meist in der Nähe der herrschaftlichen Anwesen herumtrieben, wo sie jemanden vom Personal kannten oder hofften, sich als Tagelöhner zu verdingen. Die Fabriken und Kolchosen der Gegend hatten längst aufgehört zu existieren, und so traf man überall auf herumlungernde Gestalten, die sich gegenseitig mit Schilderungen über den Reichtum hinter den hohen Zäunen anheizten.

Wie andere überprivilegierte Familien Moskaus beschäftigten die Ehrenthals mehr als ein Dutzend Bedienstete. Es waren einige gute Handwerker und Köchinnen darunter, die trotz der knauserigen Bezahlung und miesen Behandlung loyal und warmherzig blieben. Ehrenthal ergötzte sich gerne an dem kläglichen Lebensstandard der Reichen im Westen, die sich ihren Hausangestellten gegenüber unterwürfig verhielten und denen nicht einmal Chauffeure in ausreichender Zahl zur Verfügung standen.

Ein junger Bursche öffnete Tanja die Autotüre, während Anton seine Tasche in den Kofferraum warf. Mit jedem Kilometer, den sie sich Moskau näherten, nahm die weltvergessene Stimmung des Datschalebens ab. Sosehr sie auch versuchten, die versunkene Schläfrigkeit mit Hilfe von Mozart und dem Austausch von Zärtlichkeiten in die Straßenzüge hinter dem Autobahnring hinüberzuretten, die einsetzenden Vibrationen der pulsierenden Millionenstadt ließen es nicht zu. Es war Sonntagabend, und sie hatten bisher erfolgreich die anschwellende politische Krise ausgeblendet. Instinktiv mieden sie Radio und Fernsehen, und auch auf der Datscha erwähnte niemand die Ereignisse im Zentrum der Macht, wo jetzt zwei Präsidenten Russlands miteinander konkurrierten. Der unausgesprochene Verdrängungspakt endete in dem Moment, als Tanja das Radio anstellte. Er überholte gerade den dritten Militärlaster mit auf Pritschen nebeneinandersitzenden Soldaten, kein ungewöhnlicher oder bedrohlicher Anblick. Wenn man hinter ihnen im Stau stand, baten sie manchmal um Zigaretten, und Anton warf dann eine Schachtel durch das geöffnete Schiebedach in das schwarze Loch unter der Plane.

»Lieber noch etwas Mozart«, sagte er.

Während Tanja die Lastwagen musterte, biss sie sich auf die Unterlippe. »Nur einmal kurz Nachrichten«, bat sie.

»Mach dir doch wegen denen keine Sorgen. Arme Schweine, die endlos von A nach B gekarrt werden.«

»Das sind keine einfachen Soldaten.«

Laut der Nachrichtensprecherin hatte sich die Lage am Wochenende weiter verschärft. Den aufständischen Parlamentariern im Weißen Haus waren Strom und Wasser abgestellt worden.

Tanja lachte kopfschüttelnd. »Bei euch würden sie jetzt aufgeben – unsere Ziegenböcke spornt das nur an.«

Anton registrierte unwillig den Themenwechsel. Er hatte bisher kaum über die Krise nachgedacht, noch nicht einmal, ob sie gut oder schlecht für die laufenden Geschäfte war. Irgendwo brodelte es immer, das leidige Grundrauschen im Riesenreich, das zu ignorieren ihm leichtfiel. Auf den Bildern aus dem belagerten Gebäude, die er bei sporadischen Seitenblicken auf Fernsehschirme gesehen hatte, war nur ein Knäuel aus übermüdeten Kommunisten und Nationalisten zu erkennen gewesen, die im Schein der orangebraunen Neonleuchten ostentativ Protestnoten im Sowjetslang verlasen. Der unerwartete Erfolg eines Einspringers im Bolschoi weckte bei ihm mehr Interesse als diese Politfolklore.

Er bemerkte, wie beunruhigt Tanja mittlerweile war. »Was soll schon groß passieren. Wenn die sich durchsetzen, lassen sie Parasiten wie deinen Liebhaber einfach abholen. Heldenhafte Ärztinnen sind doch keine Volksfeinde.«

»Sag so was nicht. Dich würde keiner abholen. Rausschmeißen würden sie dich, sonst nichts. Für unsereiner gibt's dann noch mal zwei Generationen Sklavenstaat. Ist nicht die Höchststrafe, aber auch nicht viel darunter.«

Er schwieg und schämte sich. Ab jetzt würde er die Entwicklung verfolgen.

»Sollen wir zu *Serena* fahren und Meeresfrüchte essen?«

Sie nickte abwesend.

Später saßen sie vor dem Fernseher. Da die Wohnung in der Brjussow-Gasse saniert werden musste, nachdem ein Badezimmer aus der nächsthöheren Etage die Decke durchgebrochen hatte, um in seinem zu landen, war Anton in eine möblierte Bleibe zwischen Lenin-Prospekt und Darwin-Museum gezogen. Die Übergangswohnung mietete er von einem ins Ausland emigrierten Ehepaar, das außer Sperrmüll kaum etwas zurückgelassen hatte. Aber das störte ihn ebenso wenig wie die zehn Kilometer bis ins Zentrum, auf einer Fahrt dorthin hatte er schließlich Tanja getroffen.

Für gewöhnlich sahen sie nicht fern, doch jetzt kommentierte sie die Berichte für ihn, Zärtlichkeiten auf dem Sofa wich sie so lange aus und blickte ihn streng an. Unwillig ließ er die müden Volksvertreter über sich ergehen. Erst nachdem er Interesse heuchelte, klärte sie ihn auf, was seit Beginn der Krise geschehen war.

Weil sie sich gegen liberale Reformen stemmten, hatte Jelzin vor fünf Tagen den Kongress der Volksdeputierten samt Oberstem Sowjet im Handstreich aufgelöst. Empört enthob der Volksdeputiertenkongress daraufhin Jelzin seines Amtes, woraufhin der Vizepräsident, der einem Walross nicht unähnliche Ruzkoi, zum neuen Präsidenten vereidigt wurde. Dieser ernannte sogleich eine Gegenregierung, was einen neuen Verteidigungsminister einschloss. Die Armee hielt aber weiterhin zu Jelzin. Währenddessen verbarrikadierte sich ein Teil der entbehrlich gewordenen Deputierten gemeinsam mit Ruzkoi im Weißen Haus an der Moskwa. Der architektonisch zweifelhafte Monolith war ursprünglich der Eismeerforschung gewidmet gewesen, also eine originelle Form sowjetischer Heldenverehrung.

Wenige glaubten an einen folgenreichen Umsturz. Der Tschetschene Chasbulatow und der Ukrainer Ruzkoi bildeten nicht das Team, dem man mehr zutraute als Jelzin. Ruzkoi, immerhin ein Held der Sowjetunion, der als Pilot mit seiner Saatkrähe in Afghanistan verdienstvoll Bomben abgeworfen und dabei wie ein Stehaufmännchen mehrere Abschüsse überlebt hatte, galt als nicht unsympathische, aber doch seltsam anachronistische Figur. Chasbulatow schien hingegen eine hinterlistige Natter zu sein, der nicht zu trauen war. Illoyal und durchtrieben versuchte er, dem aufrichtigen Russen Boris Nikolajewitsch einen kaukasischen Dolch in den Rücken zu stechen. Die Mission der beiden war vordergründig das Verhindern der liberalen Wirtschaftsreformen Gaidars. Der Ökonom war beim Volk unbeliebt, seine Schocktherapie hatte den Verfall des Rubels ausgelöst.

»Ich schätze, die meisten Leute sind neutral oder pro Jelzin«, sagte Tanja abschließend.

Anton verblüffte ihre exakte Darstellung. Stumm konzentrierte er sich jetzt auf die Reportage; wenn er etwas nicht verstand, übersetzte sie die Passage für ihn, bevor er darum bat. Die Abgeordneten auf dem Bildschirm grummelten nicht nur weiter hartnäckig vor sich hin, sie erhielten sogar Zulauf. Es schien, als erinnerte sich ein wiedererwachtes kollektives Revolutionsgen seiner Bestimmung. Schnell fand auch er die Sache spannend; eine Revolution versprach aufregende Szenen für die kommenden Tage. Außerdem wollte er Tanja nicht mit seiner Ignoranz verstimmen. Auf einem anderen Kanal befragte jemand Passanten auf der Straße nach ihrer Haltung. Diese zeigten sich empört und schimpften abwechselnd auf den Kreml und das Weiße Haus. Dann wieder eine Liveübertragung einer improvisierten Pressekonferenz der Eingeschlossenen. Jedes zweite Wort war Umsturz. Das änderte sich auch nicht, als Jelzin kurz gezeigt wurde. Allmählich fühlte sich Anton unwohl. Die Eigendynamik des Spektakels schien nach einem raffinierten Drehbuch abzulaufen, das er nicht verstand. Berichterstattung und Solidaritätsbekundungen wurden aggressiver, und die Gegner Jelzins hatten mittlerweile ein international beachtetes Forum gebildet.

Der über die Stadt kriechende Schatten wirkte sich positiv auf die Libido von Tanja und Anton aus. Ihr Sexualhaushalt ließ sich durch die äußere Bedrohung nicht einschüchtern. Kompensatorischer Beischlaf und die sich daran anschließenden langen Aufenthalte in der Badewanne erzeugten tiefe Zufriedenheit; wonnige Höhen, deren Intensität parallel zu den Ereignissen draußen verlief.

Sie saß ihm aufrecht gegenüber in der Wanne, selbst wenn sie nichts tat, vibrierte ihr beinahe hagerer Körper leicht. Anfangs war er noch von ihrer knisternden Präsenz irritiert gewesen, denn er meinte, ständig darauf reagieren zu müssen, doch dann hatte er sich an das Pulsieren ihrer Gesten gewöhnt. Es schien, als erhielten ihre Synapsen stets doppelt so viele Impulse wie die seinen. Als Teenager hatte sich Tanja angewöhnt, ihre Frequenz herunterzudimmen, war aber in ihrer intelligenten

Wachheit noch immer die meiste Zeit unterfordert. Solange es den Gesprächspartnern gelang, ihr zu folgen, fixierte sie diese auffordernd, und die erwartungsfrohe Mimik und der halb geöffnete Mund brachten dann selbst träge Exemplare dazu, den Gesprächsfaden möglichst lange nicht abreißen zu lassen. Anton hatte mit ihrer geistigen Überlegenheit kein Problem, der Abstand war zu offensichtlich. Das Verliebtsein half auch. Sobald sich der Verdacht regte, er sei vielleicht doch ein wenig dröge, erklärten dies beide mit seinen dürftigen Russischkenntnissen.

Nachsichtig betrachtete sie den sich vor ihr rekelnden Liebhaber, dessen Hand mit dem Glas über dem Wannenrand hing. Auf dem Boden stand eine Flasche Champagner in einem eisgefüllten Kübel. Damit sie mehr Platz hatten, ragte eines seiner Beine aus der Wanne. Badeschaum bedeckte ihn streckenweise vom Adamsapfel bis zur ermattet aus dem Wasser grüßenden Schwanzspitze.

Tanja wusste, welch grandioser Glücksfall es war, diesen veritablen Faun getroffen zu haben. Sie war keine Schönheit, noch nicht einmal hübsch, und ihr IQ diente bei den meisten Männern als zuverlässiges Verhütungsmittel. Dass sie kaum Alkohol trank, half auch nicht gerade. Sie lehnte sich ein wenig zur Seite und streifte dabei versehentlich mit ihren Zehen seine Hoden. Er billigte die flüchtige Berührung mit einem saturierten Ausatmen durch die Nüstern. Nachdem er sich beim Liebesakt verausgabt hatte, lag er nun unendlich zufrieden da, und sein Blick ruhte dankbar auf ihr.

»Du machst dich gut in der Wanne. Soll ich dir noch etwas Saft holen?«, fragte er. Wie die halbe Stadt schien sie sich von Säften zu ernähren. Die Sowjets wären noch an der Macht, hätten sie nur ausreichend exotische Säfte, Fruchtjoghurt und riesengroße Stofftiere produziert.

»Nein. Bleib bitte so liegen«, sagte sie.

Er war vernarrt in ihre Augen, die ihn seit der ersten Begegnung verzückt hatten, lange bevor er ihre anderen Vorzüge entdeckte. Als sie sich damals ungläubig zum geöffneten Autofenster hinuntergebeugt hatte, war ihm sofort klar, woher er sie kannte. Es waren die überwältigenden schwarzen Augen Lermontows, ungeheuer groß und alles durchdringend. Das Portrait des Schriftstellers hing als einziges Bild in seiner Wohnung; schon als Jugendlicher hatte Anton dessen Geschichte eines ganz und gar überflüssigen Menschen grenzenlos verherrlicht. Tanjas Augen erschienen ihm unendlich kostbar, vielleicht, weil das übrige Gesicht kaum Bemerkenswertes aufwies. Ihre Schönheit fand er in den energischen Gesten und der wachen Mimik. Sie war dem Leben kompromisslos zugewandt und strahlte die Ernsthaftigkeit eines noch immer jungen Menschen aus, der der Welt keinerlei Bevormundung gestattete. Sie erriet seine Gedanken, beugte sich vor und küsste ihn lange, als könne hierdurch eine Sorge von ihr weichen. Liebestoll hofften sie, gemeinsam den ein paar Kilometer weiter anschwellenden Konflikt zu entschärfen.

»Make love, not war. Das sollte für die da drüben auch gelten«, sagte er als Versuch, sie aufzuheitern.

Sie reagierte nicht auf die bemühte Phrase des Fauns. Er versuchte es noch einmal. »Betrübt, Tanetschka? Denkst du etwa an die kampierenden Volksvertreter?«

Sie lächelte. »Vielleicht hast du recht. Woodstock hat hier eben nie stattgefunden. Keine Aufklärung und keine Hippies.«

»Guter Punkt, mein Täubchen. Wie du so zwitschernd dasitzt, ist doch herzallerliebst. Darf ich dir helfen, dein Gefieder zu putzen? Meine reinliche Tanjuscha, drückt dich auch nichts?«

»Dein Gesäusel vernehm ich gern.«

Als sie sich vorbeugte, um ihn flüchtig zu küssen, bemerkte sie, wie sein steifer Schwanz schon wieder unaufgefordert lauerte. Sie umfasste ihn schmunzelnd und sagte: »Die Entscheidungsträger der Konfliktparteien vögeln mit Sicherheit zu wenig.«

Ohne den Blick zu senken, glitt ihre Hand über den Schwanz. Langsam richtete er sich auf, seine Finger tasteten unter Wasser nach ihr. Der Augenkontakt riss minutenlang nicht ab. Dann zauberte sie ein Kondom hervor, streifte es ihm mit der Präzision der Chirurgin über und setzte sich darauf.

In Antons Firma gab man sich lange unbeteiligt, kaum jemand unterbrach seine gewohnte Tätigkeit. Etwas blasser als sonst ging man zur Arbeit, irgendwo im Hintergrund lief ein Radio, und ab und zu kam ein Augenzeuge vorbei. Krisenerfahren war man ein wenig stolz auf diese Mischung aus kollektiver Lässigkeit und Leidensresistenz. Wasserstandsmeldungen zum Verlauf des Putschversuchs wurden leidlich interessiert zur Kenntnis genommen, verworfen oder als Tatsachen weitergegeben.

Nur einmal hörte er in der kleinen Kantine, wie jemand die Nerven verlor. Der Mann hielt einen verzweifelten Monolog, bei dem jeder Satz mit *Wie kann es sein, dass* begann. Gute Fragen allesamt. Man ließ ihn ausreden und schwieg, aber peinlich wurde die Situation nicht.

Freitag, es war der 1. Oktober, stieg die Fieberkurve jedoch auch im Büro steil an. Anhand der gestreuten Gerüchte ließ sich zuordnen, wer von wem instrumentalisiert wurde. Die Firma beschäftigte etliche Mitarbeiter, die noch vom KGB eingeschleust worden waren. Mittlerweile firmierte dieser zwar in einer milderen Variante als FSB, die Methoden blieben aber weiterhin derb. Es galt jetzt Angst zu schüren, um Zustimmung für die bevorstehenden staatlichen Repressalien zu erzeugen. Dazu dienten

Schilderungen, wie marodierende Banden *kommerzielle Strukturen* überfielen, wie private Unternehmen offiziell genannt wurden. Dies passte zur Forderung der stetig größer werdenden Horde am Weißen Haus, die ebenfalls zur sofortigen Säuberung des Landes von Ausländern aufgerufen hatte.

Die ranghöchste FSB-Kröte in der Firma setzte sich bedeutungsschwanger in Szene und berichtete sichtlich erschüttert von Lynchjustiz bei zwei westlichen Firmen im ein paar Kilometer entfernten Rayon Khamowniki. Selbst Anton, den geheimdienstliche Details langweilten, ahnte die Dreistigkeit solcher Meldungen. Er überprüfte die Schreckensnachricht gleich durch einen Anruf bei einem Bekannten im besagten Rayon.

»Pascha, wie sieht es bei euch aus?«

»Hast du nichts zu tun?«

»Hier erzählt man, bei euch ginge es heiß her.«

»Bei uns? Ich dachte, in Kitai Gorod würde alles brennen.«

»Nicht wirklich. Sehen wir uns im Club?«

»Vielleicht. Bitte keine Anfragen zu Ereignissen, die mehr als drei Stunden in der Zukunft liegen.«

Anton bat zwei Mitarbeiter, bei Bergwerken und Häfen anzurufen, um herauszufinden, ob etwas aus der Hauptstadt hinüberschwappte. Doch dort lief alles so träge wie immer.

Tanja hatte Dienst, er würde sie erst am Sonntag wiedersehen. Wenn das Telefon auf ihrer Station frei war, rief sie ihn manchmal an. Verwundert registrierte er seine stetig wachsenden Entzugserscheinungen.

Er verließ das Büro und schlenderte durch Kitai Gorod. Vor der Synagoge parkte ein Polizeiwagen, ansonsten wirkten die schiefen Gassen so verschlafen wie immer. An der Ecke stand der junge Pope vor seiner kleinen Kirche, die erst vor Kurzem aus ihrem Dornröschenschlaf als Lagerraum geholt worden war. Da die Firma sich an den Renovierungskosten beteiligt hatte, grüßte er Anton huldvoll. Zurück im Büro, bat man ihn, für die nächsten Tage den Mercedes gegen einen Moskwitsch einzutauschen, es handele sich um eine reine Sicherheitsroutine. Man verriet ihm nicht, wer auf diese Idee gekommen war, und es blieb unklar, ob man mit der Maßnahme den Firmenwagen oder ihn schützen wollte. Eigentlich hatte das Büro, wie alle anderen auch, eine Krischa, was Dach bedeutet und für einen Dienstleistungsvertrag mit der lokalen kriminellen Vereinigung stand; allerdings bot eine Krischa nur Schutz vor den anderen lokalen kriminellen Vereinigungen. Es gab aber auch noch bezahlte Sicherheitsberater, die sich aus ehemaligen Geheimdienstlern rekrutierten. Tausende von ihnen waren in den frühen Jelzin-Jahren entlassen worden und trugen seitdem jedem ihre Dienste an. Er vermutete, solch ein Wühler sei auf die Idee mit dem Fahrzeugwechsel gekommen. Der Hausjurist hatte auf Antons Schreibtisch die Schlüssel und eine notarielle Genehmigung gelegt, ab jetzt das Moskwitsch Modell 2141 fahren zu dürfen. Ein schauderhaftes Fahrzeug, in dem sich die ganze Tragik der Planwirtschaft spiegelte.

Später kam noch einmal die mittlerweile völlig trübsinnige FSB-Kröte bei ihm vorbei. Bemüht konspirativ riet sie ihm, übers Wochenende nicht die Wohnung zu verlassen. Die gute Fee litt sichtlich unter ihrem persönlichen Zwiespalt. Im Grunde ihres Herzens sehnte sie die Sowjetunion zurück, als sie Menschen noch wirklich schaden konnte, war aber jetzt dienstlich verpflichtet, das aktuelle System zu stützen. Wie jeder in der Firma wusste, hatte sie es in den wenigen Reformjahren zu beachtlichem Wohlstand gebracht. Ein paar Eigentumswohnungen im Zentrum, die umgebaute Datscha, sogar eine Bleibe im Westen wurde angeblich schon in Erwägung gezogen. Selbst ihr unwesentlicher Gatte war bereits als Frührentner mit einem importierten Fahrzeug unterwegs. Nur der persönliche Bedeutungsverlust nagte an ihr. Gefürchtet zu werden war ein erhebendes Gefühl, das die neue Zeit kaum noch kannte. Wenn es ihr heute gelang, zwei Existenzen im Jahr zu zerstören, dann war dies viel. In der guten alten Zeit, als ihre Berichte in der Lubjanka noch aufmerksam gelesen wurden, glückte ihr dies monatlich.

Wie immer blieb Anton sitzen, ohne ihr einen Platz anzubieten. Während sie sprach, betrachtete er sie interessiert, so wie man im Naturkundemuseum eine Vitrine mit kuriosen Käfern studiert. Sie hasste ihn, vermutlich hatte sie seine Adresse bereits anonym einer der Säuberungsbrigaden zugesteckt, die nach vollzogenem Umsturz sofort in Aktion treten würden. Die altgläubigen Sowjetknechte liebten solche Listen über alles. Er nickte ihr gedankenschwer zu. Bevor sie sich umdrehte, huschte ein unkontrolliertes freudiges Zucken über ihr erst neulich wieder geliftetes Gesicht. Sollte die Jelzin-Regierung stürzen, würde er keinen Moment länger in der Wohnung bleiben, da war er sich sicher.

Eine Stunde später wollte er der schaurigen Büroatmosphäre entkommen, doch der weiße Moskwitsch ließ sich nicht starten. Das Fahrzeug war mit einem Alarmsystem aus heimischer Produktion versehen, das nicht nur Diebe von der Benutzung abhielt. Vor dem *Immobilisator* wurde auf dramatischen Piktogrammen gewarnt. Ein Mechaniker zeigte ihm, in welchem Winkel die klobige Fernbedienung auf einer unter der Scheibe angebrachten Kontaktfolie bedient werden musste. Der Algorithmus hatte bereits bei der Einweisung nicht funktioniert.

Anton fuhr eine Runde auf dem Gartenring. Der automobile Abstieg auf Sowjetniveau schmerzte und war mit dem Verlust automatischer Vorfahrt verbunden, ein Umstand, mit dem er sich nur zögerlich abfand. Ansonsten fiel ihm auf dem siebzehn Kilometer langen Stadtring nichts auf. Er verließ ihn Richtung Osten, wo das Landgut Kuskowa liegt.

Das klassizistische Schloss mit den vier Sphinxe an der Auffahrt hatte den Grafen Scheremetjew ausschließlich für ihre Feste gedient, und nun wurde dort manchmal Kammermusik gespielt. Erst neulich war er hier gewesen, um mit fünf weiteren Zuhörern Beethovens *Geistertrio* zu erleben; die prekäre finanzielle Lage des Konzertbetriebs in Kuskowa reichte nicht für Quartette.

Er zahlte Eintritt für den Park und spazierte hinter dem Schloss zwischen den verspielten Bauten umher. Wie meistens waren kaum Besucher hier. Ein entzückender Ort, umgeben von Hunderten Hektar Wald, angenehm verschlafen in seiner Pracht. Vor der Orangerie setzte er sich auf eine Bank, um zu lesen, doch schon bald trieb ihn nagende Unruhe in die Stadt zurück.

Unterwegs hielt er an einem Kiosk, um eine Raubkopie von *Drei Farben: Blau* mitzunehmen. Dann fuhr er zu dem finnischen Supermarkt Stockmann, einem grotesken Überbleibsel aus Sowjetzeiten, der sein altbackenes Diplomatensortiment noch immer nur an diejenigen verkaufte, die über eine Kreditkarte verfügten. Es war die bequemste Möglichkeit, an einen Margaux und ein Entrecôte zu kommen. Vielleicht würde er später noch ausgehen, jetzt lockte Binoche bei einer selbst zubereiteten Mahlzeit.

Er schlief eine Weile tief, aber gegen Morgen kamen wieder die Dämonen. In der Küche trank er Kaffee und mühte sich dabei mit dem Weltempfänger ab, doch BBC und Deutsche Welle trugen nichts zur Klärung der Situation bei. Träge legte er sich hin, las in Wiktor Jerofejews *Moskauer Schönheit* und nickte wieder ein.

Diesmal weckte ihn ein Anruf von Tanja. Sie hatte den Dienst mit einem Kollegen getauscht, und sie verabredeten sich in anderthalb Stunden an der Metrostation Smolenskaja.

Der Moskwitsch demonstrierte zuverlässig, wie mühsam sich selbst banalste technische Vorgänge gestalten lassen. Nach zwanzig Minuten erniedrigender Versuche öffnete der Immobilisator die Türen noch immer nicht. Er wollte schon aufgeben und ein Taxi anhalten, da ertönte überraschend die plärrende Tonfolge, die die Entriegelung verkündete.

Auf dem Smolensky-Boulevard wunderte er sich über das geringe Verkehrsaufkommen. Allmählich dämmerte es ihm, dass der Konflikt nicht mehr auf das Weiße Haus beschränkt sein könnte. Einen Augenblick später sah er Menschen auf der zwölfspurigen Asphaltschneise stehen, und weiter hinten schien es zu brennen. Er bog ab, um den Wagen in einer Seitenstraße abzustellen, er wollte zu Fuß weiter. Die Vorstellung, Tanja würde inmitten der Tumulte auf ihn warten, versetzte ihn in Panik. Zur Rückseite des Außenministeriums drang dumpfes metallisches Geknatter herüber, überlagert von vereinzelten Schreien. Der absonderliche Koloss war eine der Sieben Schwestern Stalins, wie die architektonischen Abgründe zwischen Hochzeitstorte und Gotham City genannt wurden, und der Wildwuchs an Klimaanlagen, die sich in letzter Zeit furunkelartig am Hinterteil der Schwester ausbreiteten, missfiel Anton, als er in ihrem Schatten weiterrannte. Auf dem Alten Arbat, der einzigen Fußgängerzone der Stadt, eilten Gruppen in Richtung Gartenring, und etwas abseits standen Touristen wie Kühe auf der Weide. Eine Rauchwolke wehte heran, und es roch nach verbranntem Gummi, als er Tanja auf dem Platz vor dem pompösen Eingang der Metro erkannte. In ihrem grauen Mantel blickte sie ihn ernst an, versuchte dann zu lächeln. Schweigend umarmten sie sich, und der bittersüße Hauch eines Doktor-Schiwago-Sentiments legte sich über die Szene. Er hoffte, sie würde nach einem endlosen Augenaufschlag etwas Angemessenes sagen, etwa, *Ich wusste, dass du kommst,* doch sie blieb stumm. Ihre flache Hand berührte seine Brust. Immerhin bekam er den Augenaufschlag.

»Hervorragende Idee, sich hier zu treffen«, sagte sie.

»Zum Auto sind es fünf Minuten. Immer noch Lust auf Japanisch?«

»Klar. Dieses Theater hält uns bestimmt nicht davon ab.«

»Dann lass uns schnell verschwinden.«

»Warte. Hast du gesehen, was da drüben los ist?«

»Nein.«

»Nur ganz kurz. Was sind das für Leute?«

Der eingerahmte Blick zwischen zwei Gebäuden gab einen Ausschnitt auf den Boulevard frei. Die Szene erinnerte an ein Filmset mit Hunderten von Statisten, die noch probten. Jeden Augenblick erwartete Anton, jemand würde *Action* rufen und alles sich in Bewegung setzen.

Sie gingen hinüber, und mit zunehmender Tiefenschärfe löste sich die Illusion auf. Massen schoben sich den Bürgersteig entlang. Auf der ohne Autos irreal breit wirkenden Fahrbahn spielten sich Tumulte ab.

»Siehst du diese Penner? Die wurden mit Wodka abgefüllt, um das Spektakel zu veranstalten.«

Sie kamen an eine Barrikade, die auf der riesigen Asphaltfläche lächerlich wirkte. Einen Steinwurf weiter positionierten sich Uniformierte mit Aluminiumschildern und versuchten, die gesamte Breite der Straße abzuriegeln.

»Wir geraten zwischen die Linien. Die lassen uns da nicht durch«, warnte Anton.

»Mist. Schnell zurück.«

Doch als sie umdrehten, strömten ihnen all diejenigen entgegen, die die Absperrung noch nicht bemerkt hatten. Auf dem Bürgersteig wurde es zu eng, sie liefen jetzt am Rand der Fahrbahn. Augenblicke später eskalierte die Situation. Schüsse fielen, Steine flogen; mit langen, wie Lanzen hochgehaltenen Stahlstäben rannte eine Gruppe in Richtung der Uniformierten. Entlang des Gartenrings drängten sich die Menschen geduckt gegen Häuserwände. Anton und Tanja suchten in einem finsteren Durchgang Schutz. Ihre Augen gewöhnten sich langsam an die Dunkelheit, als eine Deckenlampe über ihnen anging und eine grotesk vitale Alte an Antons Mantel zerrte. Erschrocken drehte er sich um.

»Sieh an, was für ein feiner Herr uns besucht«, keifte das Hutzelweib.

Wie auf Befehl krochen weitere Lumpengestalten aus dem Inneren der Höhle hervor. Ein zahnloser Mann mit Urinflecken auf der Trainingshose stieß Tanja ohne Vorwarnung zur Seite. Reflexartig rammte ihm Anton den Ellbogen in die Nieren und zog Tanja an sich. Die Gestalt verharrte gekrümmt in der Bewegung, da setzte eine andere Vettel mit scharfem Gezeter nach: »Du bist doch eine von uns! Hast dich wohl an den feinen Herrn verkauft.«

Zustimmendes Gegrunze von allen Seiten.

»Sie ist Ärztin für Pack wie euch. Ich bringe jeden um, der sie anfasst«, rief Anton melodramatisch in die Runde, was Belustigung hervorrief.

»Und du? Wo kommst du her?«, fragte ein weiterer Jogginganzugträger mit einer bizarren Knolle geplatzter Äderchen im Gesicht. Anton konnte seinen verfaulten Atem riechen.

»Verpiss dich! Du stinkst aus dem Maul wie eine Kuh aus ihrem Arsch.« Er hatte solcherlei frei kombinierbare Halbsätze von den stets fluchenden Fahrern aufgeschnappt, und er registrierte, dass Tanja ihn irritiert ansah.

Die ranzige Vettel begann aus dem Halbschatten zu krächzen: »Ein Jud ist er. Kauft mit seinem dreckigen Geld unsre sauberen Mädel.«

Anton gefiel der Hinweis auf Reinlichkeit, das Missverständnis zur Religionszugehörigkeit klärte er nicht auf. Hutzel stand fratzenhaft erregt daneben, sie konnte ihr Gift nur noch mit ekstatischen Bewegungen verspritzen. Aufbrausender Beifall kam aus der Tiefe des Durchgangs. Hiervon ermuntert, stürmte die Alte keifend vor, um rhetorisch nachzusetzen, wurde aber von einer Ohrfeige Tanjas gestoppt, was Anton so verblüffte, dass er dem Schlag eines Zwergs nur halb ausweichen konnte. Zwei harte Schläge mit einem Knüppel trafen seinen Oberschenkel. Tanja schrie als Warnung kurz auf, denn jetzt zielte der Teigling auf die Knie. Anton bekam ihn nicht zu fassen und sprang nun, um den Schlägen auszuweichen, selbst wie Rumpelstilzchen herum. Hutzel und die geohrfeigte Vettel brüllten unverständliches Zeug. Schließlich entwand Anton dem Teigling den Knüppel.

»Schlagt nieder den Jud! Schlagt das geile Schwein endlich nieder!«

Anton hieb ein paar Mal mit dem Knüppel in Richtung der immer wieder hervorquellenden Leiber. Bis auf die keifende Alte wichen alle zurück. Messer blitzten in der Dunkelheit auf. Rückwärts, mit erhobenem Knüppel die Meute fixierend, wurde er von Tanja hinaus zur Straße bugsiert. Verschreckt vom grellen Sonnenlicht wich das letzte der geschundenen Reptilien zurück in den Schlund, dorthin, wo der Rest der Brut schon nach dem nächsten Opfer gierte. Die Deckenlampe ging aus. Für einen Moment nahm Anton noch Schatten wahr, die übereinander herfielen.

Die beiden wurden vom Strom der verwirrten Menge auf dem Bürgersteig mitgerissen. Gegenstände flogen durch die Luft, Schüsse fielen, Rauchschwaden und Gas vermischten sich. Alle paar Meter wurden sie angerempelt, die vorbeiziehenden Gesichter verrieten Angst, Entschlossenheit, Hass. Ein Kinderwagen stand verlassen neben dem Gehweg, eine Sergei-Eisenstein-Szene in Farbe. Gab es überhaupt Szenen, schoss es Anton durch den Kopf, die man noch in keinem Film gesehen hatte?

Tanja sah, dass er sein Bein nachzog. »Schönen Mantel trägst du«, rief sie ihm zu.

»Danke. Jermyn Street.«

»Verstehst du nicht? Zieh ihn aus.«

»Ungern«, stammelte er. Das Bein schmerzte.

»Mach schon! Für die steckt in solch einem Mantel immer ein parasitäres Kapitalistenschwein, das sich verlaufen hat.«

»Stimmt ja auch. Äh … ich meinte … du hast recht. Fühlte mich auch schon overdressed. Der Mantel, der Mantel … klingt nach Gogol.« Wirr vor Angst, blickte er sich nach ihr um. Tanja blieb stehen.

»Halt die Klappe, und zieh sofort das Ding aus.«

Ohne sie aus den Augen zu lassen, zog er den Mantel beim Weitergehen hastig aus. Fast wäre er dabei auf einen Körper getreten, der sich nicht mehr gegen die Tritte wehrte. Die graue Uniform war blutverschmiert. Um über ihn herzufallen, hatte man den Polizisten von seinen Kameraden isoliert und hierhergezerrt. Nun machten die Vorbeieilenden einen Bogen um ihn. Nur eine einzelne Frau heulte schrill auf und versuchte mit ausgebreiteten Armen, den Leblosen zu schützen. Anton verharrte in Schockstarre, da beugte sich Tanja über den Körper. Die Frau schöpfte Hoffnung und schrie die im Halbkreis um sie stehende Schlägertruppe an. Einer der Männer machte drei Schritte vorwärts, nahm mit der geballten Faust Maß. Die Frau starrte ihn an, ohne die seitlich ausgestreckten Arme zu senken. Der Schlag traf sie mitten ins Gesicht. Zurück im Halbkreis, brüllte er: »Das Luder hat es gebraucht.« Die Frau taumelte auf die Straße und kippte nach ein paar Schritten stumm zur Seite. Der Halbkreis jauchzte über die Szene, sie schlugen dem Täter anerkennend auf die Schulter. Jeder wollte sich jetzt als Nächster feiern lassen. Wie in Trance sah Anton ein Schwergewicht Anlauf nehmen, um die kniende Tanja zu treffen. Endlich ließ er den Mantel fallen, trat einen Schritt zur Seite und stand jetzt zwischen dem Wahnsinnigen und seiner Geliebten, die gerade die Uniform des verwundeten Polizisten aufknöpfte. Der Alkohol kam Anton zu Hilfe. Der Vorwärtsstürmende holte mit seinem Stiefel zu weit aus, glich einem Fußballspieler, der zu einem Vierzig-Meter-Pass ansetzte. Vernebelte Entschlossenheit lag auf seinem Gesicht, gleich würden sie auch ihn feiern. Dann barst sein Unterkiefer. Begünstigt durch die Vorwärtsbewegung, traf ihn der harte Schlag noch heftiger. Anton blickte verwundert auf den Knüppel in seiner Faust. Der Halbkreis heulte empört auf.

Tanja kniete noch immer neben dem Polizisten. »Er lebt. Wo sind Sanitäter?«

Erst jetzt drehte sie sich um. Der gekrümmte Wahnsinnige tastete ungläubig sein bluttriefendes Gesicht ab.

»Warst du das?«

Anton nickte schuldbewusst. Ihr Blick streifte über die Gesichter im Halbkreis. Das Schlägerbündel atmete noch einmal durch, bevor es endgültig über die drei herfallen würde. Einer konnte es nicht erwarten; hartnäckig versuchte er, aus der Deckung den leblosen Körper zu treten. Anton traf sein Knie. Sie wichen wieder etwas zurück.

Ihm war klar, wie es gleich enden würde. Einen oder zwei der

Typen würde er noch zurückschlagen können, dann wären sie an der Reihe. Er fixierte den drahtigen Kerl, der die Frau geschlagen hatte, nickte ihm auffordernd zu. Sein Bein schmerzte trotz des Adrenalinschauers. Er blickte hinunter zur göttlichen Tanja. Sie war die Einzige, die sich bewegte. Er spürte ihren Herzschlag, der zierliche Körper führte ihm gleißende Energie zu. Er würde jetzt zum ersten Mal in seinem Leben mit äußerster Brutalität kämpfen. Und zum letzten Mal. Einen todesmutigen Wahnsinnskampf, animalisch bis zum Ende. Ein heroischer Abgang. Theseus. Achilles. Siegfried. Anton. Titanen – das finale Massaker. Seine Lungen füllten sich schmerzhaft, ohnmächtig-sinnlose Kampfeslust breitete sich in ihm aus. Er würde sie zerfleischen, ihre Herzen verschlingen. Wie viele da standen, spielte keine Rolle mehr. Je mehr, desto besser. Er machte einen Schritt auf sie zu. Sie starrten ihn ungläubig an. Auf Bayrisch schrie er ihnen entgegen: »I werd eich Pog oanzln easchlogn und eure Herzn fressn.« Er wollte jetzt endlich kämpfen.

Aber das Mordgesindel wirkte plötzlich verwirrt, löste sich gar zögerlich auf, wurde ersetzt durch graue Uniformen. Fast hätte er den Flüchtenden nachgesetzt. Achilles jagte Hektor drei Mal um Troja, erst dann tötete er ihn. Tanja holte Anton aus der Unsterblichkeit zurück. Die Polizisten hatten alles von der gegenüberliegenden Straßenseite beobachtet, jetzt kamen sie dem Kameraden zu Hilfe. Sofort prasselten wieder Schläge und Tritte auf sie ein, Holzlatten flogen durch die Gegend, von rechts näherten sich Männer mit Stahlstäben. Bevor die neuen Verteidiger nochmals in die Defensive gerieten, ergriffen zwei den Körper auf dem Boden. Die anderen versuchten, sie vor den nachsetzenden Verfolgern zu schützen. Anton und Tanja wichen geduckt ein paar Meter mit dem uniformierten Pulk zurück, Spießrutenlauf unter dem Gejohle des Mobs. »Wir müssen die Frau mitnehmen«, brüllte

Tanja. Ein Polizist kam Anton zu Hilfe, als er sich daran machte sie hochzuheben. Tanja wich einem Backstein aus. Mit einem Schrei schleuderte Anton den Knüppel in Richtung des Mobs. Zu zweit schleiften sie die Frau weg, die beide Schuhe verlor. Ein Veteran stellte sich ihnen Parolen rufend in den Weg. Anton stieß ihn zur Seite, der Greis stürzte, Orden lösten sich vom Revers, nach denen er am Boden liegend tastete. Der Polizist neben Anton knickte ein, von einem Stein am Rücken getroffen. Sie fielen zurück, jeder brüllte jetzt gegen die Angst an. Doch nachdem sie die Hälfte der Straße überquert hatten, wichen die ersten Häscher zurück. Vorne standen solide ausgerüstete Kräfte des Innenministeriums unbeteiligt herum. Anton war nicht klar, warum nicht sie, sondern einfache Polizisten versuchten, den Mann zu retten. Endlich erreichten sie die andere Seite und zwängten sich durch ein Spalier glänzender Aluminiumschilde. Sie hörten erst auf, sich zwischen den Einsatzkräften durchzuwühlen, als Sanitäter vor ihnen standen, die sich nun um die Frau und den Polizisten kümmern konnten. Die Retter saßen jetzt fluchend und schnaufend auf dem Boden. Einer der Polizisten lachte hysterisch über die noch nicht ganz abgestreifte Todesangst.

Die zusammengekauerten Männer hinter den Schilden wirkten überfordert und führungslos. Einem amerikanischen Fotojournalisten hatte man die Kameraausrüstung abgenommen und ihn verprügelt. Mit aufgerissenen Augen wiederholte er immer wieder das Geschehene auf Englisch, ohne dass ihn einer verstand. Zwei Milizionäre kümmerten sich um ihn wie um einen zugelaufenen Hund.

Ohne sich umzublicken, folgten Anton und Tanja den Sanitätern durch eine schmale Gasse, die in eine Straße in der Nähe des Wagens mündete. Dieser magische Korridor, der die Rettung bedeutete, würde noch lange in Antons Träumen auftauchen.

Kein Lärm drang bis hierher. Gegen eine Haustür gedrückt, umarmten sie sich wortlos. Fünfzig Meter von ihnen entfernt brannte ein Fahrzeug, Menschen sahen sie keine. Diesmal meisterte Anton den Algorithmus der Alarmanlage beim dritten Versuch. Schon ein paar Minuten später fuhren sie durch das träge Moskau eines beliebigen Samstagnachmittags im ersten Drittel der neunziger Jahre: kaum Verkehr, einkaufende oder flanierende Erwachsene, spielende Kinder. Die Liebenden fuhren wortlos durch die Innenstadt. Das, was gleichzeitig auf dem Gartenring geschah, schien sich auf einem entlegenen Stern abzuspielen. Nach längerem Herumirren parkten sie vor einem Restaurant in der Nähe des Kasaner Bahnhofs.

Apathisch begannen sie, einen Berg von Yakitori-Spießen abzutragen und mit Chardonnay hinunterzuspülen. Anton drückte mit der linken Hand eine Plastiktüte mit Eiswürfeln auf seinen Oberschenkel. Tanja hatte sie dem Kellner abgerungen, der diese Seltenheiten wie Juwelen bewachte. Sie waren zu verwirrt, um über das Erlebte zu sprechen. Erst nachdem die Wirkung des Weins einsetzte, wich die Starre. Während Anton von Details des Horrors verfolgt wurde, versuchte Tanja die Gewalteruption zu erklären.

»Das waren bezahlte Leute von ganz unten. Da hat jemand den Bodensatz instrumentalisiert. Die meisten von denen können nur mit Geld oder Wodka motiviert werden«, sagte sie.

»Warum ist der Kreml nur so überrascht worden?«

Sie lächelte milde über den eindimensional denkenden Ausländer. »Vielleicht wollen die, dass erst Blut fließt, um dann härter durchgreifen zu können.«

»Du meinst, die hetzen den Mob auf ihre eigenen Leute?«

»Wäre ja nicht das erste Mal. Der Kreml hätte dieses totalitäre Gesocks niemals so lange im Weißen Haus lassen dürfen.

Jetzt muss er endlich handeln und richtet dadurch noch mehr Chaos an.«

Sie hatte Tränen in den Augen. Das selbstbewusste Auftreten der Extremisten kannte man bisher nur aus den Medien, ein merkwürdiges Phänomen, das ungläubig oder belustigt zur Kenntnis genommen wurde: herzensgute Großmütterchen auf dem Oktober-Platz mit Stalin-Ikonen in den Händen, junge und alte Narren, die den Gulags nachtrauerten, während Sjuganow ihnen väterlich zusprach.

»Bitte weine nicht, Tanetschka, sonst fange ich auch noch an. Das Land wird sich stabilisieren und ein großer Teil der Bevölkerung am Wohlstand teilhaben.« Er klang jetzt wie ein aufrichtiger deutscher Parlamentarier.

Tanja schniefte, ihre Hand lag auf seinem Unterarm. »Es ist nicht nur eine Frage des Geldes, ich werde auch kaum noch bezahlt. Aber darf man die anderen einfach erschlagen, wenn es einem selbst dreckig genug geht?«

»Sollte der Polizist durchkommen, dann nur wegen dir. Ohne dich wäre ich bestimmt weitergelaufen.«

»Hoffentlich nicht, das wäre der übliche Sowjetstil gewesen. Jedenfalls haben wir Glück gehabt«, sagte sie mit jener Bitterkeit in der Stimme, die ihn immer seltsam berührte.

Ohne viele Worte saßen sie eine Stunde aneinandergelehnt, seliges Ausklingen des Grauens. Dann bat ihn Tanja um einen Gefallen.

Sie fuhren zu einer Industriebrache am Autobahnring. Obwohl alles an einen Film von Tarkowski erinnerte, steckte noch etwas Leben in den Trümmern. Tanja wies ihn an, an der Rampe einer Halle zu warten, und nach zehn Minuten luden Männer Kartons mit Insulin in den Kofferraum und auf die Rücksitze. Eine

Stunde darauf lieferten sie die Fracht an einer der südlichen Ausfallstraßen ab. Anton kapierte nichts und stellte keine Fragen. Von ihr als Kurier missbraucht zu werden, gefiel ihm.

Später in seiner Wohnung duschten sie lange, liebten sich und saßen wieder in der Wanne. Die überstandene Gefahr intensivierte das Liebesspiel, selbst in der Küche vögelten sie zwischendurch. Es war erst zehn Uhr abends.

»Lass uns tanzen gehen!« Sie behandelte gerade sein Bein mit einem obskuren sibirischen Kräuterbalsam.

»Keine gute Idee, solange die da draußen den Bürgerkrieg proben.« Der besorgte deutsche Zauderer setzte eine nachdenkliche Miene auf.

»Dieser Abschaum hält uns nicht auf. Wir gehen in den Arbat Blues Club. Ich kenne meine Landsleute – da wird heute gefeiert, als gäbe es kein morgen.«

»Aber gleich um die Ecke wütet der Mob!«

Ein Blick aus ihren Augen, dann gefiel auch ihm die Vorstellung, sich nicht zu verkriechen.

Sie tasteten sich mit dem Moskwitsch in die Nähe der Kneipe vor. Ein paar Straßen im Viertel waren noch gesperrt. Den Wagen stellten sie ungesichert ab, das Alarmsystem würde jede Flucht verhindern. Umschlungen gingen sie zur unscheinbaren Eingangstür eines Wohnblocks. Nichts deutete von außen auf das Kellerloch hin, wo in drei engen Räumen eine Bohème ihre Version von Russland zelebrierte. Man trank stehend Bier oder Wodka, rauchte viel und lauschte den Erlebnissen der anderen. Meist waren es jüngere, aufgedrehte Moskowiter, geeint in der Ablehnung der Sowjetnostalgiker. Sie hatten zwar nicht viel für Jelzin übrig, sahen aber im Augenblick keine Alternative.

Eine Band betrat die winzige Bühne, und alle grölten den Refrain: »Ruzkoi … Chasbulatow … Jelzin, everybody needs somebody!«

Bald tanzte jeder mit jedem, in den leuchtend-verschwitzten Gesichtern spiegelte sich der abklingende Wahn des Tages. Später machten Wortspiele rund um *Tanz auf dem Vulkan* die Runde; eine durchfeierte Nacht, wie es draußen weitergeht, war jetzt nicht wichtig.

In der Morgendämmerung fuhren sie langsam durch das Graublau des Lenin-Prospekts. Um diese Zeit kann selbst Moskau frisch und optimistisch sein. Aus heruntergekurbelten Fenstern winkten sie dem galaktischen Gagarin zu. Das Dröhnen der entgegenkommenden Militärlaster hatte keine Macht über die Liebenden.

Sie schliefen ein paar Stunden, dann fuhr er Tanja zum Dienst in die Klinik. Die Trostlosigkeit des Gebäudekomplexes entsetzte ihn jedes Mal. Warum widmete man sich eigentlich so oft in abstoßenden Bauwerken der Gesundheit?

Schläfrig fuhr er ins Büro, um dort Kaffee zu trinken und ein paar Privatgespräche ins Ausland zu führen. Die Leitungen waren hier zuverlässiger als die Wohnungsanschlüsse, wurden aber prinzipiell abgehört.

Zögerlich öffnete sich die Stahltür des Eingangs. Die Wachen waren verstärkt und in Alarmbereitschaft versetzt worden, was immer dies auch bedeuten mochte. Sie waren mit Schrotflinten ausgerüstet, doch die Szene glich eher einer Vorbereitung zur Entenjagd als für einen Bürgerkrieg.

Wie immer am Wochenende schob im abgedunkelten Sekretariat eine einsame Person Dienst. Jemand musste die sporadisch eintreffenden Telexe und Faxe überfliegen, entscheiden, ob es dringend war, und gegebenenfalls die Verantwortlichen kontaktieren. Diesmal war es Swetlana, eine Jurastudentin, die sich glücklich schätzte, hier beinahe ungestört lernen und dabei Geld verdienen zu können. Anton mochte die Schnelldenkerin, die sich emsig wie ein Eichhörnchen über die hereinkommenden Schriftstücke beugte und hierbei Nüsse knabberte.

Sie schien sich zu freuen, ihn zu sehen, und legte das Lehrbuch zur Seite. Nach etwas Small Talk bestand sie darauf, ihm Kaffee und Kekse zu bringen, während er begann, die Telexe der Schiffsbroker und Hafenagenten durchzugehen. Es wurde so tranig gearbeitet wie immer. Niemand streikte aus Solidarität mit den Aufständischen oder mit Jelzin. Wagons wurden entladen, Schiffe beladen, Gewichte ermittelt, Schwund registriert, Diebstahl gemeldet. Fades kommerzielles Gezwitscher aus maroden Hafenbecken. Anton gähnte, seit dem Beginn der Krise wurde nicht mehr geklaut als gewöhnlich. Dann rief er noch ein paar der Repräsentanten in den Kohlerevieren zu Hause an. Die meisten verstanden überhaupt nicht, was er wollte. Moskau war weit weg, und die Unruhen wirkten östlich des Urals nur wie eine weitere entbehrliche Torheit aus der Hauptstadt. Resigniert schaltete er Radio und Fernseher gleichzeitig an, aber BBC, deutsche Welle oder CNN gaben sich beredt uninformiert. Journalisten interviewten Journalisten, die Multiplikation der Ahnungslosigkeit als Notwehr der Redakteure.

Ratlos ging er zurück ins Sekretariat zu Swetlana und legte ihr den Stapel Papier wieder hin.

»Habe ich etwas übersehen?«, fragte sie.

»Nein, Sweta. Super, wie du das machst. Jetzt sag mir nur noch, wie es da draußen weitergeht.«

Sie schob ihm den Teller mit den Nüssen zu. »Du bist gut. Wie wohl? Jeder weiß doch, wie leicht Lenin 1917 an die Macht kam.«

»Soll heißen?«

»Soll heißen, das passiert denen nicht noch mal.«

»Viel tun sie ja nicht dagegen.«

»Ich glaube, Anton, da hast du etwas nicht mitbekommen. Die Urkatastrophe von 1917, wie es mein Professor nennt, hat sich bei allen hier auf ewig eingebrannt. Die werden diesen Zirkus bald beenden. Mach dir da mal keine Sorgen.«

»Weißt du auch, wie?«

»Wie wohl?« Sie lehnte sich zurück und verdrehte dabei die Augen. »So wie es immer bei uns läuft: erst dilettantisch, dann brutal.«

»Meinst du, die Armee wird zu Jelzin halten?«

»Oh Gott, was für eine bescheuerte Frage. Natürlich wird sie das. Es ist *unsere* Armee. Kapierst du nicht? Das sind *unsere* Jungs. Die putschen nicht gegen *ihr* Volk.«

Sie sah ihn mitleidig an, schüttelte den Kopf und vertiefte sich demonstrativ wieder in ihr Lehrbuch. Als er nicht gleich ging, hielt sie ihm schmunzelnd den Titel hin: Öffentliches Recht.

Etwas gekränkt schlich er den Flur entlang zurück in sein Büro und beschloss, am Jahresende sich für die Boni des Eichhörnchens starkzumachen.

Er fuhr in sein Fitnessstudio im Zentrum und lief dort, umgeben von Frauen, eine Stunde auf dem Band. Die Anwesenden ordnete er wie üblich in drei Kategorien ein: Kokotte, Karriere- oder Luxusweib. Gleichzeitig wurde er von den Frauen taxiert, wenngleich nach anderen Kriterien. Die wenigen Karrierefrauen waren überwiegend Ausländerinnen, eine unbedeutende Spezies, sah man von extrem selten anzutreffenden Französinnen ab. Für gewöhnlich luden sie ihn nicht ein, Cattleya zu spielen; dies blieb die Domäne einheimischer Kokotten. Wie in allen besseren Fitnessclubs der Stadt bildeten diese zahlenmäßig die größte und originellste Gruppe. An ihrer Körperhaltung war gut erkennbar, wer sich aktuell auf Sponsorensuche befand. Dann gab es noch die monetär prächtig versorgten, emotional aber völlig vernachlässigten Mütter zwischen dreißig und vierzig, die reizvollste Schar in Antons Augen.

Nach dem Lauf begab er sich in die Sauna. Zwei arrivierte Männer mittleren Alters mit schwammigen Körpern und ebensolcher Ausdrucksweise unterhielten sich über die Zukunft von Golf und Polo in Russland. Zunächst dachte Anton, sie sprächen über Volkswagen. Doch dann registrierte er, dass der eine im Detail erklärte, wie Polo in Sankt Moritz auf Eis und Schnee gespielt wird, und warum Pferdepfleger immer aus Argentinien stammen müssen. Der andere plädierte für mehr Golfplätze in Stadtnähe.

Anton erholte sich gerne in der gepflegten Oase, die unliebsame Überraschungen von der saturierten Klientel fernhielt. Das vor ein paar Monaten eröffnete exklusive Studio duldete keine Prostitution, eine originelle Marktnische, die Erfolg zeigte. Selbst die Massageabteilung offerierte keinerlei sexuelle Extras, noch nicht einmal ein Happy End war auf Nachfrage erhältlich. Bis vor kurzer Zeit wäre dies von den männlichen Besuchern nicht akzeptiert worden, aber die Ansprüche der wirtschaftlichen Eliten begannen sich bereits auszudifferenzieren, ein Phänomen, das Anton mit gemischten Gefühlen beobachtete.

Er ließ sich einen Fruchtsaft aus Papaya, Litschi und Mango pressen, begab sich damit in den Ruhebereich und begann einen dort herumliegenden Bericht von *Platts* zu lesen, der sich mit dem Energiemarkt beschäftigte. Der Autor hielt bei Rohöl eine Verfünffachung innerhalb der nächsten drei Jahre für realistisch, das wären dann unfassbare vierzig Dollar pro Barrel. Energetische

Kohle würde in diesem Fall mitziehen. Kurz überlegte Anton, ob er an der prognostizierten Explosion unter Einsatz von Fremdkapital partizipieren könnte.

An dieser Stelle ließ er sich von einer bereits leicht angewelkten Mittvierzigerin ablenken, die sich ihm gegenüber auf eine Liege legte: Der selbst hier präsentierte Sechskaräter wies auf partielle Überversorgung hin. Er tippte auf eine Gattin aus der Ministerialbürokratie. Dafür sprach auch der verächtliche Blick, ein eindeutiges Merkmal dieser Kaste, das jedes Lifting überstand.

Er gähnte, dachte dankbar an Tanja und dann wieder an die Energieprognosen, deren Lektüre er bereits bereute. Der Artikel erinnerte ihn an das leidige Dauerthema Ehrenthals, der seiner merkwürdigen Firma eine sogenannte *Zukunftsperspektive* aufzwingen wollte. Wenn er darauf zu sprechen kam, tat er dies immer mit der Attitüde eines Patriarchen, der Anton wegen seines Desinteresses an den kommenden Jahrzehnten rügte. Ergriffen stammelte er neulich etwas von »Das Erreichte bewahren als Auftrag an alle, die Verantwortung übernehmen«, was unter der Belegschaft allgemeine Heiterkeit auslöste. Der Zeithorizont der meisten Bürger war auf wenige Wochen geschrumpft, und auch Anton hatte bereits nach zehn Tagen in Moskau ohne Reue den letzten Generalplan seines Lebens aufgegeben. Und jetzt sollte er für die abstruse Firma von Ehrenthal einen entwerfen? Empört schlief er ein.

Als er nach einer Stunde erwachte, standen mehrere Personen aufgebracht vor einem von der Decke hängenden Fernseher. Der Verfechter einer nationalen russischen Polomannschaft sah angeschlagen aus. Aufständischen war es gelungen, die Polizeisperren zu durchbrechen, um zu den im Weißen Haus Verschanzten zu stoßen. Die überrannten Ordnungskräfte mit ihren Aluminiumschilden wirkten noch hilfloser als am Vortag.

Aus der nach oben stierenden Traube lösten sich Wortfetzen der Verwunderung. Wieder wurde gerätselt, warum der Kreml dem Spuk kein Ende gesetzt hatte, solange dies noch ohne viel Aufwand möglich gewesen wäre. Jetzt konnte man das Feuer nicht mehr schnell austreten, das staatliche Zögern hatte dem aufmüpfigen Pack ein Erfolgserlebnis beschert, das es zusammenschweißte und weiter motivierte.

Die Räume des Etablissements leerten sich. Nur Anton döste noch unschlüssig mit einem schützenden Walkman auf seiner Liege. Er warf nur ab und zu Blicke auf den Bildschirm, und schon bald wurde alles von Martha Argerichs Klavierspiel überlagert, die mit Rachmaninow 3, so schien es ihm, die Stimmung vorzüglich einfing. Was war das für eine Welt ohne Walkman gewesen! In solchen Momenten kaufte er gern Sony-Aktien, ein törichter Akt, wie sich jedes Mal herausstellte.

Bereits vor der Siegeshymne des Finales hielt er es nicht mehr aus, ließ bis auf etwas Geld alles im Spind zurück und fuhr mit einem Taxi zum Zoo. Von dort aus schlenderte er gegen vier Uhr nachmittags arglos die Konjuschkowskaja entlang, wobei ihm einfiel, dass dies der Schauplatz der revolutionären Ereignisse von 1905 war. Endlich tauchte die Rückseite des Weißen Hauses auf, und die brodelnde Menge im Hof war zu hören. Aus dieser Distanz erinnerte ihn der Klangteppich an bayerische Bierzelte. Niemand hinderte ihn daran weiterzugehen. Schaulustige versuchten aus sicherer Entfernung, etwas vom Treiben in den Innenhöfen mitzukriegen. Von Neugierde getrieben, ging er weiter und passierte ein Grüppchen bewaffneter Rebellen, die ihn ignorierten. An der Ecke zögerte er; sollte sich der Belagerungsring doch wieder schließen, säße er in der Falle, vielleicht tagelang. In diesem Moment überraschten ihn etwa hundert Soldaten, die in Viererreihen unter dem Gejohle der Massen hinter ihm auf den Hof einmarschierten. Die hochmotivierten Überläufer bildeten einen Sog, der auch ihn auf den überfüllten Platz spülte, wo eine marxistisch-leninistische Jubelfeier im Gange war. Rote Fahnen mit merkwürdigen Stickereien und Bommeln, Hammer und Sichel in jeder Variante, Banner mit altertümlichen Losungen. Das deutsche Dream-Team in allen Variationen und Kombinationen, besonders markant auf einem antiken Marx-Engels-Lenin-Stalin-Mao-Transparent. Jahrzehntelang liebevoll eingemottete Kostbarkeiten waren noch einmal entstaubt worden und wurden nun präsentiert. Es gab auch originelle Darstellungen, auf denen der eiserne Felix amerikanische Kapitalistenschweine und jüdische Brunnenvergifter in die Schranken wies. Vieles war nur angedeutet und schwer zu enträtseln, doch Weltverschwörung schien das Leitmotiv zu sein. Der Reiz des Rührstücks lag in der Improvisation. Trotzki und Stalin waren noch vereint, und auch sonst herrschte allgemeine Harmonie.

Ihm wurde schwindlig inmitten des nachgespielten Revolutionskitschs von 1917, der hier so genussvoll zelebriert wurde. Die kuttenartigen groben Stoffmäntel der Soldaten hatten sich seit John Reed nicht geändert. Eine Babuschka küsste unter Tränen die blutjungen heroischen Überläufer in Uniform. Redner in perfekt einstudierter Leninpose gebärdeten sich wie aufgedrehte Kinder während einer Familienfeier: seitlich vornübergebeugt, mit beiden Händen ein Geländer packend oder mit leicht gesenktem, dabei angewinkeltem rechten Arm ins Leere deutend. Der Revolutionsgestus war ganz unterhaltsam, aber die müden Hundeaugen des Originals gelangen keinem wirklich. Von der Physiognomie abgesehen, waren die Darsteller nicht schlechter als die seit Jahren durch die Stadt promenierenden Lenin-Stalin-Pärchen, die sich in Anzug und Paradeuniform gegen ein paar Dollar von Touristen ablichten ließen, gelegentlich aber auch verprügelt wurden. Die Revolutionsfolklore präsentierte Waffen aus Prä-Kalaschnikow- und -Makarow-Zeiten. Grimmige Männer reckten museale Nagant-Revolver und verwitterte Karabiner in die Höhe. Ein Grüppchen war als Tschekisten verkleidet und faselte etwas von Konterrevolution. Selbstverliebt aalten sie sich in einer Darstellung heroischen Aufbegehrens. Das kollektive Mosfilm-Gedächtnis ermöglichte diese unkoordinierte Rollenübernahme Hunderter Statisten, die sich allesamt in den Dienst einer spontanen Inszenierung stellten.

Anton schnappte nur Wortfetzen der Redner auf. Einer berichtete mit getragener Stimme von übergelaufenen Bataillonen, verlas Grußbotschaften aus anderen Landesteilen, warnte eindringlich vor Spionen in der Menge und wirkte beseelt von der Aussicht auf einen Posten als Volkskommissar in neuen, besseren Zeiten.

Er befand sich bereits eine ganze Weile im Kessel des Hinterhofs, da bauten sich zwei Tschekisten vor ihm auf.

»Was bist du eigentlich für einer?«

Exzellente Frage, dachte Anton und antwortete euphorisch-optimistisch, so wie die übermotivierten Proletarier in den Sowjetstreifen aus den fünfziger Jahren, die er so schätzte: »Ein Sympathisant eurer Sache, Genossen!«

»Du bist doch nicht von hier. Woher kommst du?«

»Ein Deutscher bin ich. Wie die da drüben.« Er zeigte eifrig in Richtung eines der Dream-Team-Banner.

»Wohl eher ein internationaler Spion. Ausweiskontrolle!«

»Oder ein Saboteur«, sagte der andere. »Ausländer – sofort deinen Ausweis!«

Anton dachte an seine Papiere im Spind des Fitnessclubs und

daran, dass schon auf die Höhe des Mitgliedsbeitrags unbefristete Sicherheitsverwahrung im Keller des Weißen Hauses stand.

»Genossen, ich bin Mitglied der Zelle!«

»Welcher verdammten Zelle?«

»Freiheit für Honecker: Ich bin einer von euch! Wir wollten ihn befreien.«

Die beiden entspannten sich etwas. »Ewige Schmach, was dem Staatsratsvorsitzenden angetan wurde. Wir werden das rächen. Aber warum ist die Zelle noch aktiv?«

»Wir warten auf Anweisungen. Es ist schwierig: Visum abgelaufen, materielle Situation prekär.«

»Verstehe. Ihr wartet seit zwei Jahren? Seid ihr viele?«

»Etwa vierzig. Die meisten leben in den Wäldern.«

»In den Wäldern?«

»Rund um Moskau. Wir warten auf das Zeichen.«

»Auf das Zeichen?«

»Ja. Auf das Zeichen loszuschlagen. Deshalb bin ich hier. Inkognito, also *ohne* Ausweis. Kontaktaufnahme eben.«

»Famos! Wir brauchen jeden Mann. Könnt ihr gleich angreifen?«

»Dazu muss ich zurück in die Wälder. Ohne Einsatzparole setzen sich die Genossen nicht in Gang. Wie ist das Zeichen?«, fragte Anton.

»Das Zeichen?«

»Ja, das Zeichen!«

»Es existiert noch kein Zeichen. Ich werde das gleich vor dem Komitee zur Sprache bringen.«

»Ohne Zeichen können wir uns nicht in Marsch setzen.«

»Verstehe. Haltet euch bereit, bis wir das Zeichen geben.«

»Ich bleibe in der Nähe.«

»Wir sprechen uns.«

»Das Zeichen«, wiederholte Anton.

»Ja. Das Zeichen. Bald!« Die Tschekisten nickten ihm ernst zu.

Er wollte möglichst schnell dem pulsierenden Innenhof entkommen. Als er quer über den Platz ging, fühlte er sich von hundert Augenpaaren verfolgt. Nach wie vor hoffte er, dass doch noch jemand Regieanweisungen brüllen und das Ganze sich als Fortsetzung von »Reds« herausstellen würde.

Neben ihm ging ein wackeres Männlein mit kurzer Reitpeitsche und einer Pluderhose, die in hohen Stiefeln steckte. Er orientierte sich offenbar am *Stürmer*, der als Nachdruck auf dem Gorbuschka-Markt neben allen erdenklichen Produkten der Markenpiraterie erhältlich war. Auf seinem Plakat wurde klassisch auf die Protokolle der Weisen von Zion verwiesen, überlagert von einer Jud-Süß-Fratze. Anton stutzte, es sah aus, als ob hier ein zweiter Film gedreht wurde oder ein Film im Film.

Draußen war die Menge der Neugierigen angeschwollen. Ein Reporter versuchte, ihm eine Frage zu stellen. Konfus lief er in Richtung Krasnopresnenskaja, da übermannte ihn ein rasender Waschzwang. Ein Taxi brachte ihn zurück in die Oase, wo er sich sofort in der Saunalandschaft verkroch. Reglos hockte er alleine im Dampfbad, beobachtete dumpf die sich auf den Unterarmen bildenden Tropfen und war dem Nebel dankbar, dass er ihn verbarg. Keine Erinnerung an das soeben Erlebte machte irgendeinen Sinn. Resigniert stand er lange unter der kalten Dusche, noch immer deutete sich kein klarer Gedanke an. Erschöpft schlurfte er zu jener Liege, auf der vor ein paar Stunden der Sechskaräter gelegen hatte. Er schlief sofort ein und träumte.

Im Traum blickten ihm die zwei Tschekisten ratlos nach und gingen dann zurück zur Gruppe der Rädelsführer am Hintereingang des Weißen Hauses. Dort wartete ein Mann mittleren Alters mit Bürstenschnitt im Ledermantel neben einer bleichen Dreißigjährigen mit strenger Frisur.

»Was war das für ein Vogel?«, fragte der im Ledermantel.

»Repräsentant einer deutschen Zelle mit Solidaritätsnote.«

»Was für eine Note?«

»Sie sind bereit.«

»Die Deutschen bereit? Wie viele sollen das sein?«

»Etwa hundert, allesamt gut ausgerüstet.«

»Was zum Teufel machen die hier?«

»Sie wollten Honecker befreien. Seit dem Mauerfall halten sie sich in den Wäldern bereit.«

»Aber Honecker war doch gar kein Gefangener. Unsere haben ihn ausgeliefert.«

»Sie wollten ihn durch Entführung vor der Auslieferung befreien. Also Befreiung durch Entführung … ich meine Auslieferung in Freiheit nach erfolgter Entführung. Entführte Auslieferung eben.«

»Verstehe. Antifaschistischer Untergrund. Auslandsbrigade. Zähe deutsche Genossen. Was tun?«

»Sie warten auf das Zeichen.«

»Das Zeichen? Du meinst die Parole.«

»Er sagte Zeichen.«

»Gut. Also doch das Zeichen.«

»Das Zeichen.«

»Bald. Seht euch jetzt weiter um.«

Die beiden tauchten wieder in dem Revolutionsbrei unter, um konspirative Subjekte zu isolieren.

Nach einiger Zeit sagte die Frau: »Sieh an, die Deutschen hier.«

»Unterstützung für unsere Sache. Wir müssen nur das Zeichen geben. Dann schlagen sie los.«

»Sie könnten uns unterwandern.«

»Klar. Nach der Konterrevolution.«

»Wir werden säubern müssen.«

»In der Tat, Genossin. Es wird eine feine Säuberung geben.«

»Auch in den Wäldern!«

»Auch in den Wäldern, Genossin. Lass uns bald die Listen abgleichen.«

Er blinzelte ihr zärtlich zu.

Als Anton in der stillen Abgeschiedenheit des Ruhebereichs aufwachte, brauchte er eine ganze Weile, um sich zu orientieren. Der Traum war eine Spur zu gut gewesen, jetzt hatte er Schwierigkeiten, ihn von der realen Episode hinter dem Weißen Haus abzugrenzen. Als passende Untermalung dazu zeigte der Fernseher ein Testbild. Ein Blick auf die Uhr verriet, dass er wohl zwei Stunden geschlafen hatte, und niemand war mehr da, den er fragen konnte, was sich in dieser Zeit ereignet hatte. An der Empfangstheke faltete eine Trainerin mit einem vollendet geformten Körper Handtücher.

»Wie ist die Lage?«, fragte er.

»In Ostankino wird gekämpft.«

»Ostankino?« Anton zögerte. Mit der Ahnungslosigkeit eines Fremden überlegte er, warum die Konflikte jetzt im Kino ausgetragen wurden.

»Ostankino – das Fernsehzentrum. Sie haben den Turm gesprengt!«

Er sah die Frau verblüfft an. Wie konnten die Aufständischen in der Lage sein, die Betonnadel mit dem herrlich futuristischen Lift zu zerstören? Das war undenkbar! Aber nun hatten sie die Propagandamaschine des Jelzin-Camps lahmgelegt. Die landesweite Deutungshoheit der Ereignisse zu verlieren, hätte dem

Kreml nicht passieren dürfen. Warum wurde solch ein Objekt nicht geschützt? Stoff für Verschwörungstheoretiker. Er starrte wieder auf einen der vielen Fernseher. Das Testbild war nur die zweitschlimmste Variante. Wenigstens erschienen die Rädelsführer noch nicht auf dem Bildschirm. Vermutlich tobte gerade in der zehn Kilometer entfernten Sendeanstalt ein höllischer Kampf.

»Sie könnten jetzt eigentlich zumachen und nach Hause gehen. Die Leute sind doch anderweitig beschäftigt.«

Sie nickte. »Sie sind der Letzte hier. Meinen Sie, die Busse fahren überhaupt? Ich weiß gar nicht, wie ich jetzt nach Hause komme.«

»Wo müssen Sie denn hin?«

»Chimki.«

Anton zögerte. Das wäre dann doch zu einfach. Anzubieten, sie nach Hause zu bringen, stattdessen noch irgendwo etwas mit ihr essen zu gehen und dann zu ihm zu fahren. Er rang mit sich. Seine intensive Sportlerinnen-Phase lag schon etwas zurück. Die Reduzierung der Frau auf ihren Körper hatte seinerzeit bedenkliche Formen angenommen. Eine gewisse Leere, begleitet von zivilisatorischen Zweifeln, hatte ihn damals dazu gebracht, von der eindimensionalen Festlegung abzurücken. Zwar vermisste er gelegentlich noch den perfekten Hüftansatz, Poabschluss oder Venushügel, aber jetzt war alles da draußen schon kompliziert genug.

»Die fahren sicher nach Fahrplan. Das Leben geht weiter.« Er lächelte sie unverbindlich an. Verlogene Banalität als Antwort, geschuldet dem Bannstrahl Tanjas.

Er ging zum Spind, um sich anzuziehen. Seine Gedanken kreisten ständig um die Stätten der Unruhen, die ihn gleichzeitig anzogen und abstießen. Die Vorstellung, dass nur ein paar Straßen weiter Menschen für merkwürdige Ideen an monströsen

Aktionen mitwirkten und ihr Leben riskierten, faszinierte ihn. Er war nach Russland gekommen, um mehr zu erleben als in London oder New York. Es war berauschend, inmitten eines archaischen Konflikts zu sein. Und es war anders, als er es sich vorgestellt hatte, anders als die heitere Maueröffnung in Berlin vor vier Jahren, als die Guten siegten und sich anschließend alle lieb hatten. Je weiter östlich er kam, desto unbarmherziger wurden die Auseinandersetzungen. Als Romantiker hatte er sich nach solchen Erlebnissen gesehnt, und hier traf er nun plötzlich auf diese irrwitzige Leidenschaft, für eine Idee oder Sache zu sterben. Das Revolutionspathos konnte ihm nicht kitschig und artifiziell genug sein. Er würdigte den Unterhaltungswert des Wahns und wollte die Theatralik einsaugen, mittendrin Zeuge sein, ohne sich für die eine oder andere Seite zu entscheiden. Die groteske Dummheit dieses Unterfangens war ihm lustvoll bewusst, er konnte an nichts anderes mehr denken. Aufgewühlt versuchte er sich vorzustellen, wie es draußen wohl weitergehen mochte.

Besoffen von ihren bisherigen Erfolgen, würde die aufmüpfige Brut bestimmt noch in dieser Nacht versuchen, die Bastille zu stürmen, was in Russland nur der Kreml sein konnte. Der träge Staatsbär dagegen würde noch eine Zeitlang dösen. Anton stellte sich vor, wie Jelzin auf dem Oberdeck der Titanic in die Runde prostete, während ein Steward mit bereits nassem Beinkleid versuchte, ihm den Ernst der Lage zu vermitteln. Der charmante Trunkenbold schien das lästige Durcheinander auf den Straßen noch immer weitgehend zu ignorieren. Eine bemerkenswerte Lässigkeit im Gegensatz zu den effizienten westlichen Politikern, die gewiss alle schon besser über die Geschehnisse informiert waren als Boris Nikolajewitsch.

Anton war sich allerdings sicher, der Bär würde bald aufwachen und dann brachial reagieren. Das Volk ahnte ohnehin, dass es keine friedliche Lösung mehr gab und die Armee sich irgendwann aufraffen würde, den Spuk zu beenden. Oder hatte sie noch nicht eingegriffen, weil sie einen Putsch erwägte? Ein perfides Abwarten, ein Ausloten, ob die Situation endgültig kippte und auf welche Seite man sich dann schlug? Er lächelte. Die Armee würde nicht wagen, den unerschütterlichen Glauben des Eichhörnchens Swetlana an sie zu enttäuschen. Aber solange die Offiziere unentschlossen ausharrten, würden viele Moskowiter nicht passiv zu Hause sitzen, davon war er überzeugt. Bestimmt stemmten auf den Straßen, die zum Kreml führten, bereits heldenhafte Bürger dem Wahn von Hammer und Sichel die Trikolore entgegen.

Er überließ die noch immer mit den Handtüchern beschäftigte Schönheit ihrem unsicheren Heimweg, fuhr in die Wohnung und zog sich so abgerissen wie möglich an.

Anton betrat die Twerskaja durch einen Bogen und blieb an den plumpen Granitquadern eines der geschichtsgetränkten Bauwerke stehen. Das spärliche Licht der Prachtstraße, die immer ein wenig lustlos Boulevards in anderen Metropolen nachzuäffen schien, beleuchtete eine bizarre Kulisse aus westlichen Boutiquen, sowjetischem Telegrafenamt, der ersten McDonald's-Filiale, Kasino, den Standbildern Majakowskis und Puschkins, Wechselstuben und einer gigantischen Barrikade. Da keine Fahrzeuge fuhren und kaum Menschen unterwegs waren, herrschte knisternde Stille. Rechts ging es zum Roten Platz, links zur Barrikade. Er schlenderte die breite Hauptstraße entlang und ließ die irreale Szene auf sich wirken: Etwa hundert Menschen errichteten im trüben gelblichen Licht eine mehrere Meter hohe Wand quer über die Straße, türmten Holzlatten, Stahlmatten, Wellblech, Sperrholz und Stahlstäbe aufeinander. Merkwürdig viele Bettgestelle ragten dazwischen hervor. Baustellen der Umgebung waren offenbar geplündert worden. Unter Beifall rollte eine Straßenwalze heran, die in die Barrikade integriert werden sollte. Männer orchestrierten, Architekten gleich, den Bau; manche arbeiteten fieberhaft konzentriert, die meisten ausgelassen. Ein paar Meter hinter dem Wall standen Dutzende Molotowcocktails bereit. Ein Mann füllte kniend mehr Flaschen ab, fluchte im Benzindunst über die rauchenden Gaffer, während daneben seine Freundin Stofffetzen in die Flaschen stopfte. Eine verlängerte amerikanische Limousine näherte sich rasch der Blockade. Ihr entstiegen muskulöse Typen in schwarzen Anzügen und mit Goldkettchen, gefolgt von vier Girlies in Cocktailkleidern und mit hohen Absätzen. Im riesigen Kofferraum waren Bier, Cola und Süßigkeiten verstaut. Die Frauen verteilten herumstöckelnd alles an die zusammengelaufenen Barrikadenerbauer, lobten das Bauwerk und streichelten den verschwitzten Männern über die Haare. Bald lag nur noch banditenspezifisches Rüstzeug wie Baseballschläger und originalverpackte Bügeleisen im Kofferraum. Um den Bau voranzutreiben, begannen die gepflegten Bodybuilder eine eigene Brigade zu bilden. Die behutsamen Vorschläge der anderen ignorierten sie, aber das Defizit an Baumaterial machte auch ihnen zu schaffen. Nach kurzer Lagebesprechung gingen sie dazu über, in Nebenstraßen abgestellte Fahrzeuge kurzzuschließen und in ihren Abschnitt zu integrieren. Wiederholt stibitzten sie Material aus anderen Teilen der Barrikade, was Unmut hervorrief. Die Stimmung drohte zu kippen, da rauschte das Kollektiv schon wieder ab. Die Girlies kreischten zum Abschied *WIR LIEBEN EUCH ALLE!* aus dem Fenster, und ein Student winkte noch, als die Limousine längst nicht mehr zu sehen war.

Anton stand abseits und betrachtete verträumt das geheimnisvolle Hindernis im Halbdunkel. Es war ergreifend schön in seiner romantischen Erhabenheit, und er dachte an all die anderen Szenen mit Barrikaden aus dem kollektiven Gedächtnis Europas. Pariser Kommune, Garibaldi, Paulskirche, Delacroix. Hatte die heroische Geste eines solchen Artefakts mit den erschöpften Erbauern im Vordergrund nicht etwas Opernhaftes? Insgeheim wünschte er sich jetzt eine musikalische Untermalung, etwa den Gefangenenchor aus Fidelio oder Nabucco. Er wollte schon weitergehen, da sah er ganz oben im Gegenlicht die Konturen dreier Frauen in Lederkluft. Ihr Lachen drang bis zu ihm hinunter, zwei hielten triumphierend Stahlstäbe in die Höhe. Es gab jetzt keinen Zweifel mehr, das war der Walkürenfelsen. Überwältigt winkte er ihnen zu, und Waltraute reckte ihm lustvoll drohend den Speer entgegen. Anton war sprachlos vor Glück.

Ein Mann kam herüber und forderte ihn barsch auf, mit anzupacken, Teile eines Baugerüsts nach oben zu stemmen. Anton blickte ihn verdutzt an, dann willigte er zögernd ein. Umständlich kletterte er die Barrikade hinauf, um auch ein Glied der Menschenkette zu werden, die das Hindernis wachsen ließ. Jemand gab fluchend Anweisungen. Sie stemmten das herbeigeschleifte Gerüst nach oben, und Anton lief Schweiß ins Gesicht. Der massige Mann neben ihm trug eine Nickelbrille und verrichtete die Arbeit so ungeübt wie die meisten. War das nicht Pierre Besuchow, mit dem er jetzt fieberhaft an der Verteidigung des Mutterlandes arbeitete? Mythos und Pathos aus *Krieg und Frieden* wollten den bereits erschöpften Anton überwältigen, da drehte sich Pierre zu dem verzückten Deutschen hin.

»Woher kommst du?«

»Gagarinski. Und du?«

»Filjowski. Bist du etwa Ausländer?«

»Ja.«

»Was geht dich das Ganze dann an?«

Anton zögerte. Am besten wäre es jetzt, eine erhabene Peinlichkeit von sich zu geben.

»Weiß auch nicht. Aber Solidarität trifft es vielleicht am besten.«

Der Moskowiter lachte ihn aus.

»Klingt idiotisch. Wir sind doch nicht in Polen. Arbeitest du hier?«

»Ja.«

»Ach so, die Solidarität mit deinem Business treibt dich her. Ist sowieso längst die größte Motivation.«

»Wahrscheinlich. Und warum bist du hier?«

»Aus Angst vor lebenslangen Selbstvorwürfen, nicht den Arsch hochbekommen zu haben.«

»Verstehe«, sagte Anton, beeindruckt vom heldischen Unterton Besuchows.

»Gar nichts verstehst du. Meine Freundin hat mich mitgeschleift. Sie hängt zu sehr an ihrem Job bei einer englischen Werbeagentur. Die ganze Firma ist da drüben.«

Sie werkelten nebeneinander, bis es an dem Abschnitt nichts mehr zu tun gab. Anton kletterte hinunter und unterhielt sich im Nieselregen mit zwei Prostituierten, die die Barrikade skeptisch musterten, da sie den Autos der Freier den Weg versperrte.

Vom Mossowjet-Gebäude her schepperten Lautsprecher. Viele der Barrikadenbauer gingen die Straße hinunter bis zum beleuchteten Balkon des Rathauses, in dem schon Lenin gewohnt hatte, ausgehungert nach Informationen, denen sie jedoch zugleich misstrauten. Anton verstand nur die Hälfte und sah noch weniger. Jemand behauptete, Luschkow und Popow, der aktuelle Bürgermeister und dessen Vorgänger, stünden da oben. Die

Stimmung auf der Straße war schlecht, man ließ sich bewusst für etwas Zweifelhaftes einspannen, um Schlimmeres zu verhindern. Anscheinend rief Gaidar im Radio dazu auf, den Kreml zu verteidigen. Jeder sollte kommen, um sich am patriotischen Werk zu beteiligen. Man hätte gerne etwas von Jelzin gehört.

»Warum lässt er sich hier nicht blicken?«, fragte eine Frau neben Anton.

»So weit geht der Einsatz für die Sache dann doch nicht«, murmelte einer vor sich hin.

Nach zwanzig Minuten waren die Durchsagen beendet, die Menge löste sich auf. Die Barrikade war recht ansehnlich, aber Panzer würde sie nicht lange aufhalten können.

Er trieb sich noch unschlüssig in der Gegend herum. Mit jeder Viertelstunde fühlte er sich überflüssiger. An der Barrikade standen kaum noch Leute, Besuchow und die Walküren waren längst gegangen. Im Gegensatz zum letzten Mal vor zwei Jahren, als der unverbrauchte Jelzin triumphierend auf dem Panzer stand, lag jetzt eine zähe Melancholie über allem. Die vermeintlichen Sieger kehrten desillusioniert zurück in ihre Behausungen. Man ahnte, dass es diesmal nur Verlierer geben würde. Auch Anton, der ratlos und kleinlaut in seine Wohnung fuhr, zählte sich zu ihnen.

Nach drei Stunden Schlaf fuhr er am nächsten Morgen ins Büro. Ehrenthal hatte ihn früh geweckt, einen Satz gesagt und aufgelegt. *Wir müssen bis zum Ende zusammenstehen*. Während er die auf den Straßen herumliegenden Gegenstände umkurvte, überlegte Anton, was für ein Ende wohl gemeint war.

Um die Nerven ihres Chefs zu schonen, verständigten sich die Sekretärinnen im Vorzimmer nur per Handzeichen. Anton wollte an ihnen vorbei, aber die Frauen hielten ihn auf. Offenbar war Ehrenthal auch zwischen zwei Panikattacken nicht ansprechbar.

So ging er hinunter in die Rohstoffabteilung, wo das Kollektiv zu Tee köstlich duftende Bulkas vertilgte und sich angenehm stoisch gab. Die urrussische Haltung, mit der man Kriege gewinnt, dachte Anton anerkennend.

Iwan las den *Coal Report*. Eigentlich konnte er kein Englisch, doch für diese Publikation reichte es. Sergei telefonierte mit der Dispatcherin einer sibirischen Mine und spielte nebenher auf dem PC Solitaire. Anton setzte sich zu ihm und begann, seine Bulka zu essen. Jemand stellte ihm eine Tasse Tee hin. Als Sergei sich etwas notierte, nahm Anton die Maus und spielte die Partie weiter. Sergei beobachtete die Karten, nickte abwechselnd oder schüttelte den Kopf. Die Hälfte der Computer in der Firma wurden ausschließlich für Kartenspiele und Schach genutzt.

Sergei legte auf und holte sich eine frische Bulka. »Wo hast du dich am Wochenende rumgetrieben?«, fragte er.

»Barrikaden gebaut.«

»Ach, du warst das. Räum sie wieder weg. Morgen möchte ich mit dem Auto zur Arbeit fahren.«

»Was war eigentlich in Ostankino los? Du wohnst doch in der Gegend.«

»Jeder sagt was anderes. Die ganze Nacht ein Lärm wie im Krieg. Ständig rasten Krankenwagen und Truppen des Innenministeriums unter unserem Fenster vorbei.«

»Und der Fernsehturm?«

»Stand morgens noch. Wie sieht es auf dem Lenin-Prospekt aus?«

»Keine Ahnung. Seit dem ersten Panzer nehme ich nur noch Seitenstraßen.«

»Sobald die aufgetaucht sind, war es mit dem Aufstand vorbei.«

»Der Kutusow-Prospekt ist voll davon«, sagte nun Iwan, ohne vom *Coal Report* aufzusehen. Alle nickten anerkennend in seine Richtung: Iwan war bei der Armee Panzerfahrer gewesen.

»Iwanuschka, warum haben deine Kollegen so lange hierher gebraucht? Der Weg ist doch gut ausgeschildert«, rief Sergei, während er die vom Computer neu ausgelegten Karten betrachtete.

Keine Antwort.

Sergei beugte sich zu Anton: »Gut, dass er keinen Führerschein hat. Der würde sich auch dauernd verfahren.«

Iwan legte den Bericht zur Seite. Anstatt endlich etwas zu sagen, nahm er sich nun den *Baltic Dry Index* vor, um die aktuellen Frachtpreise zu studieren.

»Fallen die Kokspreise weiter?«, rief Sergei in seine Richtung.

Wieder keine Antwort.

Anton ging mit seiner Tasse hinüber zu den Buchhalterinnen, die ihn kurz anlächelten, ohne ihre Unterhaltung zu unterbrechen.

»Wohnt deine Tochter nicht an der Baumanskaja?«

»Na und?«

»Da sind doch marodierende Banden unterwegs.«

»An der Baumanskaja werden sie in einer Woche noch nicht mitbekommen haben, was auf dem Nowinski-Boulevard los war.«

»Bist du dir da sicher?«

»Nein. Aber meine Ljuba ist mit ihrem Mann zum Pilzesammeln gefahren.«

»Oh ja, Pilze sammeln. Waren wir am Wochenende auch, im Wald von Odinzowa.«

»Da kenne ich auch eine Stelle, die würde ich für alles Geld der Welt nicht verraten. Steinpilze auf Schritt und Tritt.«

»Dahin würde man jetzt bestimmt nicht durchkommen. Auf dem Kutusow-Prospekt versperren Panzer den Weg zu deinen Pilzen.«

»Mein Mischa sagt, wir werden einen Umweg zur Datscha nehmen müssen.«

»Unbedingt! Auf dem Neuen Arbat lauern die Scharfschützen.«

»Was die sich nur denken, auf Leute zu schießen, die zum Pilzesammeln unterwegs sind.«

»Die sollten lieber selbst mal wieder Pilze sammeln, dann kommen sie auf andere Gedanken.«

»Sie sollen beschlossen haben, Chasbulatow zu erschießen.«

»Und Ruzkoi, den Kettenraucher. Ob dem dadrin wohl die Zigaretten ausgegangen sind.«

»I wo, was redet ihr. Keiner wird erschossen. Nach dem ganzen Theater sitzen die wieder in ihren schönen Datschen.«

»Erst auf eine Anstandsrunde ins Lefortowo-Gefängnis. Es wird dort schon ein VIP-Stübchen für die Halunken geben.«

»Ja, alles Halunken! Und der Oberhalunke sitzt im Kreml.«

»Oder auf seiner Datscha. Ist noch was von dem Konfekt da?«

»Hier, nimm. Ich glaube, Ruzkoi hat seine Datscha Richtung Tula.«

»Bisschen weit draußen, aber eine wunderbare Gegend für Pilze.«

»Da kenne ich eine Stelle mit den herrlichsten Pfifferlingen.«

»Und in der Gegend wird nicht gekämpft.«

»Kommt da gerade ein Telex?«

»Das funktioniert also noch.«

»War das jetzt ein Granateneinschlag?«

»Frag doch Iwan, der kennt sich da aus. Jetzt lasst mich erst mal nach dem Telex sehen.«

Anton ging wieder hoch. Im Sekretariat war niemand, alle standen jetzt vor einem Fernseher im Büro des Chefs. Der saß als Einziger am Schreibtisch, die Belegschaft bildete eine Gasse, damit er dem Geschehen folgen konnte. Ehrenthal sah jämmerlich aus. Zitternd kaute er an seinen Fingernägeln und trank dazu Buerlecithin aus der Flasche. Neben ihm auf dem Boden stand eine Plastikwanne mit Nachschub des Aufbaupräparats, das in erstaunlichen Mengen jeden Monat aus Deutschland angeliefert wurde.

Ausgestrahlt wurde die Bombardierung des Weißen Hauses durch Panzer, die auf der Neuen Arbatbrücke standen. Da die Aufständischen dem Fernsehzentrum zugesetzt hatten, lief auch auf den russischen Kanälen live und synchronisiert CNN. Die Kämpfe lieferten Bilder für die Ewigkeit, als die Granaten rauchende Löcher in die eben noch makellose Fassade schlugen. Die perfekte Aussicht vom gegenüberliegenden Hotel Ukraine ermöglichte die irreal hohe Qualität der Bilder. Jedes Mal, wenn eine Granate einschlug, verstummten alle im Zimmer. Dann wurde die Schockstarre abgelöst durch Geflüster wie »Schande, mein Gott, welche Schande«.

Anton vermied den Blickkontakt zu seinen Kollegen, denen die Zurschaustellung der staatlichen Gewalt in ihrer Stadt zutiefst peinlich war. Inzwischen waren auch Sergei, Iwan und die Buchhalterinnen in den überfüllten Raum gekommen, alle waren entsetzt. Die Demütigung vor der Weltöffentlichkeit wurde für viele Russen durch fremdartige Gestalten wie die dauererregte Reporterin Amanpour noch gesteigert, die mit ihren pathetisch vorgetragenen *Insider Stories* plötzlich die Deutungshoheit über die Ereignisse der Stadt besaß. Man begegnete der CNN mit einer Mischung aus Dankbarkeit und Abscheu. Während die Panzer weiterhin ihre monströse Überlegenheit ausspielten, wurden Solidaritätsbekenntnisse ausländischer Staatslenker und Institutionen für Jelzin verlesen. Auch das löste vor dem Fernseher in Ehrenthals Kabinett unterschiedliche Reaktionen aus. Einige kämpften mit Tränen. Jemand sagte laut, das alles könne nicht wahr sein. Ein anderer antwortete noch lauter, die Wahrheit sei ein westliches Konstrukt, in Russland gäbe es stets mehrere, worüber Anton grinsen musste; er vermutete schon länger einen Zusammenhang zwischen diesem Phänomen und den vielen Lehrstühlen für Logik. Sergei bat ein paarmal zischend um Ruhe, damit man den Kommentar verstand; ihm schien die Amanpour und was sie sagte zu gefallen. Die ganze Firma umringte jetzt Ehrenthal.

Dieser war das Wochenende über von FSB-Leuten mit Horrormeldungen gefüttert worden. Der Inlandsgeheimdienst hatte die Order ausgegeben, überall Schreckensszenarien zu verbreiten, selbst wenn es sich bei den Adressaten nur um bedingt meinungsbildende Persönlichkeiten handelte. Unfähig, klar zu denken, rechnete Ehrenthal nun mit der unmittelbar bevorstehenden Stürmung und Plünderung seines Bürohauses. Die Reißwölfe liefen auf Hochtouren, um vermeintlich kompromittierendes Material zu vernichten, wobei unklar war, welche Dokumente belastend waren und wo sich diese befanden.

Es gelang Anton nicht, den panischen Ehrenthal umzustimmen, der einer Chaplin-Karikatur glich, wie er die sofortige Vernichtung *absolut aller* Akten, die Löschung *absolut aller* Festplatten sowie die Auflösung *absolut aller* Bankkonten anordnete. Außerdem wollte er die siebzehn Luxusfahrzeuge auf dem Parkplatz vor der Firma verstecken.

Dieser schon immer leicht paranoide Mann bekam in den seltenen Momenten, wenn sein egomaner Starrsinn nachließ, sogar etwas Liebenswertes. Im Grunde aber war er einer der banalsten Menschen, denen Anton je begegnet war. Ständig überfordert und unfähig, selbst einfachste Zusammenhänge objektiv zu analysieren, war er ein Einfaltspinsel, den man in Moskau lange überschätzt und dem man verblüffende Privilegien eingeräumt hatte. Er besaß noch nicht einmal Humor.

Anton blickte milde zu dem Häufchen Elend hinüber. Wie beruhigend für ihn zu wissen, dass Menschen, die eine derart dünne Suppe köchelten, veritable finanzielle und gesellschaftliche Erfolge errangen!

Als dann Jelzin auf dem noch immer von der CNN dominierten Bildschirm erschien, um sich für die brachiale Aktion zu rechtfertigen, gab dies Ehrenthal den Rest. Seit 1905 hatte kein Herrscher mehr in Moskau auf das eigene Volk schießen lassen, und das bestätigte ihn in seinem Vorhaben, alle kommerziellen Spuren umgehend zu vernichten. In einem Anfall von Größenwahn bildete er sich tatsächlich ein, eine bedeutende Rolle in Russland zu spielen. Anton versuchte ihn davon abzubringen, noch mehr Chaos zu verursachen.

»Jelzin hat sich durchgesetzt. Hör endlich auf mit deinem blinden Aktionismus.«

»Wie meinst du das?«, sagte Ehrenthal.

»Wir können so weitermachen wie bisher.«

»Wie meinst du das?«

»Wir und die anderen können uns weiterhin bereichern.«

»Bereichern? Wie meinst du das?«

»Na, parasitär das geschundene Land ausbeuten.«

Er starrte ihn entsetzt an. Hastig nahm er noch einen Schluck Buerlecithin.

»Das war ein Witz«, sagte Anton.

»Darüber macht man keine Witze. Wenn du dich selbst als Parasit bezeichnen möchtest, dann tu das. Ich bin jedenfalls keiner. Verschwinde jetzt bitte.«

Da er sich bei derlei Gelegenheiten gerne ein hanseatisches Kaufmannsmäntelchen umhängte, wirkte er sehr würdevoll.

Anton ging in sein Büro und füllte eine Sporttasche mit FC-Dynamo-Emblem, die er im Aufenthaltsraum der Fahrer gefunden hatte, mit Vertragsordnern. Der Fußballverein des KGB bot eine praktische Hülle für die essentiellen Dokumente. Mit der Tasche ging er auf den Parkplatz, um sie in den Moskwitsch zu legen. Neben ihm verstaute ein Kollege aus einer anderen Abteilung einen PC in seinem Lada. Eine Buchhalterin stopfte derweil Listen und Kontenbücher der wichtigeren Offshore-Gesellschaften in ihre Handtasche und fuhr damit im Trolleybus nach Hause.

Indem die Mitarbeiter alle Anweisungen ignorierten, wurden die wesentlichen Unterlagen der Firma verschont. Die Lebensklugheit dieser Leute sorgte dafür, dass am nächsten Tag normal weitergearbeitet werden konnte. Sie dachten an ihre Boni und an die Unfähigkeit Ehrenthals, die Lage richtig einzuschätzen; die wahllose Vernichtung von Akten hätte für sie wochenlange unbezahlte Überstunden bedeutet. So schredderten sie lediglich belanglosen Papierkram wie die Firmenprospekte.

In Antons Augen war die Fähigkeit der Menschen, klug zu improvisieren, das größte Kapital dieses Landes. Obwohl er wusste, wie abwegig dieser Gedanke war, gefiel er ihm außerordentlich gut und gehörte zum festen Repertoire seiner Russlandverherrlichung.

Ehrenthal saß noch Stunden versteinert am Schreibtisch, bevor er sich für mehrere Tage auf der Datscha versteckte. Während er Unmengen an Buerlecithin trank und ausdünstete, wanderte sein Blick wirr zwischen der mit Medusenhäuptern verzierten sowjetischen Weltkarte und einem stattlichen Schwarz-Weiß-Foto hin und her, welches ihn mit Breschnew in den Siebzigern zeigte. Unterdessen ließ er ständig Flüge nach Zürich umbuchen. Seine langen Finger sortierten endlos die Sammlung an goldenen Füllfederhaltern, die vor ihm auf einer mit Messing eingefassten Schreibschale aus Malachit lagen.

Es folgte eine bleierne Zeit. Eine Woche lang erschien Anton jeder, dem er begegnete, noch verkaterter als er selbst. Im Büro und in der Wohnung zappte er sich endlos durch die Kanäle, deren Mantra nun *187 Tote und 437 Verletzte* lautete. Der Puls der Stadt wurde durch eine vierzehntägige Ausgangssperre zwischen Mitternacht und fünf Uhr früh gesenkt. Die Episode hatte damit ein offizielles Nachspiel, das genauso lange dauerte wie seine Ouvertüre. Eine durch ominöse Sondertruppen verstärkte Polizei überwachte die Maßnahme. Anton fühlte sich miserabel, als nach den wilden Tagen des Aufruhrs die staatlich verordnete Ruhe einsetzte. Zwei Wochen lang war er aufgeregt den Ereignissen hinterhergehechelt, wenn er nun an sie dachte, schämte er sich dafür, wie sensationslüstern er sich an ihnen berauscht hatte. Einmal noch fuhr er zum Weißen Haus, in dessen Nähe Kosaken mit ihren Pferden unter einer Rampe biwakierten. Sie waren zur Unterstützung von Jelzin tagelang aus dem Süden in die Stadt geritten; jetzt wollten sie erst wieder abziehen, wenn dieser es ihnen persönlich befahl.

Tanja sah er kaum noch, ihre Mutter war ernsthaft erkrankt. Eine merkwürdige Gleichgültigkeit erfasste ihre Beziehung, die sich Anton nicht erklären konnte und gegen die er sich nicht wehrte, obwohl sie ihn quälte. Als er sie doch einmal telefonisch erreichte, redeten sie nur über die Veränderungen in der

Stadt. Das Gespräch glich einer Zusammenfassung der Nachrichtensendungen: Entlassungen, Parteiverbote, Säuberungen der Lebensmittelmärkte von den *Schwarzen*, wie man Kaukasier nannte, und Gerüchte über Lager, in die die Illegalen gesteckt wurden. Tanja regte sich über Luschkow auf, die Karikatur eines populistischen Bürgermeisters, der die Situation nutzte, um an niedrige Instinkte zu appellieren. Dann brach die Verbindung ab, und er fühlte sich noch elender.

Damit das Nachtleben vollends zum Erliegen kam, wurde der staatliche Kontrollwahn noch gesteigert. Jeder, der unterwegs war, musste ständig den Propusk vorzeigen, die Aufenthaltsgenehmigung für die Stadt. In Friedenszeiten nahm Anton die demütigenden Kontrollen gelassen hin oder begann sich belustigt mit dem Verkehrspolizisten zu streiten. Die meisten von ihnen besaßen einen guten Humor.

»Wofür genau willst du die fünfzig Dollar? Wodka oder Kognak?«

»Überschreitung der Höchstgeschwindigkeit.«

»Der Tarif hierfür ist zwanzig.«

»Wer sagt das?«

»Ich leb nicht erst seit gestern hier.«

»Zwanzig ist der Basistarif für Einheimische in *unseren* Fahrzeugen. Bei Mercedes doppelt so viel.«

»Macht vierzig.«

»Wegen dem Lohngefälle legen Ausländer noch mal zehn drauf. Macht fünfzig Greenbacks.«

»Nimmst du auch Rubel?«

»Grundsätzlich ja. Aber der Wechselkurs würde dir nicht passen.«

Damit war es nun vorbei. Jeder offizielle Nichtsnutz am Straßenrand wurde mit schweren Waffen ausgerüstet und verglich die zurückliegenden Unruhen mit den furchtbarsten Wirren der Geschichte, wie der *Smuta* zu Beginn des 17. Jahrhunderts. Die ständigen Kontrollen nahmen nun selbst für westliche Ausländer groteske Züge an. Anton führte stets einen Ordner mit sich, der ein Dutzend Registrierungen, Bestätigungen, Apostillen und Ausweise enthielt. Egal, ob jemand ein altgedientes Schlachtross der Verkehrspolizei war oder ein Gefreiter aus der Provinz, alle überboten sie sich mit dem Einfordern von Dokumenten. Gern erfanden sie nicht existente amtliche Papiere. Einmal wollte ein alkoholisierter Milizionär, der sich kaum noch auf den Beinen halten konnte, beharrlich eine *Ausländerexistenzberechtigung* sehen. Wenn Anton keine Zeit oder Lust hatte, die Kontrollspielchen mitzumachen, versuchte er das Verfahren abzukürzen, indem er diskussionslos eine willkürlich festgelegte Summe zahlte. Aber einige der Wegelagerer verspürten den Wunsch, eine Gegenleistung zu erbringen, bevor sie den Geldbetrag einstrichen, und bestanden auf einem formal korrekten Ablauf des Bestechungsvorganges, was Anton für einen ärgerlichen Ausdruck mangelnder Flexibilität oder zeremonieller Ordnungsliebe angesichts des Ausnahmezustands hielt.

Erst als er den Moskwitsch wieder gegen den Mercedes eintauschen konnte, verbesserte sich die Situation.

Nie war er Tanja näher gewesen als während der Krise, doch danach war ihre Liebe so erschöpft wie der Rest der Welt. Sie verabredeten sich lustlos für den Abend, den jeder von ihnen lieber allein verbracht hätte. Trotzdem erlagen sie dem lähmenden Gift der Konvention, etwas gemeinsam unternehmen zu müssen. Nach kurzer Zeit im Restaurant stellten sie gereizt einen Mangel an Gesprächsthemen fest. Als die Rechnung kam, schienen beide erleichtert.

Kaum saßen sie im Wagen, wollte Tanja wissen, wie es um sie beide stand. Er hielt nicht viel von solchen Aussprachen, an deren Ende alles nur noch schlimmer wurde. Entgegen dem Zeitgeist begegnete Anton unerquicklichen Beziehungsfragen mit Verdrängung. Die Dinge penibel auszudiskutieren empfand er als Irrweg, als eine bewährte Methode, unglücklich zu werden. Wenn er sich mit Bekannten verglich, die darauf bestanden, jeden Konflikt so lange zu erörtern, bis er bewältigt war, so stellte er erleichtert fest, dass es sich bei ihnen meist um unglückliche Menschen handelte, wogegen er als notorischer Verdränger ganz zufrieden war. Die Russinnen, die er kannte, verzichteten in der Regel darauf, Konflikten in analytischer Zweisamkeit auf den Grund zu gehen, was er als überaus angenehm empfand.

Zu seinem Entsetzen verachtete Tanja diese Haltung und bestand darauf, jetzt und hier die Abkühlung ihrer Beziehung zu zergliedern, um das Ergebnis anschließend auszuwerten. Anton seufzte, läuteten derartige Sezierereien doch stets das Ende ein. Er kooperierte nicht bei profunden Aussprachen, denn sie bedrohten seinen Gleitflug. Schon die bloße Anwesenheitspflicht bei solchen Gesprächen empfand er als eine Tortur. Eine Stunde akribischer Partnerschaftsanalyse, gefolgt von gegenseitigen Vorhaltungen und dem Finale durch Trennung, das dann bereits als Erlösung erlebt wurde. Wehmütig dachte er an die Höhepunkte mit Tanja zurück. Er ahnte, dass die Vernarbung sich länger als gewöhnlich hinziehen würde. Halbherzig versuchte er, die Aussprache durch den Einsatz bemühten Charmes abzuwenden, doch sie ignorierte den Versuch, richtete sich auf – ihre Körperhaltung hatte nun etwas Offizielles – und fuhr konzentriert fort, die einzelnen Punkte durchzugehen.

So saßen sie also nebeneinander auf dem Parkplatz vor dem Restaurant: er genervt wie ein Internatszögling, der sich für diverse Vergehen rechtfertigen muss, sie wohlstrukturiert, fair und aufrichtig bemüht, ihn vorläufig noch nicht aufzugeben. Er hätte sie jetzt einfach wortlos in den Arm nehmen können. In der Hälfte der Fälle zögerte dies das Finale um drei Wochen hinaus, aber er war ihr nun doch etwas gram. Noch etwa fünfzehn Minuten, dann würde sie ihn ultimativ auffordern zu antworten. Er ahnte jeden Halbsatz, den sie sagte, das enervierende Ritual sich auflösender Liebschaften. Schon ging er im Geist die Solistinnen des Bolschoi-Balletts der aktuellen Saison durch. Stepanenko würde die Raimonda tanzen, vielleicht auch die Kitri. Tanja analysierte währenddessen systematisch und schlüssig seine emotionalen Defizite sowie mangelnden Respekt und Wertschätzung. Er hörte schon längst nicht mehr zu. Alles, was sie sagte, war unerträglich wahr und zerstörerisch. Der schmerzhaften Erdung eines solchen Gesprächs war er nicht gewachsen. Seine Lösung war Gleiten als Notwehr. Mit Hilfe massiver Kulturmast würde er sich über die Tristesse hinwegtrösten, die nun unvermeidbar folgen würde. Vielleicht sollte er sich offiziell eine zarte Bindungsphobie zulegen, ein Gebrechen wie geschaffen für das Moskau der neunziger Jahre. Der Status als nicht anschlussfähiges Exemplar könnte hilfreich sein, alle am Nestbau interessierten Frauen würden ihn kategorisch ausfiltern.

Gerade überlegte er, ob die Ananiaschwili in Bayadère oder Sylphide auftreten würde, da fiel sein Blick auf die Uhr im Armaturenbrett. Acht Minuten vor Mitternacht. Er versuchte Tanja zu unterbrechen, die auch einen Augenblick benötigte, um die Dramatik der Situation zu begreifen. Die Wohnung in der verbleibenden Zeit zu erreichen war unmöglich. Später fragte er sich oft, warum sie nicht einfach in das nächste Hotel gefahren waren. Oder wenigstens in sein Büro. Der Versuch, die Strecke in sieben Minuten zu überwinden, war dumme Einfalt. Aber er hatte wohl schlicht zu wenig Respekt vor der staatlichen Drohkulisse im Herzen der Finsternis. Und so beschloss er, sich der Wohnung parallel zum Lenin-Prospekt auf Nebenstraßen zu nähern. Als ob es dem deutschen Frettchen so gelingen könnte, General Kulikow ein Schnippchen zu schlagen. Dessen Netz war eng geknüpft, und die Häscher lauerten an jeder größeren Kreuzung.

Tatsächlich hatten sie ein paar Minuten nach zwölf die unbeleuchteten Straßen für sich. Ein wenig geduckt im Wagen sitzend, schlichen sie Meter für Meter vorwärts. Die äußere Bedrohung einte sie, die Temperatur des Beziehungsöfchens stieg bereits wieder. Immer noch kein Feindkontakt, unglaubliches Glück schien sie zu begleiten. Es war jetzt zwanzig nach Mitternacht, sie befanden sich nur noch wenige Hundert Meter von seiner Wohnung entfernt. Schon mutmaßten sie, die Sache sei ein Hirngespinst, ein hysterisches Märchen der Teufel aus dem Kreml, eine ebenso listige wie effektive Einschüchterung, jetzt aber enttarnt durch die beiden fast schon wieder Versöhnten. Anton tastete bereits nach ihrer Hand, da sahen sie die Straßensperre vor sich. Der Kaiser war doch nicht nackt. Flucht war keine Option, jeden Morgen wurde im Fernsehen das Resultat nächtlicher Kugelhagel präsentiert.

Sie rollten vor die kaum beleuchtete und dadurch noch imposantere Straßensperre, aus deren Schatten sich ein Mann schälte. Anton hoffte auf einen in seiner Korruptheit zuverlässigen Hauptstadtpolizisten, doch stattdessen stand ein einfacher Soldat vor der Scheibe. Er war mittelgroß, durchtrainiert und besaß eines jener konturlosen Kartoffelgesichter, die man sich unmöglich einprägen konnte. Seine Uniform war ihm zu groß. Der Gefreite, oder was immer er war, bückte sich zu ihnen hinunter, nickte in das Fahrzeug und grinste süffisant, als er Tanja sah.

Er hatte es nicht eilig, die Beute saß in der Falle. Nun konnte er jeden Moment auskosten. Anton sah er nur kurz an. Ein reiches Schwein mit seinem Liebchen in einem solchen Fahrzeug, welch Glücksfall!

»Motor aus!«, bellte er übereifrig.

Anton ignorierte die Anweisung. Stattdessen ließ er die Scheibe einen Spalt herunter.

»Ich spreche schlecht Russisch. Die Waffe benötigen Sie nicht. Wir wohnen zweihundert Meter von hier. Möchten Sie meinen Diplomatenausweis sehen?«

Der Soldat gab den herumlungernden Kameraden ein Zeichen, woraufhin die sich zum Fahrzeug trollten. Anton zählte im Halbdunkel acht Männer, die abwechselnd Mercedes und Insassen musterten. Dann blickten sie in Richtung Anführer, unschlüssig, wie weiter zu verfahren sei. »Die kommen von weit her und sind halb wild«, sagte Tanja leise, ohne Anton dabei anzusehen. Das Ganze erinnerte ihn an eine Räuberszene auf der Bühne. Bizet, Wagner oder Schiller in einer jener unangenehm authentischen Inszenierungen, wo sie in Tarnkleidung und mit einer Kalaschnikow rumlaufen. Wie immer im Regietheater konnte man keine Rangabzeichen erkennen. Mosfilm hätte die Truppe auch als Freischärler verwenden können. Alles konzentrierte sich auf den Anführer, der auch gleich einen neuen Versuch startete.

»Deine Begleiterin versteht mich wunderbar. Du stellst jetzt den Motor ab und steigst aus.«

Anton hätte an dieser Stelle gerne Tanja gefragt, was sie jetzt tun sollten. Aber sie saß wie versteinert da und vermied jeglichen Augenkontakt mit ihm und den bereits vor Erregung sabbernden Männern. Einige fuhren sich bei ihrem Anblick mit der Zunge über die Lippen. Er wandte sich wieder dem Anführer zu.

»Ich würde gerne beim Sie bleiben. Für dich also Sie.« Er hatte die törichte Phrase irgendwo aufgeschnappt und setzte sie gelegentlich ein, um negativ aufzufallen. »Also noch mal: Wir wohnen dort drüben und würden jetzt gerne weiterfahren.«

Er bereute sogleich den anbiedernden Tonfall. Erst jetzt bemerkte er, wie heftig Tanja zitterte. Sie hatte im Gegensatz zu ihm den Ernst der Situation erfasst.

Der Anführer versuchte erfolglos, die Tür zu öffnen. Die anderen rüttelten jetzt auch an den Griffen. Anton stellte den Motor ab, die Türen entriegelte er nicht.

»Aussteigen! Sofort!«

Der Deutsche öffnete die Scheibe ein paar Zentimeter weiter. »So kommen wir nicht weiter«, sagte er gutmütig.

Tanja stöhnte kurz auf, sie konnte nicht fassen, dass er nun einen jovialen Patiententon anschlug. Er redete dennoch weiter. »Ich hätte eine kommerzielle Offerte für dich.«

Keine Reaktion. Er überlegte, welchen Teil des Satzes der Räuber nicht verstanden hatte. »Nur noch kurz zu deiner Information. Ich bin deutscher Staatsbürger und spiele jeden Freitag mit deinem Präsidenten Tennis.«

Er hatte das Gefühl, der Anführer hätte kurz gezuckt. Die Lüge war allzu dreist, und noch dazu war Jelzin bei der Armee unbeliebt. Details und Inhalt der Konversation spielten aber keine große Rolle. Es folgte eine weitere Generalpause.

»Du verstehst, wenn uns hier etwas passiert, dann bedeutet das für dich zwanzig Jahre Kamtschatka.« Eigentlich wollte er Kolyma sagen, Kamtschatka stand mehr für Vogelparadies.

Wieder eine Generalpause, diesmal aber weniger effektvoll. Der Soldat schüttelte gereizt den Kopf. »Was schlägst du vor? Mach es kurz.«

»Ich habe fünfhundert Dollar bei mir. Die könnt ihr haben, wenn wir am Hauseingang sind.«

Die Summe hinterließ einen gewissen Eindruck, wenngleich weniger als erhofft. Sie berieten sich nicht, offenbar konnte der Anführer alleine entscheiden. Die anderen starrten Tanja an und machten obszöne Gesten, die andeuteten, was sie mit ihr vorhatten.

»Du gibst mir das Geld und kannst passieren. Aber die Frau bleibt bei uns«, sagte der Anführer schließlich.

Anton lächelte gequält. Seine Nase berührte nun fast die Seitenscheibe. Während er dem Soldaten in die Augen sah, legte er seine Hand auf Tanjas Schenkel. Sie schlotterte. »Sie bleibt bei mir. Ihr räumt die Sperre weg und bekommt das Geld. Dann fahren wir die paar Meter bis zu dem Gebäude dahinten.«

»Sie bleibt hier. Sag ihr, sie soll jetzt aussteigen.«

»Du verstehst nicht. Sie ist meine Verlobte. Ihr könnt euch mit dem Geld Nutten holen.«

»Vielleicht wollen wir keine Nutten, sondern so was Feines. Nutten gibt es auch da, wo wir herkommen.« Fast schien es, als werbe er um Verständnis von Mann zu Mann. Die anderen blökten zustimmend.

»Pass auf, tapferer Krieger. Du hast gewonnen! Ich gebe dir noch meine Uhr obendrauf. Mehr habe ich nicht. Fünfhundert und die Uhr – oder ihr fangt jetzt an rumzuballern.«

Fluchend ging der Soldat ein paar Meter rückwärts. Demonstrativ machte er sich an seinem Sturmgewehr zu schaffen. Er war wütend und überfordert, aber nicht allzu dumm. »Verdammter Ausländer! Du kapierst es einfach nicht: Heute Nacht können wir machen, was wir wollen!«, schrie er unter dem Gejohle der anderen.

Die hatten sich jetzt hinter ihm gruppiert, um nicht von einer etwaigen Gewehrsalve getroffen zu werden. Enthemmte Soldaten aus der Provinz, die mit beeindruckenden Waffen herumfuchtelten. Anton wunderte sich, warum er nicht mehr Angst hatte. War es pure Dummheit? Oder die Gewissheit, keine Wahl zu haben? So desolat sein Moralgerüst auch war, Tanja zurückzulassen war undenkbar. War es nicht köstlich, anlässlich welcher Gemeinheiten man mal wieder über *Schuld und Sühne* nachdachte? Wörtlich hieß es ohnehin *Verbrechen und Strafe*. Ob er aus Angst vor der Strafe seines Gewissens oder aus Liebe so handelte? Er musste lächeln. Wie auch immer, bei Dostojewski wurde ewig gesühnt.

Es passierte nichts. Alle warteten.

Plötzlich beugte sich Tanja zu ihm, um dem Anführer ein Zeichen zu geben. Sie bedeutete ihm, auf ihre Seite hinüberzukommen. Der Mann folgte der Aufforderung zögerlich. Als er vor der Beifahrertür stand, ließ sie zu Antons Entsetzen die Scheibe herunter. Der Mann sah sie grinsend an. Sie lächelte und nickte ihm zu. Er kam ihr gebückt entgegen. Sie lächelte noch immer.

»Hör mir gut zu. Ihr wollt also euren Spaß mit mir haben?«

»Das hast du richtig verstanden. Steig jetzt aus.«

»Gleich. Nur noch was zur Klarstellung. Ihr müsst mich totschlagen, bevor ihr eure Schwänze in mich stecken könnt. Bis dahin werde ich mich wehren. Aber nicht wie es euch aufgeilt. Ich werde meine Blase und meinen Darm entleeren. Hast du das verstanden? Wenn ihr also eine vollgepisste und -geschissene Leiche ficken wollt, dann steige ich jetzt aus.«

Der Soldat und Anton starrten sie an. Die Szene fror ein. Dann wich der Bewaffnete ihrem Blick aus und richtete sich zögernd auf. Tanja und Anton verharrten reglos. Anton blickte auf sie und sie auf die baumelnde Waffe. Keiner atmete. Das Gesicht erschien wieder im Fenster. Der Mund öffnete sich, aber er sagte nichts. Um ihren Blick zu vermeiden, richtete er sich auf und stapfte um das Auto zur Fahrerseite.

»Dollar und Uhr her!«, sagte er geschäftsmäßig. Obwohl es nur fünf Scheine waren, zählte er das Geld drei Mal. Während er die Uhr musterte, sah er kurz auf. »Du liebst das Täubchen wohl. Ist ja nicht gerade die Hübscheste. Da finden wir heute Nacht ganz andere.« Er drehte sich zu der Traube von Männern. »Durchfahrt räumen!«

Die Soldaten fügten sich umgehend. Stacheldrahtrolle und gepanzertes Fahrzeug wurden zackig beiseitegeräumt.

Ohne noch einmal in das Wageninnere zu blicken, trat der Anführer zurück und rief: »Passieren!« Die Uhr trug er bereits am Handgelenk.

Der Wagen rollte durch die Sperre, die sich hinter ihnen gleich wieder schloss.

III

HÖHERE GEWALT

Zu Beginn der Pause verließ Anton das Bolschoi durch den Haupteingang, um wie gewöhnlich unter den ionischen Säulen einen Zigarillo zu rauchen. Mitte März stieg die Temperatur tagsüber regelmäßig über Null, sodass man hier eine Viertelstunde verbringen konnte, bis sich drinnen die Schlangen vor den Ständen mit lauwarmem Krimsekt, Kaviarschnitten und Konfekt aufgelöst hatten. Traditionell wurde zwischen den Akten noch immer kaum geklatscht, da die meisten Zuschauer an die Büfetts eilten, um sich vor Delikatessen zu drängeln, die bis vor ein paar Jahren für gewöhnliche Sowjetmenschen nur hier erhältlich waren. Längst gab es kein Defizit mehr, aber die Unart, auf Kosten der Künstler anstelle zu applaudieren eine angestaubte Meringue zu ergattern, hatte sich gehalten.

Anton ging gerade die Namen der Sänger auf dem Programmzettel durch – die wirklich bekannten tourten inzwischen nur noch im Ausland –, da sah er Michail aus dem Fond eines Wagens steigen, der dreist direkt vor der Freitreppe parkte. Offenbar hatte er die Pause abgewartet und lief nun, immer zwei Stufen auf einmal nehmend, hoch zu Anton. Der unauffällige Mann mit kurzen braunen Haaren, der meist eine gleichgültige Miene aufsetzte, trug eine gefütterte Lederjacke über dem beigen Rollkragenpullover. Die italienischen Schuhe waren sehr modisch.

»Habe gehört, du treibst dich hier rum.«

Anton war erstaunt, dass der einflussreiche Mann sich die Mühe machte, ihn ausgerechnet hier abzupassen.

»Warum hast du nicht angerufen? Wir hätten uns an einem angenehmeren Ort treffen können.«

Der Russe musterte ihn süffisant. Da hatte er sich herabgelassen, eine halbe Stunde auf den Deutschen zu warten, und der Schnösel honorierte dies mit sichtlichem Unbehagen. »Besser so. Hast du Zeit? Wir müssen sprechen.«

»Klar. Die Pause hat gerade erst begonnen. Wir bekommen bestimmt noch eine Karte für dich.«

»Danke, aber ich verzichte schon länger auf dieses bröckelnde Museum hier.«

»Ich habe den Muff da drinnen ganz gerne. Die heutige Inszenierung war allerdings schon vor vierzig Jahren veraltet.«

»Zurzeit verpasse ich keine Aufführung der Nowaja Opera. Kolobow ist ein Genie. So lass ich mir Oper gefallen«, sagte Michail.

Anton entspannte sich. Der Russe schien nicht wegen eines geschäftlichen Konflikts hier zu sein. »Da hast du recht. Hoffentlich bekommt die Truppe bald ein eigenes Haus. Neulich habe ich die Fabrikhalle kaum gefunden, in der sie auftraten.«

»Habe davon gehört. War leider nicht in der Stadt. Stimmt es, dass Kolobow abgeklopft hat?«

»Ja, nach fünf Takten. Verblüffende Aktion. Dann kam aber noch ein überirdischer Eugen Onegin.«

»Mit Garejew als Lenski?«

»Klar. Sein samtig-glühendes Timbre war wieder zum Niederknien. Warum bist du eigentlich hier?« Anton überlegte noch immer, was der Russe von ihm wollte. Hatte er vielleicht mit der falschen Frau geschlafen?

Sie stiegen die Treppe hinunter, um nicht in Hörweite der anderen Raucher zu sein. Anton fröstelte, der Frühling war doch noch in weiter Ferne.

»Schon mal was von Iridium gehört?«, fing Michail an, um zum eigentlichen Grund des Treffens zu kommen.

Anton kannte keine Frau mit diesem Namen. Also doch etwas Geschäftliches; Michail sprach von einem dieser mysteriösen raren Elemente. »Wenig. Ziemlich hart und seltener als Gold, daher nicht meine Welt«, sagte Anton, der mit Kohle und Stahl handelte.

»Es wird schnell zu deiner Welt, wenn du hörst, was es wert ist.«

Michails Fahrer kam geschäftig zu ihnen herüber. Ein dringender Anruf. Der Russe verdrehte die Augen und lief zurück zum Wagen.

Anton wartete unschlüssig vor den Brunnen, die erst wieder in ein paar Wochen Wasser speien würden. Sein Interesse an der Unterhaltung war rapide gesunken. Wahrscheinlich handelte es sich um eine dieser exotischen Geschäftsideen, mit denen sich die Leute reich rechneten. Er wäre lieber wieder hineingegangen, um in den Katakomben des Theaters die Nähe der Frauen rund um das Buffet zu suchen. Sie würden Konfekt naschen und dabei ein wenig mit ihm flirten. In der aufgekratzten Stimmung dort war es leicht, sich auf einen Drink nach der Vorführung zu verabreden, drüben im Hotel Metropol, vorbei an dem grotesken Karl-Marx-Denkmal, bei dessen Anblick kein Kalauer zu platt war, um sie zum Lachen zu bringen.

Stattdessen ließ ihn also der große Michail hier warten. Er kontrollierte mindestens drei Häfen am Schwarzen Meer, Grund genug für die meisten Rohstoffhändler, um seine Gunst zu buhlen. Auch Anton bemühte sich seit Tagen um ein Treffen mit ihm, und jetzt tauchte er von selbst auf. Was immer er wollte, er würde natürlich kooperieren, um im Gegenzug eine Chance auf einen Lagerplatz an einem Kai zu bekommen. Leute wie Michail entschieden über deren Zuteilung, ohne die kein Export möglich war.

Der Russe kam bald zurück. Er schien es eilig zu haben. »Also pass auf: Jemand, den ich noch von der Uni kenne, ist gestern bei mir aufgetaucht. Der arme Tropf hat alles in seinem Leben falsch gemacht. Er arbeitet mehr oder weniger unbezahlt an einem Institut, das sich gerade selbst auflöst.«

»Warum?«

»Die Immobilie liegt um die Ecke der Oktjabrskaja, ist also ziemlich was wert. Jemand will das Institut rauswerfen und das Ganze in Luxuswohnungen umwandeln.«

»Verständlich«, erwiderte Anton teilnahmslos, der noch immer hoffte, Michail würde zum Ende kommen, solange das Buffet noch von Frauen umgeben war.

»Mein braver Studienkollege war immer ein rechtschaffener Streber, der seit vielen Jahren vom Leben gedemütigt wird. Das Institut ist seine Heimat. Dann kapiert er plötzlich, dass ihn dort nie wieder jemand brauchen wird. Und zum ersten Mal wird er wütend.«

»Verständlich.«

»Eben. Er geht also in den Keller des Instituts und durchforstet nächtelang, was sich da in den vergangenen fünfzig Jahren angesammelt hat. Frust und Rache eben, er hofft, etwas zu finden, was sich zu Geld machen lässt.«

»Sehr gut. Der Sklave begehrt auf«, sagte Anton, der gleich an das Ballett Spartacus dachte.

»Genau«, sagte Michail, der wohl eher an Nietzsche dachte, »der Trotzkopf lehnt sich gegen sein mieses kleines Schicksal auf.«

Amüsiert prusteten beide los.

»Hör auf zu lachen und hör dir das an. Ganz hinten in dieser Müllhalde der Wissenschaft stößt unser Maulwurf auf knapp sieben Kilo extrem reines Iridium in Pulverform.«

»Phantastisch. Eine bessere Therapie gibt es nicht. Hat er es mitgenommen?«

»Natürlich.«

»Und das ist noch niemandem aufgefallen?«

»Hast du eine Ahnung, was in den Instituten alles rumliegt? Selbst radioaktiven Abfall haben die oft einfach in die Keller geschafft und vergessen.«

»Das stand neulich auch in der Nowaja Gaseta. Die halbe Stadt ist deshalb wohl verstrahlt. Wo ist das Zeug jetzt?«

»In der Wohnung seiner bettlägerigen Mutter. Aber zurück zum Thema. Der Typ hat keine Ahnung, wie er das Zeug zu Geld machen soll.«

»Kann ich mir vorstellen. Hast du denn eine Hausnummer, was es wert ist?«

»So viel, wie jemand dafür zahlt. Kannst du das herausfinden?«, sagte Michail, während er ihm einen handgeschriebenen Zettel mit der Spezifikation des Pulvers reichte.

»Warum machst du das nicht selbst?«

»Würde ich ja, aber in Russland gibt es dafür keine Käufer. Und in Europa oder Asien winken sie ab, wenn einer wie ich auftaucht. Mein Englisch ist zu schlecht, und Dolmetschern traue ich nicht. Potenzielle Käufer wollen seriöse Leute aus dem Westen. Burschen wie dich eben.«

Anton schwieg und nickte dabei andächtig. Hier in Russland galt er als seriös, zumindest im Vergleich zu Michail.

»Du sollst es ja nicht umsonst machen. Ein Viertel für dich. Dafür wickelst du alles ab.«

»Das ist mir zu heiß. Wenn die mir wegen so was kein Arbeitsvisum mehr geben, habe ich ein Problem. Ich schlage dir etwas anderes vor. Ich finde einen geeigneten Käufer, und du räumst dafür einen Ladeplatz in einem deiner Schwarzmeerhäfen frei.«

»Unmöglich. Du kennst die Situation dort selbst.«

Anton schwieg wieder. Die Pause war längst zu Ende, und er fror.

»Einen Vorschlag, Anton: Du findest heraus, was das Zeug wert ist, und wir sprechen dann noch mal. Schaffst du das bis morgen Abend?«

»Ich versuche es. Wir sehen uns also im Club. Sorry, der dritte Akt hat schon begonnen«, sagte Anton, während sie sich zum Abschied flüchtig umarmten.

Als Nastja anrief, kehrte Anton gerade zurück an seinen Schreibtisch. Bis eben hatte er Ehrenthal in dessen Büro die desaströse Situation in den Häfen am Schwarzen Meer geschildert, und den Vormittag hatte er damit verbracht, wegen des Iridiums herumzutelefonieren. In Frankfurt war er damit erwartungsgemäß nur auf Bedenkenträger gestoßen, und auch in London gab man sich betont unmotiviert. Westeuropa disqualifizierte sich mit Fragen nach der Herkunft des Materials oder nach einer Ausfuhrgenehmigung. Ganz anders Hongkong, wo ein Bekannter gleich Bescheid wusste und versprach, sich innerhalb von ein paar Stunden mit einem Angebot zu melden.

Nastja wollte sich für den Abend im Restaurant des Clubs verabreden; ein paar Aufsteiger aus der Provinz würden den Geburtstag ihres Anführers feiern. Sie klang unangenehm euphorisch. »Du musst unbedingt mitkommen! Es wird einmalig. Stell dir das doch mal vor! Eine Horde kaum domestizierter

Wilder von ganz weit weg.« Wie üblich war sie gegen 14 Uhr aufgestanden und beschäftigte sich nun fieberhaft mit der Planung der kommenden Nacht.

Während es weiter aus ihr sprudelte – Anton hatte mittlerweile auf Lautsprecher geschaltet –, schrieb er ein Memo über die schier unüberwindbaren Probleme der letzten Tage. Nach wochenlangen Verhandlungen lieferten die sibirischen Minen endlich ausreichend Kohle, da kollabierte die Logistik in den Häfen. Er war von der Entwicklung überrascht worden, hatte das Risiko dilettantisch unterschätzt. Gruppen wie den von Michail angeführten gelang es überall, die schläfrigen und extrem korrupten Hafenverwaltungen auszuhebeln. Sie hatten sich flink ausgebreitet und die begehrten Lagerplätze an den Piers übernommen, von denen aus die Frachtschiffe beladen wurden. Wer diese Bottlenecks kontrollierte, entschied, welche Rohstoffe das Land verließen. Akteure wie die von Nastja gepriesenen Wilden oder all die kleinen und großen Michails hatten das Vakuum rasch erkannt und die bröckelnden Überreste der Staatsbetriebe gekapert. Die alten Verträge waren mittlerweile wertlos.

Er versuchte, klar zu denken. Das Sowjetfossil Ehrenthal hatte gerade eine Stunde lang wohlfeile Monologe gehalten, um ihn anschließend zu beauftragen, das Problem bis Montag *vom Tisch zu haben*, wie er sich ausdrückte. Wie immer litt Anton während Ehrenthals Monologen an deren geringer Informationsdichte, die beim Lösen von Problemen hilfreich sein könnte. Wenigstens blieb ihm noch das Wochenende, mitunter eine Zeit der Wunder. Aber eigentlich setzte er alles auf Michails delikates Absatzproblem. Außerdem war es richtig gewesen, Ehrenthal nicht mit Details zu verunsichern, inwiefern ein extrem wertvolles Pulver, neben dem eine alte Frau vor sich hindämmerte, für den Fortbestand seiner Firma eine Rolle spielen könnte.

Nastja glühte noch immer. »Es wird ein grandioser Abend. Man sagt, diese Verbrecher hätten ihren Reichtum mit bestialischen Methoden zusammengerafft.«

Anton überlegte, ob sie ihre Erregung nicht verbergen konnte oder wollte. Bei dem Gedanken, wie sehr Nastja von den brachialen Aufsteigern fasziniert war, musste er schmunzeln. Sie klang, als wolle sie sich am liebsten gleich der ganzen Horde hingeben. Als Ursache vermutete er eine Melange aus töricht hohem Kokainkonsum, Existenzängsten und dem einen oder anderen bizarren Kindheitserlebnis. Nastja war eine Spur zu boshaft und zu sexy, ein bedenklicher Fall von Verkommenheit, dessen Verletzlichkeit ihn rührte. Obwohl er seit zehn Minuten kein Wort gesagt hatte, war sie noch immer als enervierender Klangteppich wahrzunehmen. Um ihren Redeschwall zu stoppen, versprach er halbherzig, gegen acht Uhr zu kommen.

Für 16 Uhr war ein Treffen mit türkischen Kunden vereinbart, die wissen wollten, warum die laufenden Verträge nicht erfüllt wurden. Anton hatte keine Ahnung, was er ihnen sagen sollte. Die Wahrheit war jedenfalls kontraproduktiv; sie würden dann zu Recht ihr Geld zurückverlangen. Er bat Sergei und Iwan, ihn zu vertreten, und bestellte gleichzeitig den Dolmetscher ab. Weder die Türken noch die Russen sprachen Englisch. Sie würden am Montag wiederkommen, dann könnte er sie immer noch vertrösten.

Ohne jemandem Bescheid zu geben, verschwand er aus dem Büro und ließ sich von einem der Fahrer in der Nähe des Konservatoriums absetzen, wo jeden Nachmittag Kammermusikkonzerte stattfanden. Eigentlich waren sie nicht für die Öffentlichkeit bestimmt, aber wenn man sich hinten in einen der Räume setzte, störte dies niemanden. Studenten, Pädagogen und Angehörige der Musiker waren meist die einzigen Zuhörer. Das Konzert hatte bereits begonnen. Als er sich setzte, lächelte ihn eine schlicht gekleidete Frau an. Sie war um die dreißig, mit grazilen Händen, prominenten Wangenknochen und hochgestecktem Haar. Ein waches, warmes Lächeln, das beinahe schon Glück bedeutete. Er tippte auf Cello.

Sie beugte sich ganz nah zu ihm herüber und hauchte: »Borodin: Streichquartett Nr. 2.«

Nach dem Konzert trat er vergnügt auf den Platz vor dem Konservatorium. Die Cellistin hatte ihn für den nächsten Abend in die Helikon-Oper eingeladen, wo sie spielte. Auch dachte er an das Klavierquintett in A-Dur von Dvořák und wie schön die Brjussow-Gasse doch war. Was war er für ein Glückspilz, zu Fuß vom Konservatorium hinüber in seine Wohnung gehen zu können.

Weiter vor ihm hielt der Wagen von Ehrenthal. Sein Arbeitgeber bewohnte eine Etage in demselben Gebäudekomplex und stieg zufällig gerade in dem Moment aus, als Anton vorbeikam.

»Gut, dass ich dich noch sehe, bevor ich auf die Datscha fahre«, rief ihm Ehrenthal zu.

»Vielleicht komme ich morgen auch raus. In welchem Zustand ist der Tennisplatz?«

»Den aktuellen Pegelstand kenne ich nicht. Er ist wohl wieder partiell versumpft. Ich würde mich freuen, wenn du kämst.«

»Mal sehen. Gab es noch etwas im Büro?«

»Nein. Oder doch. Anscheinend mussten zwei randalierende Türken entfernt werden. Weißt du etwas davon?«

»Ich dachte, Sergei und Iwan hätten die übernommen.«

»Falls sich Iwan der Schreckliche um sie gekümmert hat, dann war das sicherlich der Grund für die Ausschreitungen. Es wäre gut, wenn du solche Unannehmlichkeiten zukünftig etwas besser steuern könntest.«

»Selbstverständlich. Mir ist nur eine Besprechung wegen des Lagerplatzes im Hafen von Tuapse dazwischengekommen.«

»Das dachte ich mir schon. Prioritäten setzen ist in nichtlinearen Zeiten elementar. Ich hoffe …«

Plötzlich sah Anton, wie der greise Swjatoslaw Richter in Zeitlupe hinter Ehrenthal den Bürgersteig entlangschlurfte. Der riesige kahle Schädel war stur nach vorne in Richtung Konservatorium gerichtet. Während der Sowjetunion wohnten in der Brjussow-Gasse die bedeutendsten Musiker und Sänger, wurden mittlerweile allerdings von zahlungskräftigeren Eindringlingen aus ihrem Ghetto verdrängt. Langsam verschwand der Pianist aus Antons Blickfeld.

»… so wie sich Sonnenplasma für uns oft erratisch verhält, in Wirklichkeit aber Gesetzen folgt, die gegenwärtig noch nicht nachvollziehbar sind. Also, was ich dir damit noch einmal deutlich sagen will, ist genau das: Löse diese unappetitliche Hafenmisere bitte *zeitnah*. Ich verlasse mich diesmal ganz auf dich. Denn wir stehen hier in der Pflicht. Jawohl. In der Pflicht – unseren Kunden und uns selbst gegenüber.«

»War das Swjatoslaw Richter?«, fragte Anton.

Ehrenthal blickte sich irritiert nach dem alten Mann um. »Ja, das ist er, unverkennbar. Die wohnen alle hier. Alle in einer Straße konzentriert. Die Sowjets waren da eigen. Wollten das Volk nicht unnötig vermischen. Und denk an die Pflicht.«

Dann ging er mit federnden Schritten in Richtung Hauseingang. Auch Anton begab sich in seine Wohnung, ein Gebäude weiter, und legte sich sofort in die Badewanne. Aus dem Kopfhörer drang der Gigant von eben mit einer Schumann-Sonate.

Wenn Anton am Wochenende in Moskau war, ließ er sich durch Restaurants, Nachtclubs, Kasinos, Diskotheken und Rave-Hallen treiben. Es begann Freitagnacht in Clubs wie dem Fellinis, dessen Mitgliedsbeitrag während seiner Glanzzeit bei hunderttausend Dollar lag. Auf den zwei überschaubar großen Stockwerken waren die essentiellen Einrichtungen untergebracht: Restaurant, Nachtclub und Kasino. Eine Zeitlang war das Fellinis einer der zentralen Sammelplätze der wirklich Neuen Russen. Doch seine Popularität endete über Nacht, als mehrere Personen vor dem Eingang umkamen. Was damals wirklich geschah, blieb nebulös. Rasch einigte man sich auf den obligatorischen Scharfschützen vom Dach gegenüber. Kategorie Mob gegen Mob, ein alltägliches Phänomen, also eher unbedenklich für Anton.

Noch aber war der Club das unwiderstehliche Epizentrum der Eitelkeiten, ein Spiegel der Seelen jener, die der rabenschwarze Moloch für ein paar Stunden in diese Wunderwelt entsandte.

Auf dem Weg dorthin überkamen Anton Zweifel. Ihm grauste ein wenig vor Nastjas kräfteraubendem Energiefeld. Stattdessen hätte er in einem Off-Theater inmitten sympathischer Enthusiasten Tschechows *Drei Schwestern* ansehen können. Allerdings riet sein Hafenproblem ihm zum Club.

Dumpf betrachtete er den Hinterkopf seines Fahrers. Obwohl erst Freitagabend, roch der Mann bereits unangenehm. Anton war pikiert, vielleicht würde er ihn noch zwei Tage lang benötigen. Die Fahrer, die ihm die Firma zuteilte, wurden immer schlimmer. Warum gab es eigentlich keine Frauen für diesen Job? Sie rochen gut und würden nicht versuchen, mit ihm über Fußball, Gebrauchtwagen oder die neuesten Protokolle der Weisen von Zion zu sprechen. Dummerweise war es für Frauen in der Sowjetunion aber unüblich, den Führerschein zu machen. Die wenigen für Privatpersonen bestimmten Autos gingen dauernd kaputt, und es gab kaum Werkstätten. Alle, die eines ergatterten, mussten über Grundkenntnisse in der Kfz-Mechanik verfügen.

Und welche Frau wollte schon nachts auf einer verlassenen Landstraße bei minus 20 Grad das Getriebe wechseln?

Vor dem Club hatte sich ein kleiner Stau gebildet. Viele der Langversionen der Mercedes S-Klasse oder der 7er-BMWs wurden von ebenfalls schwarzen Mercedes der G-Klasse flankiert, deren Form an Bauklötze für Kinder erinnerte. Die übliche Bezeichnung für diese Pilotfische, die stets an den gepanzerten deutschen Limousinen klebten, war *Backstein*. Zwei Backsteine mit Blinklichtern und Sirenen, in denen jeweils vier stoische Leibgardisten inmitten ihres Waffenarsenals saßen, bildeten das unverzichtbare Utensil, um innerhalb der eigenen Kaste ernst genommen zu werden. Ausländer waren hiervon ausgenommen; wer von ihnen so aufkreuzte, galt als ungefährdeter Exot mit Geltungsdrang. Eine korrekte Einschätzung, denn bis in die späten neunziger Jahre war es völlig unüblich, Fremdlinge aus den reicheren Industrienationen umzubringen. Anton vermutete dahinter einen taktvollen Nachhall der sowjetischen Schwäche für Völkerfreundschaft.

Als sie am Eingang des Clubs hielten, war er noch immer verstimmt. Jemand öffnete die Wagentür und wartete in devoter Haltung. Anton ließ sich Zeit. Ohne ihn anzublicken, sagte er zu dem Fahrer: »Warte nicht auf mich. Fahr nach Hause, wasch dich und komm zurück. Mir ist egal, wo du dich sonst rumtreibst, aber wenn du mich fährst, dann nicht in diesem Zustand.« Er verwendete den altväterlichen, herablassenden Tonfall, der unter russischen Geschäftsleuten beliebt war und den er sich mit der Zeit mühelos angeeignet hatte.

Der Mann nickte stumm; von einem Ausländer derart gedemütigt zu werden, war bitter. Auch Anton war für einen Moment überrascht. Noch vor ein paar Monaten hätte er nicht gewagt, so mit jemandem zu sprechen.

Im düsteren Eingangsbereich des Fellinis, zwischen Garderobe und Sicherheitsschleuse, stand Claudia Schiffer und strahlte von innen heraus. Der geblendete Anton glaubte im ersten Augenblick an ein Geschöpf Botticellis. Eine kindlich hilflose Freude stieg in ihm auf, so als sähe er das Portrait der Simonetta Vespucci zum ersten Mal. Das Model war umgeben von einem Dutzend Schwarzalben, den üblichen Quadratschädeln, deren Aufgabe es war, den benedeiten Leib zu schützen. Auch standen zwei oder drei ihrer Gastgeber so hölzern da, als ertrügen sie den Glanz des ihnen anvertrauten Wesens kaum. Eigentlich hätte Anton nicht überrascht sein sollen, seit Tagen war das dreckige Grau vieler Gebäude im Zentrum mit riesigen Plakaten verhüllt, die das Antlitz der Ikone zeigten. Kosmetikwerbung. In den Medien wurde dem bevorstehenden Besuch der schönsten Frau der Welt mehr Interesse entgegengebracht als dem der Queen ein paar Monate vorher.

Es entstand verlegene Unruhe, denn offenbar sollte auch sie gleich einen Sicherheitscheck über sich ergehen lassen. Dieses Prozedere war neu, das Management des Clubs wollte damit den Gebrauch von Schusswaffen eindämmen. Einer ihrer Bodyguards redete auf den stoischen Mann neben der klobigen Sicherheitsschleuse ein. Anton stand jetzt hinter ihr. Er wagte, einen Hauch ihres Dufts zu rauben.

»Wie Sie sehen, nehmen die Russen die Sache mit der Demokratie immer ernster.« Er versuchte, lässig zu wirken.

Sie drehte sich um, lachte entspannt und antwortete auf Deutsch: »Das ist wirklich kein Problem.«

Außerstande, sich dem Reiz der Situation zu entziehen, blickte er sie selig an. Eine kosmische Aura umhüllte ihren Astralkörper. Alle Hässlichkeit der Welt verblasste vor diesem Profil, diesen Augen, diesem Mund. Der Übergang des Amorbogens in das

Philtrum gehörte zum Bezauberndsten, was er jemals gesehen hatte. Vor ihm stand eines der wenigen unumstößlichen Argumente für den Homo sapiens. Er zwang sich, wieder regelmäßig zu atmen, und nahm sich gleichzeitig vor, endlich mit der Verherrlichung aufzuhören, was ihm aber nicht gelang.

Der garstige Sicherheitsmann stand jetzt vor ihr und bedrohte sie mit einem riesigen Phallus in der Hand. Tranceartig erkannte Anton die Chance, sich in den Dienst der Göttin zu stellen. Schnell trat er vor und schob den Arm des Mannes mit dem Metalldetektor zur Seite.

»Siehst du Kolchosentrampel nicht, wer das ist?«

Der Mann musterte Anton ungläubig. Einen Uniformierten zu reizen war kühn. Zwei weitere Knechte der Security Firma beobachteten den Zwischenfall und näherten sich drohend, aber Anton hatte Glück. Einige umherstehende Gäste murrten bereits zustimmend, und die drei Schergen wirkten angesichts der anschwellenden Solidaritätswelle ratlos. Schließlich winkte einer von ihnen die surreale Schönheit linkisch durch die Schleuse. Niemand berührte sie, andächtig folgten ihr die Blicke der Sterblichen. Plötzlich drehte sie sich um, blinzelte Anton kess zu und sagte etwas, was er aber nicht verstand. Ihr Tross bugsierte sie bereits weiter.

Nastja, die wie eine Kopie von Madonna aussah, wartete an der Bar des Restaurants auf ihn.

»Du bist spät dran. Die Schiffer soll auch hier sein«, sagte sie, ihm die Wange hinhaltend. Er nuschelte ein merkwürdiges Kompliment, die Nähe des Zauberwesens klang noch nach. Der Ärger über seinen unsouveränen Enthusiasmus beim Anblick eines Supermodels ebenfalls. Nastja trank hastig ihren Champagner und verströmte Gereiztheit, ausgelöst von der Schönheit oder dem Wohlstand der anwesenden Konkurrentinnen. Also von denen, die noch schöner und vermögender waren als sie, was für beinahe alle galt. Mehr hinreißende Frauen als in diesem Club gab es nirgendwo.

Nastja hatte jung geheiratet, aber klugerweise ihren berühmten Nachnamen behalten. Sobald es um den Kalten Krieg ging, verbreitete er auch international noch immer Ehrfurcht. Ihr Großvater verkörperte als Repräsentant des Riesenreichs bei der anderen Weltmacht den Inbegriff sowjetischen Urgesteins. Während der Beerdigung von JFK ging er in sich gekehrt am Sarg vorbei. Ohne zu ahnen, wer er war, hatte Anton als Jugendlicher dieses Foto manchmal fasziniert betrachtet. Der alte Mann lebte noch immer mit seiner Frau nicht weit vom Außenministerium. Einst war die Wohnanlage reserviert gewesen für die Privilegiertesten der Nomenklatura, mittlerweile glich der von verängstigten Überbleibseln des abgelegten Regimes besiedelte Apartmentblock einer verschlissenen Sozialbausiedlung in Westeuropa. Ihrer Privilegien beraubt, äugten die Bewohner jetzt lethargisch und zutiefst verbittert aus den Fenstern der gelblichen Backsteinfassade in eine unverständliche Welt. Doch es hätte schlimmer kommen können. Anders als nach der letzten Zeitenwende ließ man die Protagonisten diesmal am Leben; stattdessen wurden sie ignoriert. Niemand fühlte sich für sie zuständig. Ihre Pensionen waren wertlos, die Vorrechte perdu, im besten Fall wurden sie noch gönnerhaft geduldet. Selbst Nastjas Großvater, der zu Beginn der sechziger Jahre eine rühmliche Rolle bei der Vermeidung des Dritten Weltkriegs gespielt hatte, musste jetzt beim Außenministerium betteln, wenn er mal für ein paar Stunden einen verlotterten Wolga mit Fahrer benötigte. Er, der einst jederzeit ohne Anmeldung Zugang zum Weißen Haus in Washington hatte, schrieb jetzt missmutig an seinen Memoiren oder dachte an seinen alten Freund Henry, dessen Ruhm im Gegensatz zu seinem unaufhaltsam anschwoll.

Der unbeholfene Modernisierungsschub Gorbatschows hatte auch die Abkömmlinge der sowjetischen Eliten eiskalt erwischt, und der endlose Abstieg aus dem Olymp war gerade für dieses verzogene Balg Nastja traumatisch. Nicht zum ersten Mal verspürte er ein wenig Mitleid mit ihr. Gehandicapt durch den Ballast ihrer Herkunft, hechelte sie nun dem Zeitgeist hinterher, dessen Schlagzahl längst die angriffslustigen Aufsteiger des Neuen Russlands vorgaben. Sie hatte zwei Kinder mit einem aufgedunsenen Dummkopf, einfältiger Spross prominenter Eltern aus der sogenannten Kultur-Intelligenzija, der sie kurz nach der Eheschließung in die emotionale Ödnis geführt hatte.

Aber Nastja gab noch nicht auf. Sie ruderte tapfer, um nicht den Anschluss an die einflussreichen Cliquen zu verlieren. Manchmal überkam sie Panik. Wer jetzt zurückblieb, fiel tief. Was an Emporkömmlingen auftauchte, verwunderte sie noch immer, aber es galt, den Dünkel zu übertünchen. Sie verkörperten die Zukunft. Zwar rekrutierten sich auch die neuen Eliten vereinzelt aus den sowjetischen Kaderdynastien; einige parasitäre Früchtchen hatten es immerhin geschafft, sich im Chaos von Markt und Gewalt zu etablieren. Aber das waren Ausnahmen, auf die zu hoffen ihr sinnlos erschien. Noch war sie attraktiv, und mancher Emporkömmling schmückte sich gerne mit einer Trophäe aus den höchsten Kreisen des Ancien Régime.

Nastja blickte kurz auf, alles im Restaurant war in Weiß getaucht, die Seide an den Wänden und auf den Tischen, die Blumenbuketts, die Uniformen der Kellner. Weiter hinten, um eine fürstliche Tafel, saßen bereits die Geburtstagsgäste aus der Provinz beisammen und musterten frech die anderen Gäste.

Sie konnte ihren Blick nicht von ihnen abwenden. Diesen Aufsteigern gehörte nun die Welt, sie hatten Witterung aufgenommen, den Geruch des Hauptstadtbluts schätzen gelernt. Nastjas alte Welt war völlig erschlafft und gedemütigt, und diese mitleidlosen Wilden strotzten vor Lebenskraft. Sie hatten das Recht, sich alles zu nehmen, auch die Frauen, auch sie. Das war schon 1917 so gewesen und davor sowieso. Russland eben. Kein Mysterium für diejenigen oberhalb der Froschperspektive. Sie starrte immer wieder in Richtung der prächtigen Barbaren. Wie unverbraucht und jung sie doch waren! Dort saß die Zukunft der Welt. Es waren nicht nur ihr Reichtum und die lässige Verwegenheit, die Nastja faszinierten, es war auch die libertäre Gangsteraura. Wie immer trank sie zu viel und zu schnell.

»Woher kennst du den Typen, der dieses Spektakel veranstaltet?« Anton deutete auf die dekorierte Tafel, die sich quer durch das Lokal zog.

»Irgendein Rodja oder Roman aus Omsk oder Tomsk. Ich habe seine Frau im Spa getroffen. Sie sitzt da drüben. Die haben ihre ganze Clique eingeflogen.«

»Klingt langweilig. Was läuft sonst noch in der großen dunklen Stadt?«

»Langweilig? Du hast ja keine Ahnung. Werde jetzt bloß nicht melancholisch!«

Unwirsch ignorierte sie ihn und beobachtete stattdessen das Treiben der eintreffenden Gäste. Ohnehin war sie nicht in der Lage, mehreren Ereignissen gleichzeitig zu folgen. Dies war meist der Fall, und wenn ihre abrupten Unterbrechungen dann jemanden verwirrten, lachte sie ausgelassen darüber. Auf diese Art überspielte sie ihre Konzentrationsschwäche.

Er blickte sie belustigt an. Ihr Selbstbewusstsein war authentisch, ihre vulgäre Aufrichtigkeit im konventionellen Einerlei der besseren Kreise wohltuend. Er mochte ihr komisches Talent, über alles zu sprechen, als handele es sich um Satire.

Auf ihre nonchalante Geste hin erschien mehr Jahrgangs-Champagner. Obwohl aus der alten Zeit stammend, verkörperte Nastja, dieses etwas verkommene Vöglein in dem Chanel-Kleidchen, das er auf eine abstruse Weise lieb hatte, die originelle Verruchtheit vieler Neuer Russen. Sie nippte verächtlich am Nektar und schnatterte belustigt vor sich hin. Antons Laune besserte sich allmählich. So sollte man sie blitzartig in Acryl gießen und in ein Museum stellen, dachte er, damit zukünftige Generationen eine typische Vertreterin dieser Periode der russischen Geschichte in Mimik, Gestik und Haltung studieren konnten.

»Hörst du mir überhaupt zu?« Sie sah ihn zornig an und fuhr erst fort, als er versonnen nickte.

Die beiden gingen hinüber zur feiernden Horde, die sich homogen und hochfidel präsentierte. Sie hatten sich hierarchisch angeordnet, wobei die Plätze zwischen den Männern mit atemberaubenden Schönheiten drapiert waren.

Nastja näherte sich seufzend Antons Ohr: »Schau mal, die artig rausgeputzten Landeier. Alle frisch gebadet und gestriegelt. Wäre die Brünette da drüben nichts für dich? Wenn ich zusehen darf, buche ich sie für dich.«

Offensichtlich war es der Ansammlung der überwiegend feisten Burschen vor etwa achtzehn Monaten gelungen, die lokale Erdölraffinerie unter ihre Kontrolle zu bringen. Integraler Bestandteil ihres Geschäftsmodells war das Anbohren staatlicher Pipelines, deren Rohöl in der Raffinerie weiterverarbeitet wurde. Sie belieferten damit unter anderem das eigene Tankstellennetz. Nachdem sie sich rasch das Versorgungsmonopol einer industrialisierten Region von der Größe Deutschlands erkämpft hatten, verfolgten sie nun gigantische Expansionspläne. Hierfür genügte es nicht mehr, Abgeordnete und Beamte zu kaufen, nun galt es, sich in der Hauptstadt zu etablieren. Anton studierte die Truppe: Sie hatte vermutlich gute Chancen, sich eine Zeitlang zu halten, bevor äußere oder innere Kräfte alles zum Einsturz bringen würden.

Ein sehniger Mann mit roten Backen begann eifrig einen langen Toast auf den Chef des Unternehmens auszubringen, und dieser folgte lässig zurückgelehnt der Lobrede. Nach einiger Zeit gab er ein Zeichen, man möge die Aufzählung banaler Details beenden. Er wirkte überhaupt nicht wie ein Anführer, sein sympathisches Gesicht war ein wenig deformiert und die Mimik verlangsamt, so als hätte es bei seiner Geburt Komplikationen gegeben. Anton betrachtete ihn lange, während Nastja versuchte, die Provinzler zu beeindrucken.

Die Stimmungskurve am Tisch stieg wieder an, als eine Reihe von Schlagerstars begannen, ihre aktuellen Hits auf einer kleinen Bühne vorzutragen. Auch ein abgehalfterter Tenor aus Georgien reihte sich mit *Schwarze Augen* und *Moskauer Nächte* ein.

Nastja war in kämpferischer Laune und hatte gerade eine weitere Flasche geleert, als der Sänger abtrat und ein bizarrer Vamp die Bühne erklomm. Obwohl oder gerade weil sie die perfekte Karikatur eines Schlagerstars abgab, wurde sie im Hinterland offenbar frenetisch verehrt. Anton begann sich zu langweilen.

Bevor er hinüber zum Nachtclub ging, dankte er dem Gastgeber mit ein paar aufmunternden Worten. Dessen liebenswürdige Art wirkte vor dem Hintergrund der grobklotzigen Horde rätselhaft. Ein deplatzierter Stratege, der souveräne Intelligenz ausstrahlte, und Anton hatte plötzlich das Gefühl, der andere würde gerne mitkommen, um dem selbstverschuldeten Frohsinn zu entgehen.

Der Nachtclub des Fellinis diente den unerbittlichen Eroberern der neuen Zeit als behagliches Rückzugsgebiet. Im gedämpften Licht erschien jedes Detail formvollendet. Dies war kein Surrogat für die mondänen Vorbilder im Westen, dieser Club hatte seine Lehrmeister weit hinter sich gelassen, und die Mitglieder nahmen es befriedigt zur Kenntnis. Wer hier Freitagnacht einen Couchtisch in den Nischen besetzte, verpasste nichts im Vergleich zu London, Miami oder New York.

Auf den Sofas rekelten sich erlesene Langbeine, während daneben junge Parvenüs kubanische Zigarren rauchten. Die Grundstimmung war entspannt und freundlich. Hier war man unter sich, gleichgesinnt, waffenlos, vielleicht sogar ein wenig melancholisch angesichts der jüngsten Verteilungskämpfe da draußen.

Anton schlenderte quer durch den Raum in Richtung Bar. In einer der Nischen erkannte er aus dem Augenwinkel heraus den Sekretär des Eisenbahnministers, umgeben von den Inhabern einer konkurrierenden Rohstoffgruppe. Als er Anton sah, flackerten seine Augen kurz auf. Das Frettchen lässt sich von allen mästen, dachte Anton. Mit Grausen fiel ihm die bald anstehende Bieterschlacht ein, wenn es wieder um die Zuteilung von staatlichen Eisenbahnwagons ging, ohne die weder Kohle noch Stahl in die Häfen gelangte. Langsam ging er weiter. Aus einer Nische nickte ihm Schanna zu. Sie saß neben dem Sohn eines zentralasiatischen Präsidenten und dessen Clique. Anton zuckte kurz zusammen; diese wunderbare Kurtisane hielt sich wirklich eine exklusive Sammlung von Sponsoren. Er nickte zurück und nahm sich vor, sie kommende Woche anzurufen.

Die Theke der kleinen Bar war mit der Haut eines Reptils überzogen, fein strukturiert, eher Eidechse als Krokodil. Hier konnte man sich normal unterhalten und hatte dabei Tanzfläche und Sitznischen im Blick. Es war die einzige Bar in Moskau, wo man eine Stunde verbringen konnte, ohne von einer Nutte oder einem Betrüger angesprochen zu werden.

Aus einer der Sitzecken tauchte Michail auf, klopfte Anton leicht auf die Schulter und setzte sich neben ihn.

»Was trinkst du, wilder Fremder?«

»Wodka Tonic«, sagte Anton.

Michail verzog das Gesicht. In diesem Club wurde nicht mehr viel Wodka getrunken; üblich waren Whisky, Champagner und Kognak im Gegenwert sowjetischer Gebrauchtwagen. Der Scotch, den Michail bestellte, war älter als er.

»Whisky bedeutet auf Gälisch *Lebenswasser*«, sagte er zum Barkeeper. Dieser nickte unsicher und brachte ein Glas Mineralwasser.

Michail schüttelte den Kopf und rief: »Warum bringt der Tölpel Wasser? Ich bin weder durstig noch schmutzig.«

Der Mann entschuldigte sich unbeholfen. Im Gegensatz zu anderen Metropolen behandelte man Barkeeper in Moskau grundsätzlich schlecht.

»Claudia Schiffer ist hier irgendwo«, sagte Michail.

Anton nickte.

»Habe sie mittags auf einem Empfang erlebt. Wirklich hübsch anzusehen«, fuhr der Russe fort.

»Hübsch? Bist du aus Beton? Sie ist so schön, dass man in ihrer Gegenwart den Verstand verliert.«

»Wie auch immer. Sie ist jedenfalls hier irgendwo. So viel zu der Behauptung, es gäbe keinen Fortschritt.«

Sie begannen vom Tölpel herbeigeschaffte Cohibas zu rauchen.

»Was hast du wegen des Iridiums rausbekommen?«

»Etwa vier Millionen Dollar ist es schon wert. Vorausgesetzt, der Reinheitsgehalt ist wirklich so hoch. Sonst deutlich weniger.«

»Gibt es schon ein festes Gebot?«

»Ein Hongkong-Chinese würde es kaufen. Aber er will es in einem Labor *dort* testen lassen.«

»Vertraust du ihm?«

»Ja. Aber vertraust du deinem Lieferanten? Es kommt bei der Reinheit auf die dritte Stelle nach dem Komma an.«

»Er ist überzeugt von der Qualität. Kann der Chinese nicht herkommen, um die Tests hier durchzuführen? Wir könnten ihm ein Labor zur Verfügung stellen.«

»Unwahrscheinlich. Würdest du ja auch nicht machen. Erst nach der Bestätigung durch das Labor in Hongkong gibt es Geld gegen Ware.«

»Gut. Ich spreche mit meinem Studienkollegen. Wenn er bereit ist, mit dem Zeug nach Hongkong zu fliegen, werden wir es so machen. Wir bringen es im Handgepäck durch den Zoll, über die VIP-Lounge. Ich habe dort meine Kontakte. Bin erst neulich so mit einem Malewitsch nach Berlin geflogen.«

»Welche Periode?«

»Leider kein Suprematismus, sonst hätte ich das Bild selbst behalten.«

»Aus Beständen der Tretjakow-Galerie?«

»Das bleibt mein kommerzielles Geheimnis. Hast du etwa spezielle Wünsche?«

»Nein. Mit Ausnahme vielleicht einer Serow-Skizze. Da könnte ich schwach werden.«

»Gute Wahl, aber ein wenig bescheiden.«

»Meine Mittel sind bescheiden.«

»Haha, du gehörst wohl zu der Minderheit hier, die immer noch weniger als eine Million im Monat machen.«

Das Gespräch plätscherte dahin, Michail schob noch eine aktuelle Anekdote über Neue Russen ein. Schließlich kamen sie zurück auf das Pulver.

»Warum fliegst du nicht mit ihm und sorgst für eine korrekte Abwicklung?«, fragte Michail.

»Zu hohes Risiko. Vielleicht wird das Zeug bereits vermisst, oder der Typ erzählt Blödsinn. Kann alles ein Fall von *wishful thinking* sein. Vielleicht ist es auch gar kein Iridium. Oder es steht immer noch auf einer Liste aus Sowjetzeiten als strategisches Metall. Das bedeutet für einen Ausländer mit Sicherheit Arbeitslager. Du kannst ja selbst mitfliegen.«

»Schon klar, du musst dich nicht rechtfertigen«, nickte der Russe ihm zu.

»Können wir jetzt bitte über die Situation am Schwarzen Meer sprechen?«

Michail schmunzelte. »Darüber will jeder mit mir sprechen.«

»Kein Wunder. Ihr kontrolliert dort mindestens drei Häfen.«

»Mag sein. Aber es gibt doch noch andere auf russischer Seite. Und auch in der Ukraine. Warum will jeder etwas von mir, wenn es um das Schwarze Meer geht?«

»Vergiss die Ukraine. Aber auch in Noworossijsk kann man sich mit Kohle nicht mehr blicken lassen.«

»Davon habe ich gehört. Die halbe Stadt wird schwarz, wenn der Wind dreht. Die Hausfrauen wollen euch am liebsten lynchen, weil sie ihre Wäsche nicht mehr draußen aufhängen können.«

»Du sagst es. Und dann diese Bürgerinitiative.«

»Sagtest du Bürgerinitiative? In Noworossijsk? Verwegene Entwicklungen sind das. Wir werden noch so dekadent wie der Westen. Haben die denn nichts zu tun? Je besser es den Leuten geht, desto mehr kommen sie auf dumme Ideen.«

»Der Kohleterminal im Stadtzentrum war auch Blödsinn. Deshalb brauchen wir jetzt dringend von dir eine Alternative. Die beladenen Züge irren durch Sibirien, weil wir nicht wissen, wohin mit dem Zeug. Die Hafenverwaltung gerät in Panik, wenn dein Name fällt. Du musst mir unbedingt mal erklären, wie man ganze Häfen unter seine Kontrolle bekommt.«

»Verkauf mir doch eure Kohle, dann seid ihr die Probleme los.«

»Und du bist noch reicher. Wir haben Verträge mit diesen aufgebrachten Türken. Die verfolgen mich durch die halbe Stadt und terrorisieren die Sekretärinnen.«

Michail lachte gequält und bestellte mehr Whisky. »Berufe dich doch einfach auf *Höhere Gewalt*, dann brauchst du die Verträge nicht einzuhalten. So eine Klausel habt ihr doch bestimmt drin. Ein Zertifikat von der Handelskammer, das *Force majeure* wegen Streik oder Unwetter offiziell bestätigt, kostet 200 Dollar und eine halbe Stunde Zeit.«

»Geniale Idee. Dann wollen die Türken erst recht ihre Vorauskasse zurück. Und das Geld haben wir längst nicht mehr.«

Sie lachten über die immer gleichen Probleme, die jeder hatte und die um diese Zeit und an diesem Ort niemand mehr wirklich ernst nahm.

»Habt ihr Taganrog versucht?«

»Vergiss es. Die haben unseren Repräsentanten fast ertränkt, als er sich höflich erkundigte.«

»Ach, der war von euch. Habe so etwas vernommen. Keine Disziplin im Süden. Aber ich kann dir wirklich nicht helfen. Sobald der neue Terminal fertig ist, gern – aber momentan ist es unmöglich.«

»Vertröste mich nicht mit einem Terminal, der erst in ein paar Jahren fertig wird. Ich brauche sofort einen ständigen Platz für zehntausend Tonnen.«

»Zehntausend Tonnen? In diesen Häfen? Schon dreitausend sind unmöglich. Du weißt, ich mag dich. Ich kenne die Struktur, für die du arbeitest. Dein Chef ist angenehm altmodisch. Er ist manchmal schwierig, aber die Firma bezahlt, und ihr lauft nicht herum und erschießt die Leute, selbst wenn sie es verdient hätten. Aber ich habe einfach keinen Platz. Das versteht sogar Tölpel.«

Tölpel nickte hastig aus dem Sicherheitsabstand.

»Lass uns hochgehen und Black Jack spielen. Du spielst doch? Oder soll ich dich Hermann nennen? *Drei Karten – drei Karten*«, sang Michail.

Anton verzieh ihm die Anspielung auf den unsympathischen Deutschen aus Puschkins Erzählung, sah ihn nur stumm an.

»Gehen wir. Zahlen, Tölpel!«, rief Michail.

Die beiden verließen den Nachtclub und gingen die Treppe hoch zum Kasino, aber alle Black-Jack-Tische waren besetzt.

»Lass uns zur *Zarenjagd* rausfahren und Hirschfilet essen«, schlug Michail vor. Es war jetzt zwei Uhr. »Und danach sehen wir schon, wie es weitergeht.«

Die beiden gingen in Richtung Garderobe, als Nastja wieder auftauchte, im Schlepptau einen der Sibirier.

»Wohin fahrt ihr? Lass mich hier nicht alleine.«

»Alleine bist du ja wirklich nicht. Wir haben noch etwas zu besprechen. Ich rufe dich morgen an«, sagte Anton.

Schneetreiben setzte ein, als ihre beiden Wagen vor der Ampel am Gartenring zum Stehen kamen. Anton hatte sich zu Michail in dessen verlängerten BMW gesetzt, sein Fahrer folgte ihnen mit dem leeren Wagen. Heimelige Schläfrigkeit breitete sich auf der Rückbank aus, als Anton plötzlich wahrnahm, wie einige zwergenhafte Gestalten aus dem Untergrund auftauchten, kurz die Wagen musterten und dann halb laufend, halb taumelnd die Straße überquerten. Er drehte sich zu Michail um, der offenbar nichts mitbekam.

»Hast du das gesehen?«, fragte Anton den Fahrer.

»Kinder. Die leben zwischen den Fernwärmerohren tief unten. Nachts kommen sie raus und gehen auf Raubzug. Es gibt Hunderte von ihnen.«

Michail, der eingenickt war, sah sich lustlos um und sagte: »Wehe, du begegnest den kleinen Scheißern irgendwo alleine.«

Alle lachten. »Nachts klettern diese Raubtierchen aus den Gedärmen der Stadt und fallen die Leute an«, rief der Fahrer nach hinten.

»Die Lemuren sollen sogar schon Mädchen runtergezerrt haben, um sie als Sklavinnen zu halten«, bemerkte Michail gähnend, bevor er wieder eindöste.

Vom Gartenring bogen sie auf den Neuen Arbat ab, überquerten die Moskwa, fuhren über den leeren Kutusow-Prospekt und gelangten auf die Rubljowka. Noch immer boten vermummte Verkäufer am Straßenrand Rosen und monströse Plüschtiere an, die in beleuchteten Glaskästen ausgestellt waren. Auf ein paar der riesigen Reklametafeln entlang der achtspurigen Ausfallstraße wurde öffentlichkeitswirksam mit vertraulichen Botschaften um Frauen geworben. HEIRATE MICH ENDLICH JULIA! IN LIEBE YURI.

Sobald man in den gepflegten Wald eintauchte, der gleich hinter dem Autobahnring begann, stellte sich die idyllische Atmosphäre ein, die über dem Territorium der größten Profiteure des Neuen Russland lag.

Der riesige Parkplatz vor dem Restaurant *Zarenjagd* war in gleißendes Flutlicht getaucht. Am Rand waren schemenhafte Umrisse von Gestalten zu erkennen, die von der Geschäftigkeit rund um die luxuriösen Fahrzeuge angezogen wurden, es aber nicht wagten, ins Rampenlicht zu treten: vermummte Habenichtse aus den angrenzenden Waldgebieten, die das nur wenige Meter entfernte Spektakel von Reichtum und Schönheit anstarrten. Manchmal drangen ihre Bettelrufe bis zu denen im Licht, und jemand warf etwas Geld in ihre Richtung.

Dutzende von Leibwächtern standen auf dem Parkplatz herum. Sinn und Unsinn ihres Einsatzes war ein gern diskutiertes Thema unter den Bewohnern der nahen Millionärssiedlungen Barwicha und Zhukowka.

»Wo sind eigentlich deine Gorillas?«, fragte Anton noch halb geblendet.

»Wozu denn? Meistens sind es doch die, die dich umbringen.«

Tatsächlich waren auffallend viele Anschläge in letzter Zeit von eigenen Bodyguards ausgeführt oder unterstützt worden.

»Loyalitätsdefizit?«

»Exakt. Jemand bietet deinem Affen fünftausend Dollar für dich, und dann will dieser zehntausend von dir, damit er es unterlässt.«

»Und dann?«, wollte Anton wissen.

»Was wohl. Dann geht er wieder zurück und verlangt fünfzehntausend dafür, dich umzulegen.«

»Das glaube ich dir nicht.«

»Zu Recht. Um das Bietergefecht abzukürzen, habe ich meine selbst entsorgt.«

»Glaube ich dir auch nicht«, log Anton.

Abschätzig musterten sie die Herde von Leibwächtern mit verkabelten Ohren, die auf dem Parkplatz fror. Seit Neuestem gab es logistische Überlegungen, ihren Zugang zu Restaurants einzuschränken. Nachdem einzelne Schutzobjekte in Begleitung von bis zu zwölf von ihnen Einlass begehrt hatten, drängten die besseren Restaurants auf Obergrenzen. Ohnehin waren die zu schützenden Personen oft der Lächerlichkeit preisgegeben, weil sie beim Durchschreiten des Lokals von ihren Wächtern völlig verdeckt wurden und von den anwesenden Gästen nicht mehr identifiziert werden konnten. Man amüsierte sich gern über die Restaurantauftritte eines kleingewachsenen Unternehmers, der von seinen vielen Bodyguards nicht nur völlig verdeckt, sondern vielmehr getragen wurde. Oft entglitt ihm hierbei die Regie, und dann gelang es ihm nicht, den Zug zu stoppen, obwohl er gerne die eine oder andere Person begrüßt hätte. Man vernahm dann aus dem vorbeistürmenden Knäuel nur noch die fiependen Proteste des zukünftigen Präsidentschaftskandidaten.

»Lass uns reingehen«, sagte Anton.

Die *Zarenjagd* war ein bombastisches Blockhaus mit Bächen, Mühlrädern, scheußlichem Schnitzwerk, riesigen Holzfiguren und Kellnern in Folklorekostümen. Ländlich-skurrile Erlebnisgastronomie wurde im Großraum Moskau immer populärer.

Vor der breiten Treppe, die vom Parkplatz zur Pforte führte, wurden sie von einem Balalaikaspieler erwartet, der sie die Stufen hoch bis zu einem Hünen in Bojarentracht und mit Streitaxt begleitete. Drinnen nahm sie dann eine Kalinka-Karikatur mit Modelmaßen in Empfang, die eine zu dieser Uhrzeit kaum erträgliche Frische und Energie ausstrahlte. Fröhlich zwitschernd schritt sie voran durch das noch immer sehr gut besuchte Restaurant, an einer Quelle vorbei, an einem Bächlein entlang und schließlich über einen gebogenen Steg, an dessen Ende sich ihr Tisch befand.

Wie immer in der *Zarenjagd* begrüßten etliche Bekannte die Neuankömmlinge. Fast alle Gäste besaßen Häuser in der Gegend und kannten sich. Man gab sich ausgelassen inmitten von Ehefrauen, Freunden und Geliebten.

»Dein Kanzler war letzte Woche hier. Erst in der Sauna mit Boris Nikolajewitsch, anschließend gab es hier ein feines Bankett, und dann waren sie am Flughafen noch einmal in der Sauna. Gibt es eigentlich keine Saunen im Land der Dichter und Denker?«, fragte Michail, nachdem sie bestellt hatten.

»Versuchst du, Small Talk zu machen? Wer ist eigentlich die zierliche Schwarzhaarige, die mit Pawelewskis Frau in der Ecke sitzt? Habe sie schon mal gesehen.«

»Hast du. Nur nicht hier. Sie tanzt im Stanmus.«

»Richtig. Kennst du sie?«

»Nicht gut. Ich könnte etwas arrangieren, wenn du willst, aber ich rate dir ab. Ballettratten sind meist enttäuschend. Haben ihre Höhepunkte ausschließlich auf der Bühne.«

Sie aßen marinierten Hirsch und tranken dazu einen 89er-Saint-Émilion.

»Ich bevorzuge Musikerinnen«, sagte Michail mit gespielter Finesse, »hast du schon einmal mit einer Frau geschlafen, die eines der Klavierkonzerte von Beethoven spielen kann?«

»Welches?«

»Sagen wir das fünfte.«

»Nein. Das ist aber auch das schwierigste. Mit Nummer drei schon.«

»Eine Affäre mit Nummer drei ist auch in Ordnung.«

»Spielst du eigentlich selbst ein Instrument?«

»Klar. Kalaschnikow und Makarow, virtuos. Und etwas Klarinette.«

»Du bist doch ein musischer Typ. Wie bist du in einem technischen Beruf gelandet?«

»Zu wenig Talent. Außerdem standen Juden nicht alle Institute offen. Deshalb schickte man mich auf die Gubkin-Universität für Öl und Gas. Keiner ahnte, dass man damit im neuen Russland mal reich werden könnte.«

»Haha, from zero to hero. Die Diskriminierung ist dem Regime wohl ziemlich auf die Füße gefallen.«

»In Energie und Bergbau steckt halt das meiste Geld, und da hatte unsereins einen gewissen Vorsprung. Wohl deshalb ist auch jeder zweite Oligarch Jude. Ich bin für die Ausbildung ganz dankbar. Genutzt hat sie mir zunächst aber nichts. Nach der Uni habe ich ein Jahr lang Autos gewaschen.«

»Und dann?«

»Irgendwann tauchte ein Bonze von Rosenergo mit seinem Boomer auf, damit ich die Kiste wasche. Der Typ war ziemlich dicht und redselig. Ein paar Wochen vorher hatte er bei einer gezinkten Privatisierung ein Filetstück ergattert, und jetzt suchte er jemanden für seine Ölterminals. Da habe ich dann gelernt, wie Häfen funktionieren.«

»Den Rest kann ich mir denken.«

»Ich habe da vor allen Dingen gelernt, dass hart arbeiten die dümmste aller Strategien ist.«

»Klingt vernünftig.«

»Klingt russisch.«

»Und die Klarinette?«

»Ab und zu spiele ich noch etwas Jazz. Mittlerweile muss ich allerdings die anderen Bandmitglieder bestechen, damit sie mich noch mitspielen lassen.«

Es war nach vier Uhr, als ein gemeinsamer Bekannter vorbeikam, um zu fragen, ob sie noch mit in ein Badehaus um die Ecke in Barwicha kommen wollten.

»Es geht hoch her im Banja. Karim feiert seinen Triumph in

New York. Die haben ihm schon während der Vernissage alles aus den Händen gerissen. Ihr müsst mitkommen, herrliche Frauen, originelle Truppe – das ganze Programm eben.«

Michail war sofort einverstanden. »Das passt doch hervorragend, um neun geht mein Flug. Lasst uns keine Zeit verschwenden.«

Beim Hinausgehen kam ihnen Nastja mit zwei Freundinnen entgegen.

»Wo hast du den sibirischen Pfundskerl gelassen?«, fragte Anton. Die drei kicherten nur, und ohne zu antworten, küsste Nastja ihn im Vorbeigehen.

Auf dem Parkplatz vor der *Zarenjagd* herrschte noch immer rege Betriebsamkeit. Jemand schubste den widerstrebenden Balalaikaspieler in eines der Fahrzeuge. Ein Fahrer stand neben einem geöffneten Kofferraum, in den Küchengehilfen Pasteten, Piroggen und eine Kiste Wein verstauten. Immer mehr Gäste schlossen sich dem Tross an. Als sich die sechs Fahrzeuge in Bewegung setzten, rannte ein Kellner der Kolonne noch ein Stück hinterher. Anscheinend hatte jemand seine Rechnung nicht beglichen.

Nach ein paar Minuten erreichten sie das hinter einer Mauer versteckte Badehaus. Neben der Tür kauerte ein Mütterchen, das resigniert den Kopf schüttelte, sobald es die Neuankömmlinge wahrnahm. Alle stürmten an ihr vorbei in den Raum, wo der Künstler, eine Mischung aus Falstaff und Saporoger Kosake, auf einer Art Kanapee halb nackt Hof hielt. Liegen, Stühle, Sessel und riesige, auf dem Boden verstreute Kissen waren besetzt von zwei Dutzend Zechern. Ein Paar lag ineinander verschlungen im Halbdunkel, zwei Frauen liebkosten sich in einer Ecke, andere hörten dem Künstler versonnen zu. Zwei Männer mit nacktem Oberkörper nagten, über einen Tisch gebeugt, Kalbskoteletts ab.

Die Ankunft der Gruppe aus der *Zarenjagd* löste großes Gejohle aus. Die mitgeschleifte Balalaika begann wieder zu spielen.

Die Haut des Malers glänzte speckig, Backen und Nase waren hochrot, und Haarsträhnen klebten auf seiner Stirn. Anton war begeistert, authentischer konnte ein Künstler nicht sein. Er kannte seine Bilder von einer Kunstmesse in der Manege; sie waren anders, als man es von dem kleinen, dicklichen Mann erwartet hätte, der sich jetzt behaglich in die Kissen lehnte. Er malte zeitgenössische Sujets im konventionellen Ikonenstil vergangener Jahrhunderte, ein verblüffender Gag, der ihm auch außerhalb des Landes Popularität verschaffte. Sein Stil traf den Zeitgeist perfekt und löste in den Kunstzentren der Welt hysterische Kaufimpulse aus. Dabei waren seine Bilder durchaus plakativ, ja dekorativ, aber stets mit dem Nimbus technischer Perfektion, der Betrachter begriff sofort, worum es ging: Krieg, Drogen, Umweltkatastrophen und das Elend Russlands im Allgemeinen. Ein italienischer Journalist hatte das alles einmal als »Postperestroika-Kunst im Stile Rublows« beschrieben, was die Sache ganz gut traf.

Während der Maler den Hinterkopf einer nackten Schönheit kraulte, die sich an ihn schmiegte, rief er mit seinem angenehmen Bariton den Neuankömmlingen zu: »Reicht mir eine Pirogge und zeigt, welchen Wein ihr mitgebracht habt. Wir begannen uns gerade zu langweilen, jemand wollte sogar über Politik sprechen. Da kommt ihr Krisengewinnler gerade recht.«

»Der größte Parasit bist schon du selbst«, erwiderte Michail und zeigte auf den Ausstellungskatalog einer New Yorker Galerie.

»Mag sein. Es gibt nun mal ein kapitalistisches Verwertungsinteresse an meiner Kunst. Aber wenigstens schände ich nicht die heilige Mutter Erde Sibiriens.« Er machte eine ausladende Geste, und die Schönheit räusperte sich, während er ihr jetzt langsam übers Haar strich.

»Nein, das tust du natürlich nicht. Du versündigst dich höchstens an der Kultur von Mütterchen Russland.«

»So weit würde ich nicht gehen«, sagte der Maler, während er sein Weinglas wohlgefällig gegen das Licht hielt, »lasst es gut sein, die russische Kultur wurde bereits von den proletarischen Massen und ihren Statthaltern verwüstet. Heute haben wir die Freiheit, schlechte Kunst zu machen. Was für ein formidabler Fortschritt.«

»Niemand lügt so sympathisch wie du. Wir gratulieren dir jedenfalls zum Triumph in der Neuen Welt. So etwas ist selten geworden«, rief ein anderer.

»Danke! Ich weiß, es kommt von Herzen. Legt jetzt endlich eure exquisite Kleidung ab und entspannt euch. Die Piroggen sind übrigens nichts Besonderes, aber für den Wein liebe ich euch schon jetzt.«

»Du siehst aus wie Bacchus, und du hast jeden Tropfen verdient«, sagte Michail.

»Oder um es mit Marc Aurel zu sagen: Es soll keiner so wenig Wein trinken, dass er seiner Gesundheit schadet«, erwiderte der Maler, der in seiner barocken Pracht glänzte. Unter Beifall beugte sich ein Mann im Pelzmantel über die Schönheit und küsste den Künstler mehrmals.

Anton betrachtete den Maler noch immer verzückt. Alles war stimmig an diesem autarken Menschen, der Wärme, Güte und Willenskraft ausstrahlte. Für einen Augenblick war er der Fürst seiner Zunft, denn vermutlich schon im nächsten Jahr würde der Kunstmarkt sich einen anderen suchen. Er aber lebte ausschließlich im Hier und Jetzt. Ein Privileg der Russen, dachte Anton.

Die meisten gingen nun in die Sauna, wurden mit Birkenzweigen gepeitscht, sprangen ins eisige Wasser oder ließen sich massieren. Dazwischen traf man sich immer wieder in dem großen, schwülen Raum, wo Karim bestens gelaunt thronte. Im Halbdunkel saß man hier in Gespräche vertieft, flirtete, aß, trank und rauchte. Manchmal ging jemand hinaus, um seinem Fahrer oder Leibwächter eine Anweisung zu geben. Diese warteten in einem Vorraum auf schmalen Bänken, wo sie Tee tranken oder schliefen. Einer unterhielt sich mit dem Mütterchen, zwei andere spielten Schach auf einem winzigen Brett mit Steckfiguren. Nur der Chauffeur des Malers mit den langen grauen Haaren saß abseits und las in Heinrich Manns *Henri Quatre*. Anton hätte ihn am liebsten abgeworben.

Irgendwann wurde es Zeit für Michail aufzubrechen. Er war während der Massage eingeschlafen und fühlte sich prächtig. »Warum begleitest du mich nicht zum Flughafen? Du fährst doch sowieso weiter auf die Datscha von Ehrenthal. Dann könnten wir noch zusammen frühstücken.«

Beide umarmten den Künstler zum Abschied, der ihnen noch das Versprechen abnahm, ihn in seinem Atelier zu besuchen. Die Schönheit schlief jetzt fest neben ihm, sie ähnelte auffallend der Unbekannten in der Kutsche von Kramskoi, einem der populärsten Gemälde Russlands. Ihre entspannten Züge steigerten die rätselhafte Erscheinung noch mehr.

»Ist sie nicht herrlich? Ich werde sie malen müssen.«

Anton und Michail nickten zustimmend. »Sie wird bestimmt deine neue Muse«, sagte Michail und umarmte ihn noch einmal.

Im Vorraum herrschte Aufbruchstimmung, jemand weckte seinen Fahrer mit einem Tritt, ein anderer suchte den seinen vergebens. Ein paar Leibwächter lösten sich aus der Gruppe und gesellten sich zu ihren Schutzobjekten. Fluchend und lachend, stand man noch eine Zeitlang vor dem Badehaus und verabschiedete sich.

Die beiden fuhren die Rublowka zurück bis zum Autobahnring. Anton mochte es, wenn im Morgengrauen das schale Licht einen ersten Blick auf die besinnungslose Peripherie der Stadt freigab. Es war die ehrlichste Tageszeit, die Spuren nächtlichen Treibens noch nicht verwischt. Fahrzeuge, die nach schweren Unfällen an der Straße zurückgelassen wurden, Prostituierte, die noch immer auf den Ausfallstraßen ausharrten. Etwas weiter standen zwei Sanitäter rauchend neben einem reglosen Körper, der noch nicht zugedeckt war. Selbst die streunenden Hunde wirkten matt.

Kurz bevor sie zum Flughafen abbogen, erschien links die stilisierte Panzersperre, eine erhöhte Stahlskulptur, welche die Stelle markierte, bis zu der die Wehrmacht 1941 vorgedrungen war. Michail sah Anton grinsend an, nickte in Richtung des Denkmals und sagte auf Deutsch: »Ein Katzensprung!«

Auch der Fahrer blinzelte Anton im Rückspiegel feixend zu und sagte: »Die Veteranen protestieren gegen das IKEA-Möbelhaus, das daneben gebaut wird.«

»Besser als ein deutscher Baumarkt«, murmelte Anton.

Der Fahrer wurde nun redselig und begann, über die Korruption bei der Vergabe städtischer Grundstücke zu lamentieren. Michail verdrehte die Augen.

»Verschon uns mit dem halb verdauten Zeug aus den Zeitungen.«

Der Fahrer zuckte kurz, nickte schuldbewusst und schwieg.

Auf der Rampe, die hoch zum Abflugbereich führte, herrschte das übliche Chaos, und sie gingen das letzte Stück zu Fuß. Vor dem Eingang zum VIP-Bereich wartete eine Frau, die sie nach oben begleitete. Hier wurde niemand großartig mit Formalitäten wie Passkontrolle oder Registrierung belästigt. Für zwanzigtausend Dollar pro Jahr war es möglich, die grotesken Warteschlangen bei Abflug und Ankunft zu vermeiden.

Die Sitzmöbel im grellen Licht des fensterlosen Raumes waren mit Medusenhäuptern und Quasten übersät, die entfernt an Versace erinnerten, den Halbgott aller Neureichen. Es war ruhig hier, nur ein unzufriedener französischer Schauspieler sorgte für etwas Abwechslung. Sie gingen hinüber in einen schummrigen Speisesaal im Stil der frühen achtziger Jahre.

»Wie überall bei uns. Entweder zu grell, oder man sieht gar nichts«, maulte Michail.

Eine Kellnerin kam, und die beiden bestellten Frühstück.

»Frühstück ist leider nicht möglich. Aber ich kann Ihnen Sushi bringen.«

»Sushi? Liebling, es ist acht Uhr morgens, und wir wollen sicher nicht den Mist von gestern Abend. Bring uns Kascha, Sauerrahm und eine Kanne starken Tee.«

Am Ende kamen nur zwei Teebeutel in etwas lauwarmem Wasser, und die beiden schwiegen eine Weile.

»In diesem Land muss alles neu aufgebaut werden, das ist wie nach dem Krieg. Flughäfen, Büros, Straßen, Fabriken ... alles Schrott«, sagte Michail schließlich.

»Wird schwierig, solange der Ölpreis bei 12 Dollar liegt«, meinte Anton, der immer wieder überrascht war, was alles in dem Land trotz allem funktionierte. Wenn man die Umstände berücksichtigte, hielt sich die Blackbox Russland ganz gut.

»Ja. Es muss erst noch schlimmer werden, bevor es besser wird. Davon mal abgesehen, warum nervst du mich nicht mit deinem Hafenproblem? Seit Stunden erwähnst du es nicht mehr. Hast du so wenig Ehrgeiz, oder ist das Taktik?«

»Ich lasse dir Zeit nachzudenken.«

»Sehr witzig. Die Sache mit Hongkong machen wir so, wie du

sagst. Der Typ soll mit seinem Iridium selbst hinfliegen. Wenn ich zurück bin, können wir über die Details sprechen«, sagte Michail.

»Wie du willst. Ich halte die Chinesen so lange hin.«

»Mach das. Wegen des verdammten Hafens: Du bekommst 3000 Quadratmeter zu normalen Konditionen. Aber du musst mir noch einen weiteren Gefallen tun.«

»Solange es nicht um Frauen-, Waffen- oder Drogenhandel geht.«

»Was ist falsch an Waffen? Lass das Moralisieren, das wirkt bei Ariern schnell bigott.«

Anton nickte. »Versprochen. Aber lass du die historischen Tiefschläge. Ich bin da etwas wehrlos.«

Michail, der mittlerweile auf Betriebstemperatur war, grinste versöhnlich. »Versprochen. Kommt nicht mehr vor. Ist wirklich mieser Stil.« Sie schwiegen eine Weile wohlig vor sich hin. »Tut nichts zur Sache, aber ist dir schon mal aufgefallen, wie ähnlich unsere Situation ist?«, fragte Michail.

»Nicht wirklich. Außer dass wir beide gerade eine ganz gute Phase haben. Ich meine, verglichen mit dem Rest der Population.«

»Das meine ich nicht. Wir haben beide nichts mit Russland zu tun. Der Maler hat seine Wurzeln hier, woanders würde er eingehen. Aber du bist in Deutschland so fremd wie hier. Seit Jahren lebst du in dieser Stadt sehr gut, planst noch nicht einmal, irgendwann zurückzugehen. Wenn dir aber morgen jemand etwas Besseres im Kongo anbietet, dann bist du sofort weg.«

»Mag sein. Aber momentan bin ich ganz zufrieden hier.«

»Das meine ich ja. Noch nicht mal die Sehnsucht nach der Heimat. Geht mir genauso«, sagte Michail.

»Werde nicht melodramatisch.«

»Das ist es nicht. Ich meine nur … wollte sagen … also, vielleicht gehen wir irgendwann zusammen von hier weg und fangen etwas Neues an.«

»Du meinst, alles von vorne, in Afrika, Asien oder Südamerika?«

»Ja. Das macht doch keinen Unterschied für uns. So gesehen sind wir vollkommen frei.«

»Klingt sehr nach zwei *wurzellosen Kosmopoliten*. Stand in der Sowjetunion darauf nicht Gulag?«

»Auf *Parasitentum* übrigens auch. Alles zu Recht.«

»Ich verstehe, du willst eine Perspektive für den Fall, dass das hier schiefgeht. Macht Sinn. Besorg dir doch erst mal einen israelischen Pass.«

»Habe ich längst«, Michail lächelte, »kennst du jemanden von uns, der noch keinen hat?«

»Sieh an, da hat jemand seine Hausaufgaben gemacht. Aber noch geht es hier weiter, und ich kann meine Türken nicht mehr vertrösten. Also, um welchen Gefallen handelt es sich?«

»Es geht um Berge von Steinkohle, die in den Häfen herumliegen und niemandem gehören. Ständig geht jemand pleite, zahlt seinen Tarif nicht oder verschwindet einfach. Ich verstehe nichts davon, das sind die verschiedensten Sorten von Graphit bis zum Dreck für Kraftwerke. Du wirst für mich das Zeug verkaufen, ohne etwas zu verdienen.«

»Gerne. Aber ich brauche drei Dollar pro Tonne, um so etwas zu machen. Das musst du doch einsehen«, sagte Anton.

Michail lachte. »*Nachsicht* war in der Sowjetunion übrigens auch ein Verbrechen. Einen Dollar pro Tonne kannst du haben. Die gesamte Abwicklung läuft über eine Offshore-Firma mit Konto in Riga. Und vergiss nicht, ich bin hier der Jude.«

Die Kellnerin brachte mehr Tee. Die beiden einigten sich

schließlich auf zwei Dollar Kommission pro Tonne für alles Material aus diffuser Herkunft und fünftausend Quadratmeter ständigen Lagerplatz im Hafen. Die Juristen der beiden Seiten würden sich am Montag treffen, um die üblichen Scheinverträge für die Behörden zu erstellen.

Es war Zeit für Michail zu gehen. Sie verabschiedeten sich schnell, nichts war unangenehmer als sentimentale Gesten nach solch einer gelungenen Nacht. Anton fragte Michail nicht, wohin er reiste. Die aufgerufene Maschine würde nach Frankfurt fliegen, aber sicher ging es von dort mit anderen Tickets und einem anderen Pass weiter. Um Spuren zu verwischen, mieden viele Russen Direktflüge. Eine Frau in Uniform brachte ihn in die bereits vollbesetzte Maschine.

Anton ließ sich zur Datscha von Ehrenthal fahren. Der für gewöhnlich beratungsresistente Mann würde sich eine Zeitlang empört weigern, mit Banditen wie Michail zu kooperieren. Für ihn waren alle erfolgreichen russischen Marktteilnehmer Banditen. Aber spätestens Sonntagabend würde er dann die neue Situation akzeptieren und bereits ab Montag als seinen eigenen Erfolg preisen.

Anton fühlte sich leicht und sorglos, während sie die Chaussee entlangglitten. Ein verschlafener Samstagmorgen, der keinerlei Forderungen an ihn stellte. Er dachte an Schanna. Die Kurtisane würde um diese Zeit noch nackt neben einem Reichen oder Mächtigen liegen, vermutlich einem, der ihr bereits verfallen war und den sie mit ihren Launen quälen konnte. Doch selbst ihre Launen waren hinreißend.

Der restliche Samstag verlief angenehm. Er spielte gemächlich mit Ehrenthal Tennis und berichtete ihm anschließend in der Sauna von der Vereinbarung mit Michail. Die Sache mit dem

Iridium unterschlug er einfach. Sie löffelten noch stumm eine Fischsuppe, bevor er sich zurück in die Stadt fahren ließ.

Den Nachmittag verbrachte er schlafend und lesend auf einem unförmigen Sofa, neben dem Bett noch immer das einzige Möbelstück in der Wohnung. Er versuchte Achmatowas *Poem ohne Held* im Original zu lesen, verstand aber kaum einen Satz, ohne dass ihn dies im Geringsten verstimmte. Dann badete er lange und las dabei Zwetajewa, bei der er dank seiner Russischlehrerin den Sinn einiger Gedichte erahnen konnte.

Abends ging er die Brjussow-Gasse hinunter bis zum Konservatorium und von dort nach rechts, die Bolschaja Nikitskaja entlang bis zur Helikon-Oper. Selbst wenn man sich wie Anton viel Zeit ließ, dauerte dies zu Fuß keine Viertelstunde. Mit jedem Schritt, den er für die kurze Wegstrecke brauchte, wurde ihm bewusster, wie glücklich er war. Diese Stadt war für ihn geschaffen, sie verzieh alles, auch seinen Mangel an Grundsätzen, Substanz und Tiefe. Er liebte Blumen, aber nicht die Botanik. Moskau hatte ein fast zärtliches Verständnis für seine Trägheit, seine charakterlichen Schwächen, fehlenden Überzeugungen, die ganze hedonistische Nutzlosigkeit seines Daseins. In Deutschland würde er als unseriös gelten, hier duldete man derlei überflüssige Daseinsformen bereitwillig. Er blieb stehen. Vor einem Geschäft bildete sich eine Schlange, es wurde etwas verkauft, was nach Geruch und Aussehen an gefrorene Fischabfälle erinnerte. Plötzlich wurde ihm klar, dass er zum ersten Mal nicht mehr *vorläufig* lebte. Dies ist zweifelsfrei die beste Phase meiner Existenz, dachte er jetzt, immer euphorischer werdend. Schwebelose Gegenwart sinnlicher Blütezeit: berückende Frauen ohne die Niederungen fester Beziehungen. Musik, Tanz, Theater im Überfluss. Sein Fest fürs Leben.

Bereits am Dienstag gab der Hafen grünes Licht für Hunderte von Eisenbahnwagons, deren Inhalt nun Tag und Nacht problemlos auf Schiffe verladen wurde. Die vor dem Büro auf Anton lauernden Türken zogen wieder ab, in der Rohstoffabteilung ließ man ihn hochleben, und Ehrenthal fühlte sich darin bestätigt, dass die Welt nicht linear verläuft.

Michail rief Anton am Mittwoch an. »Sieht man dich morgen Abend bei den komisch tanzenden Deutschen?«

»Bei Pina Bausch? Klar. Ganz Moskau wird dort sein«, sagte Anton.

»Gut. Wir müssen dann auch über Hongkong sprechen. Stehen die Chinesen noch Gewehr bei Fuß?«

»Ja. Sie wollen wissen, wann der Typ eintrifft.«

»Ich kläre das bis morgen. Warum eigentlich *Café Müller*?«, fragte Michail. Er klang ängstlich, jemand hatte ihn mit der Schilderung von modernem Tanztheater eingeschüchtert.

»Stell dich nicht so an, es gibt noch etwas anderes als *Giselle*.«

Um sich das Publikum in Ruhe anzusehen, war Anton am nächsten Tag schon eine Stunde vor Beginn der Aufführung im Theater. Es kamen wirklich alle, die eine Rolle im Kulturleben der Stadt spielten. Die Neugierde war greifbar, diese Form von Tanz hatte die Sowjetunion weitgehend verschlafen.

Die Vorstellung war großartig, das Publikum fassungslos. Es löste sich nur langsam aus seiner Schockstarre und wankte in der Pause den Ausgängen zu. Meist war es verblüfft oder empört. Aber es wurde als befreiend empfunden, dass so etwas endlich auch in Moskau möglich war.

Anton traf Michail im Foyer. »Warum reagieren die Leute so missmutig? Das ist doch genau unser Stück.«

»Euer Stück?«

»Ja. Die vielen Stühle im Café sind der Staat. Großartig. Immer stehen sie im Weg.«

Sie beobachteten interessiert, wie sich einige Leute lauthals über das soeben Erlebte aufregten.

»Komisch. Die sind wütend über das Stück und nicht über den Staat, der ihnen so etwas vorenthalten hat«, sagte Michail.

»Es sind fast nur alte Snobs hier. Die wenigen Bravo-Rufe kamen von den paar Studenten, die sich eine Karte leisten konnten.«

»Es ist ein heilsamer Schock. Im Vergleich zur Premiere von *Sacre du Printemps* vor achtzig Jahren ging es doch sehr gesittet zu. Damals haben die Russen Paris aufgemischt. Das Zentrum der Welt. Und heute sind wir überfordert, wenn hier ein fünfzehn Jahre altes Stück gezeigt wird!« Wild gestikulierend sah er sich um. »Den Nächsten, der noch einmal das Wort Avantgarde in den Mund nimmt, bringe ich um.«

Tatsächlich wich ein Grüppchen Kultursachverständiger zurück.

»Wie war deine Reise?«, fragte Anton.

»Konfliktreich, was sonst. Wann hast du das letzte Mal mit den Chinesen gesprochen?«

»Heute. Sie sind weiter interessiert.«

»Gut. Der Mann fliegt in einer Woche zu ihnen. Er wird das Material nie alleine lassen. Nach Abschluss der Tests wird er im Hotelzimmer mit dem Pulver auf unsere Anweisungen warten.«

»Die sollen sich also bei mir mit dem Resultat melden?«

»Ja. Und wenn es positiv ist, fliegen wir hin und wickeln das Geschäft ab.«

Anton schwieg, er würde einen Weg finden müssen, unauffällig für vier Tage mit Michail zu verschwinden.

»Stell dich nicht so an. Wir einigen uns mit den Chinesen über die Details der Transaktion und warten, bis das Geld auf dem

Konto eintrifft. Zwischendurch gehen wir in Macau ins Kasino«, sagte Michail.

»Wenn es wirklich sein muss, komme ich mit«, nickte Anton.

»Muss es. Danke.«

Die Pause war zu Ende.

Eine Woche später klingelte gegen sechs Uhr morgens das Telefon.

»Anton? Bist du es? Schalte den Fernseher ein. Das Flugzeug ist abgestürzt.«

Anton blieb liegen und betrachtete die schlafende Frau neben sich. Die Cellistin atmete gleichmäßig, er wollte sie nicht wecken. Warum ein Anruf um diese Zeit? Warum Michail und welches Flugzeug? Seine Gedanken tasteten nach etwas, woran sie sich festhalten konnten. Einen Augenblick lang hoffte er auf einen Traum. Dann setzte sich rasend schnell ein entsetzliches Bild zusammen, ihm wurde schwindlig. Er überlegte aufzulegen, um sich zu übergeben, aber aufzulegen hätte eine Bewegung erfordert, zu der er nicht fähig war.

»Anton, hörst du mir zu?«

»Bist du sicher?«

»In Sibirien. Ein neuer Airbus. Alle tot. Vielleicht eine Bombe.«

Während der nächsten fünfzehn Sekunden dachten beide schweigend an den gegenwärtigen Zustand des Pulvers.

»Es befand sich im Glasgefäß aus dem Labor. Er hatte es im Handgepäck bei sich«, sagte Michail.

»War es eine Notlandung?«

»Nein. Die Maschine schlug wie ein Stein aus zehntausend Metern auf.«

Sie schwiegen wieder, keiner wollte es als Erstes aussprechen. Schlaftrunken tastete die Cellistin nach seiner Hand. Als sie spürte, wie feucht sie war, richtete sie sich überrascht auf.

»Willst du jemanden hinschicken?«, sagte Anton.

»Wozu? Der Wind hat das Zeug längst verteilt.«

»Das ist wirklich tragisch.«

»Nun ja. Ein Verlust eben. Hätte schlimmer kommen können.«

»Stimmt. Daran hatte ich noch gar nicht gedacht.«

»Eben. Kluge Entscheidung, den Typen erst mal alleine loszuschicken.«

Anton schwieg. Er hätte jetzt gerne die Cellistin umarmt und ein wenig geweint, doch die war im Bad verschwunden.

»Was jetzt?«, sagte er, um etwas zu sagen.

»Nichts. Wir unternehmen gar nichts. Das Zeug fehlt niemandem. Nur das Mütterchen von dem Typen wird sich wundern, warum er auf dem Weg nach Hongkong war.«

»Den Chinesen bestätige ich, was sie ohnehin schon ahnen.«

Sie schwiegen wieder. Die Cellistin war noch immer im Bad. Draußen erwachte die Stadt.

»Was für ein Wahn«, sagte Anton.

»Fürwahr. Up and down. Sehen wir uns im Club?«

»Ja. Aber nicht vor Mitternacht.«

»Abgemacht. Der Maler hat auch schon ein paar Mal angerufen. Wir sollten ihn besuchen.«

»Auf jeden Fall. Schon wegen der Muse.«

»Gibt es sonst noch etwas?«

»Mir fällt nichts ein.«

Sie schwiegen ein wenig vor sich hin.

»Anton, es war Höhere Gewalt.«

»Klar. Force majeure.« Er legte auf und wartete, bis die Cellistin zurückkam.

Als in den Tagen und Wochen darauf immer mehr Details über den Absturz von Aeroflot-Flug 593 vom 23. März 1994 bekannt wurden, ignorierte Anton dies, so gut er konnte. Die Umstände, die zu der Katastrophe geführt hatten, klangen ohnehin phantastisch. Der Fall wurde schnell zur Parabel auf den Zustand des Landes. Und als der offizielle Abschlussbericht zu dem Ergebnis kam, der Absturz sei zweifelsfrei von dem 15-jährigen Sohn des Piloten verursacht worden, da erschien dies Anton nur noch als Anekdote, die kaum mehr Spuren hinterließ als ein paar Kilo kostbaren Pulvers in den Weiten Sibiriens.

IV

DIE BRIGADE

Aus dem Kusnezker Becken lieferten die Kohlebergwerke trotz wochenlanger Vorauskasse kaum noch in die Häfen am Schwarzen Meer. Türkische Käufer ließen sich nicht mehr vertrösten, und die renitentesten unter ihnen begannen Anton zu bedrohen. Bevor die Situation völlig eskalierte, beschloss er, mit Sergei nach Kemerowo zu fliegen, um die Gründe für die Lieferschwierigkeiten zu klären.

In der Halle eines der Moskauer Inlandsflughäfen roch es nach Vitaminmangel, während Hunderte von Menschen in einer schwarzen Brühe standen, deren Herkunft und Zusammensetzung Anton unerklärlich blieb. Verzweifelte Gestrandete wanderten an den Menschentrauben entlang, um Informationen zu erbetteln. Warum beinahe jeder Flug ausfiel, war nicht klar. Es war unüblich, Reisende zu informieren, die Lautsprecherdurchsagen priesen lediglich ein Restaurant im ersten Stock. Alles, was die Ausharrenden mit Flugscheinen in den Händen aufschnappten, waren Gerüchte. Die Geduld der Menschen – viele warteten seit Tagen – war für einen westlichen Ausländer nicht nachvollziehbar. Sie kauerten neben den immer gleichen blau- oder rotgestreiften Polypropylen-Taschen, die, vollgestopft mit Dingen, die es in der Provinz nicht gab, längst ein landesweites Symbol des Fortschritts waren. Auf manchen lagen völlig erschöpfte

Alte oder schlafende Kinder. Die Hauptstadt erteilte bereits den Jüngsten die Lektion, im öffentlichen Raum lebenslang wie Dreck behandelt zu werden.

Anton musste an die populäre These denken, Russen würden in ihrer monströsen Leidensfähigkeit lange alles ertragen, um dann umso brachialer aufzubegehren. Er wünschte sich, gemeinsam mit ihnen jetzt gleich das Gebäude niederzubrennen.

Sergei gelang es schließlich, im Verwaltungstrakt einen Fluglotsen nach Dienstschluss in ein Gespräch zu verwickeln. Für ein paar Dollar versprach er zu helfen. Anton beobachtete gerade eine Rangelei vor einem der unbesetzten Schalter, da kam Sergei zurück.

»Flugzeug und Crew sind hier. Die fliegen nicht, weil es kein Kerosin gibt.«

Während ein Mütterchen im Hintergrund am Samowar hantierte, betrachteten sie von einer Empore aus die vielen regungslosen Flugzeuge auf dem Vorfeld. Sergei hatte den Zugang zum Saal der Deputierten organisiert, einer sowjetischen VIP-Lounge. Die hier vorherrschenden Farben waren hellbraun, dunkelbraun und schwarz. Auf der gegenüberliegenden Sofakombination rekelte sich ein Provinzfunktionär, während einer seiner Begleiter regelmäßig die Exkremente mehrerer Dobermann-Welpen entfernte. Eine Kellnerin protestierte halbherzig, worauf der teigige Sibirier ihr detailliert den weltmeisterlichen Stammbaum der Hunde erklärte.

Sergei beugte sich zu Anton. »Russen von zweifelhafter Herkunft legen neuerdings großen Wert auf einen erstklassigen Stammbaum ihrer Haustiere. Das fette Schwein hat sich schon ein paar nette Bergwerke überschreiben lassen, ohne eine Kopeke dafür zu zahlen. Ein Bekannter von mir hat mit ihm früher in der Provinzadministration gearbeitet.«

»Und was macht dein Bekannter jetzt?«

»Das ist es ja. Der schlägt sich mit üblen Gelegenheitsjobs durch. Für den Preis eines dieser Köter muss der ein Jahr lang schuften. Er ist ziemlich abgestürzt. Sein Vater war übrigens ein gefeierter Komponist.«

»Wirklich? Filmmusik?«

»Nein, Ballett. Sieh dir das an, der eine scheißt schon wieder.«

Eine halbe Stunde später erschienen zwei Piloten. Offenbar hatte der Fluglotse ihnen von Sergei erzählt und gesagt, wo sie ihn finden würden. Ihre verbeulten Uniformen passten gut in die morbide Sofalandschaft. Auch sie bestellten Tee und begannen mit leicht verächtlicher Miene die angebotenen importierten Zigaretten zu rauchen.

»Also Freunde, jetzt erklärt unserem deutschen Kollegen hier mal, warum es kein Kerosin gibt«, sagte Sergei.

»Es gibt genug Kerosin«, erwiderte der mit den vier Streifen. »Aber die es liefern, behaupten, sie seien schon lange nicht mehr dafür bezahlt worden.« Er machte eine Pause, so als habe er die Anwesenden mit einer sensationellen Nachricht erschüttert.

»Sobald dies geschieht, kann der reguläre Flugbetrieb wieder aufgenommen werden«, schob der andere Pilot treuherzig nach

»Das ist alles schön und gut, aber für uns nicht wirklich interessant. Wie schon erwähnt, müssen wir jetzt unbedingt nach Kemerowo. Was schlagt ihr also vor?«, sagte Sergei.

»Wir schlagen gar nichts vor. So wie wir die Sache sehen, habt ihr ein Problem, nicht wir. Wir sitzen lieber hier herum als in Sibirien, wo es noch nicht mal mehr genug Brot und Zucker gibt«, sagte der mit den vier Streifen, während er konzentriert die Glut der Zigarette zwischen seinen Fingern betrachtete.

Sergei beugte sich kopfschüttelnd nach vorne. »Oho, das ist ja wunderbar, euch Helden der Luftfahrt zuzuhören. Von Aeroflott zu Aeroschrott in Rekordzeit. Wisst ihr nicht, wie viele arme Mitbürger da unten gedemütigt ausharren? Geht euch das alles am Arsch vorbei? Selbst unser deutscher Gast hier ist entsetzt über den Zustand der vaterländischen Luftfahrt. Mir persönlich ist das alles sehr peinlich. Lasst uns also gemeinsam eine Lösung suchen.«

Anton stöhnte innerlich. Sergeis Hang zu Aufrufen zugunsten vager höherer Ziele wirkte sich im Russland der neunziger Jahre für gewöhnlich kontraproduktiv aus, da die meisten Menschen ausschließlich mit ihrem persönlichen Existenzkampf beschäftigt waren.

Der ältere Pilot nahm prompt Haltung an. »Hör zu, mein schlauer Freund. Da du offensichtlich für eine kommerzielle Struktur arbeitest, die dich gut behandelt, hast du wahrscheinlich das eine oder andere Detail nicht mitbekommen. Seit Monaten erhalten wir nur noch sporadisch unser Gehalt. Viele der Mädels, die mit uns fliegen, müssen sich schon seit längerer Zeit abends im Hotel etwas dazuverdienen.«

Alle schwiegen kurz andächtig. Dann setzte sein Kollege nach: »Und sag deinem deutschen Freund hier, dass es in den Minen schlecht aussieht. Die Kumpel werden seit sechs Monaten nicht bezahlt, es fehlt sogar an Seife. Kriminelle Banden regieren große Teile von Kemerowo und den umliegenden Siedlungen. Menschen werden für ein Fläschchen Wodka auf der Straße erschlagen. Ein Wunder, dass es nicht zu mehr Ausschreitungen kommt. Das ist kein Ort für einen feinen Kaufmann aus dem Westen. Besser, ihr vergesst die Reise und bleibt im schönen Moskau.«

Sergei ließ ihn ausreden. Dann klopfte er ihm auf die Schulter: »Spar dir die Lyrik vom harten Leben in Sibirien! Das wissen wir alles.«

Anton, der bisher unbeteiligt in seinem Tee gerührt hatte, fragte: »Was kosten Kerosin und Crew bis nach Kusbass?«

Die beiden Piloten hoben verdutzt die Köpfe. Erst jetzt verstanden sie, dass er der Unterhaltung folgen konnte.

»Rubel oder Dollar?«

Zwei Stunden und achttausend Dollar später hob die vollbesetzte Maschine ab.

Anton lümmelte auf drei Sitzen, deren Armlehnen hochgeklappt waren, und beobachtete amüsiert, wie Sergei mit einer Stewardess im vorderen Teil der Kabine flirtete. Sie war einen Kopf größer als er, lachte über seine Scherze und war sein Typ: beinahe schon drall und robuste Gesundheit ausstrahlend. Anton nippte an dem Scotch, den sie im Zuge der Kerosintransaktion als Rabatt herausgeschlagen hatten. Es war viel zu warm in der Kabine, und er döste immer wieder ein, erleichtert, unterwegs zu sein.

Was für Wotan Loge, ist für mich Sergei. Derlei Weisheiten generierte Alkohol auf Inlandsflügen. Er empfand dem Russen gegenüber Dankbarkeit, in seiner Gegenwart fühlte er sich sicher. Stets war Sergei präsent, und seine braunen Augen strahlten gleichzeitig Wärme und gewitzte Dynamik aus. Vermutlich hätte Anton ohne ihn das Land schon längst wieder verlassen. Humor und Wortspiele passte er blitzschnell den noch immer beschränkten Russischkenntnissen des Deutschen an. Die beiden reisten oft wochenlang in überraschender Symbiose durch sibirische Kohlereviere, zu Häfen am Schwarzen Meer oder im Fernen Osten nahe der Grenze zu China und Nordkorea. Sergei erklärte ihm dann die postsowjetische Welt, und wenn sie unterwegs Frauen kennenlernten – normale Frauen, die etwa in der Administration eines Kombinats oder Hafens arbeiteten – dann überließ er

Anton immer die jüngere. Nicht aus Freundlichkeit; er war überzeugt, die älteren seien die besseren Liebhaberinnen.

Sergei hatte zwanzig Jahre als Bergbauingenieur unter Tage auf Sachalin gearbeitet. Ohne Bitterkeit erzählte er, wie damals oft keine Milch für die beiden Kleinkinder aufzutreiben war. Er war für die Sicherheit der Stollen zuständig gewesen, und ein Unglück hätte jahrelanges Arbeitslager bedeutet. Der Druck der Verantwortung und die allgegenwärtige Angst hinterließen ihre Spuren, und manchmal brach es aus ihm heraus, dann redete er wie in Trance in Staccatosätzen vor sich hin. »Auf dieser Insel schläft niemand tief. Alle haben ständig Angst. Auch ohne Häftlinge ist Sachalin immer eine Strafkolonie geblieben. Du kommst da direkt von der Universität voller Hoffnung an und wachst am nächsten Tag als Häftling auf. Und ab dem sechsten Monat verfaulst du. Wir sind da alle verfault, um Kohle für das Kraftwerk zu fördern. Selbst die Kohle verfaulte. Das Zeug brannte kaum. Meine Frau und die Kinder sind verfault. Genauso wie die Frauen und Kinder der anderen Kumpel. Das kannst du alles bei Tschechow nachlesen. Anton Pawlowitsch hatte ein großes Herz und eine gute deutsche Frau. Kein anderer wäre auf diese Insel gefahren, um über sie zu berichten. Du gehst doch hoffentlich ins Theater? Zwei Straßen entfernt von deiner Wohnung war sein Theater. Aber das weißt du natürlich alles ohnehin.« Sergei konnte endlos so vor sich hin reden, und Anton hörte ihm gerne zu.

Einmal pro Jahr durfte er damals mit der Familie nach Moskau fliegen. Zwanzig Jahre Dienst in der Hölle auf Erden wurden schließlich nach Sowjetart belohnt. Sie erhielten eine Wohnung in einer der Satellitensiedlungen am Stadtrand Moskaus, und er bekam eine untergeordnete Aufgabe in einem der Ministerien zugewiesen. Sergei war am Ziel seiner Träume, da kollabierte die Sowjetunion, und der Verfall des Rubels pulverisierte Einkommen und Ersparnisse. Er war Anfang vierzig und trotzdem nicht bereit, klein beizugeben. Er wollte kein Opfer werden, so wie er auch in der Sowjetunion keines geworden war, obwohl in seinem Pass unter Nationalität *Jude* stand. Er hatte sich nie für Politik interessiert, Komsomol und Parteibuch waren lediglich lästige Notwendigkeiten gewesen, Konventionen, auf die das System für all diejenigen bestand, die studieren wollten.

Es habe in der Sowjetunion keinen einzigen Kommunisten gegeben, soll Sinowjew einmal gesagt haben. Daran musste Anton immer wieder denken. Seine Bücher hatten ihn bewegt, als damals ganz Deutschland eine Affäre mit Gorbi hatte, während der depressive Emigrant nicht aufhörte, vor Katastroika zu warnen. Anton hatte ihn sogar einmal in den achtziger Jahren kennengelernt. Allerdings sprach der Philosoph damals nur über die defekte Zentralheizung seiner Londoner Behausung, die er selbst zu reparieren versuchte.

Jedenfalls hatte der Zusammenbruch des Systems keine Chance, den smarten und völlig unideologischen Sergei mit sich in den Abgrund zu reißen. Ehrenthal stellte ihn ein, und der Bergbauingenieur war bald erfüllt von seinen drei Welten: Arbeit, Familie und ständig wechselnde Geliebte.

In der sechsten der elf Zeitzonen Russlands setzte die Tupolew 134 im Morgengrauen gewohnt hart auf. Als sie vom Flughafen ins Zentrum fuhren, übertünchte der Restalkohol gnädig die architektonischen Geniestreiche der Stadt. Die Architektur der siebziger Jahre im Stil des bereits stark eingetrübten kommunistischen Optimismus hatte im einzigen Hotel der Stadt ihre Vollendung erreicht. Gleichnishaft spiegelte es die Verkommenheit der Region wider. Wie üblich war die Fertigstellung des Gebäudes nahtlos in komplette Verwahrlosung übergegangen.

»Die Sowjets waren durchaus in der Lage, grandiose Gebäude zu errichten, scheiterten aber letztlich daran, sie instand zu halten«, sagte Anton zu Sergei. Unter Alkoholeinfluss machte sich jetzt auch bei ihm die russische Lust an Plattitüden über Land und Leute bemerkbar. Nicht nur die Intelligenzija behauptete ja gerne, alle Vorurteile gegenüber Russland und den Russen seien grundsätzlich zutreffend. Angeregt von Flauberts Wörterbuch der Allgemeinplätze, sammelte Anton in einem Zettelkasten Banalitäten über Russland, die er gerne bei Gelegenheit einstreute. Sergei reagierte darauf mit ratlosem Schweigen.

In der Lobby erwartete sie das bewährte sowjetische System aus Passregistrierung, Meldeschein-Formalitäten und der Erstellung eines Propusk, des primitiven Passierscheins, der zum Aufenthalt im Hotel berechtigte und Tag und Nacht im Eingangsbereich von alkoholisierten jungen Männern in Camouflage-Uniformen kontrolliert wurde.

Anton stieg langsam die Treppen hinauf. Sergei war auf einem anderen Stockwerk untergebracht, noch immer bekamen Russen generell schlechtere Zimmer als Ausländer. Im Halbdunkel des Flurs lauerte die Deschurnaja, die lästige Endkontrolleurin kurz vor dem Ziel, ein Relikt aus Sowjetzeiten; sie würde den Zimmerschlüssel gegen Einzug des Propusk aushändigen.

»Guten Morgen«, sagte Anton und hielt ihr den Passierschein hin. Er wankte etwas und roch nach Alkohol.

»Geben Sie schon her«, nuschelte die alte Frau verschlafen, kramte auf dem quer zum Flur stehenden Schreibtisch, bis sie eine Brille mit Gläsern, dick wie Flaschenböden, ertastete, knipste eine Lampe an und beugte sich über den Propusk. Die Prüfung zog sich hin. Einmal blickte sie auf, um Anton lange zu mustern. Er musste grinsen, denn ihre Augen füllten die Gläser der riesigen Brille ganz aus.

»Geben Sie mir schon den Schlüssel. Die Folklore einer weiteren Überprüfung können Sie sich sparen.«

Ohne eine Miene zu verziehen, nahm sie den Hörer in die Hand und wählte die Nummer der Rezeption.

»Hier die Diensthabende von Flur vier. Überprüfung Propusk Nummer 223 vom 28. Oktober 1995. Ursache ist Verdacht auf Ausländertum. Außerdem ist die Person angetrunken und verhält sich aufsässig.«

Nun wurden allerlei Daten abgeglichen, besonders sein Geburtsort schien Fragen aufzuwerfen. Anton vermisste Sergei. Endlich legte sie wieder auf, nahm einen Schlüssel von einem Brett und heftete den Propusk an den Nagel. Den Schlüssel legte sie nachdenklich vor sich auf den Tisch. Weiter passierte nichts.

»Baba, gib mir jetzt endlich den Schlüssel.«

Mit ihrer linken Hand richtete sie den Lichtkegel auf Anton. »Setzen Sie sich erst mal.«

Leise fluchend setzte er sich umständlich. Dann drehte er die Lampe in Richtung der Frau, erschrak aber gleich über die jetzt noch riesigeren Insektenaugen. Die Deschurnaja knipste die Lampe wieder aus.

»Zum ersten Mal hier?«

»Gib mir jetzt den verdammten Schlüssel.«

»Beruhigen Sie sich. Wir sind auch nur Menschen. Benötigen Sie außer dem Zimmer noch etwas?«

Anton stöhnte. Mit den aufkommenden Wirtschaftsreformen hatten viele Deschurnajas die Angebotspalette ihrer Dienstleistungen beträchtlich erweitert. So richteten manche im Halbdunkel der Gänge kleine Businesszentren ein, in denen neben Notar- und Anwaltsdiensten auch die Leistungen von Dokumentenfälschern vermittelt wurden. Er war sich aber sicher, dieses Niveau war hier noch nicht erreicht.

»Denken Sie mal an heute Abend. Sie wollen doch bestimmt nicht die Nacht alleine verbringen.«

Ohne eine Reaktion abzuwarten, schob sie ihm ein Fotoalbum hin. Dann knipste sie feierlich die Lampe wieder an. Auf dem Einband stand unter einer geprägten Lenin-Medaille *Unserer Heimatstadt Kemerowo zum Jubiläum – 1932 bis 1982*. Behutsam schlug sie das Buch auf. Da er sich nicht bewegte, legte sie mit ausgestreckten Armen die Seiten langsam für ihn um, und er glotzte auf die abgebildeten Mädchen, deren große Fotos nun über den Texten der Festschrift klebten.

»Die kann ich empfehlen. Mascha ist was ganz Besonderes.«

»Sag doch gleich, dass sie deine Enkelin ist.«

»Das hat damit nichts zu tun«, sagte sie, schnell ein paar Seiten mit weiteren Familienangehörigen überblätternd. »Vielleicht gefällt Ihnen die ja besser. Wunderbar, nicht wahr? Sie ist sehr willig, wird gerne ausgesucht.« Verzückt zeigte sie auf eine als Vamp verkleidete Minderjährige.

»Steck deinen Lolita-Katalog wieder weg und gib mir den verdammten Schlüssel.«

»Vielleicht überlegen Sie es sich ja noch anders. Dann bekommen Sie auch ein komfortableres Zimmer.«

»Wenn du mir jetzt nicht sofort den Schlüssel gibst, kotze ich dir hier alles voll.«

Während sie das Album sorgsam in einer Schublade sicherte, schnappte er sich den Schlüssel und sprang auf. »Mein Gepäck zu durchwühlen, kannst du dir sparen. Wehe, du klaust den Walkman. Und wechsle die Handtücher, sonst siehst du keine Kopeke, wenn ich abreise.«

»Das lässt sich machen.«

»Habt ihr warmes Wasser?«

Sie schüttelte den Kopf.

»Hätte ich mir denken können. Und sorg für Ruhe. Ich schlafe jetzt noch eine Runde.«

Er nahm seine Tasche und ging den Gang hinunter.

»Damenbesuch ist natürlich strengstens verboten«, rief ihm die Deschurnaja noch hinterher, als er bereits mit dem defekten Schloss hantierte. Er lächelte. Das Fraternisierungsverbot wurde in der Provinz noch immer konsequent angewendet.

Anton schlief eine Stunde und wartete dann unten in der Lobby auf Sergei, als sich ihm ein etwa 35-jähriger Mann näherte. Nervös bat er um einen Moment Aufmerksamkeit und setzte sich. Offensichtlich hatte er den gelangweilten Ausländer schon eine Zeitlang beobachtet. Ohne eine Antwort abzuwarten, stellte er sich als Mitarbeiter eines naturwissenschaftlichen Instituts vor und kam nach den üblichen Floskeln zur Sache.

»Bitte halten Sie mich nicht für aufdringlich, ich werde auch sofort konkret. Es geht um ein Mammut, das ich Ihnen zum Erwerb anbieten möchte.«

In solchen Situationen vermutete Anton immer ein Missverständnis aufgrund seiner mangelnden Sprachkenntnisse.

Aber der Mann fuhr fort: »Ich würde das gerne für Sie präzisieren. Wir haben das Tier im hohen Norden gefunden. Im ewigen Eis, während einer Routineexpedition. Es ist gut erhalten. Sie müssen wissen, Kollegen unseres altehrwürdigen Instituts finden seit Ende der zwanziger Jahre regelmäßig Mammuts in perfektem Zustand. Allerdings wurden viele von der ortsansässigen Bevölkerung verspeist. Ein bedauernswertes Phänomen, das den harten Lebensbedingungen dort oben geschuldet ist.«

»Wo befindet sich das Mammut denn jetzt? In der Gefriertruhe des Instituts?«

Der Mann schüttelte den Kopf. »Wir haben es an der Stelle gelassen, wo es gefunden wurde, natürlich völlig mit Eis bedeckt. Die Institutsleitung ist nicht involviert. Das Mammut ist Teil der Lösung einer sozialen Frage. Die meisten Mitarbeiter werden seit Monaten nicht mehr bezahlt. Da hat uns die heilige Mutter Erde Sibiriens das Mammut geschenkt.«

»Das ist nicht wirklich mein Metier, ich fürchte, ich kann Ihnen da nicht weiterhelfen. Aber besten Dank für das Vertrauen.«

Der Wissenschaftler rutschte unruhig auf dem Sofa herum. Kopfschüttelnd blickte er Anton an: »Sie sind doch hier, um Kohle zu kaufen, gute russische Kohle. Auch das Mammut gehört zum Reichtum des Landes. Die Kohle und das Mammut, das alles gibt uns …«

Sergei trat gut gelaunt an die Sofagruppe heran. Er warf einen kurzen Blick auf den Fremden und flüsterte dann Anton etwas zu, der für einen Moment Augenkontakt mit dem deprimierten Wissenschaftler aufnahm.

»Geben Sie mir Ihren Namen, Adresse und eine Telefonnummer. Ich werde versuchen, etwas für Sie zu tun. Aber machen Sie sich keine großen Hoffnungen. Paläontologie ist nicht meine Welt.«

Der Fremde korrigierte berechtigterweise die Aussprache des Wortes Paläontologie. Jetzt sah er wieder auf die Schuhe des Deutschen, der froh war, sich über die kleine Lektion ärgern zu können. Während der Mann umständlich seine Adresse auf einen winzigen Zettel schrieb, begann Sergei halblaut über die Unsitte zu lamentieren, Fremde bei der erstbesten Gelegenheit zu belästigen. Der Mann trollte sich, und Sergei strahlte frisch rasiert und gewienert Zuversicht aus.

»Was hat das Äffchen dir angeboten? Etwa gesiebte Hausbrandkohle? Oder den üblichen energetischen Dreck?«

»Ein Mammut«, antwortete Anton.

»Mit oder ohne Stoßzähne? Oft drehen sie den Leuten eins ohne an.«

Anton genoss die Fahrt aus der Stadt hinaus zu den Tagebergwerken. Sie fuhren durch Vororte, entlang monströser Gebäude, um dann in überwältigende Natur einzutauchen. Es war immer dieser Kontrast, der ihn in Russland verwirrte und oft euphorisch werden ließ: groteske, von Menschen geschaffene Hässlichkeit oder grandiose Naturschönheit, keine Zwischentöne. Sehnsuchtslandschaften gleich außerhalb der Siedlungen, hinter den Verwaltungsgebäuden und Fabriken. Sie fuhren durch berauschende Wälder, die sich immer wieder parkähnlich öffneten. Auf diesen langgezogenen Lichtungen standen vereinzelt Gruppen von Birken, so kunstvoll und erhebend, als hätte sie ein genialer Landschaftsarchitekt dort platziert. Eine Zeitlang folgten sie dem wildesten Fluss, den er je gesehen hatte; in Westeuropa mussten die Flüsse vor ihrer Zähmung auch so gewesen sein.

Nach einer Stunde kamen sie durch menschenleere, schiefe Siedlungen mit Holzbaracken, die im Schlamm versanken und mit provisorischen Bretterstegen verbunden waren.

Während der letzten Kilometer bis zum Tagebergwerk zogen sich die Farben zurück. In der monochromen Ödnis gab es jetzt nur noch Grautöne. Vor dem vierstöckigen, fensterlosen Vorbau des Verwaltungsgebäudes pflügte sich der Geländewagen durch eine anthrazitfarbene Schlammschicht, die aussah, als handele es sich um den Ausläufer eines Dammbruchs. Der einsame Gebäudekomplex glich dem aufgegebenen Außenposten einer untergegangenen Zivilisation. Damit Anton und Sergei beim Aussteigen nicht knietief versanken, bugsierte der Fahrer den Geländewagen geschickt auf die unteren Stufen des Gebäudes. Die menschenleere Eingangshalle des Kombinats war kaum beleuchtet, und es roch nach Kohlsuppe. An den Wänden konnte man undeutlich Parolen und Erfolgsmeldungen zur Planerfüllung vergangener Zeiten erkennen. Bilder fanatischer Helden der Arbeit, in ihrem grenzenlosen Tatendrang bereit, ganz Sibirien umzugraben. Eine Ahnenreihe des Optimismus, jetzt in der bedrückenden Stille einer Aussegnungshalle abgelegter Ideale versammelt. Verunsichert tapste Anton hinter Sergei in Richtung der einzigen Lichtquelle. Unter der Bronzebüste eines sowjetischen Wissenschaftlers lag eine aufgeschlagene Kladde, dahinter saß im Halbdunkel ein versteinertes Wesen. Es verwaltete das neue Aktienregister des Kombinats, ein Resultat der Voucher-Privatisierung: Das Bergwerk war vor einiger Zeit unter den Werktätigen aufgeteilt worden. Der Lichtkegel einer schwarzen Schreibtischlampe aus den dreißiger Jahren beleuchtete das handschriftliche Journal, in dem Tausende von Bergarbeitern und Verwaltungsangestellten als neue Anteilseigner aufgelistet waren. Wann immer der Eigentümer einer Aktie wechselte, musste das hier penibel dokumentiert werden.

Eine brünette Frau erschien und teilte mit gespieltem Ernst mit, der Generaldirektor hätte nun Zeit, die beiden zu empfangen. Sie strahlte dabei Sergei an, der sie als Irina vorstellte. Die zwei gingen nebeneinander vor Anton die Treppe hinauf und konnten die während früherer Besuche entwickelte Vertrautheit nicht verbergen.

Der Flur der Bergwerksleitung war mit hellem Holz verkleidet, das sich von den Wänden löste, und auf dem Boden lagen abgewetzte grüne Läufer. Im Sekretariat wurden sie von fünf herausgeputzten Frauen zwischen Mitte zwanzig und Ende fünfzig überschwänglich begrüßt. Die beiden Männer überreichten mitgebrachtes Parfum, Konfekt und Likör und machten brav Komplimente. Wie alle ehemaligen Kombinate wurde auch diese Zeche de facto von einem in kleinen Räumen zusammengepferchten Frauenkollektiv am Leben erhalten.

Während der nächsten halben Stunde berichteten Sergei und Anton Neuigkeiten aus der Hauptstadt und erhielten im Gegenzug Schilderung und Analyse der jüngsten Desaster im Bergwerk. Um die Fragen zu beantworten, hantierten die Frauen mit handgeschriebenen Journalen und endlosen blassen Listen, die ein uralter Nadeldrucker anfertigte. Er kreischte neben einem Faxgerät, das seit Stunden versuchte, Zahlenkolonnen zu versenden, jedes Mal aber nach wenigen Zeilen durch plärrende Belegtzeichen zur Aufgabe gezwungen wurde.

Bevor die aufgekratzte Stimmung abebbte, forderte Irina die beiden auf, ihr zum Generaldirektor zu folgen. Nach zwei gepolsterten Türen war es plötzlich ganz still. In dem dunkel getäfelten, grotesk überdimensionierten Chefzimmer stand am Ende eines langen Konferenztisches der mehrere Quadratmeter große Sekretär von Iwan Iwanowitsch Iwanow. Dahinter hing ein Portrait Lenins, das ihn als gütigen, weisen und schönen Menschen zeigte. Die Fensterfront gab den Blick frei auf die Schlammwüste vor dem Gebäude und auf eine Mondlandschaft, die vor Jahrzehnten ausgehöhlt worden war und seitdem brachlag.

Aus einem Kabuff an der kurzen Seite des Zimmers drangen Grunzlaute. Verlegen zögerte Irina einen Moment und holte dann tief Luft, während Anton und Sergei ratlos in Richtung der kleinen Tür blickten.

»Iwan Iwanowitsch, die Gäste aus Moskau sind da.«

Behutsam näherte sich die Sekretärin in Trippelschritten dem Kabuff und verschwand darin. Die beiden folgten ihr bis zur Schwelle. In dem winzigen Raum beugte sich an einem Tisch ein etwa fünfzig Jahre alter Mann über eine halb geöffnete Konserve und hustete. Die Liege, auf der er saß, nahm den größten Teil des Raumes ein. Er würgte an einem öligen Stück Fisch, dessen Schwanz noch aus seinem Mund ragte, als er sich matt gestikulierend zu den dreien umdrehte. Das eingefallene Gesicht des Mannes erinnerte an Wellpappe, seine wässrigen Augen funkelten wütend auf. Das schüttere Haar glänzte wie der Fischschwanz.

Mit einer kessen Mischung aus Empörung, Strenge und Güte versuchte die Chefsekretärin, die bizarre Szene zu überspielen. Sie blickte sich suchend um und hob schließlich ein Gebiss vom Boden auf. Während sie dem noch immer Würgenden auf den Rücken klopfte, bedeutete sie den Gästen mit einer Handbewegung wegzugehen. Daraufhin setzte sich Sergei betont motiviert an das Ende des Konferenztisches und schnitt Grimassen, während Anton versuchte, Würde zu zeigen, indem er sich auf die feinen Risse der Holzplatte konzentrierte.

Endlich kam Iwan Iwanowitsch aus dem Kabuff, machte einen Bogen um seinen Schreibtisch und ging mit unsicheren Schritten auf Anton zu, der sich erhob. Aus einem Mundwinkel des Generaldirektors tropfte Fischöl. Zögerlich gab man sich die Hand, und Anton spulte ein paar Floskeln herunter, während er eine Flasche Kognak und einen gravierten Füllfederhalter übergab. Der Generaldirektor begutachtete liebevoll den Kognak, räusperte sich mehrmals anerkennend und lächelte.

Dann wandte er sich kurz Sergei zu, nickte und ging zurück an den Schreibtisch, wo er die Flasche sorgfältig verstaute. Endlich sagte er laut und deutlich: »Wie sieht es aus? Werden wir trinken?«

Das schien das Stichwort für Irinas Erscheinen zu sein. Umständlich wurde ihr vom Direktor aufgetragen, eingelegte Salzgurken, marinierten und getrockneten Fisch, Brot und Wodka zu bringen – außer Wodka schien alles ein Problem zu sein –, und nach einem weiteren Wortwechsel verschwand Irina wieder. Die drei zurückgebliebenen Männer saßen jetzt am riesigen Konferenztisch und begannen, sich gegenseitig aktuelle Probleme zu schildern. Wie immer bei solchen Gelegenheiten war es zunächst ein einziges Lügen und Betrügen in konventionell korrekter Atmosphäre. Sergei schilderte Vertragsstrafen und andere exorbitante Zusatzkosten, die durch den Lieferverzug entstanden waren, Iwanow hielt mit Streiks, Sabotage, Ersatzteilmangel, Willkür korrupter Beamter, jüdischen Machenschaften in Moskau und organisierter Kriminalität vor Ort dagegen. Schließlich rief man den technischen Direktor, den Gewerkschaftsvertreter und ein paar Buchhalter hinzu.

Anton und Sergei vermuteten, dass der Generaldirektor mehr oder weniger jede Tonne abgebauter Kohle zweimal verkaufte: einmal gegen Vorauskasse an sie und dann gegen Cash an illegale Organisationen. Das formelle Gerede, das nun folgte, war lediglich ein Ritual, das ohne zu blinzeln durchgehalten werden musste. Niemand machte sich Notizen, während die Spezialisten der Organisation ihre Zahlen vortrugen. Die schläfrige Atmosphäre endete erst, als der Arbeitnehmervertreter an der Reihe war. Er war etwa vierzig Jahre alt, drahtig und hatte wache Augen. Während er sprach, fixierte er Anton.

»Es fehlt an fast allem. Es ist eine Schande, einem Ausländer das schildern zu müssen. Nicht einmal mehr Seife gibt es für die Kumpel nach der Schicht. Seit acht Monaten wird kein Lohn gezahlt. Durch die einsetzende Demoralisierung ist die Unfallrate gestiegen …«

Iwanow unterbrach ihn rüde: »Hören Sie auf, Dinge überspitzt darzustellen, über die man auch in Moskau in der Zeitung lesen kann. Jeder im Kollektiv verfügt jetzt über Aktien. Sollen sie die doch erst mal verkaufen, dann haben sie schon Geld.«

»Iwan Iwanow, die Kollegen betrachten ihre Aktien als Arbeitsplatzgarantie. Schon deshalb wird niemand verkaufen.«

Der Arbeitnehmervertreter blickte wieder Anton an, der an das Register im Eingangsbereich dachte. Wie einfach es doch sein würde, das ganze Kombinat in ein paar Monaten zu übernehmen. Die Verantwortlichen hier würden die Belegschaft noch eine Zeitlang aushungern, bis diese ihre Aktien freiwillig herausrückten. Die aktuellen Konflikte nachzuvollziehen langweilte ihn; jeder am Tisch verfolgte seine eigene Strategie, um von der baldigen Übernahme zu profitieren. Den läppischen Versuch des Betriebsrats, ihn zu instrumentalisieren, ignorierte er. Dieser Mann kooperierte vermutlich schon mit den zukünftigen Eigentümern, indem er unter den Kumpeln für gute Übernahmestimmung sorgte. Im Gegenzug würde er dann eine Zeitlang ihr Statthalter werden und Iwanows Schreibtisch und Kabuff besetzen. Hier oben musste er anstandshalber die Not der hart arbeitenden Menschen schildern, eine Formalie, der er halbherzig nachkam. Stattdessen dachte Anton lieber an die wütenden Türken, moralisch verbrämte Appelle waren jetzt nicht zielführend. Wie immer legte sich ein undurchdringlicher Panzer an Trägheit um ihn, sobald er in Sibirien unterwegs war. Er gähnte schon wieder, während er noch einmal an die beschwerliche Anreise dachte. In der Regel nahm ihm Sergei das Reden ab, aber manchmal ließ es sich nicht vermeiden.

»Ich bin der falsche Ansprechpartner. Wir bezahlen regelmäßig, und ihr liefert nicht.«

Sergei schlug nun einen heiteren Ton an: »Meine verehrten

Kollegen und Partner, verzeiht mir die Offenheit, aber alles was ihr hier vortragt, ist die übliche Elendslyrik. Wie jeder weiß, hat die Voucher-Privatisierung kein einziges Problem gelöst. Ihr benötigt Investitionen, die aber bei dieser Aktionärsstruktur nicht getätigt werden können. Die Banken oder der Staat werden euch auch kein Geld geben. Das ist die Politik der Stunde, ein paar Leute werden dabei reich. Können wir jetzt bitte über unsere konkreten Probleme sprechen? Wann liefert ihr endlich und wie viel?«

Der Vorstoß kam verfrüht. Die Angehörigen des Kombinats heulten sich noch eine Weile aus, hatten sich wohl abgesprochen, die angereisten Gläubiger zunächst einzulullen. Anton gab den nachdenklichen Zuhörer. Immerhin war er mitschuldig an der Misere. Monatelang hatten sie diffuse Barter-Geschäfte mit dem Kombinat abgewickelt. Da die Finanzämter Umsatz anstelle von Gewinn besteuerten, fiel man bis vor Kurzem landesweit auf primitive Tauschgeschäfte zurück. So wurden zum Beispiel containerweise Fernseher oder Lederjacken geliefert und gegen aberwitzig hohe Preise abgerechnet. Bezahlt wurde der Ramsch mit erstklassiger Steinkohle. Er hatte damals Schwierigkeiten, den Banken zu erklären, wie die absurd hohen Gewinne zustande kamen.

Anton seufzte, als drei Sekretärinnen Vorspeisen und Wodka auftischten. Ab jetzt würde definitiv nur noch Blödsinn geredet werden, bestenfalls bekam man eine gute Anekdote zu hören. Das morgendliche kollektive Saufen mit Geschäftspartnern war destruktiv und folgte einem unangenehmen Regelwerk. Um auch noch nach Stunden des exzessiven Konsums von Wodka oder Kognak bestehen zu können, hatte er sich im Laufe der Zeit für die wichtigsten Situationen Trinksprüche zurechtgelegt. Meist ging es dabei um Völkerfreundschaft, Weltfrieden, die Bedeutung von Müttern und Veteranen oder die heilige Mutter Erde Sibiriens. Manchmal flehte man auch einfach nur um Beendigung des Zechgelages. Einmal hatte er in einem untergehenden Stahlwerk hinter dem Baikalsee nach sechzehn Stunden Besäufnis einen beinahe makellosen Toast gehalten, der mit der ersten Strophe von Rubzows Abschiedslied endete.

Dieses Dorf werd ich einmal verlassen,
wie die Schollen im Fluss treib ich weg,
wenn die Türen in Angeln nachts rasseln,
und die Höfe – die starren vor Dreck!

Sergei sah in der Fähigkeit des Ausländers, auch noch schwer angetrunken derlei Herausforderungen gerecht zu werden, eine typisch deutsche Tugend.

Mittlerweile saß man zu zwölft am Konferenztisch, der leitende Ingenieur und der Chefbuchhalter waren noch dazugekommen. Anton döste vor sich hin. Es wäre ein Fehler, sich jetzt schon zu verausgaben. Alle redeten durcheinander, immer wieder unterbrochen von der Aufforderung des Generaldirektors an eine reihum wechselnde Person, den nächsten Toast zu halten. Alles lief ab wie gewohnt, bis nach zwei Stunden Iwanow plötzlich eine Exkursion zu Tagebergbau und Kohlewaschanlage vorschlug. Er benötigte mehrere Versuche, sich zu erheben, und als ihm dies mit vorgetäuschtem Elan gelang, begab sich die Gruppe nach unten zu vier wartenden Geländewagen.

Um an ein Flöz zu gelangen, an dem gerade gearbeitet wurde, fuhr man lange an schwarzen Kratern vorbei. Iwanow saß neben dem Fahrer und schlief, während Anton und Sergei sich leise über Produktionsmengen und Logistikprobleme unterhielten. Das Büro in Moskau und die Firmen in der Türkei gierten nach positiven Nachrichten. Schiffe waren unterwegs zu Häfen, um Kohle zu laden, die es dort nicht gab. Demurrage, also Strafzahlungen, die anfallen, sollte nicht rechtzeitig beladen werden, lösten bei Ehrenthal stündliche Panikattacken aus.

Die beiden versuchten, die Situation in den Häfen auszublenden. Alle vierundzwanzig Stunden wurden 48 000 Dollar Strafe fällig, 2000 pro Stunde, 33 pro Minute, einen halben Dollar pro Sekunde. Anton gähnte; nur Krämerseelen verloren bei solchen Zahlen die Nerven. Doch als eine Viertelstunde später die Nachricht über Funk eintraf, dass morgen zwei weitere Schiffe anlegen würden und sich die Beträge verdoppelten, wurde auch er unruhig. Er blickte hinüber zu Sergei, der damit beschäftigt war, nicht an seinen Jahresbonus zu denken.

»Die Erstarrung hier wird zu einer Explosion führen«, prophezeite Anton. Wie viele unbedarfte Ausländer bevorzugte er noch immer Prognosen, in denen Revolutionen eine Rolle spielten. Vor ein paar Wochen hatte es immerhin Unruhen in Kemerowo gegeben. Er stellte sich vor, wie aufmüpfige Bergarbeiter für seine Strafzahlungen auf die Straße gehen würden.

Sergei schüttelte den Kopf: »Nein. Nichts wird sich hier ändern, niemals. In Moskau, Petersburg oder Nischni Nowgorod sicherlich, aber nicht hier. Du hast ja keine Ahnung, wie abgestumpft und hilflos die allermeisten sind. Ihre Aktien werden sie bald gegen Wodka eintauschen. Dann reiben sich neue Leute im alten Sumpf auf.«

Er beugte sich kurz zu dem röchelnden Iwanow vor und zwinkerte Anton dabei zu. Dieser nickte und schämte sich ein wenig über seine trotzigen Äußerungen. Entweder sie lösten die Probleme hier innerhalb von ein paar Stunden, oder sie brauchten gar nicht mehr nach Moskau zurückzukehren. Er sah aus dem Fenster. Das regungslose Reich Iwanows war riesig, und er beschloss, den völligen Stillstand als Ausdruck einer erlöschenden Galaxie zu betrachten. Wie tröstlich dieser Gedanke doch war!

Nach acht Kilometern, manchmal nur im Schritttempo, erreichten sie einen Abschnitt mit zwei Baggern. Es waren alles ignorierende, zehn Meter hohe Würfel, die auf schmalen Raupen balancierten. In ihrer altertümlichen Plumpheit erinnerten sie Anton an Kampfmaschinen aus Star-Wars-Episoden. Dünne Stahlseile führten an ihren Auslegern entlang. Es war unklar, ob die von Rost und gewaltigen Beulen verwundeten Kolosse erst seit zehn Minuten oder schon seit Jahren unbeweglich über der Kraterlandschaft kauerten. Den Deutschen tröstete, dass sie im gleichen Hellblau des Porsche 917 lackiert waren, der vor fünfundzwanzig Jahren in Le Mans seine Runden drehte.

Gegenüber zog sich die Kante mit dem Flöz hin. Er war mehrere Meter dick und bestand aus der besten Kohle, die es gab. Stille lag über der Szene, weit und breit war kein Muldenkipper zu sehen, der die Kohle hätte abtransportieren können.

Bis auf Iwanow stiegen alle aus, steckten sich Zigaretten an und begannen den leitenden Ingenieur wegen der stillstehenden Maschinen zu necken. Dieser rief etwas Unverständliches zu drei Männern hinunter, die auf dem Grund der Grube an Seilen hantierten, die im Maul des Wühlers verschwanden.

»Warum arbeitet der zweite Bagger nicht?«, fragte Anton.

»Der dient als Ersatzteillager für den anderen«, erwiderte der Ingenieur.

Anton schüttelte den Kopf. Vom Panzer bis zum Verkehrsflugzeug wurden seit Jahren baugleiche Exemplare ausgeweidet, um Artgenossen am Leben zu erhalten. Betriebe, die Ersatzteile herstellten, existierten nicht mehr oder befanden sich in ehemaligen

Sowjetrepubliken, die jetzt eigenständige Staaten mit merkwürdigen Zollvorschriften waren.

Nun kletterte auch Iwanow gestikulierend aus dem Geländewagen. Beflissen präsentierte daraufhin ein Fahrer eine Aktentasche, in der sich zwei Flaschen Wodka und mehrere Gläser befanden, die er auf die Motorhaube stellte. Iwanow beobachtete aus den Augenwinkeln wohlwollend, wie die Gläser gefüllt wurden. Erst als er einen Toast wiederholte, den er schon mehrmals im Büro gehalten hatte, bemerkte er, dass sich der Bagger nicht bewegte. Empört stellte er den Ingenieur zur Rede, der ihn auf die arbeitenden Männer weiter unten aufmerksam machte. Mittlerweile befanden sich zwei von ihnen innerhalb der Schaufel, während der Dritte ohne Handschuhe an Stahlseilen zerrte. Offensichtlich war eines davon gerissen oder verheddert. Bis auf ein paar unwirsche Halbsätze in Richtung der Vorgesetzten weiter oben beachteten die Männer sie nicht und arbeiteten weiter.

Ohne aufzusehen, mit beiden Händen auf die Motorhaube gestützt, ereiferte sich Iwanow immer lauter werdend: »Diese I-di-o-ten zerstören durch ihre Unfähigkeit früher oder später alles. Teure Besucher, hier wird deutlich, woran es mangelt: an der Einstellung zur Pflicht, zur Arbeit, zum Kombinat und zur Heimat. Jetzt sieht auch unser deutscher Gast, wie es hier zugeht.« Mittlerweile schrie er.

Niemand sagte ein Wort. Anton und Sergei blinzelten dem Ingenieur zu, der ein wenig die Augen verdrehte. Iwanow, in seinem Jähzorn vergeblich auf Zustimmung von Anton hoffend, wirkte plötzlich wieder nüchtern. Mit weit aufgerissenen Augen rang er einen Augenblick nach Worten, schüttelte dann den Kopf und stapfte energisch in Richtung der Metalltreppe, die hoch oben in den Führerstand des Baggers mündete. Laut prustend schwang er sich auf den untersten Treppenabsatz, blieb zitternd stehen, keuchte, hielt sich mit beiden Händen am Geländer fest und brüllte: »Was für ein Chaos! Das ist hier die vollkommene Demoralisierung! So arbeiten nur dreckige Saboteure!«

Wie ein aufgebrachter Prediger beugte er sich über die Kanzel am Ende des ersten Treppenabsatzes und starrte hinunter auf die drei Arbeiter und die verlegenen, neben den Fahrzeugen ausharrenden Besucher. Dann stapfte er entschlossen weiter nach oben.

Sergei kapierte als Erster und schrie: »Tun Sie das nicht. Iwan Iwanow – gehen Sie da nicht rein.« Er rannte mit dem Ingenieur in Richtung Treppe, während Anton und ein Fahrer versuchten, die drei Arbeiter durch Zurufen und Winken zu warnen. Noch immer befanden sich zwei in der liegenden Schaufel. Sie blickten träge nach oben, ohne etwas zu begreifen.

Sergei und der Ingenieur waren erst auf der Hälfte der Treppe, als der Direktor sich noch einmal umdrehte und hinunterrief: »Arbeiten sollt ihr, dummes Pack. Warum bewegt sich hier nichts?« Torkelnd fiel er nach hinten, hielt sich für einen Moment am Türrahmen fest und verschwand im Inneren der Kabine. Einen Bruchteil einer Sekunde später zuckte der Bagger, und für Sekunden war nur das schrille metallische Sirren der Stahlkabel zu hören. Alle blickten nach unten in die Grube, wo ein Arbeiter hilflos wie ein Käfer versuchte, aus der Schaufel zu klettern, während die beiden anderen wegrannten. Als die eben noch auf dem Boden liegenden Stahlkabel vollständig aufgerollt waren, erhob sich die Schaufel ruckhaft, schwankte zur Seite und wippte ein paar Mal in vier oder fünf Metern Höhe. Dann öffnete sie sich zuckend. Der Mann verharrte bereits im Fall noch eine Sekunde in dem riesigen Maul, bevor er stumm aufschlug. Als ob sie ihr Opfer interessiert beobachtete, bewegte sich die von Schweißnähten vernarbte Kranschaufel noch kurz über dem verdrehten Körper. Die zwei anderen sahen abwechselnd hoch zur Kabine und auf die schief hängenden Backen, dann liefen sie zurück. Während die Stahlseile in ihrer Führung wieder lauter knarzten, lehnte sich der Ingenieur über die Balustrade und schrie etwas hinunter. Ohne den sich nun langsam senkenden Stahlklotz aus den Augen zu lassen, packten sie den Verletzten und zogen ihn weg. Wie ein gestrandeter Fisch war die Schaufel jetzt wieder dort, wo gerade noch der Mann gelegen hatte.

Einer der Fahrer rief über Funk die Krankenstation. Die beiden anderen standen unten neben dem leise wimmernden Verletzten. Anton schlug vor, den Mann sofort in einem der Geländewagen zurückzubringen.

»Die Direktionsfahrzeuge sind nicht zugelassen für Verletztentransporte«, antworteten die vier Fahrer im Chor.

Der Deutsche stieg langsam die Treppe des Baggers hinauf, dessen Maschinenraum jetzt nur noch unbeteiligt vor sich hin summte. Aus der Kabine drangen gedämpft Wortfetzen. Iwanow saß zusammengekrümmt auf dem Sitz vor den Schalthebeln. Sein Kopf lag auf der Seite, Speichel tropfte aus dem Mundwinkel auf den Ärmel des schwarzen Anzugs. Der Ingenieur starrte durch das Fenster auf den Flöz. Sergei drehte sich hastig zu Anton um, die Zigarette in seiner Hand zitterte. Seine Stimme klang höher als sonst.

»Wie geht es dem da unten? Lebt er? Genickbruch? Verdammte Scheiße ist das hier. Iwanow ist vornüber auf die Hebel gefallen und konnte sich nicht mehr aufrappeln. Wir mussten ihn erst runterziehen. Es dauerte ewig, bis wir das Monstrum zum Stehen brachten. Wir hatten noch Glück; hätten sich die Raupen in Bewegung gesetzt, wäre das ganze Ding vornüber in die Grube gestürzt. Was für ein Irrsinn.« Er starrte hinaus, während er unter Tränen mit dem Déjà-vue seiner Jahre auf Sachalin kämpfte.

Anton blickte sich langsam in der Kabine um. Der Boden war mit getrocknetem schwarzen Schlamm bedeckt, in dem Zigarettenkippen steckten. In der Tür und auf der Vorderfront fehlten die Fenster. Ein Blechnapf stand auf einer Sportzeitung. Wie auf einem forensischen Foto verharrte jeder der vier Männer in einer anderen Position.

Es dauerte lange, bis Iwanow zwischen Sergei und dem Ingenieur die Treppe herunterkam. Er sah kurz auf den Körper, der jetzt reglos unter einer Decke lag. Der Generaldirektor klatschte in die Hände und rieb sie dann müde lächelnd aneinander.

»Ja, so ein Unfall passiert leicht, wenn man nicht aufpasst. Das ist überall so. Nicht nur bei uns hier oder in ganz Sibirien – nein, auf der ganzen Welt gilt das für alle Werktätigen!« Er trat von einem Bein aufs andere und sah sich geschäftig um. »Jetzt lasst uns aber erst mal etwas trinken. Was passiert ist, ist passiert. Die Krankenabteilung wird sich um alles kümmern. Der Rettungswagen wurde verständigt, hoffe ich. Ihr zwei bleibt bei eurem Kollegen, bis Hilfe kommt. Und dann repariert ihr diesen Kran so, wie nur echte sibirische Burschen das können! Nach Schichtende könnt ihr euch dann ein Fläschchen im Sekretariat abholen.« Er lächelte noch einmal aufmunternd in Richtung des Verletzten.

Als kein Wodka mehr da war, drängte Iwanow zum Aufbruch zur Kohlewaschanlage. Im Auto ließ er sich in den Sitz fallen, stöhnte laut und erkundigte sich bei Sergei über die aktuellen Wohnungspreise in Moskau. Als ihnen ein Sanitätswagen entgegenkam, schlief er bereits wieder. Einmal begann er furchtbar zu husten, wachte auf und spuckte blutigen Auswurf. Der Fahrer hielt kurz, um wortlos die Frontscheibe zu reinigen. Iwanow drückte für den Rest der Fahrt die Stirn gegen die Seitenscheibe, ohne die Augen zu schließen.

»Varizen«, flüsterte Sergei, »sieht nicht so aus, als würde ihm genug Zeit bleiben, die Lieferschulden zu tilgen.«

Erst wollte Anton ihn fragen, was Varizen seien, betrachtete dann aber lieber die von Regen und Wind bizarr geformten Halden aus taubem Gestein. Die ökologische Katastrophe offenbarte sich in bis zu hundert Meter hohen phantastischen Skulpturen, deren Schönheit ihn begeisterte. Er bat den Fahrer, an einer Anhöhe zu halten, und stieg aus. Von oben schienen die Orte des Abbaus willkürlich gewählt. Wolken warfen Schatten, die an den Halden entlangwanderten. Die Konturen der Artefakte wurden in stechend scharfen Grautönen ausgeleuchtet. Dazwischen von der Natur hinreißend ziselierte Monumente. Wäre Sergei mit ausgestiegen, er hätte ihn jetzt umarmt und entrückt etwas Törichtes über Baudelaire in Sibirien gestammelt.

Als sie eine halbe Stunde später vor der Kohlewaschanlage hielten, einem bebenden mehrstöckigen Quader, aus dessen Rissen schwarzes Wasser entlang der Fassade lief, hatte niemand Lust, den lärmenden Giganten zu betreten. Um den Brennwert der Kohle zu erhöhen, wurden da drinnen Aschepartikel mit einem irrwitzigen Aufwand an Wasser und Energie abgetrennt. Der Ingenieur schien erleichtert. »Das ist nichts als ein Schwimmbad voller Kohle. Freiwillig geht da niemand rein. Ich kann euch stattdessen noch den Verladeterminal zeigen.«

Auch den wollten die beiden Besucher eigentlich nicht sehen. Aber Iwanow war noch immer ohnmächtig, und der Ingenieur bestand darauf. Widerwillig taten sie ihm den Gefallen.

Stumm betrachteten die drei von einer rostigen Empore, wie unter ihnen Wagon für Wagon akkurat beladen wurde. Es war tatsächlich ein beeindruckendes Schauspiel. Die fertig zusammengefügten Züge zuckten noch ein letztes Mal, bevor sie sich in Richtung der Märkte jenseits der Grenzen Russlands aufmachten. Triumphierend blickte der Ingenieur in Richtung der beiden, und sie nickten ihm anerkennend zu. Er war sichtlich stolz, wie die ausgelaugte Zeche mit letzter Kraft ein makelloses Endprodukt ablieferte.

Als sie wieder unten angekommen waren, brachte ihnen der Leiter des Außenpostens Tee aus der Kantine und versuchte, das Gespräch auf die Zukunft des Kombinats zu lenken, doch Sergei wollte lieber etwas über den Zustand des verunglückten Kumpel erfahren. Niemand von den herumstehenden Männern hatte etwas von ihm gehört, die täglichen Unfälle interessierten keinen. Stattdessen beratschlagten sie sich, was man den Fremden noch zeigen könnte. Ein Vorschlag löste Begeisterung aus, und alle begaben sich zu einem Verschlag am Ende der Kantine. Ganz hinten saß in einem engen Käfig eine ausgewachsene Bärin, die der Lichtkegel der Taschenlampe irritierte. An einigen Stellen war unter dem abgeschabten Fell die verkrustete Haut sichtbar. Apathisch gab sie ein paar Laute von sich, richtete sich mühsam auf und begann, um Futter zu betteln. Es stank grässlich. Jemand erzählte, vor ein paar Wochen hätte sie einem Betrunkenen den Arm aus dem Schultergelenk gerissen. Der Boden des Käfigs war übersät mit Zigarettenkippen, und Anton überlegte, wo sich der abgenagte Knochen jetzt wohl befand.

Zurück im Verwaltungsgebäude, trug man Iwanow hoch in das Kabuff hinter dem Schreibtisch, und Irina versicherte, der Generaldirektor würde nach spätestens zwei Stunden Ruhe wieder ansprechbar sein.

Bis es so weit war, redeten Anton und Sergei mit einer Buchhalterin, um die Probleme besser zu verstehen. Objektiv betrachtet hatten Iwanow und seine Vertrauten die bereits gezahlten Gelder ziemlich einfältig veruntreut. Meistens geschah dies durch fingierte Rechnungen von Komplizen und war einfach nachzuvollziehen. Zwei Bürogebäude und ein Dutzend Wohnungen in Kemerowo waren so bezahlt worden. Ein lokales Bauunternehmen hatte dafür einen neuen Verladeterminal in Rechnung gestellt, der natürlich nicht existierte. Die Immobilien vermietete Iwanow dann zu Moskauer Preisen an das Kombinat. Außerdem beteiligte er sich an der örtlichen Brauerei und einer Wurstfabrik, indem er diesen importierte Maschinen lieferte, die die Zeche unter falschen Bezeichnungen bezahlte.

Anton und Sergei tranken Tee und unterhielten sich halblaut.

»Er soll ruhig in Maßen klauen, aber dann zahlen wir ihm keine drei Dollar pro Tonne in Cash«, sagte Anton.

Sergei schüttelte den Kopf. »Dann liefert er gar nichts mehr. Besser wir schmieren hier noch zwei Leute, damit die liefern, bevor der Untote kapiert, was los ist.«

»Warum ruft eigentlich niemand eine Aktionärsversammlung ein, um einen neuen Generaldirektor zu wählen? Einen, der mehr für sie tut und weniger klaut.«

Sergei lachte. »So einen gibt es nicht. Die behalten lieber Iwanow, weil der schon so viel geklaut hat. Käme ein Neuer, wäre ja der Diebstahl des Vorgängers umsonst gewesen. Je mehr einer klaut, desto fester sitzt er im Sattel.«

»Also diesen versoffenen Verbrecher für alle Zeiten? Er hat vorhin beinahe drei Leute umgebracht!«

»Ja, stimmt, der macht wirklich zu viel Blödsinn. Er hat jetzt überall Lieferschulden. Wir sind zu kultiviert, um ihm ein Bügeleisen auf den Bauch zu legen, aber irgendjemand wird es tun. In der Stadt erzählt man sich, der Idiot habe auch Geld von Banditen genommen, die als Zwischenhändler dem lokalen Kraftwerk Kohle verkaufen. Die werden das erledigen.«

Der Alkohol ließ immer wieder längere Pausen entstehen.

»Hat nichts mit Kultur zu tun«, sagte Anton schließlich.

»Das Foltern? Ich finde es unzivilisiert, wegen Nichtlieferung zu foltern.«

»Warum setzt du Zivilisation mit Kultur gleich?«

»Also gut, wir foltern nicht, da es nicht zielführend ist.«

»Woher weißt du das? Vielleicht brächte es was.«

»Vielleicht. Also gut, wir foltern nicht, weil wir kein Bügeleisen dabeihaben.«

Einträchtig schwiegen sie ein paar Minuten. Einmal schlenderte Sergei zu dem Schreibtisch, um ihn zu durchwühlen. Während er in einem dort gefundenen Notizbuch blätterte, sagte er halblaut: »Wenn lokale Banditen mitmischen, wird dies unsere Situation jedenfalls weiter verschlechtern. Sobald die kapieren, wie Kohleexport funktioniert, übernehmen sie hier das Regiment.«

Er riss eine Seite aus dem Notizbuch, steckte sie ein und setzte sich wieder neben Anton.

»Schluss jetzt mit den Banditen. Hast du gelesen, was zu Hause im Büro los ist? Sie haben schon das fünfte Fax geschickt. Glauben die, wir brauchen zusätzliche Motivation?«, gähnte Anton.

Die von der Papierrolle abgerissenen Nachrichten wurden immer wieder aus dem Sekretariat hereingebracht und lagen gekrümmt vor ihnen. Anton versuchte noch einmal, die verbliebenen Optionen durchzugehen.

»Vielleicht sollten wir den lokalen Verbrechern ein Joint Venture anbieten: Sie sorgen dafür, dass Iwanow liefert, und wir zahlen ihnen eine Kommission pro verladener Tonne?«, schlug er schließlich vor. Immerhin wurde das Outsourcing von Logistikproblemen auch in Russland immer beliebter.

»Ich bin mir nicht sicher, ob das ein verlässliches Geschäftsmodell ist. Bestimmt wimmelt es hier von *Dieben im Gesetz*. Du weißt schon, die mit dem komischen Kodex.«

»Welcher Kodex? Fang jetzt bitte nicht mit Verbrecherromantik an.«

»Natürlich haben die ihre Regeln. Unverheiratet sein, keine Drogen und Prostitution, keiner geregelten Arbeit nachgehen. Und niemals mit den Behörden kooperieren.«

Anton nahm gedankenversunken ein weiteres Aspirin und schob die Packung zu Sergei rüber, der auch noch eines schluckte. Iwanow schlief noch immer. Die beiden tranken mehr Tee und vertilgten dazu große Mengen von lokal hergestelltem Konfekt, dessen Füllung eindeutig mit Sägemehl versetzt war. Von Zeit zu Zeit gingen sie in das Sekretariat hinüber, um sich aufzuwärmen.

Aufrecht dasitzend nickten sie irgendwann ein, der gut eingepegelte Erschöpfungszustand würde sie von jetzt an tagelang stabilisieren.

Ein Geräusch riss sie aus dem Schlaf. Die linke Hand in den Türrahmen des Kabuffs gekrallt, starrte Iwanow sie an, während er an seiner Krawatte über dem aufgeknöpften Hemd herumfingerte. Er fixierte die Distanz bis zum Schreibtisch, holte tief Luft und stapfte bis zum Sessel. Mit großer Mühe wählte er eine zweistellige Nummer.

»Irina? Wo steckst du, dumme Kuh? Komm sofort rüber!« Er legte auf und wartete. Aschfahl, verdreckt und stinkend stierte er auf die Schreibtischplatte, wie eine Krähe, die auf einen Wurm wartet.

»Verfluchtes Weibergezücht. Vollständig demoralisiert«, heulte er wie ein in die Enge getriebenes Tier.

»Iwan Iwanowitsch – wie sehen Sie denn aus?«, rief Irina beim Eintreten. Grünes Kostüm, beige Schuhe, hochgesteckte Frisur und im Vorbeigehen ein flüchtiges Lächeln für die beiden Besucher.

Wie kaputt hier alles ist!, dachte Anton. Aber solange diese wunderbaren Frauen hierblieben, musste man sich keine Gedanken um diese Leute machen. Tatsächlich konnte man diese elenden Männer beneiden. All diese Irinas, Olgas und Nataschas strahlten so unendlich viel Würde aus. Die Überlegenheit dieser Frauen war absolut, und sein Konzept für Russland wurde mit der Zeit immer radikaler: einfach alles den Frauen überlassen. Egal, ob Wirtschaft, Militär, Polizei oder Justiz, es gab keinen Bereich, wo sie nicht alles besser machen würden. Die Männer sollten sich unterordnen, Macht und Privilegien abgeben und sich, wenn überhaupt, in Sport und Kultur verwirklichen. Bedingungslose Aufgabe des Patriarchats als reine Vernunftentscheidung zum Wohle der Allgemeinheit. Während er den Hüftansatz von Irina studierte, gefiel er sich in der Rolle des Retters Russlands.

Nachdem sie Iwanow in seinem Sessel weggedreht hatte, knöpfte Irina ihm schnell das Hemd zu, richtete ihm die Krawatte, bürstete lächelnd über den Anzug, wischte verkrusteten Speichel von seinen Backen und fuhr ihm mit einem kleinen Kamm durch die Haare. Er verzog keine Miene. Nach einer Minute war alles vorbei. Der Sessel drehte sich wieder um 90 Grad zurück.

Sie klappte eine mitgebrachte Mappe auf, die ein einziges Blatt enthielt, und legte es vor ihn auf den Schreibtisch.

»Die Zahlen«, murmelte Iwanow halblaut und stierte dann lange auf ein paar wenige Nummern. Sergei und Anton standen jetzt neben ihm.

»Iwan Iwanow, das reicht nicht. Heute wieder nur 40 Wagons? 2400 Tonnen bringen uns nicht weiter. Wir benötigen 20 000 täglich, das wissen Sie doch. Wem liefern Sie denn sonst noch?«, fragte Sergei.

Der Generaldirektor hob rasch den Kopf, nickte bedächtig, sagte aber nichts, betrachtete schweigend Sergei, wie um Verständnis heischend. Als der ihn weiterhin fragend ansah, zuckte er unvermittelt zwei Mal, schüttelte den Kopf und brüllte los: »Du Judenbengel, werd hier bloß nicht frech! Dein Ton ist unangemessen. Wir sind nicht nur in der Kusbass-Ebene, sondern auch konkret hier im Kombinat täglich mit einer großen Zahl unüberwindlicher Probleme konfrontiert. Das Land steckt in einer tiefen Krise, deren Verursacher im In- und Ausland noch nicht vollständig identifiziert werden konnten.«

Er sah zu Anton auf, der ihn erst unterbrechen wollte, sich dann aber besann. Mit einem alkoholgezeichneten, im Plattitüdenschwall verfangenen Bergwerksdirektor war nicht zu spaßen. Panik stieg in ihm auf. Gut möglich, dass die Situation außer Kontrolle geriet und einen zweistelligen Millionenverlust zur Folge hatte. Oder, noch schlimmer, Schadenbegrenzung und Wiedergutmachung in Form eines einmonatigen Zechgelages vor Ort. So etwas hatte nichts mit einem gewöhnlichen Besäufnis zu tun. Die Russen hatten einen Begriff für mehrtägiges Saufen – Sapoi –, der Anton aus Wenedikt Jerofejews Beschreibung aus *Moskau-Petuschki* vertraut war. Er war sehr beeindruckt gewesen von dieser Schilderung einer Fahrt im Vorortzug: tagelang alles saufen, von Spirituslack bis Rasierwasser. Aber jetzt fragte er sich, ob es auch einen Begriff für wochenlange Gelage in einem sibirischen Kohlerevier gab? Er sah sich, Sergei und Iwan Iwanowitsch schon auf allen vieren durch den Schlamm da draußen robben, verfolgt von Kisten voller Wodka, die versuchten, sie zu begatten.

Er bekam sich wieder in den Griff und atmete gleichmäßiger. Jetzt bloß keine weiteren Emotionen, sondern konsequente Rückkehr zum erfolgsorientierten, amoralischen Zweckrationalismus. Doch Iwanow war definitiv eine *loose cannon,* konnte größten Schaden anrichten und ihn zum Scheitern bringen. Anton sah hilflos zu Sergei hinüber, aber der betrachtete gedankenversunken die schon wieder zerzauste Krähe.

Eine zweite Angstattacke kündigte sich an. Anstatt sich einen Befreiungsschlag zu überlegen, glitten seine Gedanken hysterisch ab. Selbst Iwanow würde das irgendwann merken. Anton begann zu schwitzen. Er wollte seinen Job nicht wegen dieses Verrückten verlieren. Er fühlte sich wohl in Russland, in seiner überbezahlten Position, die ihm alles ermöglichte, wovon ein zur Faulheit neigender Mann seiner Herkunft mit durchschnittlichen Fähigkeiten nur träumen konnte. Für einen Moment sah er sein Dasein in einer herrlichen Montage vor sich: die ihn um den Verstand bringenden Frauen, der problemlose Zugang zum Bolschoi, dem Konservatorium und all den anderen Bühnen, zu den Restaurants und den Clubs. Das Personal, das ihn vor den Niederungen des Alltags bewahrte, mit dem sich die Menschen im Westen abrackern mussten. Jahr für Jahr fühlte er sich auf dem ausgebrannten Stern wohler. Aber fraglos würde Ehrenthal ihn angesichts eines zweistelligen Millionenverlusts aus dem Paradies vertreiben. Dann drohte die entwürdigende Rückkehr zur Erbsenzählerexistenz eines Rechenknechts im Westen. Zurück zur akkuraten Spesenabrechnung anstelle von Koffern mit Dollarbündeln. Zurück zur PowerPoint-Präsentation vor Eierköpfen statt lässigen Absprachen während dem Endspiel in Wimbledon. Nordsee statt Cap d'Antibes. Skipension statt *Badrutt's Palace*. Stehplatz im vierten Rang statt Ballerinen in der Garderobe überraschen. Sardellenpaste statt Kaviar. Er würde zurückgestuft werden auf Kleinstwohnung mit Kleinstwagen. Zurück zur monogamen Zweckbeziehung anstelle lasziver Göttinnen, über deren Verlust er jeden Tag für den Rest seines Lebens trauern würde. Ihm wurde schlecht. Kurz nach der Vertreibung aus Russland würde er dann selbst dem Alkohol verfallen, so wie Iwanow da drüben mit erbärmlicher Mimik vor sich hinstarren. Iwanow würde auch ihn töten, so wie er ständig jemanden tötete.

Schlagartig erfasste er endlich die existenzielle Bedrohung der Situation. Iwanow oder er. Jetzt galt es die Nerven zu bewahren. Dieses dahinsiechende Monster musste in einem letzten Kraftakt die Lieferzusagen erfüllen, egal wie. Wichtig war, Augenkontakt mit dem Generaldirektor herzustellen. Dann noch ein paar Sekunden nachdenken. Jetzt bloß nicht anfangen zu stammeln, die sprachliche Unterlegenheit würde das Ego des Zombies weiter aufblähen. Keine Unterwerfungsgeste, kein Blinzeln, keinen Millimeter zurückweichen.

Mit halblauter Stimme sagte er: »Iwan Iwanowitsch, wir kennen die Probleme. Wir haben sie nicht verursacht und werden sie nicht lösen. Um ehrlich zu sein, sie sind uns vollkommen egal. Es gibt aber Fakten. Dieses Kombinat ist uns gegenüber mit einer halben Million Tonnen im Rückstand.«

Anton zog einen Stuhl heran und setzte sich neben den Direktor. Dann drehte er Iwanows Sessel. Ihre Knie berührten sich. Er beugte sich weit nach vorne. Sofort verließ Sergei mit Irina den Raum.

»Du hörst mir jetzt ganz genau zu und antwortest nur, wenn ich dich dazu auffordere. Danach wirst du eine Entscheidung treffen, und wir fliegen zurück nach Moskau. Ist das klar?«

Der Generaldirektor nickte.

»Gut. Ich halte mich nicht mehr mit Details auf. Wie du unser Geld stiehlst oder Leute da draußen umbringst, ist jetzt nicht relevant. Ab morgen belieferst du ausschließlich uns. Sollte auch nur eine einzige Tonne woanders auftauchen, steht zwölf Stunden später die *Brigade* vor deinem Schreibtisch. Weißt du, was das bedeutet?«

Iwanow nickte hastig. »Ich habe davon gehört.«

»Nein. Das hast du nicht. Die *Brigade,* von der ich spreche, kennt niemand, der noch atmet. Schon kurz nach ihrer Ankunft wirst du dich nach deinen Varizen zurücksehnen.«

Iwanow blickte verdutzt. Er war jetzt seit langer Zeit zum ersten Mal nüchtern.

»Der Einsatz der *Brigade* ist erfahrungsgemäß sehr teuer. Wir werden diese Kosten mit einem deiner neuen Gebäude in der Stadt bezahlen. Deine restlichen Immobilien werden an den verunglückten Kumpel und die Damen vom Sekretariat gehen.« Anton machte eine Generalpause und fuhr dann fort. »Aber natürlich ist viel wichtiger, was *nach* dir hier passieren wird. Also nachdem die *Brigade* den Job mit dir erledigt hat und längst unterwegs ist, weil sie woanders dringend gebraucht wird. Interessiert dich die Zukunft des Kombinats denn gar nicht?«

Iwanow dachte zum ersten Mal seit Langem wieder an die Zukunft. »Doch, doch. Gerade wollte ich Sie danach fragen.«

»Gut. Dann werde ich es dir sagen. Wir werden unsere Forderung gegenüber dem Kombinat an eine der drei Moskauer *Familien* verkaufen. Die machen daraus eine Strafkolonie. Du hast vielleicht gehört, dass sie sich eine mobile Einsatztruppe von zweihundert Männern unter Waffen im eigenen Flugzeug halten.«

»Sprechen Sie nicht weiter. Ich habe verstanden.«

»Gut. Das ist wirklich gut. Mein Russisch versteht nicht jeder.«

»Ihr Russisch ist ausgezeichnet.«

»Danke. Du bist sehr höflich. Aber hast du auch eine verbindliche Entscheidung getroffen?«

»Das habe ich. Wir machen alles so, wie Sie es vorgeschlagen haben. Eine gute Idee, in perfektem Russisch formuliert.«

»Gut. Das freut mich. Dann sagst du jetzt Irina, sie sollen beide wieder reinkommen. Wenn dann alle versammelt sind, sprichst du genau drei Sätze, um dein Gesicht vor der Belegschaft zu wahren. Und dann unterschreiben wir beide offiziell ein Dokument mit unserer neuen Vereinbarung. Hast du das verstanden?«

Iwanow nickte, während er schon nach dem Hörer griff.

»Das war noch nicht alles. Leg den Hörer wieder zurück.« Anton stand auf und stützte sich mit den Händen auf den Sessel. Er näherte sich Iwanow, bis dieser den Kopf gegen die Lehne presste. »Du wirst Irina für den Rest deiner Tage respektvoll behandeln. Das wird dir leichtfallen, denn jedes Mal, wenn du ab jetzt mit ihr zu tun hast, wirst du einfach an die *Brigade* denken. Die *Brigade*, musst du wissen, die *Brigade* sieht alles. Du wirst Irina ab jetzt auf Händen tragen. Und als Zeichen deiner neuen Wertschätzung wirst du ihr morgen die beste deiner Wohnungen in der Stadt überschreiben. Hast du das verstanden?«

Er hatte es verstanden. Anton wartete noch einen Moment, drehte den Sessel wieder in die ursprüngliche Position, stand auf und ging zum Fenster, um nach der Schlammwüste zu sehen.

»Ich rufe jetzt die anderen wieder rein«, sagte Iwanow nach einer Minute angespannten Schweigens und wählte beflissen die Nummer des Sekretariats. Irina musste mehrmals nachfragen, wer am Apparat war. Als man wieder zu viert war, stand der Generaldirektor auf: »Ihr seid hier Gast und steht nicht auf Heimaterde. Eure Dollar haben wir genommen, weil wir keine andere Wahl hatten. Ich tue, was ich kann – wir sind alle nur Menschen. Lasst uns das jetzt bei einem Gläschen besprechen.«

Nach ein paar Schlucken Wodka wirkte Iwanow für einen Moment konzentriert und aufgeräumt. Anton und Sergei blieb nicht mehr als eine halbe Stunde, bevor er wieder in die Dumpfheit des Suffs abgleiten würde. Um sich intern abzusichern, ließ er einen Juristen und den technischen Leiter rufen. Irina und eine Buchhalterin saßen ebenfalls am Konferenztisch.

Eine Kopie des Nachtrags zu den bestehenden Lieferverträgen, den die beiden bereits in Moskau vorbereitet hatten, lag nun vor Iwanow. Anton kommentierte jeden Punkt kurz. Wenn er stockte, flüsterte ihm Sergei manchmal ein Wort oder einen Halbsatz zu. Im Prinzip ging es um die Definition der täglichen Liefermengen und die Anpassung der Zahlungsmodalitäten. Neu waren nur zwei Punkte. Erstens musste das Kombinat einen Repräsentanten aus Moskau akzeptieren, der die Lieferungen vor Ort überwachte und dem ein Büro neben dem von Iwanow zur Verfügung gestellt würde. Zweitens haftete das Kombinat mit Aktien für die Einhaltung der Lieferverpflichtungen.

Iwanow und Anton unterschrieben mit prätentiöser Geste den Appendix, und ein von Sergei organisierter, seit Stunden auf dem Flur ausharrender Notar beglaubigte das Dokument umständlich. Anton folgte jeder Bewegung des Amtsträgers wie in Trance. Alles Mögliche notariell beglaubigen zu lassen war ein verbreiteter Brauch, vergleichbar mit dem Stempel- und Siegelwahn in China; die neuen Marktwirtschaften des Ostens klammerten sich immer noch an solche Riten.

Erst als alles erledigt war, fühlte Anton, wie erschöpft er war. Auch diesmal hatten sie die finale Katastrophe verhindern können. Erleichtert trat er ans Fenster, blickte hinaus und überlegte, ob er rechtzeitig für die morgige Vorstellung von *Sylphide* in Moskau eintreffen würde. Épaulement und Attitude der Fabelwesen flirrten bereits über der Schlammwüste.

Sergei ging zu ihm und berührte leicht seine Schulter: »Sieht ganz nach Happy End aus.«

»Lass es gut sein und ruf im Büro an, damit die sich beruhigen«, sagte Anton.

»Habe ich schon gemacht, als wir draußen warteten.«

»Ziemlich kühn, bereits Erfolgsmeldungen abzusondern, während ich mich hier noch abmühe.«

Sergei grinste frech. »Kopf hoch, du Schöngeist! Ich wusste einfach, dass du ihn überzeugen würdest. Und hör jetzt auf zu schmollen. Das ist doch alles kein Schönheitswettbewerb hier. Andere hätten für den Job zwei Bügeleisen gebraucht. Schon morgen Abend ist alles vergessen, dann nimmt uns Moskau wieder in die Arme.«

Anton nickte, und Sergei ging mit Irina hinaus, um sich ungestört zu verabschieden.

Auf dem Platz vor dem Verwaltungsgebäude wartete eine Gruppe von Arbeiterinnen auf den Bus, der sie zu den Siedlungen bringen sollte. Anton balancierte mit einer Zigarette im Mundwinkel und den Händen in den Manteltaschen über den Lattensteg hinüber zu den Frauen. Sie trugen wattierte Arbeitskleidung und waren bis auf die Gesichter und Hände von einer schwarzen Schicht überzogen. Eine um die vierzig mit prominenten Wangenknochen sah ihn an, lachte kurz und sagte: »So was Hübsches wie euch bekommen wir hier selten zu sehen. Kommst wohl aus Moskau. Fein seht ihr jedenfalls aus.«

»Ja, aus Moskau. Und wo arbeitet ihr hier?«

»In der Kohlewaschanlage, schöner Mann! Die Kohle wird sauber und wir schmutzig.« Alle lachten.

Anton bot ihnen Zigaretten an, und einige griffen zu. Eine Ältere musterte ihn misstrauisch.

»Söhnchen, warum sprichst du so komisch? Bist wohl keiner von uns?«

»Ich komme aus Deutschland und lebe in Moskau.«

»Red kein dummes Zeug. Warum sollte jemand aus Deutschland hierherkommen? Wir haben hier auch Deutsche, noch von damals. Die meisten sind jetzt zurückgegangen, alle nur in eine Richtung.«

»Ich bin zu Besuch hier, nur für ein paar Tage.«

Die Frauen blickten ihn an. Einige kicherten über seine Aussprache.

»Sag noch etwas.«

Sie standen jetzt im Halbkreis um ihn herum, eine der Frauen stupste ihn lachend an. Anton scherzte noch eine Zeitlang mit ihnen, zierte sich ein wenig und sagte dann Nekrassows Hymne auf:

Es gibt Frauen in den russischen Siedlungen
Mit gelassener Gewichtigkeit ihrer Gesichter,
Mit ruhiger Wichtigkeit in ihren Bewegungen,
Mit dem Gang und dem Gesichtsausdruck von Zarinnen.
Sie gehen den gleichen Weg,
Wie ihn unser ganzes Volk geht.
Aber der Schmutz der erbärmlichen Umstände
Haftet ihnen einfach nicht an.
Es blüht ihre Schönheit, zur Bewunderung der Welt,
Rotwangig, schlank, hochgewachsen,
In jeder Kleidung eine Augenweide,
Für jede Arbeit eine geschickte Hand.

»Nicht schlecht«, rief eine von ihnen, während zwei andere applaudierten.

»Etwas exotisch – ich meine die Aussprache.« Die Ältere zwinkerte ihm zu.

»Bist du nur wegen der Frauen hergekommen? Die habt ihr zu Hause doch auch – und erst in Moskau!«

»Wegen der Frauen und der Steinkohle.«

»Von der haben wir hier genug. Aber nur davon!«, rief eine von weiter hinten. Alle lachten wieder. Der Bus kam, die Frauen stiegen ein, zwei winkten ihm noch kurz durch die verschmierte Scheibe zu, dann verschwanden sie in einer Rußwolke.

V

DIE FRISEUSE

Selbst Bettdecke und Teppich resignierten. Als er vor sechs Tagen das Zimmer zum ersten Mal betreten hatte, dünsteten sie noch den Geruch von Körperflüssigkeiten aus, überlagert vom Zigarettenqualm, der in den versifften Vorhängen hing. Jetzt triumphierte die Hitze, der Gestank war verflogen.

Anton lag nackt mit geschlossenen Augen auf dem Bett und schwitzte. Vor zwei Stunden hatte der Walkman seine letzte Kantate gespielt, das vollgesogene Schaumgummi der Kopfhörer steckte noch in seinen Ohren. Der Vorrat an Batterien war aufgebraucht, so wie das Mineralwasser und das Benzin in der Stadt. Nur nachts gab es eine Stunde lang Wasser aus der Leitung. Und es machte kaum noch einen Unterschied, ob der Strom angestellt war oder nicht.

Flach atmend, fest entschlossen, nicht aggressiv zu werden, wartete er auf einen Luftzug. Da sich das Fenster nicht öffnen ließ, hatte er die Verriegelung am zweiten Tag aufgebrochen. Jetzt hing es an nur einem Scharnier im elften Stockwerk über der Stadt. Manchmal ging er zum Fenster, um im bleichen Dunstschleier über der südlichen Ukraine nach irgendetwas Bemerkenswertem Ausschau zu halten. Aber er sah nur auf eine ausgelaugte Provinzstadt in schmutzigen Pastelltönen, die in einem Backofen steckte. Er konnte sich nicht entscheiden, was jämmerlicher war, die Stadt oder der Fluss, an dem sie lag und der dreißig Kilometer weiter im Schwarzen Meer endete. Momentan tendierte er zur Stadt. Odessa oder die Krim waren nicht weit, doch an diesem Ort hatte der Süden nichts Pittoreskes.

Sie hatten geplant, für einen Tag hierherzukommen, aber nach zwei Stunden war alles geklärt gewesen, und er hatte schon gehofft, noch einen Flug nach Kiew zu erwischen. Von dort wäre es kein Problem, weiter nach Moskau zu fliegen.

Er stand noch immer am Fenster und betrachtete den Fluss, dessen Verlauf er sich heute auf einer ausgebleichten Landkarte in der Lobby näher angesehen hatte. Die auf Stadthöhe überbreite Kloake war eigentlich gar kein richtiger Fluss; das Gewässer glich einem Wurmfortsatz des Schwarzen Meers, der sich kurz hinter der Stadt abrupt verjüngte, um weiter oben ganz zu verschwinden. Ein hinterhältiges Gewässer, das unseriöse Erwartungen weckte. So wie das Projekt, wegen dem er jetzt in diesem Betonklotz gefangen war.

Vor einer Woche hatte ihn Ehrenthal zu sich gerufen, um ihm kommentarlos Boris Petrowitsch vorzustellen.

»Es gibt Arbeit für dich. Ein Schwarzmeerhafen wird privatisiert.«

»Welches Land?«

Ehrenthal schwamm schon jetzt, beinahe hätte er *ehemalige Sowjetunion* geantwortet.

»Ukraine. Nikolajew, hundert Kilometer vor Odessa«, half ihm Boris Petrowitsch weiter.

»Von dort haben wir schon mal Stahl verladen, lief recht effizient«, sagte Anton.

»Das klingt doch gut. Flieg mit Boris Petrowitsch morgen hin und sieh dich um. Dann entscheiden wir«, sagte Ehrenthal.

»Augenblick. Schwer zu glauben, dass der Hafen verkauft werden soll«, unterbrach ihn Anton.

»Warum denn nicht?«, fragte Ehrenthal irritiert.

»Wieso sollten die etwas verkaufen, was funktioniert?«

»Lassen Sie das unsere Sorge sein«, sagte Boris Petrowitsch. Ehrenthal nickte zustimmend.

»Was heißt *unsere*«, fragte Anton. Er plante, in drei Stunden den Nachtzug nach Petersburg zu nehmen, um am nächsten Tag ins Mariinski-Theater zu gehen. *Figaros Hochzeit*. Über die Susanna erzählte man sich Wunderdinge. Mitte zwanzig, eine Sensation. Netrebkowa oder so ähnlich.

»Sei bitte nicht bockig. Das wird dir Boris Petrowitsch alles unterwegs erklären. Ihr fliegt morgen.«

»Morgen klappt nicht. Da bin ich wegen dieser Strafzahlungen in Petersburg. Diffizile Situation, es geht um viel Geld.« Er dachte an die vielen diffizilen Situationen im vierten Akt. Da Pontes Meisterwerk, er würde im Zug noch einmal das Libretto lesen.

»Das kann drei Tage warten. Ein Tag am Meer ist nicht zu viel verlangt. Sieh dir das Objekt an, und knöpfe dir die Buchhalter vor. Danach könnt ihr am Strand Fisch essen gehen.«

»Ich habe kein Visum«, fiel Anton erleichtert ein.

»Brauchen Sie nicht. Wir haben das bereits geklärt«, sagte Boris Petrowitsch.

Diesmal erkundigte sich Anton nicht mehr, wer für *wir* stand. Also ein Ausflug in KGB-Begleitung anstelle der kometengleichen Susanna. Wenn die nur halb so sang und aussah, wie man sich erzählte, dann war die Reise allein deshalb eine grauenhafte Tragödie.

Ehrenthal stand bereits, um sich in Oligarchenpose von dem Russen zu verabschieden. Anton nickte er dabei aufmunternd zu. Beim Hinausgehen drückte ihm eine Sekretärin die Flugtickets in die Hand.

Anton wollte nicht mehr aufstehen. Als er das letzte Mal im Bad war, fotografierte er eine Kakerlake neben einer Schachtel Zigaretten, damit man ihre Ausmaße erkannte. Sie war zu groß, um durch den Abfluss zu entkommen. Vergeblich versuchte sie, die Wände der Dusche zu überwinden. Ihre Situation war mit seiner vergleichbar.

Eigentlich war die Aufgabe zwanzig Minuten nach der Landung in Nikolajew erledigt gewesen. Zugedröhnt von den Propellern der AN-24, sprachen sie während des Direktflugs aus Moskau kaum miteinander. Langsam flogen sie tief über das flache Land. Über größeren Städten klingelten die Mobiltelefone, und der Pilot drehte einmal sogar eine Schleife, damit Gespräche beendet werden konnten, bevor die Verbindung über den endlosen Feldern wieder abriss. Kurz nach dem Aufsetzen rannten kläffende Hunde eine Weile neben dem Flugzeug her. Noch halb taub marschierten sie über das poröse Grau des Vorfelds. Es herrschten über vierzig Grad. Der Zöllner verlangte kein Visum, ohne Einreisestempel im Pass verließen sie den Flughafen durch die Halle. Angenehm lichte Einheitsarchitektur, die Sowjets hatten die Provinz hier mit ansehnlichen Flughäfen ausgestattet, aber mittlerweile waren sie für den täglichen Flug nach Kiew und die gelegentlichen nach Moskau überdimensioniert.

Boris Petrowitsch erkundigte sich erfolglos bei den Taxifahrern nach einem Fahrzeug mit funktionierender Klimaanlage. Diese lachten nur über die Moskauer Ansprüche, während sie die Schalen von Sonnenblumenkernen kunstvoll durch die Gegend spuckten. Schließlich entschied er sich für einen grauen Wolga mit rasiertem Fahrer im weißen Kurzarmhemd aus Nylon.

»Bring uns zum Hafen«, sagte der Russe.

»Zu welchem?«

»Zum Seehafen«, sagte Anton.

»Nein. Zum Flusshafen«, korrigierte ihn Boris Petrowitsch.

Anton lachte hysterisch auf. »Das ist der falsche. Ich fliege mit derselben Maschine zurück.«

»Der Seehafen steht nicht zum Verkauf. Ein Missverständnis.«

»Kein Missverständnis. Habe ich gestern gleich geahnt. Ein mickriger Flusshafen ist total uninteressant.«

Anton wählte die Nummer von Ehrenthal. Keine Verbindung.

»Russische Mobiltelefone funktionieren hier nicht«, sagte Boris Petrowitsch trocken. Das Taxi fuhr auf sein Zeichen hin los. Anton sah aus dem Fenster und dachte an Susanna. Selbst wenn er mit derselben Maschine zurückflöge, würde er die Vorstellung verpassen.

»Ich zeig Ihnen jetzt den Flusshafen. Spätestens morgen fliegen wir dann zurück.«

»Sie verschwenden meine Zeit. Unsere Rohstoffe sind auf dem *Meer* unterwegs. Schon mal so ein Frachtschiff gesehen? Die sind 170 Meter lang und haben einen Tiefgang von zehn Metern. Ihre Badewanne ist hierfür ungeeignet.«

»Beruhigen Sie sich. Wir sind in zwanzig Minuten da.«

Der Hafen war noch kleiner als befürchtet, nur zwei ausrangierte Flussbargen dümpelten vor sich hin. Am Ende des Kais lag ein Häufchen Steinkohle, sonst war nichts zu sehen. Verblüfft und wütend stand Anton neben dem Taxi. Es gab noch nicht einmal eine Schranke, die ihnen den Weg hierher versperrt hatte, niemand kontrollierte ihre Ausweise. Ein vergessenes Überbleibsel aus Sowjetzeiten mit bequemem Zugang zum offenen Meer. Langsam dämmerte ihm das Geschäftsmodell des Russen.

»Boris Petrowitsch, noch mal zum Mitschreiben: Der ist viel zu klein für uns. Aber das wussten Sie schon vorher. Was ist also euer Plan?«

»Ihn zu kaufen. Dann verlängern wir den Kai dahinten und vertiefen Fahrrinne und Becken auf 11 Meter. Neue Kräne und Gleisanschluss sind kein Problem.«

»Das kostet viel Zeit und Geld.«

»Das haben wir beides.«

»Wozu bin ich dann hier?«

»Die Privatisierungsbehörde in Kiew verkauft nicht an uns. Dort bevorzugt man westliche Investoren.«

»Nachvollziehbar. Die sind froh, euch losgeworden zu sein. Und jetzt versucht ihr, durch die Hintertür zurückzukommen. Diesmal rein geschäftlich.«

»Die Bedenken dieser Leute sind unbegründet. Es geht um eine solide Investition, und die machen daraus Politik.«

»Wir sollen den Kauf also fronten, damit ihr euren kleinen Dreckshafen bekommt. Was ist für uns drin?«

»Den neuen Kai könnt ihr exklusiv nutzen. Alles andere überlasst ihr uns«, sagte der Russe.

»Ich nehme das mal kommentarlos zur Kenntnis. Was machen wir als Nächstes?«

»Die Direktorin erwartet den westlichen Investor zum Tee. Zerstreuen Sie ihre Vorbehalte. Kiew wird mit ihr über den Verkauf sprechen wollen. Sie ist natürlich daran interessiert, ihren Job zu behalten. Bieten Sie ihr einen neuen Vertrag und fünf Prozent der Aktien.«

»Tolle Taktik. Sonst noch Wünsche?«

»War nur ein Vorschlag. Lassen Sie uns reingehen.«

Sie nahmen ihre Taschen und gingen hinüber zum Verwaltungsgebäude, einem verwitterten zweistöckigen Zweckbau. Im Treppenhaus roch es nach Farbe, man hatte die abgetretene Steintreppe braun und die Wände grün gestrichen, wohl in dem tapsigen Versuch, den ersten Eindruck des potenziellen Investors wieder verblassen zu lassen. Die Tür des Vorraums war nur angelehnt. Eine Sekretärin kündigte die beiden an, und sie gingen durch bis zum Büro der Direktorin. Der Raum spiegelte die Situation des Hafens wider, eine komatöse Zentrale der Elendsverwaltung, die Tausenden im Land glich. Ulyana Petrowna reichte ihnen die Hand und lächelte unbeholfen. Sie hielt die Stellung, jemand musste das schließlich tun, eine fünfzigjährige Frau, die widerstandslos ihre administrativen Pflichten erfüllte und ansonsten auf ein Wunder hoffte. Bevor sie sich an den Schreibtisch setzte, zögerte sie kurz, als stünde ihr der Platz schon nicht mehr zu. Die Sekretärin brachte Tee, den sie mit einem Tauchsieder auf dem Fensterbrett zubereitet hatte.

Boris Petrowitsch beschrieb gut vorbereitet und ausführlich die Vorzüge des internationalen Großinvestors Paul Ehrenthal. Bei besonders dreisten Lügen nickte Anton und hatte ansonsten viel Zeit, sich den Russen einmal genauer anzusehen. Boris Petrowitsch Kisselow war mittelgroß, recht schwer, hatte ein wenig markantes, aber sympathisches Gesicht und braunes Haar, das sich an den Schläfen etwas lichtete. Die Züge dieses Mannes waren angenehm weich, und er lächelte viel, ein verständnisvolles, herablassendes Lächeln, das trotzdem kaum Aggressionen auf sich zog. Die Nase ließ erst ansatzweise an Alkoholmissbrauch denken, und die gräulich-grünen Augen blitzten nur dann kurz auf, wenn sich etwas Unerwartetes ereignete. Wie andere KGB-Mitarbeiter, denen Anton begegnet war, verfügte er über Disziplin. Diese Leute legten Wert auf ihr Äußeres, waren stets frisch rasiert, pünktlich und organisiert. Seitdem sie Zugang zu hochwertigen Textilien und Schuhwerk hatten, kleideten sie sich wie Londoner der oberen Mittelschicht außerhalb ihrer Büros. Wie er jetzt so manierlich in seinem hellen Sommeranzug parlierte, konnte er nicht nur in der Provinz als Gentleman durchgehen. Vielleicht war das ein Resultat des intensiven Genusses von John le Carré, dessen Romane die frühere Gegenseite nun mit zwanzig Jahren Verspätung begeistert verschlang.

Als Boris Petrowitsch mit der grotesken Schilderung einer neuen strahlenden Epoche fertig war, wandte sich die Direktorin an Anton und fragte ihn umständlich nach der Zukunft des Hafens, also ihrer eigenen.

»Bevor wir zu den Details kommen, würde ich gerne hören, was ihr hier so treibt«, sagte Anton.

»Wir stecken gerade mitten in der Umstrukturierung.«

»Haben Sie Zahlen? Sie wissen schon, Warenumschlag, Kapazität, Umsatz, Mitarbeiter, sonstige Aktivitäten?« Er hoffte, sie käme direkt zu den sonstigen Aktivitäten.

»Wir sind ganz zufrieden mit unserem kleinen Binnenhafen hier am Fluss.«

»Das sehe ich. Ginge es auch etwas konkreter?«

»Erst letzte Woche haben wir einen Schwimmcontainer mit Sand beladen.«

»Verstehe. Da war ja mächtig was los. Können Sie mir etwas zu den sonstigen Aktivitäten sagen?«

»Mit dieser Frage überraschen Sie mich etwas. Wir planen, unsere zwei Lagerhallen in Zukunft zu vermieten. Das ist aber noch nicht spruchreif.«

Anton sah ratlos hinüber zu Boris Petrowitsch. Der richtete sich lächelnd auf, stellte die Tasse ab und wandte sich einfühlsam an die Direktorin.

»Lassen wir das besser, Ulyana Petrowna. Die Entscheidung, ob wir den Zuschlag für den Hafen erhalten, fällt in Kiew. Verkauft wird er auf jeden Fall, die Regierung braucht Geld. Wenn Sie unser Angebot unterstützen, übernehmen wir Sie und einige Mitarbeiter.«

»Wie sieht es mit meiner Prämie aus?« Sie klang besorgt.

Das erste Lebenszeichen, dachte Anton.

»Die Prämie erhalten Sie nach der Übernahme. Versprochen ist versprochen. Wir sind uns also einig?« Boris Petrowitsch zwinkerte ihr aufmunternd zu.

Sie nickte in sich gekehrt. Anton hätte gern erfahren, um welche Prämie und Einigung es sich da handelte, und dachte an das Memo, das er auf dem Rückflug für Ehrenthal schreiben sollte. Als feindliche Übernahme würde er das hier nicht bezeichnen können.

»Großartig. Jetzt wollen wir Sie aber nicht länger von Ihrer Arbeit abhalten. Bitte lassen Sie uns ein Taxi rufen.«

Sie verabschiedeten sich wie zwei Handelsvertreter, die gerade ein unsinniges Produkt erfolgreich losgeworden waren.

Die Direktorin schloss die Türe sorgfältig hinter ihnen, sie war wohl nicht an Besuch gewöhnt. Ihre Sekretärin stimmte die beiden auf eine längere Wartezeit ein und bat sie ins Besucherzimmer, einer Rumpelkammer mit Aussicht. Boris Petrowitsch öffnete das Fenster und steckte sich eine Zigarette an.

»Was war denn das?«, stöhnte Anton.

»Die sind hier am Ende. Das gute Muttchen hält nur die Stellung. Wir brauchen sie aber noch, das Privatisierungskomitee will ihre Zustimmung. Alles reine Routine.«

»Was habt ihr mit diesem Hafen vor?«

»Was spielt das für eine Rolle?«

Sie blickten über Schuppen und Gleise auf das eingerahmte

Wasser. Oberhalb der Ölflecken stand flirrende Luft. Anton war gekränkt, der Russe schien ihn nicht ernst zu nehmen. Allzu ernst nahm er sich selbst und den Blödsinn hier zwar auch nicht, haderte aber immer noch mit dem Unglück, jetzt nicht in Petersburg zu sein.

»Gut, dann sage ich es Ihnen selbst«, begann Anton schließlich. »Das alles hier ist ein Traum für Verbrecher. Ein Binnenhafen mit Meereszugang. Kein Zoll, keine Polizei, noch nicht mal eine Schranke. Solange es auf Flussfrachter passt, könnt ihr hier rein- und rausbringen, was ihr wollt. Wenn sich die Kähne in Küstennähe bewegen, kommen sie bis ans Mittelmeer.«

»Bravo. War aber auch nicht sonderlich schwer.«

»Was ist euer Geschäftsmodell? Autos? Waffen? Mädchen? Drogen? Schrott aus Tschernobyl?«

»Übertreiben Sie nicht. Warum Mädchen? Das läuft doch über Odessa.« Er lächelte schon wieder.

Anton blickte hinunter auf den Hof. »Wann kommt endlich das Taxi?«

»Eine Stunde ist im Süden die kleinste Zeiteinheit. Wir hätten das vom Flughafen hierbehalten sollen«, sagte Boris Petrowitsch.

Eine halbe Stunde später kam statt des Taxis die Direktorin. »Ich fürchte, Sie werden uns noch etwas erhalten bleiben«, sagte sie.

»Kein Taxi? Dann lassen Sie uns bitte in Ihrem Wagen zum Flughafen bringen«, bat Anton.

»Die Stadt wurde vor einer Stunde unter Quarantäne gestellt. Cholera. Flughafen, Bahnhof und Ausfallstraßen sind gesperrt. Im Seehafen müssen die Matrosen auf den Schiffen bleiben.«

Wieder eine Lüge, dachte Anton. Klang zu sehr nach Camus.

»Willkommen in Nikolajew«, sagte Boris Petrowitsch zu ihm. Und ohne die Direktorin anzusehen: »Lassen Sie uns ins Hotel *Tourist* bringen.«

In den folgenden Tagen ereignete sich wenig. Er telefonierte noch zwei Mal mit Moskau. Sergei lachte lange, versprach, die geschäftlichen Termine abzusagen, und bot an, die privaten zu übernehmen. Ehrenthal machte den Untergang der Sowjetunion für die sanitären Zustände in der Ukraine verantwortlich. Telefonieren bedeutete, an der Rezeption ein Gespräch anzumelden und dann im Zimmer darauf zu warten. Manchmal eine Stunde, manchmal drei, meist klappte es gar nicht. Am vierten Tag gab er die Versuche auf.

Das Zimmer verließ er während der nächsten Tage nur selten. Er las oder döste vor sich hin. Nachdem er die mitgebrachten Zeitungen und sein einziges Buch das dritte Mal gelesen hatte, irrte er in der Mittagshitze durch die Stadt, bis er an den Fluss kam. Am wenige Meter schmalen Strand sonnten sich Menschen im Müll. Plastikfolien und Dosen tänzelten um die Knie der im Wasser stehenden Kinder. Auf Handtüchern lagerten Erwachsene neben einer vor Jahren zurückgelassenen Baumaschine. Anton war verdutzt; Martin Parr hatte diese Szenen vor zehn Jahren bei Liverpool fotografiert und sie *The Last Resort* genannt. Tourismus in Nikolajew.

Erfolglos fragte er mehrmals nach einer Buchhandlung. Ausgedörrt durch pestilenzartige Schwaden, die über dem Fluss waberten, taumelte er im Staub der Uferstraße entlang. Eine Frau verkaufte ihm Wasser in einer Plastikflasche. Er zögerte, als der Schraubverschluss nicht klickte. Die Alte sammelte vermutlich herumliegende Flaschen und füllte sie mit Leitungswasser. Ungeöffnet warf er die Flasche auf den Müllstreifen zwischen Straße und Fluss und ging weiter. Er kam an Jungen vorbei, die Frösche gegen eine Wand warfen; die Tiere klatschten laut auf und glitten oder fielen auf einen riesigen zuckenden Klumpen aus Reptilien hinunter. Auf dem Weg zurück zum Hotel verlief er sich mehrmals. Die endlosen Wohnblöcke boten keine Orientierung. Hunderttausende Menschen lebten hier unsichtbar. Entvölkerte Straßenzüge. Einmal holperte ein Bus an ihm vorbei. Verblichene Schriftzüge darauf warben für ein Kaufhaus im Ruhrgebiet, was das Fahrzeug als ausrangierte Sachspende entlarvte. Anton hoffte, es würde aus Dankbarkeit für Deutschland anhalten, aber der Fahrer reagierte auf sein Winken nur mit trägem Gehupe. Ihm wurde schlecht, er fürchtete einen baldigen Hitzschlag, da sah er das erste Auto seit einer Stunde auf ihn zukommen. Es hielt auf sein Zeichen. Der Mann kannte das Hotel nicht, sie beschlossen, es gemeinsam zu suchen. Nach ein paar Kilometern wurde der Mann nervös, kritisierte Antons Russisch und drohte mehrmals, ihn auszusetzen, woraufhin dieser ihm jedes Mal mehr Scheine zusteckte. Beharrlich wiederholte der Ukrainer, es gebe kein Hotel *Tourist*. Nach einer inszenierten Irrfahrt hielt er schließlich vor dem Hotel und verlangte eine Erfolgsprämie in Dollars. Anton schickte ihn zur Hölle und stieg aus. Der Mann lief ihm auf den Stufen zum Eingang hinterher und warnte schreiend die Stadt vor dem betrügerischen Ausländer. Vor dem Eingang, den er nicht zu überschreiten wagte, stellte er sich ihm in den Weg. Anton stieß ihn mit letzter Kraft zur Seite, worauf der Fahrer über die niedrige seitliche Begrenzung der Treppe fiel, von wo er in Zeitlupe eine schräge Rampe entlang ausgestreckt bis vor sein Fahrzeug kullerte. Anton wankte in die verlassene Lobby und nahm sich eine von den Wasserflaschen, die unter der Empfangstheke versteckt standen. Wegen Stromausfalls war der Lift seit Tagen nicht in Betrieb. Das Management des Hotels weigerte sich dennoch kategorisch, sie in die unteren Stockwerke umzuquartieren. Im Treppenhaus beschloss er, Ausflüge in die Stadt von jetzt an zu meiden. Er würde im Hotel ein Buch auftreiben müssen. Im Zimmer fand er unerwartet vier Flaschen Wasser und eine Tüte Zwieback vor. Er schlief sofort ein.

Als er mit Kopfschmerzen aufwachte, war die Sonne untergegangen, und es gab Strom. In einer Stunde würde er Boris Petrowitsch treffen, um wie jeden Abend die breite Straße zum Restaurant entlangzugehen. Er sah nach der Kakerlake und überlegte, ob er sie mit dem Zwieback füttern sollte. Jemand von der Rezeption rief an, um mitzuteilen, dass es um Mitternacht eine Stunde lang Wasser geben würde. Er solle es aber nicht trinken. Anton bat die Frau, ihn mit dem Roomservice zu verbinden. Sie stöhnte und legte auf. Er ging zurück ins Bad, trieb die Kakerlake in eine leere Zigarettenschachtel, legte ein Stück Zwieback dazu und warf sie aus dem Fenster.

Boris Petrowitsch wartete bereits in der Lobby. Obwohl frisch rasiert, wirkte er niedergeschlagen. Vor zwei Tagen hatte auch seine Fassade zu bröckeln begonnen, vier Tage nach der von Anton. Sie grüßten sich kaum. Das abendliche Ritual sah vor, ein Gespräch nicht vor dem zweiten Glas Wodka zu beginnen.

Wie jede Nacht lungerten vor den Stufen des Hotels eine Gruppe abgemagerter Teenager herum. Die barfüßigen Mädchen trugen einfach geschnittene Sommerkleider, und ein Junge, nicht älter als zwölf, bot sie ihnen an. Anton, der noch nie solch einen krassen Fall von Armutsprostitution erlebt hatte, war am ersten Abend geschockt auf der Treppe stehen geblieben. Die Mädchen mit den großen dunklen Augen wirkten wie benommen vor Hunger. Einen Augenblick lang hatte er noch gehofft, sie würden einfach nur betteln. Ascheartiger Staub hatte sich mit Schweiß zu einer Kruste auf ihren Armen und Beinen verbunden, ihre Füße waren schwarz von einer dünnen Schicht flüssigen Teers, der sich in der Hitze des Tages aus dem Asphalt gelöst hatte. Er war verwirrt gewesen, hatte überlegt, ob die ausgemergelten Körper eine Folge der Cholera waren. Zögerlich war er hinunter auf den Platz gewankt. Er verstand nicht, was die Kinder sagten, Ukrainisch oder starker russischer Dialekt, gelallt wie unter Drogen. Sofort war er weitergegangen, so als würden sich die Bilder dann weniger tief einbrennen. Später im Restaurant bekam er keinen Bissen herunter und trank zu viel. Als sie bei der Rückkehr wieder an den Mädchen vorbeikamen, gab er ihnen Geld und eine Tüte Nüsse aus dem Restaurant. Boris Petrowitsch wollte ihn davon abhalten, der Pimpf würde es ihnen gleich wieder wegnehmen.

An den darauffolgenden Abenden gewöhnte er sich an die Zurschaustellung der Kinder, schlimmer waren jetzt die Tiraden von Boris Petrowitsch beim Anblick des Elends. Auch dies ein Ritual. Schon auf der Treppe legte er los, doch so übel wie heute war es noch nie.

»Macht, dass ihr nach Hause kommt, und spielt mit euren Puppen. Wissen eure Eltern, dass ihr hier seid?«

Die Anbiederungsversuche des Nachwuchszuhälters ignorierte er zunächst, dann drohte er ihm mit der Faust. Der Junge folgte ihnen wie immer noch eine Weile hoffnungsvoll, die Vorzüge der Mädchen anpreisend. Endlich blieb auch er stehen. »Vielleicht später. Wir warten, bis ihr zurückkommt«, rief er den beiden hinterher.

»Vollkommene Demoralisierung«, stöhnte Boris Petrowitsch.

Anton seufzte, auf der Strecke durch die unbeleuchtete Allee bis zum Restaurant würde sich der Russe wieder über den Verfall der Moral ereifern. Jeden Abend wurde er radikaler.

»Verrohtes schmutziges Pack. Dreckiges Hurengesindel. Eine ganze Stadt voller Kinderschänder.«

Der schweigende Anton schien ihn noch mehr anzustacheln.

»Ekelhafte Kindermösen.«

Anton blieb stehen. Das ging über das übliche Geschwafel hinaus. »Hören Sie damit auf. Tun die Ihnen nicht leid?«

»Leidtun? Die lieben Kinderlein? Die lassen sich für ein paar Dollar gern rannehmen. Sieht man doch.«

»Halten Sie endlich die Klappe. Das Gewäsch ist ja ekelhaft.«

»Mitleid mit denen? Sie machen Witze.« Boris Petrowitsch spuckte in die Dunkelheit.

Anton schüttelte über die allabendlichen pathologischen Gefühlsausbrüche den Kopf. Offensichtlich begehrte der Russe die Mädchen, ein Klassiker des Selbsthasses. Er sah zu ihm hinüber, konnte aber nur die Silhouette des schwer atmenden Mannes erkennen. Schwitzend und stampfend grummelte er vor sich hin. Vielleicht schämte er sich, er hatte vor einem Ausländer die Fassung verloren. Fast schon eine Romanfigur, dachte Anton. Wenigstens konnte man sich hier nicht in die Augen sehen, die gnädige Dunkelheit bewahrte Boris Petrowitsch vor weiteren Peinlichkeiten. Schweigend gingen sie nebeneinanderher bis zum Restaurant.

Wie jeden Abend bestellten sie Soljanka. Die säuerliche Fischsuppe war das einzige seriöse Nahrungsmittel für Fremde, brodelte in einem großen Topf vor sich hin und vermittelte den Eindruck, für das Bakterium Vibrio cholerae ein ungünstiges Milieu abzugeben. Das galt auch für die paar Flaschen Bier, die der Wirt umständlich und erst nach längerer Diskussion zu einem astronomischen Preis herausrückte. Es war warm und schmeckte scheußlich, aber alles Trinkbare in versiegeltem Zustand schien wertvoll und traf auf gierige Abnehmer.

»Es gibt doch Strom, warum ist das Bier nicht kalt?« Anton verzog angewidert das Gesicht.

»Typisch Chachol, hat vergessen, es in den Kühlschrank zu stellen«, rief Boris Petrowitsch. Er nannte Einheimische jetzt auch

Chachli, wenn diese in Hörweite waren. Eine uralte Bezeichnung, die »Zöpfe« bedeutet, hirnlos meint und bei Großrussen beliebt war, wenn sie sich auf die Bewohner der kleinrussischen Ukraine bezogen.

Der Deutsche sah sich um. Sie waren wieder die einzigen Gäste. In den eingetrockneten Schichten verschütteter Getränke auf dem Fußboden waren Essensreste eingearbeitet wie Intarsien. Nur ihr Tisch war beleuchtet. Auf den Stühlen aus verchromtem Metall mit der winzig kleinen Sitzfläche aus Kunstleder schmerzten die Schenkel nach zehn Minuten. Bevor die Beine abstarben, führte der Kontakt mit dem Tischtuch oder den Servietten aus robust versteiftem Kunststoffgewebe zu Hautirritationen. In der Mitte des Raumes gab es eine Bar, und der Wirt identifizierte sich nur mit ihr. An solchen Tresen hielt sich nie jemand auf, gleichzeitig war es aber undenkbar, nicht über eine zu verfügen. Außer Wodka bot sie keine Spirituosen, ein paar leere Whisky- und Kognakflaschen dienten als Dekoration. Diese standen neben einer bizarr blinkenden Stereoanlage, deren farbige Lämpchen den Takt der Songs von Irina Allegrowa und Igor Krutoi nachäfften. Fröhlich und Cool, so die Bedeutung der Nachnamen der Popsternchen, gaben die Bandbreite ihrer Hits wieder. Obwohl Bier und Wodka Antons Toleranzschwelle anhoben, hoffte er auf einen weiteren Stromausfall.

Sie löffelten die Suppe und tranken Wodka. Der Russe hatte sich wieder gefangen, den Ausfall auf der Straße schien er sich verziehen zu haben. Die Empörung des Deutschen darüber hielt er wohl für überzogen, aber entschuldbar. Im choleraverseuchten Süden festzusitzen war schließlich kein Karibikurlaub. Trotzdem war Anton überzeugt, dass Boris Petrowitsch überlegte, wie er die Scharte wieder auswetzen konnte. Bestimmt kam er irgendwann auf den Krieg zu sprechen, immerhin kannte man sich bereits eine Woche, und das Thema war bisher unberührt geblieben. Daher war es nur eine Frage der Zeit, bis er sich der Materie behutsam nähern würde.

»Wissen Sie eigentlich, warum die Wehrmacht am 22. Juni zuschlug?«

»Nein«, sagte Anton.

»Sonnwende und Neumond fielen zusammen! Die kürzeste Nacht des Jahres, aber stockdunkel.«

»Verstehe.«

»Im Schutz der Dunkelheit rasch vorzustoßen war eine geniale Entscheidung.«

»Habe noch nie darüber nachgedacht«, sagte Anton ausweichend. Er kannte die Masche; damit der eigene Sieg noch glänzender ausfiel, wurde erst mal der Feind überhöht.

»Seine eigene Geschichte sollte man schon kennen. Der Krieg ist der Vater aller Dinge.« Boris Petrowitsch verströmte Gutmütigkeit, das Zitat war in Russland beliebt.

»Ist mir schon klar.« Anton hoffte, dass jetzt nicht die übliche Aufzählung kriegsbedingter Errungenschaften folgen würde.

»Denken Sie nur an das Penicillin.«

»Wurde das nicht in den Zwanzigern entdeckt?«

»Mag sein. Aber Überschallantrieb und Mikrowelle schon. So schlimm er ist, der Krieg bringt die Menschheit voran. Alle Menschen.«

»Ich bin mir nicht sicher, ob Heraklit das so meinte.«

»Aber ich meine es so. So gute Chirurgen wie nach dem Krieg hatten wir nie wieder. Übung macht den Meister.«

Der Russe war offensichtlich von Anton enttäuscht, der sich einem erbaulichen Gespräch verweigerte. Derweil versuchte der Deutsche, nicht an die drei Millionen russischen Gefangenen zu denken, die in den Lagern seiner Heimat verreckt waren.

»Ich sehe schon, Sie sprechen nicht gerne über den Krieg. Wir könnten stattdessen ein wenig über die Polen lästern«, schlug Boris Petrowitsch vor.

Anton schwieg. Er hatte wirklich ein Problem, mit Russen über den Großen Vaterländischen Krieg zu sprechen, diese Unterhaltungen verliefen meist unerfreulich. Da kaum jemand dem Ausmaß des Infernos gewachsen war, landete man schnell auf der Banalebene. Es ging dann um Hitlers Uhr (Lange Tourbillon) und sein Fahrzeug (Mercedes W31, G4 genannt, dreiachsig). Oder Stalins Füller (Pelikan) und sein Fahrzeug (ZIS-101, später ZIS-110). Darauf folgten immer Anekdoten. Hitlers menschliche Seiten, Stalins Grausamkeit. Hier verblüffende Tierliebe, dort die Neigung, vorsorglich exekutieren zu lassen. Dann kam man meist zum Sturm auf Berlin, dessen Höhepunkt die Schilderung war, wie zögerliche Rotarmisten beim Straßenkampf von ihren eigenen Vorgesetzten beschossen wurden. Gefolgt von Lemurenexistenzen in Stalingrad, Leningrader Blockade, Fälle von Kannibalismus. Reißerisches Abhaken des Unfassbaren. Er wusste nicht, wie man angemessen über den Krieg hätte sprechen können. Was also tun? Einfach betroffen schweigen oder tiefschürfende Aussagen machen? Oder forsch einsteigen, geschickt ein wenig die Kriegsschuld relativieren? Schon beim Gedanken daran wurde ihm schlecht. Schweigen war die beste Reaktion, dann galt man allerdings als schlechter Verlierer.

»Was damals geschehen ist, macht mich tatsächlich sprachlos«, sagte er schließlich.

»Muss es nicht. Krieg ist Krieg.«

»Davon spreche ich nicht. Der Austausch zwischen den beiden Ländern war schon einmal sehr weit.«

»Wie meinen Sie das?«

»Wirtschaftlich, politisch, kulturell. Die beiden Underdogs hatten sich nach dem Neuanfang schnell zusammengerauft. Ihr mit Lenin und wir ohne Kaiser.«

»Es gab auch eine militärische Zusammenarbeit.«

»Ja, ja, Rapallo. Aber es gab auch all diese Kandinskys und Jawlenskys bei uns. Und euer Konstruktivismus hat Deutschland wirklich verändert«, sagte Anton. Es galt jetzt Stalingrad zu vermeiden, egal wie.

»Mit der Utopie war dann aber schnell Schluss.«

»Stalin hat das abgewürgt. An der Uni habe ich mal was über die Neue Ökonomische Politik während der Zwanziger geschrieben.«

»Warum denn das?«

»Habe mich von der Russland-Euphorie anstecken lassen.«

»Schon klar. Gorbi-Gorbi und so weiter.«

»Glasnost, Perestroika und viel Optimismus.«

»Kann man verstehen. Ist ja auch gut gelaufen für euch. Den Gorbi habt ihr schnell gekauft, und der Rest ist Geschichte.«

»Gekauft?«, wiederholte Anton.

»Für ein paar Milliarden hat er den Osten verkauft.«

»Die DDR war für euch sowieso verloren. Gorbatschow hatte die Größe, ein Blutbad zu vermeiden.« Noch bevor Anton solche Sätze aussprach, bereute er sie eigentlich schon.

»Und das Geld?«, fragte Boris Petrowitsch.

»Die Milliarden waren ein Beitrag zu den Umzugskosten.«

»Da spricht der Sieger.«

»Nehmen Sie doch mal für einen Moment die Sieger-Verlierer-Brille ab. Ich kenne niemanden in Deutschland, der so denkt.«

»Das glaube ich Ihnen nicht.«

»Wenn Sie in jedem einen Revanchisten sehen, wird es schwierig.« Anton stockte, Stalingrad kam wieder näher.

»Vergleichen Sie doch mal, wie ihr lebt und wo wir in Russland stehen. Darüber gibt es gute Witze, kennen Sie den: Der kleine Piotr geht am 9. Mai mit seinem Großvater zur Parade. Danach sitzen die Veteranen zusammen. Einer beschwert sich über seinen liegen gebliebenen Moskwitsch, ein anderer über das schlechte Bier. Sagt der kleine Piotr nach einer Weile: Gott sei Dank habt ihr den Krieg gewonnen, sonst müsstet ihr heute deutsches Bier trinken und deutsche Autos fahren.«

»Das spricht für euch Russen! Die Deutschen können schlecht über sich selbst lachen.«

»Was bleibt uns anderes übrig? Ihr verliert den Krieg und seid jetzt wieder ganz oben.«

»Durch die totale Niederlage hatten wir es leichter als ihr. Für uns war es ein echter Neuanfang«, sagte Anton. Zu seiner Freude goutierte Boris Petrowitsch *totale* mit einem kurzen Nicken. Stalingrad war wieder weit weg.

»Stimmt. Unsere Regierung bettelt heute in Washington um Kredite.«

»Euer System war am Ende bankrott.«

»Das ist Propaganda. Der Sieger schreibt die Geschichte des Besiegten. Ich habe bis 1991 gut gelebt. Wohnung im Zentrum, Auto, Datscha, Urlaub auf der Krim.«

Anton gefiel, wie lässig der KGB-Mann Brecht zitierte.

»Ihr Lebensstandard war doch nur im Vergleich zum Rest des Landes hoch. Jeder Arbeiter im Westen lebte besser«, sagte er und begann sich für sein Niveau zu schämen.

»Materiell betrachtet vielleicht.«

»Wie wollen Sie es sonst betrachten? Das mit dem Neuen Menschen hat ja auch nicht geklappt.« Anton wunderte sich selbst über den Blödsinn, den er da sagte. Einem KGB-Mann vorzuwerfen, an den Neuen Menschen geglaubt zu haben, war an Einfalt nicht zu überbieten.

»Jedenfalls hat der Westen seine Ziele erreicht. Die Festung erst sturmreif schießen und dann Forderungen stellen. War clever gemacht«, sagte Boris Petrowitsch.

»Was soll das heißen? Die Wiedervereinigung war nicht gegen Russland gerichtet.«

»Fakt ist, dass mein Land an Einfluss verloren hat.«

»Das war kein konstruktiver Einfluss mehr.«

»Einfluss ist Einfluss.«

Der schamlose Plattitüdenschwall setzte sich noch eine Weile fort, die Trauer um den Verlust nationaler Größe saß tief. Anton schauderte vor derlei Gesprächen, da er in ihrem Verlauf genötigt wurde, ein schwarz-rot goldenes Fähnlein hochzuhalten. Emotional verband ihn wenig mit Deutschland: Sich damit zu identifizieren, erschien ihm absurd. Aber die Igelhaltung des Russen löste bei ihm loyale Reflexe aus. Boris Petrowitsch schien das zu ahnen und begann den Deutschen zu schonen. Anton erwartete eigentlich, dass er ihn als Nächstes fragen würde, warum es die NATO immer noch gab, obwohl der Warschauer Pakt aufgelöst worden war. Stattdessen verteilte der Russe den Rest des Wodkas auf die zwei Gläser und stieß mit ihm auf die Zukunft an.

Schließlich zahlten sie mit einem Bündel Kuponi, der verhassten neuen Währung, die alle nur Tamponi nannten. Um Diskussionen mit dem Wirt zu umgehen, warfen sie noch ein paar Dollar hinterher.

Sie waren wohl beide ganz zufrieden mit dem Abend, der kleine Schlagabtausch würde keine Wunden hinterlassen. Durch die Dunkelheit gingen sie zurück ins Hotel, wo sie auf ihren Zimmern die allnächtliche Wasserration aus der Dusche abwarteten.

»Darf ich fragen, ob Sie geschäftlich unterwegs sind?«

Anton überlegte, ob die Frage ernst gemeint war. Er war in die Lobby gekommen, um etwas über die Quarantäne zu erfahren. Gegen zehn trafen sich dort gewöhnlich die Eingeschlossenen, um Informationen auszutauschen. In Grüppchen standen suspekte Männer zusammen, bemüht, so wenig wie möglich von sich preiszugeben und im Gegenzug möglichst viele Neuigkeiten zu erbeuten. Aber auch heute gab es nichts außer aufgeschnappten Halbwahrheiten.

»Gibt es einen anderen Grund, hier zu sein?«, sagte Anton, der sich in dieser Runde unbekümmert sorglos gab.

»Sie haben natürlich recht. Dumme Frage von mir. Darf ich fragen, welche Branche?«

»Kohlehandel. Eher uninteressant. Und was treiben Sie so?«

»Uninteressant sagen Sie? Ganz und gar nicht. Wo liegt die Zeche?«, fragte der Mann eine Spur zu schmeichlerisch.

»Russland«, sagte Anton, dessen Bedarf an Sozialkontakt nach einer weiteren Nacht in Einzelhaft leicht angestiegen war.

»Ein weites Feld. Wo genau?«

»Workuta«, antwortete Anton, fest entschlossen, ihm keine weiteren Knochen hinzuwerfen.

Der Mann übertünchte seine Neugierde mit altbackener Liebenswürdigkeit. »Das ist ja hochinteressant. Ihre Kohle ist also Tausende von Kilometern unterwegs. Geht da nicht viel verloren?«

»Ist das ein Quiz?«

»Entschuldigen Sie die Neugierde, wir sind hier wohl alle schon etwas sonderlich geworden. Darf ich mich vorstellen: Arkadi Iljitsch Solowjow aus Saratow.«

»Wolfgang Windgassen.«

Sie gaben sich die Hand, Arkadi Iljitsch verbeugte sich ungelenk.

»Aus deutschen Landen, wie ich annehme? Ihr Russisch ist vorzüglich, wenn ich mir die Bemerkung erlauben darf.«

»Ist es nicht. Gibt es Neuigkeiten, wann die uns rauslassen?«

»Das weiß der Himmel. Aber im Hafen erwähnte gestern jemand die Möglichkeit eines diskreten Transfers nach Odessa.«

»Klingt nach reichlich Risiko.«

»Ich muss später ohnehin noch mal dahin und kann mich weiter umhören. Möchten Sie mitkommen?«

»Zu Fuß zum Seehafen in der Hitze?«

»Ich kenne jemanden, der noch ein paar Liter im Tank hat.«

»Verlockend. Ich werde Sie begleiten. Könnten Sie den Fahrer bitten, ein Buch mitzubringen? Irgendwas Klassisches?«

»Das lässt sich machen. Abfahrt um zwölf.«

Anton war froh, den servilen Russen getroffen zu haben. Vielleicht würde der Ausflug ihn aus seiner melancholischen Betäubung holen. Er hatte von einem rätselhaften Phänomen geträumt, das die Stadt heimsuchte, eine niedrig dosierte Chloroformwolke, die über allem lag, sich nie zurückzog und die Menschen binnen kurzer Zeit narkotisierte. Sie drang aus der Erde, kroch durch die Straßenzüge bis hinauf in die Wohnungen, um sich schließlich in den Gehirnen der Menschen abzulagern. Er war schon öfters in der Provinz festgesessen, einmal zwei Wochen lang in der Nähe des Baikalsees, wohin einst Dekabristen nach ihrem gescheiterten Aufstand von 1825 verbannt worden waren. Er hatte sich dort wohlgefühlt, Puschkin gelesen, Jäger auf ihren Streifzügen begleitet und mit ihnen getrunken. Dass ihn nach einer Woche in Nikolajew lähmende Niedergeschlagenheit überkam, verunsicherte ihn. Die launenhafte Sorglosigkeit, die er in Moskau verspürte, war von der Lethargie des Südens verschluckt worden. Er musste rasch einen Weg zurück in die Leichtigkeit finden. Jeder weitere Tag zerrte ihn mehr hinunter in eine rätselhafte Dumpfheit. Er war der Agonie hier nicht gewachsen, sehnte sich nach den Boulevards, den lässigen Bekannten, dem blitzgescheiten Sergei und den Bühnen voller Schönheiten. Eine Stunde dort, und er würde wieder aufblühen.

Dort, wo nachts die Mädchen standen, wartete nun in der Mittagshitze ein aus verschiedenen Modellen zusammengedengelter Wolga auf sie. Die ältesten Spuren reichten bis in die späten fünfziger Jahre zurück. Ein Dutzend winziger Ikonen umgab das Armaturenbrett, und ein gerahmtes Polaroidfoto zeigte dort, wo sich einst der Rückspiegel befunden hatte, die Segnung des Fahrzeugs durch einen Popen. Der heilige Nikolaus prangte als Schutzpatron der Autofahrer vor dem Tachometer.

Um keinen Tropfen Benzin zu vergeuden, fuhren sie in Schrittgeschwindigkeit in Richtung Seehafen. Die Rolle der Wächter am Schlagbaum war durch die Quarantäne aufgewertet worden, und unlängst hatten sie eine Erhöhung der Bestechungsgelder für illegales Betreten der Hafenanlage durchsetzen können; Arkadi Iljitsch bezahlte nach kurzer Diskussion für Insassen und Fahrzeug in Dollar, schließlich handelte es sich um einen internationalen Hafen. Der Wolga suchte sich ein schattiges Plätzchen und verstummte glucksend.

»Versuch mal, Benzin aufzutreiben, wir sind in zwei Stunden zurück«, wies der Russe den Fahrer an. Zwischen Bergen aus Kohle und Stahlschrott gingen sie unter Kränen hindurch bis zu den vertäuten Frachtschiffen.

»Haben Sie eines von denen gechartert?«, fragte Anton.

»Oh nein, mich interessiert nur, was verladen wird.«

»Gutachter, Schiffsagent, Broker? Spucken Sie es schon aus.«

»Schwund«, sagte Arkadi Iljitsch.

»Tote Fracht?«

»Genau. Ich erkläre es Ihnen später.«

Sie standen vor einem in Istanbul registrierten Stahlkoloss. Der Russe notierte sich die Markierung der Wasserlinie auf dem Bug und erklärte Anton, dass er vor zwei Tagen, bevor das Schiff beladen wurde, dasselbe getan hatte. Jetzt konnte er anhand des aktuellen Tiefgangs überschlagen, wie viel geladen worden war. Zufrieden betrachtete er die Zahlen in seinem Notizbuch, dann rief er der Wache oben an der Reling etwas zu. Träge bewegte sich der Matrose zum Kapitän. Fremde benötigten seine Genehmigung, das Schiff zu betreten. Nach ein paar Minuten kam der Matrose zurück, den Daumen nach oben gereckt.

»Kommen Sie mit an Bord? Sie schließen schon die Ladeluken.«

Anton nickte. Sie stiegen das schwankende Fallreep hinauf und gingen in die Kapitänskajüte. Das Schiff würde in einer Stunde auslaufen, zwei Zöllner waren noch mit den üblichen Ritualen beschäftigt. Solche primitiven Frachtschiffe hatten eine grotesk hohe Besatzung, die sich nun aus dem Schmutz der Gänge schälte, um von den Beamten identifiziert zu werden. Abgestumpfte, vor sich hin murmelnde Männer, deren undefinierbare Kleidung getränkt war von Maschinenöl und Schweiß. Entzündete Augen, geschwollene Gesichter, blaue Flecken, schlecht verheilte Schnitte und Brandwunden, auf denen eitriger Kohlenstaub lag. Die Mannschaft hielt sich fast immer im heißen Mief unter Deck auf.

Ein Stapel Pässe wurde aus dem Safe geholt. Der Kapitän schlug sie nacheinander auf und las laut die Namen vor. Der Grenzbeamte neben ihm hob dann jedes Mal den Blick und nickte.

Anton ging im Schiffsleib umher. Innerhalb der Stahlwände wechselten die Ausdünstungen alle paar Meter. Ammoniak, heißes Schweröl, Scheiße, Chlor, verbranntes Fleisch, Küchenausdünstungen. Die Türen der Toiletten in den engen Gängen standen offen und gaben den Blick frei auf verschmierte Wände und vollgekotzte Böden. Rasch wendete er sich ab. Als er weiter hinabsteigen wollte, stellte sich ihm ein Mann in den Weg. Vermutlich waren unten Mädchen versteckt, Nachschub für Bordelle am Bosporus und andere boomende Touristenorte. Von unten ertönte Gebell, Hundekämpfe waren in der Ukraine sehr beliebt, die Züchter hatten wohl einen neuen Markt erschlossen. Darin bestand der diskrete Warenaustausch über das Schwarze Meer: Drogen und Kfz-Ersatzteile in die eine Richtung, Frauen und Kampfhunde in die andere. Die Zöllner verdienten gut am Wegsehen.

Er ging wieder zur Kapitänskajüte. Der Erste Offizier beugte sich mit Arkadi Iljitsch über die Ladeprotokolle, während der Kapitän die Beamten verabschiedete, die militärisch grüßten, Plastiktüten mit Geschenken in einer Hand. Die Kajüte war mit Holzpaneelen ausgekleidet. Ein sowjetisches Schiff aus den sechziger Jahren, ungeeignet für die offene See und schrottreif. Erst vor ein paar Wochen war das Schwesterschiff während eines Sturms in der Mitte auseinandergebrochen und innerhalb von drei Minuten gesunken. Andere waren an der türkischen Küste auf Grund gelaufen. In der Welt der Rohstoffe gab es gute Argumente für Vorauskasse. Man hatte Anton auch schon solche Schiffe zum Kauf angeboten. Sie waren nach dem Zusammenbruch des Kommunismus von staatlichen Agenturen zum Schrottpreis verscherbelt worden.

Der georgische Kapitän hielt Anton jovial ein Glas Wodka hin. »Trinken Sie das, und dann wird es Zeit, von Bord zu gehen.«

»Danke. Auf Ihr Wohl. Wer ist der Reeder von diesem Schrotthaufen?«

»Ein Türke. Mit Schrott liegen Sie richtig. Ich kann nicht wählerisch sein. Früher bin ich als Erster Offizier bis nach Kuba gefahren.«

»Bleiben Sie in Küstennähe, oder riskieren Sie die direkte Route?«

»Kommt aufs Wetter an. Nach Samsun verliert man an der Küste entlang viel Zeit. Wir entscheiden das erst in ein paar Stunden an der Meerenge.«

»Für wen sind die Hunde?«

»Keine Ahnung, wo die Scheißköter landen. Sind angeblich ein Vermögen wert, viel mehr als die Weiber. Wie gesagt, man darf nicht mehr wählerisch sein.«

Anton hasste die komplizenhafte Stimmung solcher Momente, während denen Schweigen bereits Zustimmung bedeutete. Die Kaltschnäuzigkeit des Kapitäns galt in dessen Welt als völlig normal, aber der Deutsche wollte ihm das nicht durchgehen lassen. Schon aus Gründen der Selbsthygiene musste er sich jetzt gegen diese Gemeinheiten wehren, sonst würden ihn später im Hotelzimmer wieder Dämonen heimsuchen.

»Für ein bisschen Geld machen Sie wohl alles.«

»Sie gehen jetzt besser und nehmen Solowjew mit. Nichts für ungut, aber Ihre Fragen kotzen mich an.«

»Sind Minderjährige darunter? Kommen die aus einem Heim oder von der Straße?« Anton hatte in Moskau Zeitungsartikel über die elenden Zustände in staatlichen Kinderheimen gelesen. Warum ihn das jetzt derart aus der Fassung brachte, verstand er selbst nicht. »Lassen Sie die Minderjährigen hochkommen. Ich kaufe sie Ihnen ab.« Er konnte nicht glauben, was er da sagte.

»Sie sind ein Idiot. Meinen Sie, das ändert etwas? Dann würden die einfach mit dem nächsten Schiff in die Türkei gebracht werden.«

»Haben Sie selbst Enkel? Warum hängt da drüben eine Ikone? Hilft Ihnen die weiter, wenn Sie an die Mädchen da unten denken? Lassen Sie sich manchmal eine hochbringen?«

Der Kapitän lief dunkelrot an. Der Fremde hatte das Tafelbild und seine Autorität entweiht, die auf dem Schiff gleich nach der von Gott kam. Er hatte den Ausländer, diesen impertinenten Gotteslästerer, mit offenem Herzen auf sein Schiff gelassen, und jetzt das. Er rang schwer atmend mit sich.

»Das Fallreep wird in zehn Minuten hochgezogen. Keiner weiß, dass ihr zwei Arschlöcher hier seid. Wenn ihr nicht gleich abhaut, werfe ich euch morgen über Bord.«

Arkadi Iljitsch schob den Deutschen aus der Kajüte. Der Kapitän knurrte einen tätowierten Hünen herbei, der Anton fast den Arm brach, während er ihn den Gang entlangschleifte und mit Tritten das Fallreep hinunterscheuchte. Unten angekommen setzten sich die beiden auf ein Bündel Stahl und beobachteten, wie die Leinen langsam nach oben gezogen wurden.

»Sie sollten in Zukunft vorsichtiger mit derart delikaten Themen sein. Man endet hier schnell als Fischfutter«, sagte Arkadi Iljitsch, während er sein Jackett glatt strich.

»Ich muss telefonieren«, keuchte Anton.

»Vergessen Sie die Polizei. Das sind seine Verbündeten, nicht Ihre.«

»Ich kenne jemanden in Istanbul. Dem könnte ich Schiffsnamen, Hafen und die ungefähre Ankunftszeit durchgeben. Vielleicht unternimmt er etwas. Ich möchte es wenigstens versuchen.«

»Besser vom Hotel aus. Wenn Sie hier ein Telefon benutzen, würde wahrscheinlich jemand Ihren tiefgläubigen Kapitän warnen. Dann entsorgt er die Frauen unterwegs.«

»Oder Sie warnen ihn«, rutschte es Anton heraus.

»Meine Güte, sind Sie aber überspannt. Machen Sie Ihren

Anruf, aber erwähnen Sie nicht meinen Namen. Neutraler als ich ist niemand.«

»Was wollten Sie genau auf dem Schiff?«

»Später. Die haben hier eine Kantine mit essbarer Soljanka, vielleicht gibt es sogar Brot dazu. Wir können dort alles besprechen.«

Das *Haus der Matrosen* war in allen Häfen gleich: ein Gericht, riesige Auswahl an zollfreien Spirituosen und alte Prostituierte für ausgelaugte Seeleute, die wenig Zeit und noch weniger Geld hatten. An der Essensausgabe schöpfte die Köchin aus einem Bottich Fischsuppe in Blechnäpfe und legte eine Scheibe dunkles Brot darauf. Sie wählten einen Tisch, der so weit wie möglich von den anderen Männern weg war. Zwei Nutten machten den halbherzigen Versuch, sich zu ihnen zu setzen, aber auf einen Wink des Russen hin schlurften sie zurück zu einem Tisch, wo drei andere Frauen vornübergebeugt schliefen. Die beiden Männer begannen die Suppe zu löffeln und Reisbier aus der Türkei zu trinken. Das Borodinoer Brot aus Sauerteig mit Koriander war köstlich.

»Sie wollten wissen, warum wir an Bord gegangen sind.«

»Na ja, um die Frachtpapiere anzusehen. Aber warum?«, sagte Anton.

»Ich weiß, wie viel Tonnen im sibirischen Bergwerk verladen wurden. Um den Schwund zu ermitteln, benötige ich noch das hier geladene Gewicht. Raten Sie mal, was davon unterwegs verloren gegangen ist.«

»Zwei Prozent?«, schätzte Anton.

»Knapp vier. Macht fast fünfhundert Tonnen.«

»Etwas viel tote Fracht, aber nicht ungewöhnlich. Wozu die Mühe?«

»Ich kaufe tote Fracht. Und ich würde gerne Ihre kaufen.«

»Ich nehme an, Sie betrügen Transportversicherungen. Mir ist nur noch nicht ganz klar, wie.«

»Die tote Fracht existiert nur in meinen Büchern, ist aber lückenlos dokumentiert durch die Frachtpapiere. Sie liegt hier unsichtbar im Hafen.«

»Und die Hafenverwaltung bestätigt Ihnen einen Lagerplatz, den es gar nicht gibt.«

»Genau. Sobald ich zehntausend Tonnen zusammenhabe, verlade ich sie.«

»Dafür brauchen Sie ein bei Lloyds registriertes Schiff, sonst macht die Versicherung nicht mit.«

»So ist es.«

»Versenken Sie es?«

»Sagen wir, es verschwindet unterwegs.«

»Mit der Mannschaft an Bord?«

»Wo denken Sie hin. Wir ziehen doch alle an einem Strang. Nach ein paar Monaten taucht es unter anderem Namen und anderer Flagge wieder auf.«

»Die Versicherung zahlt für das Schiff und die nichtexistente Ladung.«

»Im Idealfall«, sagte Arkadi Iljitsch. Er stand auf, um mehr Bier zu holen. Anton war beeindruckt, weniger von dem Schema des Betrugs als von der Offenheit des unscheinbaren Gauners. Er konnte dies nur unter einer komplett anderen Identität riskieren. Vermutlich war er noch nicht einmal Russe.

»Sie haben mich beeindruckt«, sagte Anton, als Arkadi Iljitsch zurückkehrte. »Mit Ihnen arbeiten kann ich allerdings nicht.«

»Sie enttäuschen mich. Ich zahle fünf Prozent des Marktwerts der Ware gegen ein banales Dokument.«

»Da käme bei unserer jährlichen toten Fracht eine hübsche Summe zusammen. Aber ich will mich nicht damit belasten.«

»Belasten?«

»Ich kenne mich. Jedes Mal, wenn wieder ein Schiff verschwindet, käme ich ins Grübeln.«

»Ich sage Ihnen doch, die tauchen wieder auf. Keiner kommt zu Schaden.«

»Das ändert nichts. Vielleicht versenken Sie doch manchmal eines.«

»Der Besatzung passiert auch dann nichts. Die haben genug Zeit, sich in Sicherheit zu bringen.«

»Die Besatzung! Was ist mit den Illegalen an Bord? Die tauchen in keiner Zeitungsnotiz auf.«

»Ausflüchte.«

»Das Restrisiko schlafloser Nächte. Es gibt genug Rohstoffhändler, die mit Ihnen zusammenarbeiten, ohne mit der Wimper zu zucken. Ich bin zu weich für so etwas.« Anton war sich nicht sicher, warum er das sagte. Nichts sprach gegen die Offerte. Er fühlte sich wie ein waidwundes Tier, das im Käfig Nikolajew kapitulierte.

»Weich sind Sie nicht, sondern dekadent. Zu fein, um sich mit Brosamen abzugeben.«

»Mein Leben ist aufregend genug. Den Sumpf da draußen meide ich lieber, ich kann es mir leisten«, er stockte, »vielleicht ist das tatsächlich dekadent.«

Sie lächelten sich an. Einen Moment lang kosteten sie die Ehrlichkeit der Unterhaltung aus. Sie waren in etwa gleich alt und gleich verkommen. Anton verspürte keine moralische Überlegenheit, er hatte einfach Glück, wählerischer sein zu können als Arkadi Iljitsch. Sie redeten noch eine Zeitlang über die Zustände im Land, die individuellen Bestechungstarife der einzelnen Häfen, warum in Russland trotzdem alles besser war und Moskau selbst Paris längst überholt hatte. Bevor die Stimmung allzu vertraut wurde, brachen sie auf.

Auf dem Weg ins Hotel sagte Arkadi Iljitsch: »Jemand wird mich heute Nacht nach Odessa bringen. Aber es gibt nur einen Platz, Sie werden hierbleiben müssen.«

»Mit einem Schiff?«

»Nein. Einer Kukurusnik. Damit besprüht man hier die Felder aus der Luft.«

»Viel Glück. Denken Sie an mich, wenn Sie zum ersten Mal keine Soljanka essen.«

»Mach ich. Ich habe noch etwas für Sie gegen die Langeweile.«

Er tippte dem Fahrer auf die Schulter und sagte ein paar Worte auf Ukrainisch. Der schien erst nicht zu verstehen, kramte dann aber auf dem Beifahrersitz herum und reichte achtlos ein Buch nach hinten. Gogol, *Die toten Seelen*.

Wärmeschübe waberten durch das Zimmer, eingebettet in vollkommene Stille; die Hitze würde erst in drei Stunden abklingen. Vielleicht hatten die Behörden in Kiew das unter Quarantäne gestellte Nikolajew vergessen, es als irrelevant ausgesondert, jegliche hoheitliche Beschäftigung damit eingestellt. Vielleicht hatte sich die narkotisierte Bevölkerung längst hiermit abgefunden, die neue Situation machte für sie ohnehin kaum einen Unterschied. Und diejenigen, die wegwollten, fanden Wege wegzukommen.

Er las zwei Kapitel. Die Geschichte des Betrügers Tschitschikow, die abstoßende Wirklichkeit einer Provinzstadt im 19. Jahrhundert. Die Gutsbesitzer und Beamten aus den *Toten Seelen* waren auch für Anton alte Bekannte, vertrauter als manche Menschen, mit denen er regelmäßig zu tun hatte. Er lachte ein paar Mal über die verkommenen Typen, denen man auch hundertfünfzig Jahre später noch überall im Land begegnen konnte. Gogol stammte aus der Ukraine; schläfrig dachte er über den unglücklichen Mann nach. Doch anstatt einzunicken, wurde er erneut von einem Anflug an Trübsinn heimgesucht. Die Einsicht, dass gerade dieses Buch als Therapie ungeeignet sein könnte, kam zu spät. Bei Gogol blieb einem das Lachen im Hals stecken. Im Auto hatte Anton noch über die Parallelen zwischen Tschitschikow und Arkadi Iljitsch geschmunzelt, der eine kaufte tote Seelen, der andere tote Fracht. Ha, besten Dank für die souveräne Gabe, hatte er dem Betrüger gestelzt gedankt, sichtlich bemüht, abgeklärt zu wirken, obwohl sich bereits ein mulmiges Gefühl meldete. Arkadi Iljitsch antwortete darauf nur mit vielsagendem Grinsen. Ein geniales Geschenk für jemanden, der gerade ein profitables Geschäft ausgeschlagen hatte und jetzt wieder tagelang in seinem Hotelzimmer vor sich hin schmoren würde. Dem Russen war sicherlich bewusst gewesen, wie aufmerksam man in einer solchen Situation las, jede Seite fiebrig in sich aufsog. Das Buch war eine vernichtende Zivilisationskritik, die jedem Profiteur der neuen Zeit sein Spiegelbild vorhielt. In der Abgeschiedenheit hier ließ sich trefflich über die eigene Geldgier und Genusssucht brüten. Anton hatte Arkadi Iljitsch, oder wie immer er hieß, unterschätzt; der Stachel Gogols würde ihm hier den Rest geben. Kopfschüttelnd fügte er sich in sein Schicksal und schlug das Buch erneut auf. Tschitschikow musste gerade wieder einmal flüchten, nachdem er entlarvt worden war, konnte jedoch die Verfolger abschütteln.

Endlich verlor auch die Straße alles Interesse für ihn,
er schloss die Augen und legte den Kopf aufs Polster.

Verstört klappte er das Buch wieder zu. Anton glaubte nicht an phantastische Zufälle, Flucht war die Konstante seines Lebens. Er brauchte dafür gar keinen Grund, zog einfach weiter, brach alle Beziehungen ab und wechselte das Land. Halb betäubt, halb euphorisch fiel ihm ein, dass Flucht auch das Leitmotiv in Gogols Leben war. So lange wie in Moskau hatte Anton es noch nirgendwo ausgehalten. Als Student hatte er sich oft einem Tagtraum hingegeben. Er war in einem Raumschiff unterwegs, die Rückkehr zur Erde technisch ausgeschlossen. Sich das Bewusstsein dieses Reisenden vorzustellen gewann mit der Zeit meditative Züge, die lustvolle Weltenflucht wurde zu einem wohligen Sehnen. Nach Jahren fiel ihm das jetzt zum ersten Mal wieder ein. Er trat ans Fenster, ohne hinauszublicken. Schlagartig wurde ihm sein Denkfehler klar. Er brauchte kein Raumschiff, Nikolajew war der Ort, von dem es keine Wiederkehr gab. Er könnte einfach hierbleiben. Im Hotel oder besser noch in einer sowjetischen Plattenbauwohnung. Ein Zimmer mit Bett, Tisch und Stuhl. In spätestens drei Monaten hätte man ihn in Moskau nach einer halbherzigen Recherche vergessen. Er würde die Wohnung nur im Notfall verlassen. Jemanden zu finden, der ihm täglich Soljanka brachte und sich um das Notwendigste kümmerte, wäre einfach. Er würde einem Rentner dessen Klassiker abkaufen und sie lesen. Ein nie mehr endendes Puschkin-Lermontow-Gogol-Gontscharow-Delirium, versüßt durch das Wissen, endgültig vergessen worden zu sein. Oblomow in Nikolajew: das zähe Ende eines lächerlichen Rechenknechts der Rohstoffe. Und irgendwann würde ihm jemand eine sowjetische Musikanlage bringen, auf der sich dann endlos Schallplatten drehten. Die Melodija-Aufnahmen von Gilels, Richter, dem Borodin-Quartett und Koslowski lägen auf dem kahlen Boden herum. Er würde sich allmählich auflösen. Nikolajew war hierfür zuverlässiger als das All, wo man irgendwann zu seinem Ausgangspunkt zurückkehrte, wenn man nur lange genug in eine Richtung flog. Diese Stadt war die einzige echte Sackgasse im Universum.

Lange hatte er keinen so tröstlichen Gedanken mehr gehabt. Er las weiter und schlief dann traumlos, bis die Sonne ihn weckte.

Nachdem er die Zähne geputzt und das Gesicht benetzt hatte, trank er wie jeden Morgen den Rest der Wasserflasche aus. Pfeifend lief er die Treppen hinunter, immer zwei Stufen auf einmal. Bei der Frau an der Rezeption erkundigte er sich nach Frühstück, ein sinnfreies Ritual.

»Nein«, sagte sie.

»Gibt es etwas Neues vom Flughafen?«

»Nein.«

»Ist meine Wäsche gewaschen worden?«

»Nein.«

»Ist meine Wäsche gestohlen worden?«

»Nein.«

»Zeitung?«

»Nein.«

»Buch? Alles außer *Die toten Seelen*?«

»Nein.«

»Fernseher reparieren?«

»Nein.«

Er dankte Frau Njet und setzte sich in die Lobby. Wie jeden Morgen vertiefte er sich in eine zwei Jahre alte Informationsbroschüre über die Highlights der Stadt. Strand, Karussell, Hochschule, Folkloregruppe, Bahnhof, Lenindenkmal, Kriegerdenkmal. Werbung für das Hotel *Tourist*, ein Ausflugsschiff, eine Partnerschaftsagentur für Ausländer (*Nikolaev Women – best in world*), für Restaurants, einen Kleiderbasar, ein als Nachtclub getarntes Bordell. Er versuchte, die Inschrift auf dem Kriegerdenkmal zu entziffern.

»Darf ich stören?«

Ein rundes Gesicht mit grünbraunen Augen beugte sich zu ihm hinunter. Die große Frau trug ein ärmelloses leichtes Kleid. Er starrte in das hoffnungsvolle Lächeln der vollen Lippen.

»Sie stören nicht«, sagte Anton. Das war die Wahrheit.

Sie richtete sich auf, ihre sinnlichen Rundungen und die breiten Schultern überforderten ihn für einen Augenblick. Sie ließ ihm Zeit, bis er sich wieder gefasst hatte.

»Ich wollte Sie über unseren Salon informieren. Möchten Sie sich vielleicht die Haare schneiden lassen?«

»Hier im Hotel gibt es einen Friseur?« Er stand bereits vor ihr. Sie lachte und schritt, ohne eine Antwort abzuwarten, voran. Wie ein Welpe hechelte er hinter ihr her, abwechselnd die hochgesteckten brünetten Haare und die helle Haut der Oberarme und Waden anstarrend. Wie aufrecht sie sich hielt, nicht allzu schlank, voller Kraft und Anmut, ganz so wie die Erntehelferinnen auf den Bildern des sozialistischen Realismus.

Nichts wies von außen auf das Friseurgeschäft hin, das sich in einem dunklen Winkel des Erdgeschosses verbarg. Blind folgte er der Wolke aus Frische und Optimismus. Hinter einer unscheinbaren Tür dann der taghelle Salon, eine zweite Frau strahlte ihn an, während sie ihrer Kollegin anerkennend zunickte. Es war ihnen gelungen, einen der raren Hotelgäste in ihr Reich zu lotsen, jetzt betrachteten die beiden entzückt das exotische Exemplar. Bei Ausbruch der Cholera hatten sie den Salon geschlossen, doch nach einer Woche Zwangsurlaub entschieden die Freundinnen, trotz miserabler Geschäftsaussichten wieder zu öffnen.

»Ich bin Anja, und das ist Marina«, sagte die aus der Lobby.

»Anton aus Moskau.« Fast hätte er die beiden zur Begrüßung umarmt.

Die zwei Frauen sahen sich begeistert an. Aus Moskau, aber kein Russe, ein Geschenk des Himmels. Oder der Cholera.

»Was ist mit Wasser? Könnt ihr mir überhaupt die Haare waschen?«

Stolz zeigten sie gleichzeitig auf vier gefüllte Zinkeimer, die auf dem Boden standen. Anton zierte sich noch etwas, inspizierte Kämme und Scheren und schnupperte an einer Flasche, die nach Shampoo roch. Die beiden beobachteten sein Zögern mit respektvollem Interesse. Er machte ihnen Komplimente, behauptete, es gefiele ihm hier besser als beim französischen Coiffeur auf der Twerskaja. Sie wiesen das Kompliment souverän zurück, lobten seine Haare, bemitleideten den Zustand seines Hemdes und boten an, es bis zum nächsten Tag zu waschen.

»Habt ihr Tee und etwas zu essen?«

Natürlich war Tee kein Problem, und auch ein paar Kekse fanden sich. Er nahm Platz und löste damit geschäftiges Treiben in dem von der Sonne grell erleuchteten Raum aus. Die Friseurmeisterin Anja, ihr gerahmtes Diplom hing neben dem Spiegel, berührte ihn an den Schultern, um seinen Oberkörper sanft über das Waschbecken zu drücken. Dann stemmte Marina einen der Eimer hoch. Geschickt ließ sie gerade genug Wasser überlaufen, dass Anja die Haare drei Mal waschen konnte. Eine lange Kopfmassage folgte, immer wieder unterbrochen von der Aufforderung, mehr Tee zu trinken und sich von den Keksen zu bedienen. Verzückt beobachtete er dabei die Frauen. Die Hitze schien ihnen nicht viel anzuhaben, sie schäkerten ein wenig mit ihm und rochen wunderbar. Marina offerierte eine Maniküre, er willigte dankbar ein.

Anja schnitt seine Haare bedächtig. Immer wieder pausierte sie, um ihr Werk von allen Seiten zu studieren. Erst dann fuhr sie konzentriert fort. Er beobachtete im Spiegel ihre kräftigen Haare und die glatte Haut der Arme. Manchmal senkte sie die Schere, blies sich schnell Haare aus der Stirn und blickte ihn dabei entschuldigend an. Er lächelte dann kurz, hoffend, ein winziges Rinnsal möge sich auf ihren herrlichen Achseln zeigen. Marina badete derweil seine Finger behutsam in warmem Seifenwasser, brachte noch mehr Tee und plauderte leise mit Anja. Das meiste davon verstand er nicht, was ihn nicht störte: angenehmes Gezwitscher wunderbarer Wesen. Er schloss die Augen, um der Melodie ihrer Stimmen besser folgen zu können. Offenbar ging es um seine Hände. Marina hielt eine von ihnen hoch.

»Sieh sie dir nur an. Welch lange Finger. Pianistenhände. Sag doch, Anja, hast du schon mal solche Hände gesehen?«

»Der hat noch nie auf dem Feld gearbeitet.«

»Ihr seht auch nicht aus wie Traktoristinnen«, sagte er.

Sie quiekten vor Vergnügen, und während die Feile munter die Nägel entlangglitt, musste er immer wieder *Traktoristinnen* sagen. Anton nahm sich vor, am nächsten Tag zur Pediküre wiederzukommen.

Als sie fertig waren, stand er nicht auf, und die beiden setzten sich zu ihm. Ihre wachen Gesichter blickten ihn ernsthaft an, wenn sie Fragen stellten. Es ging wie immer um Moskau, das Zentrum des Universums. Jedes Detail war aufregend und wurde aufmerksam registriert. Wirklich interessiert waren sie an den Frauen dort, die Männer spielten keine große Rolle; die waren in ihren Augen überall gleich, während sich eine Moskowiterin von einer Provinzlerin fundamental unterschied. Moskau übte eine unwiderstehliche Faszination aus, war ein magischer Ort, und die exotischen Schilderungen wurden in ihren Ohren durch Antons Akzent noch gesteigert. Er erzählte von Balletttänzerinnen und Schauspielerinnen, von den vielen Frauen, die jetzt Auto fuhren und sich mit ihren Freundinnen in den neuen eleganten Cafés trafen, wo Männer im Frack ihnen Torten aus Wien servierten.

Anja und Marina erwarteten für den Rest des Tages keine weiteren Kunden und schienen seinen Aufbruch zu bedauern. Sie verabschiedeten sich herzlich von ihm und versprachen, für den nächsten Tag Rasierzeug zu besorgen. Er erzählte ihnen noch von seiner verschwundenen Wäsche und fragte, ob er in der Stadt neue kaufen solle. Empört winkten sie ab, eine Kleinigkeit, sie wiederzufinden, morgen könne er sie gewaschen mitnehmen. Die Verabschiedung zögerte sich immer wieder hinaus, Anton wollte nicht zurück in seine Zelle, Anja und Marina wollten den Außerirdischen weiter durchleuchten. Jedes Mal, wenn ihn die zwei weit geöffneten Augenpaare fixierten, fiel ihm eine weitere sonderbare Frage ein. Sie spielten mit, sagten absichtlich Dinge, die er nicht verstand, und bemitleideten ihn dann deswegen. Er erkundigte sich nach der Wettervorhersage und fragte, als er zahlte, ob sie sich nicht verrechnet hätten, die Preise in Moskau seien viel höher. Die Freundinnen krümmten sich vor Lachen, beschlossen, mit ihm nach Moskau zu reisen, um einen Salon im Kaufhaus GUM zu eröffnen. Er versprach, alles zu finanzieren, und verabschiedete sich zum vierten Mal, diesmal endgültig.

Die Frau an der Rezeption teilte ihm mit, ein gewisser Sergei bitte um Rückruf, und Anton meldete ein Gespräch nach Moskau an. In der völligen Stille seines Zimmers wartete er fast eine Stunde, bevor es klingelte.

»Hier ist Anja. Haben Sie kurz Zeit?«

»Klar. Was gibt es?«

»Also, ich dachte mir, das ist hier alles nicht so einfach für Sie. Ich meine, das mit der Quarantäne kann noch lange dauern.«

Er schwieg abwartend.

»Sind Sie noch dran? Also, ich würde gerne etwas für Sie kochen. Morgen Abend. Haben Sie schon was anderes vor?«

»Habe ich nicht. Eine wunderbare Idee.«

Marina rief etwas im Hintergrund.

»Ihr Kollege kann auch mitkommen.«

»Nein. Der hat keine Zeit.«

»Verstehe. Also nur wir zwei. Dann bis morgen im Salon?«

»Klar. Gegen zehn. Mein wichtigster Termin.«

»Meiner auch.« Sie lachte schon wieder und legte auf. Er mochte die Bestimmtheit in ihrer Stimme und führte sogleich ein wildes Freudentänzchen in der Zelle auf. Anton wurde immer euphorischer, bis er schließlich auf Russisch laut aus dem Fenster sang, was er im Salon erlebt hatte.

Später las er auf dem Bett wieder in den *Toten Seelen,* es war jetzt nur noch ein großartiges Buch. In der Hoffnung, doch noch Batterien zu finden, durchsuchte er seine Reisetasche gründlich. Ganz unten fand er eine Vokabelsammlung, die seine Lehrerin vor Jahren für ihn zusammengestellt hatte. Auffallend viele der Wörter kannte er nicht, er paukte sie bis zum Abend, immer wieder unterbrochen durch Erinnerungen an den Salon.

»Wo haben Sie sich die Haare schneiden lassen?«, fragte Boris Petrowitsch am Abend auf dem Weg ins Restaurant beiläufig.

»Es gibt einen Salon im Hotel.«

»Sieht ordentlich aus.« Und er kündigte an, am nächsten Tag auch hinzugehen.

Das Bier war diesmal kalt, und es gab sogar Brot zur Suppe. Der Wirt ließ sich nicht blicken, ein junger ungeschickter Mann bediente sie. Boris Petrowitsch machte sich einen Spaß daraus, Dinge zu verlangen, von denen er wusste, dass sie nicht vorhanden waren. Der Mann begann zu stottern und stieß vor Aufregung ein Glas um. Vergeblich bat Anton den Russen, damit aufzuhören.

»Warum, der Chachol soll ruhig springen.«

»Im Westen schikanieren nur Leute mit Minderwertigkeitskomplexen Kellner.«

»Mag sein. Bei uns ist es andersrum.«

»Was haben Sie heute gemacht?«

»War bei dem Muttchen im Hafen. Sie hatte auf einmal Zweifel an der Übernahme, gab sich widerspenstig. Ich glaube, sie ist eine Nationalistin.«

»Das kann auch andere Gründe haben.«

»Die Hexe wurde frech, anstatt dankbar zu sein. Das Pack im Süden ist völlig außer Kontrolle geraten.«

»Dankbar wofür?«

»Wofür? Für alles! Sechzig Jahre lang hat Russland schlecht gelebt, weil diese Drecksrepubliken zivilisiert werden mussten.«

»Komplexes Thema. Ein paar Millionen sind dabei planvoll verhungert.«

»Ach das. War eine schwierige Zeit, in Russland sind damals auch Leute verhungert«, sagte Boris Petrowitsch.

»Lassen Sie uns lieber nicht über Stalin sprechen.«

»Einverstanden. Stalin ist ein Thema für sich. Aber wer hat denen denn die Schulen und Krankenhäuser gebaut? Und die Infrastruktur geschaffen? Die Gleichberechtigung gebracht? Recht und Gesetz?«

»Das kam alles von euch?«

»Und Klopapier! Bevor wir kamen, haben die sich …«

Anton unterbrach ihn rasch. »Schon gut. Habe verstanden. Undankbarkeit über geleistete Entwicklungshilfe.«

»Undankbar trifft es genau. Russland hatte schon immer ein zu weiches Herz. Wo würden wir heute stehen, wenn wir die nicht immer alle durchgefüttert hätten?«

Anton schwieg, er wollte nicht schon wieder auf einen

Themenwechsel drängen. Der Russe tat ihm den Gefallen von selbst.

»Aber was sage ich Ihnen. Ein Ausländer kann sein ganzes Leben lang in Russland verbringen und versteht doch nichts.«

»Das Gefühl habe ich auch oft. Gilt das eigentlich auch andersherum?«

»Nein. Europa zu verstehen ist ganz einfach. Ihr hangelt euch seit vierhundert Jahren am humanistischen Bäumchen nach oben.«

»Mit Rückschlägen.«

»Und dann schaut ihr von der Baumkrone herunter auf den untersten Ast und überlegt, wie lange es noch dauert, bis wir endlich neben euch sitzen.«

»So ähnlich. Also, wie viele Generationen noch?«

»Niemals. Das ist nicht unser Baum.«

»Euer Sonderweg ist eine kuriose Obsession. Selbst der halbe Kreml wurde von Italienern gebaut.«

»Mag sein. Die Lubjanka aber nicht!«

Anton bestellte Wodka, der mit dem Sonderweg Russlands eng verbunden war. Er nahm sich fest vor, heute Abend nicht den Beckmesser zu geben, sondern die Ausführungen von Boris Petrowitsch als Sozialstudie zu betrachten. Er würde ihm noch eine halbherzige Vorlage liefern und dann schweigen.

»Aber wenn ich mir die Leute ansehe, dann wollen die das Gleiche wie die im Westen: einen ordentlichen Lebensstandard, ihre Kinder in Ruhe großziehen und etwas mehr Sicherheit.«

»Aber anständig arbeiten wollen sie dafür nicht. Der Held unserer Märchen ist der Faulpelz, der trotzdem reich wird. Ein furchtbar wildes Volk, wenn man es sich selbst überlässt«, sagte Boris Petrowitsch.

Anton nickte amüsiert, der Russe bog nun direkt zum KGB ab.

Die Herrin des Flusshafens musste ihm ziemlich zugesetzt haben. »Warum braucht das Volk eine harte Hand?«, fragte er.

»Sie sehen doch, was passiert, wenn das Komitee die Zügel lockert: AIDS, Drogen, Prostitution. So viel Chaos wie heute gab es lange nicht mehr.«

»Aber euer Verein hat es regelmäßig übertrieben.«

»Nennen Sie das Komitee für Staatssicherheit nicht Verein, das steht Ihnen nicht zu. Egal ob Tscheka, GRU, GPU, OGPU, GUGBD, NKWD, MWD, MGB, KGB oder FSB: Wir haben das Land zusammengehalten und werden dies weiter tun! Es geht um Russland, man braucht uns.«

»Zu viele fade Details! Komisch, erst erschafft ihr den Sowjetmenschen, und dann braucht man euch, weil der mit seiner Freiheit nicht zurechtkommt. Meine Bekannten in Moskau sehen das übrigens anders.«

»Nicht mehr lange«, unterbrach ihn Boris Petrowitsch, »warten Sie noch ein paar Jahre, dann wird man uns anflehen, wieder Ordnung zu schaffen.«

»Kriegen Sie dann Ihren Job zurück?«

»Den habe ich noch. Der Staat bezahlt nur momentan nicht mehr alle von uns. Bis der wieder zur Vernunft kommt, müssen wir für uns selbst sorgen.«

»Glauben Sie im Ernst, es wird jemals wieder so wie früher? Die Archive sind offen, jeder weiß, was ihr getrieben habt«, erwiderte Anton.

»Den Fehler mit den Archiven hätten westliche Dienste nicht gemacht. Aber was soll's, die Empörung hat sich doch schnell gelegt.«

»Es wird nie mehr so, wie es war.«

»Natürlich nicht. Es werden andere Leute kommen, und die haben dazugelernt. Chinas Modell ist doch interessant. Bei uns gab es erst die sogenannte Freiheit und dann die Wirtschaftsreformen. Die Gelben waren schlauer, Kapitalismus ja, aber ohne den restlichen Blödsinn.«

»Den eisernen Felix werdet ihr nie mehr aufstellen. Die Leute schätzen ihre Freiheit zu sehr. Sie reisen oder studieren im Ausland und kommen mit neuen Ideen zurück.«

Boris Petrowitsch' Augen flackerten kurz auf. Anton ahnte, wie wenig ihm die Erwähnung der vom wütenden Volk vor der Lubjanka gestürzten Statue des KGB-Gründers gefiel.

»Von den Studenten werden wenige zurückkommen. Und mit den anderen werden wir schon fertig. Die sehen euren Lebensstandard, viel mehr interessiert die nicht. Außerdem ahnt jeder echte Russe, dass es noch etwas anderes im Leben gibt als Designerkühlschränke und Gameboys.«

»Das sagen immer diejenigen, die schon einen haben. Sie unterschätzen die Leute.«

»Nein. Dem Russen geht es am besten, wenn er das Wohl des Landes über sein eigenes stellt.«

Der Satz saß. Anton war mit dieser Wendung des Gesprächs etwas überfordert und schwieg. Der Russe lächelte ihn wohlwollend an. »Ist nicht Ihre Schuld, ihr Westler seid in eurer Naivität einfach unbelehrbar. Euer unerschütterlicher Glaube an das Gute sitzt tief, in Deutschland funktioniert das sicher ganz gut, in der Zivilisation dort kommt man damit weit. Aber nicht bei dem Volk hier. Anton, Sie sind einfach unfähig, den Sowjetmenschen in seiner ganzen Pracht zu erkennen, welch harte Hand er braucht, um einigermaßen zu gedeihen. So ist das eben, selbst wenn Sie wollten, könnten Sie nicht akzeptieren, dass es zwei Arten von Menschen gibt: unsere und den Rest.«

Boris Petrowitsch musterte ihn jetzt so freundlich-triumphierend, dass es Anton unwohl wurde.

»Das ist ein Hauch zu viel Verachtung für meinen Geschmack. Wenn Sie so über Ihre eigenen Leute denken, graust es mir vor der Vorstellung, was Sie erst von meinesgleichen halten«, sagte Anton.

»Erlauben Sie mir hierzu ein offenes Wort. Ich mag Sie gern, Sie sind eine berechenbare Zecke, die sich in Moskau vortrefflich eingenistet hat. Wie viele ausländische Schlauköpfe nutzen Sie den Niedergang des Landes so gut Sie können aus, ohne allzu großen Schaden anzurichten. Kein schlechtes Leben! Respektlos fahren Sie morgens an der Lubjanka vorbei in Ihr schönes Büro. Denken stattdessen an eine Schlampe, die es Ihnen letzte Nacht besorgt hat. Aber das muss kein Nachteil für uns sein. Unterschätzt uns nur noch eine Zeitlang. Aber seien Sie auf der Hut, es wird nicht ewig so gut für Sie laufen.«

»Genauso ist es«, nickte Anton und erhob dabei sein Glas. Sie prusteten beide los vor Lachen. Nach einer Weile kam Boris Petrowitsch noch einmal auf sein Lieblingsthema zurück.

»Ich musste gerade daran denken, dass das hier mal russisches Territorium war. Der ganze Süden, die Krim eingeschlossen. Bis der Chachol Chruschtschow alles Kiew schenkte.«

»Das war wirklich ein merkwürdiger Verwaltungsakt«, stimmte Anton zu. Bevor der Silowik den Verlust Alaskas beklagen konnte, drängte er zum Aufbruch.

Am nächsten Morgen warteten Anja und Marina schon auf ihn, und ein reinliches Wäschepaket wurde präsentiert. Dann musste er sich setzen und die Augen schließen. Als er sie wieder aufmachte, stand ein Teller duftender Quarkbrötchen vor ihm. Zu dritt machten sie sich über die Bulotschki her.

»Köstlich. Besser als in Moskau.«

»Wenn Sie es sagen. Ihr Kollege war heute auch schon da.«

»Hat der etwa auch Bulotschki bekommen?«

»Dafür kennen wir ihn noch nicht gut genug. Außerdem hatte er nichts zu erzählen.«

»Hätte er schon. Kommt nur aufs Thema an.«

»Ich finde ihn eigentlich ganz sympathisch«, meinte Marina.

»Er kommt bestimmt wieder.«

»Richten Sie ihm aus, er ist willkommen.«

»Das wird ihn freuen. Bekommt er selten zu hören.«

Es folgten Rasur, Haarwäsche, Kopf- und Nackenmassage von Anja. Marina begann mit der Pediküre. Wieder musste er von Moskau und Petersburg erzählen. Detaillierte Fragen, wie man die Feiertage begeht, ob sich jetzt wirklich alle kirchlich trauen und taufen lassen, wie viel man extra zahlen musste, um schneller medizinisch versorgt zu werden, und wie viel die Frauen in seiner Firma verdienten. Bei den Preisen für Lebensmittel musste Anton passen, was sie empörte. Nicht zu wissen, was ein Kilo Rindfleisch auf dem Markt kostete, gab den beiden zu denken. Als er auch beim Preis für die Metro zögerte, lachten sie ihn aus. Der Preis für eine große Dose Kaviar hingegen interessierte sie nicht; obwohl im globalen Vergleich eher günstig, konnte man für die Summe hier einen Monat gut leben. Immer wieder schnippelte Anja an seinen Haaren herum, sie schien mit dem Ergebnis des Vortags nicht ganz zufrieden.

Nach der Pediküre verschwand Marina, und Anja gab ihm einen Zettel mit ihrer Adresse. »Kommen Sie gegen sieben«, sagte sie.

»Gern. Ich werde versuchen, ein Taxi aufzutreiben.«

»Das ist zurzeit nicht einfach.« Sie nahm ihm den Zettel aus der Hand und schrieb eine Telefonnummer darauf. »Rufen Sie den an. Klappt meistens.«

»Sonst gehe ich eben zu Fuß.«

Sie lächelte ihn siegessicher an, wohl wissend, dass ihn nichts auf der Welt davon abhalten würde.

Der Fahrer wartete wie vereinbart auf ihn, und Anton zeigte ihm den Zettel mit der Adresse.

»Ich möchte vorher noch eine Flasche Schampanskoje und Blumen kaufen.«

Der Mann nahm es scheinbar gleichgültig zur Kenntnis und fuhr los. Bedächtig schob er eine Kassette in den Schacht des Radios. Anton kannte die Chansons, sie handelten vom Leben im Knast, von rückfällig gewordenen Schwerverbrechern und ihren untreuen Freundinnen. Ein populäres Genre; die Liebe zur Ganovenmusik verband die Taxifahrer der ehemaligen Sowjetunion.

Am zentralen Markt waren die Türen einiger Container geöffnet; Verkaufsstellen, die sich dem Versorgungsengpass entgegenstemmten. Die Schmuggelware umfasste selbst Schnittblumen, die von garstigen Chemikalien am Welken gehindert wurden. Er kaufte einen Strauß Rosen und türkisches Konfekt. Auf eine suspekte Flasche Merlot, deren Etikett auf eine nicht existente Anbauregion Frankreichs verwies, verzichtete er. Mehrere Händler, die er nach Schampanski fragte, zuckten nur mit den Schultern. Stattdessen boten sie ihm Haustierfutter, Büromaterial und getrockneten Fisch an. Er wollte schon zurück zum Wagen, da stand eine Jugendliche in Jeans und T-Shirt vor ihm.

»Was suchst du?«, fragte sie.

»Schampanski.«

»Aha. Schampanskoje. Weißen? Halbtrocken?«

Er nickte.

»Was sonst noch? Seife? Rasierwasser? Kondome?«

»Batterien für einen Walkman. Viele.«

»Zehn Minuten. Lauf nicht weg.«

Er wartete vor einem Stand mit Pornokassetten. Der Verkäufer nickte ihm aufmunternd zu. »Besondere Wünsche? Die speziellen Sachen liegen nicht aus.«

Anton schlenderte weiter bis zu einem Container, der sich auf optisches Tuning von Wolga-Modellen und Aromaspendern aller Geschmacksrichtungen für den Innenraum der Fahrzeuge spezialisiert hatte. Das Geschäft stagnierte, der Verkäufer schlief auf einem Schemel.

Das Mädchen kam mit einer Tüte zurück, die es ihm lässig hinhielt. Er warf einen Blick hinein.

»Alles drin«, sagte sie.

Sie gingen nebeneinander zurück zum Taxi.

»Was brauchst du sonst noch?«

»Nichts. Wenn mir noch was einfällt, komme ich zurück. Was schulde ich dir?«

Das Mädchen nannte die Summe, und er gab ihr das Geld. Sie grinste und ließ ihre Kaugummiblase platzen; den Preis nicht zu verhandeln war eine coole Geste. »Schöne Schuhe«, sagte sie und verschwand.

Der Fahrer war nicht zu sehen. Anton setzte sich auf die Rückbank und wartete bewegungslos in der Gluthitze. In der Stille nickte er immer wieder ein. Manchmal öffnete er die Augen ein wenig, hoffend, der Fahrer würde endlich auftauchen. Er konnte sich nicht aufraffen, ihn zu suchen. Ein Scharren ließ ihn die Augen öffnen. Kein Fahrer, sondern ein winziges Männlein steckte seinen Kopf durch das Seitenfenster. Es schien ihm etwas anzubieten. Das Einzige, was er verstand, war Sala, Bauchspeck.

»Geh weg. Ich kaufe keinen Speck.«

»Dummkopf. Lebendiger Speck für dich. Kauf es.«

»Verschwinde.«

Das verwachsene Männlein wurde zornig. Es hangelte sich in den Wagen, zappelnd traten seine Füße dabei außen gegen die Tür.

»Kauf das gute Fett. Es schafft Lust. Ewiges Lustfett. Fettlust.«

Der von einem moosgrünen Kittel verhüllte Rumpf hatte sich ganz durch das Fenster gezwängt. Die hellblauen Äuglein traten hervor, lange, haarige Finger schnappten nach ihm. Die verbogenen Nägel stockten erst kurz vor seinem Gesicht. Er stieß sie zur Seite. Ruckhaft bewegte sich der Rumpf zurück. Für einen Moment sah er, wie der Fahrer von draußen an den Füßen zerrte. Die Gestalt keilte sich mit den Ellbogen gegen den Rahmen. Der Fahrer schrie vor Wut. Anton starrte in das verzerrte Gesicht des Eindringlings. Eine gespaltene Zunge trat aus dem Mund, orientierte sich kurz vibrierend, bevor sie ganz herausschoss. Anton zuckte zurück, der Körper bäumte sich noch einmal auf und verschwand dann ganz durch das Fenster. Er sah, wie zwei herbeigeeilte Männer fluchend nach unten traten. Kopfschüttelnd stieg der Fahrer ein und raste los. Anton blickte durch die Heckscheibe nach hinten, das Männlein war verschwunden.

»Was war das?«

»Lassen Sie gut sein. Er hat Sie nicht geholt«, sagte der Fahrer, sich mit Blickkontakt zu einer winzigen Ikone bekreuzigend.

»War das ein Kobold?«

»Wieso Kobold? Können Sie keinen Gnom von einem Kobold unterscheiden?«

»Ein Gnom? Etwa der Wij?«, ächzte Anton. Schon wieder Gogol, ein Rückschlag. Die schauerliche Geschichte vom Gnom Wij kannte hier jedes Kind.

»Der war es nicht.«

»Was wollte er mir andrehen?«

»Keine Ahnung. Lassen Sie das jetzt.«

»Was soll lebendiger Speck sein?«

»Nie gehört. Bei Gott, ich hab keine Ahnung, was er wollte«, sagte der Fahrer, und diesmal berührte er die Ikone.

Eine Viertelstunde später hielten sie vor einem heruntergekommenen Wohnhaus aus den sechziger Jahren. Der Fahrer zählte die Scheine und bot an zu warten. Anton lehnte ab.

Oben im zweiten Stock stand Anja in einer der Wohnungstüren. Sie blickte ihn aufmerksam an, trat einen Schritt zurück, hielt ihm hinter der Schwelle die Wangen hin. Regungslos standen sie sich gegenüber, das Glück der Begegnung auskostend. Dann nahm sie ihm die Rosen ab, und er folgte ihr mit der Flasche und dem Konfekt ins Wohnzimmer. Auf dem Flur drehte sich Anja einmal gespielt bang nach ihm um, als fürchte sie, er könnte im letzten Moment flüchten. Die Einrichtung war ärmlich, spießige Einheitsmöbel aus der Breschnew-Zeit. Auf einem Stickdeckchen standen gerahmte Farbfotografien eines ernsten Jungen bei der Einschulung und am Strand.

»Dein Sohn?«

»Mein Aljoscha.«

»Er hat deine Augen. Wo ist er jetzt?«

»Bis morgen bei seiner Babuschka.«

Sie lachte zum ersten Mal, wurde etwas rot und schüttelte schnell den Kopf. Die Verlegenheit wurde überspielt, indem sie ihm die kleine Wohnung vorführte. Anja schlief auf der Couch im Wohnzimmer, der Sohn hatte sein eigenes Reich, das die Mutter in einen lichten Ort verwandelt hatte. Er machte ihr ein Kompliment dafür. Als er stockte, weil ihm ein Wort nicht einfiel, küsste sie ihn schnell auf den Mund. Anton war hingerissen, alles an ihr war voller Lebensfreude. Sie entwand sich seiner Umarmung.

»Hast du Hunger mitgebracht? Wollen wir essen?«

Der Tisch vor dem Sofa war gedeckt. Anton war etwas zu groß für die Möbel, ein Fremdkörper; er versuchte, nicht deplatziert zu erscheinen. Anja trug ukrainische Küche auf, schmackhaft und variantenreich, das Essen war hier viel besser als in Russland. Dazu tranken sie Wein aus Moldawien. Sie lachte viel und ließ immer wieder mit gespieltem Ernst altmodische Redensarten einfließen. Manchmal musste sie Dinge für ihn umschreiben und triumphierte, wenn er es endlich verstand. Ihre unbeschwerte Frische inmitten der sozialistischen Kombinatsmöbel erregte ihn. Anja hatte natürlichen Charme, ein Gespür für Atmosphäre und Situationskomik, spielerisch zog sie ihn in ihren Bann; weibliches Ur-Repertoire. Anton versank in sonniger Hilflosigkeit, sein vegetatives Nervensystem übernahm die Kontrolle. Er hatte sich seit Monaten nicht mehr so wohl gefühlt, dankbar überließ er sich ihrer Selbstsicherheit. Sie lenkte seine Zärtlichkeiten durch angedeutete Gesten, entlockte ihm Komplimente für ihre Brüste. Als er ihr eine Spur zu stürmisch vorging, ermahnte sie ihn, sich zu gedulden, und begann ein weißes Bettlaken über dem Sofa auszubreiten. Zufrieden strich ihre flache Hand entlang der Liebesstätte. Dann richtete sie sich auf, ging zu ihm hinüber, nannte ihn lachend *Schmachtblick* und küsste ihn lange. Nachdem die beiden sich in der Mitte des Raumes ausgezogen hatten, musterte sie ihn wohlwollend. Rückwärtsgehend führte sie ihn zum Sofa und legte sich darauf. Sie ließ ihn eine Zeitlang gewähren, dann erhielt er klare Anweisungen, sein Kopf verschwand lange zwischen ihren Schenkeln. Nachdem er wieder auftauchte, lobte sie ihn überschwänglich. Sie berührte sich dabei zwischen den Beinen, als gäbe es dort etwas zu ordnen. Dann bekam er den besten Blowjob seines Lebens.

Alles, was in dieser Nacht auf dem Sofa geschah, folgte ihrer Regie. Anja's way or the highway. Er tat, was ihr gefiel, und wurde mit grandiosen Höhepunkten belohnt. Sie stärkte ihn zwischendurch mit vorbereiteten Köstlichkeiten aus der Küche. Eine sorgfältig geplante Liebesnacht, immer wieder unterbrochen durch lange Gespräche, deren Inhalt ihm Anja überließ. Als sie schließlich nebeneinanderlagen, wollte er über die kuriose Situation sprechen.

»Die tollste Frau in der schlimmsten Stadt. Du hast mich gerettet«, sagte er.

»Na, so übel ist es hier nicht. Ich meine, selbst wenn man keinen wie dich im Bett hat.«

»Weiß nicht. Ich bin vorgestern ziemlich abgestürzt, wurde richtig depressiv.«

»Geschäftliche Probleme?«

»Nein. Ich bin in meinem Zimmer gesessen und habe Gogol gelesen.«

»Den habe ich seit der Schule nicht mehr gelesen. Warum wirst du depressiv wegen eines Buches? Du bist doch sonst recht munter, ich meine, nicht nur beim Vögeln.«

»Komisch, nicht wahr. Ich habe vor mich hin gebrütet, wollte schon meinen Job hinwerfen. Vielleicht sogar hierbleiben. Ausgerechnet hier!«

Sie lachte ungläubig. »Warst du betrunken?«

»Nein. Die Stadt hat mich runtergezogen.«

Sie beugte sich hinüber und küsste ihn schnell mehrmals hintereinander. »Mach dir keine Sorgen, mein Sensibelchen. Das war nur eine kleine Schwäche.«

»Du bist mein Gegengift.«

»Ha, dich könnte ich regelmäßig entgiften. Aber im Ernst, der Gedanke hierzubleiben ist pervers. Nach ein paar Wochen wärst du wie die Männer hier. Moskau hält dich am Funkeln, hier wäre der Glanz schnell weg.«

»Deiner hält sich aber.«

»Ich bin eine Frau, da gelten andere Regeln. Außerdem ist mein Leben hier nicht so schlecht. Aljoschas Vater war zwar ein Albtraum, aber dann konnte ich die Wohnung mit einem Kredit kaufen. Der Salon läuft ganz gut«, sie lachte, »und in Krisenzeiten treffe ich eben jemanden wie dich.« Sie streichelte ihm über das Gesicht.

»Die Stadt ist trotzdem ein Horror«, sagte er.

»Schon wieder? Was bringt meinen Liebhaber hier nur so aus der Fassung?«

»Hast du nicht die Kinder vor dem Hotel gesehen? Oder weißt du nicht, was in diesem Dreckshafen alles passiert?«

Sie richtete sich auf, um sich eine von seinen Zigaretten anzuzünden. »Denkst du, ich bin blöd? Mein Bruder arbeitet im Hafen, der erzählt Dinge, die würden dich Weichei umbringen. Und die Mädchen? Weißt du, dass es hier ein Haus gibt, wo sie Kinder für ihren Spaß wie in Käfigen halten? Wer genug zahlt, kann auch eines von ihnen umbringen. Willkommen in der Realität.«

Sie stand jetzt vor ihm. Anton stammelte eine Entgegnung, streckte seinen Arm nach ihr aus, doch Anja wich zurück und ging ins Bad. Als sie wiederkam, saß er angezogen auf einem Stuhl. Sie sah ihn ernst an.

»Ich möchte, dass du mich verstehst. Mein Leben war schon mal viel schlimmer. Aljoscha ist ein fröhlicher Junge, nächstes Jahr fahren wir vielleicht zusammen mit dem Bus nach Paris. Euro Disney für ihn und für mich die Champs-Élysées. Und in ein paar Jahren wird er studieren.« Sie wischte sich eine Träne aus dem Auge. »Die Kinderprostitution bekämpfen hier viele. Das ist gefährlich, diese Pädophilen werden von der Polizei gedeckt, da stecken ganz hohe Tiere dahinter. Aber in Kiew gibt es eine Organisation, die uns Hilfe versprochen hat.«

Sie fuhr ihm schniefend durch die Haare. Er entschuldigte sich noch ein paar Mal und küsste sie auf den Bauch.

»Schon gut. Zieh dich wieder aus«, sagte Anja.

Sie schliefen in dieser Nacht nicht. Gegen sechs rief sie ihm ein Taxi. Er wäre gerne geblieben, aber sie hatte andere Pläne. In der Küche tranken sie noch Tee, als der Fahrer bereits unten wartete.

Im Hotel hörte er auf dem Flur seines Stockwerks Stimmen, die Tür zu Boris Petrowitschs Zimmer stand offen. Der Russe verabschiedete sich gerade von Marina. Die drei lachten sich an, ohne dass einer ein Wort sagte.

Zurück im Zimmer, schlief er sofort ein. Nach ein paar Stunden klopfte jemand an der Tür. Als er öffnete, stand ein Zimmermädchen vor ihm.

»Sehen Sie nicht das rote Ding am Türgriff?«, gähnte er.

»Sehe ich. Aber ich dachte, Sie hätten vergessen, es zu entfernen.«

»Sie wecken mich, weil ich es vergessen haben könnte?«

»Es ist schon elf Uhr. Genug geschlafen. Jetzt machen wir sauber.«

»Verschwinde! Komm in zwei Stunden wieder oder besser erst morgen.«

Er schloss die Türe und ging ins Bad. Es gab Wasser, sofort stellte er sich unter die Dusche, entschlossen, dort so lange zu bleiben, bis das Nass versiegte. Nach zwanzig Minuten gab er auf, offenkundig war in der Stadt etwas vorgefallen. Er putzte sich die Zähne und betrat nackt das Zimmer, um sich wieder hinzulegen. Das Zimmermädchen, das neben dem gemachten Bett stand, blickte ihn entgeistert an. Er drehte um und kam mit einem Handtuch um die Hüften wieder.

»Putzteufel, was ist dein Problem?« Der landesuntypische Eifer verwirrte ihn. »Warum bestehst du darauf zu arbeiten? Bis gestern wurden nicht einmal die Handtücher gewechselt.«

»Es gab kein Wasser, wozu dann Handtücher wechseln?«

»Verstehe. Warum gibt es jetzt eigentlich Wasser?«

»Die Quarantäne ist aufgehoben.«

»Was? Bist du sicher?«

»Ja, vor drei Stunden.«

Sie sah ihn feierlich an, der Optimismus einer neuen Epoche.

Hastig zog er sich an, warf alles in seine Tasche und eilte in die Lobby, die voller Menschen war. Ein Flugzeug aus Kiew war gelandet und sollte angeblich bald wieder zurückfliegen. Hinter dem Empfangstresen entdeckte er Boris Petrowitsch, der am Telefon um zwei Plätze in der Maschine kämpfte. Halbsätze der Einschüchterung und offene Drohungen wurden durch Dollargebote verstärkt. Er gab Anton Zeichen, eines der Taxis zu sichern.

Als er auf der Straße stand, fiel ihm plötzlich Anja ein. Panisch rannte er zurück, die Tür zu dem Friseursalon war verschlossen. Er begann eine Nachricht für sie zu schreiben, da drängte Boris Petrowitsch hektisch zum Aufbruch, und so schob er nur vier beinahe unleserliche Zeilen und seine Telefonnummer unter der Tür durch, mehr hatte er nicht zusammengebracht.

Sie rasten zum erst langsam erwachenden Flughafen und tauschten vor dem Gebäude ein Bündel Dollars gegen Tickets ein. Drinnen zwängten sich Passagiere durch eine behelfsmäßige Öffnung am Ende der Halle. Alles rannte zu der Maschine mit laufenden Propellern. Eine Stewardess, die eine Passagierliste in den Händen hielt, wurde zur Seite gedrängt. Auf der Gangway strauchelte eine Frau mit einem Kind auf dem Arm. Die Sitze wurden willkürlich besetzt und dann erbittert verteidigt. Die Frau von der

Gangway hatte es geschafft, das große Kind saß jetzt auf ihrem Schoß. Es dauerte eine ganze Weile, bis die Leute ohne gültiges Ticket von vier herbeigeeilten Polizisten hinausgezerrt worden waren. Selbst auf der Toilette befanden sich noch während des Starts blinde Passagiere.

Im Transitbereich in Kiew suchten sich Anton und der Russe eine ruhige Ecke. Während des Flugs waren sie getrennt worden, jetzt konnten sie das erste Mal seit dem überstürzten Aufbruch in Ruhe sprechen.

»Was werden Sie Ehrenthal wegen des Hafens raten?«, fragte Boris Petrowitsch. Sie hatten das Thema seit dem ersten Tag kaum noch erwähnt.

»Er soll es lassen.«

»Warum?«

»Wollen Sie das wirklich hören?«

»Lieber nicht. Ich verstehe schon, ihr seid euch zu fein für so etwas. Hätte ich mir gleich denken können. Wenigstens hatten wir gestern etwas Abwechslung. Haha, Sex in Zeiten der Cholera.«

Anton schwieg.

»Sie werden alleine weiterfliegen. Ich bleibe erst einmal hier«, sagte der Russe schließlich.

»Sie finden bestimmt eine andere Firma für das Projekt.«

»Bestimmt. Eigentlich schade, Sie wurden mir gerade sympathisch.«

»Sie mir auch. Melden Sie sich, wenn Sie das nächste Mal in Moskau sind. Ich lade Sie zum Essen ein.«

Sie schüttelten sich die Hände. Anton war in Eile, er hatte noch kein Ticket für den Weiterflug nach Moskau. Auch würde er das Büro anrufen müssen, damit sie einen Fahrer zum Flughafen schickten. Sergei könnte mitfahren, um ihn auf der Fahrt in die Stadt über die laufenden Geschäfte zu informieren. Die Zahlungseingänge der letzten zehn Tage müsste er auf jeden Fall mitbringen, der Cashflow war sicher im Keller. Der Flieger würde gegen sechs Uhr ankommen, vielleicht schaffte er es danach sogar noch in die Oper. Es war Freitag, im Club würde es anschließend hoch hergehen.

VI

DER RABE

Anton konnte sich nicht daran erinnern, was in der Nacht geschehen war. Auf dem Küchentisch breitete er den Inhalt seiner Anzugs- und Manteltaschen aus, das Puzzle hinterließ abstruse Lücken. Ein Opernbillett, Kreditkartenbelege, eine CD mit Chansons aus den 30er Jahren, zwei namenlose Telefonnummern. An die Vorstellung im Bolschoi erinnerte er sich noch gut, ein kulissenverseuchter Boris Godunow. In der Pause hatte er einen sympathischen Deutschen kennengelernt, dann verlor sich die Spur. Verlegen hantierte er mit der Espressokanne, stellte sie auf den Gasherd und trat ans Fenster. Der Mercedes stand quer auf dem Gehsteig und schien unversehrt. Eine günstige Fügung; den Firmenwagen bei einer Sauftour zu verlieren war zwar nicht ungewöhnlich, hätte aber seine Autorität untergraben. Letztlich wäre es nicht seine Schuld gewesen, gestern hatte sich beim besten Willen in der Firma kein Fahrer auftreiben lassen. Er nahm etwas gegen den Kater und überwand sich zu fünfzig Liegestützen. Dann wählte er eine der Telefonnummern, ohne Erfolg. Bei der anderen meldete sich der Deutsche.

»Hier ist Anton von letzter Nacht.«

»Florian. Wann schläfst du eigentlich?«

»Sorry. Ich muss gleich los und habe einen Blackout. Was ist eigentlich nach der Oper passiert?«

»Du hast mich mitgenommen zu einer Party. Ein wilder Regisseur. Wir trafen diese Irina und sind mit ihr weitergezogen.«

»Und dann?«

»Ein Restaurant an der Taganka. Du kanntest den Wirt.«

»Weiter?«

»Zwei oder drei Clubs. Dann wollte sie uns ihre Wohnung zeigen. Erinnerst du dich wirklich an gar nichts?«

»Sprich weiter.«

»Wie wäre es mit Verfolgungsjagd?«

»In ihrer Wohnung?«

»Mit der Polizei. Du hast auf ihr Zeichen nicht angehalten, da sind sie uns hinterher.«

Anton schluckte.

»Diese Irina wohnt am Gartenring und hat gekreischt, als ihr Haus in Sichtweite kam. Da bist du quer über die entgegengesetzte Fahrbahn gerast.« Florian zögerte. »Vier oder fünf Spuren, die im Gegenverkehr fanden die Aktion nicht sehr komisch. Irgendwie hast du die Einfahrt zu ihrem Hof erwischt.«

»Und die Polizei?«

»Haben das mit dem Abbiegen nicht mitbekommen. War auch ein übler Stunt, im Schneesturm ohne Licht.«

»Und dann?«

»Sind wir hoch zu ihr.«

»Wurde es unsittlich?«

»Nein. Es wurde richtig gemütlich, sie spielte uns Chansons von ihrem Opa vor. Und es gab viel Gin.«

»Sicher kein Beischlaf? Warum eigentlich nicht?«

»Weiß nicht. Sie war ein bisschen vornehm. Vielleicht wollten wir uns auch nicht gegenseitig kränken.«

»Verstehe. War sicher besser so. Also ist nichts vorgefallen, was man wissen sollte.«

»Nein. Aber ihr zwei habt beschlossen zu heiraten. War ganz lustig.«

»Heiraten? Also doch kein Happy End. Seltsam.«

»Ja, seltsam, aber lustig.«

Er legte auf.

Anton duschte lange heiß und kurz kalt, zog sich an und verließ die Wohnung. Bereits unter der Woche derart abzustürzen erschien ihm bedenklich. Volksnahe Riten, sein achtes Jahr in Moskau. Die Polarluft tat ihm gut. Auf dem Weg ins Büro musste er Flugtickets in einem Hotel abholen. Bevor er einstieg, umrundete er den Wagen, die Kälte kroch sofort in seine Füße. Keine Beulen, nur eine Felge hatte einen Schlag abbekommen. Die Gefriertruhe sprang ohne auffallende Geräusche an. Das Bibbern auf den ersten Kilometern beschleunigte den Ausnüchterungsprozess. Anton hoffte, dass die Polizei die Nummer nicht zur Fahndung ausgeschrieben hatte. Er musste sich bei Sergei erkundigen, welcher Bestechungstarif für diesen Fall zur Anwendung kam. Eine Verfolgungsjagd ohne Personen- und Sachschaden sollte kaum Konsequenzen haben, der Hausjurist regelte so etwas nebenher.

Er parkte vor dem Eingang des futuristischen Olympic Penta Hotel, hinter dessen Lobby sich die Lufthansa in biederen Räumlichkeiten eingenistet hatte. Anton war nicht ganz klar, warum die Fluglinie in ihrer Moskauer Niederlassung noch immer den miefigen Sowjetstil pflegte. Alles war in Braun gehalten, ansonsten dominierte Rauchglas. Die russischen Angestellten hinter dem Tresen ignorierten ihre Landsleute verächtlich, während man Ausländer großmütig duldete. Um der demütigenden Behandlung hier zu entgehen, baten ihn die Sekretärinnen meist, die Tickets selbst abzuholen. Egal, ob mit Kreditkarte oder in bar, der Zahlungsvorgang dauerte stets eine Ewigkeit. Ein halbes Dutzend Unterschriften später ging er mit den Flugscheinen in die Lobby, bestellte ein Sandwich, blätterte in der FAZ vom Anfang der Woche und nickte ein. Das Mobiltelefon klingelte, irgendwelche Türken warteten im Büro auf ihn. Sie hatten keinen Termin vereinbart und blockierten seit zwei Stunden teetrinkend ein Konferenzzimmer. Er zahlte und ging.

Draußen kam kurz die Sonne durch, die Glasfassade des Hotels glitzerte. Seine Müdigkeit ließ nach, als er durch den Matsch zum Wagen schlitterte. Die akustische Berieselung der Hotellobby mit einem Potpourri an Opernthemen hallte noch schmerzhaft nach, Synthesizerklänge vom Walkürenritt bis Rigoletto ohne jede Dynamik. Kontaminiert von der Kaufhausmusik, verordnete sich Anton Katharsis, auf der Fahrt durch den Dauerstau würde er Kammermusik hören. Er kramte im Handschuhfach nach der CD, schob sie in den Schlitz und wollte gerade losfahren, da zerbarst die Heckscheibe. Der Knall ging im Hagel der Glasteilchen fast unter; zuerst dachte er, eine Bombe sei in der Nähe hochgegangen, was in der Innenstadt dauernd passierte. Als die Schockstarre nachließ, spürte er, wie winzige Scherben in seinem Nacken steckten. Er blickte sich um. Kein Rauch, kein Gestank, keine Panik. Verwundert sah er auf Hunderte Glaspartikel, die sich über das Fahrzeuginnere gelegt hatten. Das Alban Berg Quartett spielte unbeeindruckt weiter Rasumowski 1. Jemand hatte auf ihn geschossen, würde es gleich noch mal probieren. Sollte er besser wegfahren oder loslaufen? Er öffnete die Türe und glitt auf den Beton der Auffahrt. Dort blieb er einen Moment liegen. Die schwarze Chemiebrühe, die die Eisbildung verhindern sollte, drang durch Mantel und Anzug bis auf seine Haut. Gebückt rannte er zurück in die Lobby.

Der Kellner von vorhin kam auf ihn zu. Interessiert betrachtete er den blutverschmierten Hemdkragen.

»Haben Sie etwas vergessen?«

»Ich glaube, jemand hat auf mich geschossen.«

Der Kellner sah ihn mitleidig an, seine Langeweile nicht verbergend. »Am besten, Sie wenden sich an den Sicherheitschef.«

»Holen Sie ihn her.«

Der Mann zuckte gleichgültig mit den Schultern, so als fielen ihm Gäste, die sich derart wichtig nahmen, auf die Nerven. Anton stand zehn Minuten bleich und dreckig mitten in der Lobby. Schließlich kam der Kellner mit einem dicken Mann in Uniform zurück, der das lästige Subjekt flüchtig musterte.

»Security. Was gibt es denn so Dringendes?«

»Jemand hat auf mich geschossen. Die Heckscheibe ist zerborsten«, Anton stockte, »ich glaube, der Motor läuft noch, und die Tür steht offen. Links vorm Eingang.«

Der Mann nickte nachdenklich und ging vor das Hotel. Anton betrachtete das eingetrocknete Blut auf seinem Handrücken, zog Mantel und Jackett aus, setzte sich in einen Sessel und begann, Glassplitter zu entfernen. Leise fluchte er vor sich hin. Alle Luxushotels verfügten über eine Unzahl von Sicherheitspersonal, das für gewöhnlich aber nur die Prostituierten organisierte. Oder sie boten den Gästen an, ihre Autos gegen eine Gebühr zu bewachen. Wenn jemand dies ablehnte, gaben sie das Fahrzeug zum Diebstahl frei und erhielten im Gegenzug eine Erfolgsprämie.

Der Sicherheitsmann kam zurück. »Alles ruhig.«

»Schön. Wollen Sie nicht die Polizei rufen?«

»Wozu?«

»Weil jemand da draußen auf die Gäste schießt?«

»Das war der Rabe.«

»Der Rabe?«

Der Mann nickte. »Es gibt hier einen Raben, der Steine aus großer Höhe auf die Fahrzeuge fallen lässt.«

Anton fiel nichts ein, was er hätte erwidern können. Er ging zum Wagen, setzte sich behutsam ins Scherbenmeer und rief in der Firma an, damit sie jemanden herschickten. Dann sah er sich um. In der Mittelkonsole lag ein kleiner zusammengebackener Metallklumpen. Lange betrachtete er das Projektil zwischen seinen Fingern.

Der Sicherheitsmann näherte sich wieder. Anton hielt das Projektil auf die Höhe seiner Augen.

»Sieht nicht aus wie der Stein von deinem Raben.«

»Stimmt. Ist kein Stein. Der Rabe hat ein Stück Metall von weit oben fallen gelassen.«

»Sieht aus wie Munition.«

»Sag ich doch. Hat der Vogel irgendwo gefunden.«

»Ruf jetzt die Polizei, Schwachkopf. Sonst mache ich es.«

»Werde es versuchen, aber die haben andere Probleme. Es kann Stunden dauern, bis jemand kommt.« Kopfschüttelnd ging er zurück ins Hotel.

Anton war erschöpft. Der Motor lief, aber es blieb kalt im Scherbenmeer, die Luft des Gebläses konnte die fehlende Scheibe nicht kompensieren. Zurück in die Lobby wollte er nicht, eine Sinnkrise kündigte sich an, untermalt von Kammermusik. Er überlegte, wen er anrufen könnte, um sich über Moskau zu beschweren. Es fiel ihm niemand ein. *Never complain, never explain,* dachte er fröstelnd. Die Polizei würde ihn fragen, wen er verdächtigte, auf ihn geschossen zu haben. Auch hierzu fiel ihm niemand ein, es musste sich um ein Missverständnis handeln. Das war ein guter Anlass, Russland zu verlassen. Nach solch einer Episode nicht zu verschwinden verweist auf eine flache Lernkurve, dachte er. In letzter Zeit wunderte er sich des Öfteren über seine fortschreitende Abgestumpftheit; die Reizschwelle, überhaupt noch von etwas berührt zu werden, verschob sich stetig weiter nach oben, mit Ausnahme von Musik und Frauen.

Dann kamen sie zu dritt, der Hausjurist, ein Polizist und ein Fahrer. Sie betrachteten Anton vorwurfsvoll, als läge eine Straftat vor, und der Sicherheitsmann eilte herbei, um die Rabentheorie vorzutragen. Das Hotel bemühte sich tapfer, den Vorfall als Bagatelle darzustellen. Während die drei der Schilderung folgten, sahen sie angestrengt in den Himmel. Der Polizist sagte etwas von einem Wildunfall, und alle nickten zustimmend. Nur der Jurist drängte auf ein Protokoll als Vorlage bei der Versicherung.

Die Polizeiwache war ganz in der Nähe, und im Erdgeschoss vor der Einlasskontrolle stand ein Menschenkäfig aus gelblichen Baustahlstäben, in dem Prostituierte, Betrunkene und Kleinkriminelle verwahrt wurden, bis ihr Fall an die Reihe kam. Um die Wartezeit zu vertreiben, unterhielten sich Anton und sein Anhang mit den Insassen. Sie reichten ihnen Zigaretten durch das Gitter, woraufhin diese sofort damit begannen, ihre Unschuld zu beteuern oder die ihnen vorgeworfenen Delikte zu schildern. Einer bat den Hausjuristen um letzte Ratschläge vor der Vernehmung. Dieser empfahl ihm, grundsätzlich immer zu schweigen, was sich daraufhin alle im Käfig vornahmen.

Auf einer Schreibmaschine wurde Antons Aussage protokolliert, wobei der Kripobeamte nach Rücksprache mit dem Sicherheitsmann des Hotels alles ignorierte, was der Deutsche sagte. Der Hausjurist wachte darüber, dass Anton sich nicht selbst belastete, traditionell die größte Gefahr im Umgang mit Behörden. Am Ende wandte sich der Polizist mit der Frage an ihn, ob er Feinde habe.

»Ja. Den Raben.«

Alle lachten, man las ihm seine Aussage vor, die darauf hinauslief, ein Rabe habe die Heckscheibe durchschlagen und sei anschließend geflüchtet.

»Dann übergeben Sie mir bitte noch das Projektil, und unterschreiben Sie hier«, sagte der Kriminalbeamte.

»Aber das wurde im Protokoll doch gar nicht vermerkt.«

»Eben.«

Anton unterschrieb als Franz Kafka, und sie verabschiedeten sich.

Auf dem Weg ins Büro versprach ihm der Jurist, die Sache mit der nächtlichen Verfolgungsjagd aus der Welt zu schaffen. Anton ging in Ehrenthals Kabinett, er brauchte ein frisches Hemd. Dieser sah sich gerade eine Präsentation von Steve Jobs an, während er Dokumente unterschrieb, die eine Sekretärin vor ihm ausbreitete.

»Kannst du mir ein Hemd leihen?«, fragte Anton.

Ehrenthal betrachtete weiter Steve Jobs mit seinen bunten iMacs und gab, ohne aufzusehen, die Bitte an die Sekretärin weiter.

»Sieh dir diesen intensiven Typen an. Die Amerikaner ändern ihre Taktik.« Ehrenthal deutete mit der Fernbedienung in Richtung Fernseher.

Die Sekretärin kam mit einem Hemd zurück, reichte es Anton und betrachtete jetzt auch Steve Jobs. »Lenin Macintosh«, lachte sie.

Ehrenthal nickte anerkennend, unterschrieb noch ein paar Dokumente und wandte sich dann Anton zu.

»Habe von dem Raben gehört. Als Kind hat mich manchmal einer auf dem Schulweg belästigt. Dein Anzug sieht mitgenommen aus. Wenn du möchtest, lasse ich gleich den indischen Schneider kommen.«

»Das war kein Rabe.«

»Rabe oder Krähe, nicht so wichtig. Man sollte die Natur nie unterschätzen. Sie gibt uns Kraft.«

In diesem Moment dachte Anton zum ersten Mal ernsthaft an Kündigung. Nur der bald fällige Jahresbonus hielt ihn davon ab.

»Irgendeine Idee, warum jemand auf mich schießen würde? Gab es Drohungen oder so etwas?«

»Dramatisiere diesen Zwischenfall nicht unnötig. Das Leben selbst ist eine ständige Bedrohung.«

Ehrenthal fingerte schon wieder an der Fernbedienung herum, und die Sekretärin erinnerte Anton an die wartenden Türken.

Die zwei Männer im Konferenzzimmer unterschieden sich von den türkischen Kunden, mit denen er es normalerweise zu tun hatte. Egal ob aus Istanbul oder der Provinz, meist waren dies weltmännisch auftretende Gockel, aber die Händler hier hatten etwas Hinterwäldlerisches. Sie trugen grob gestrickte Pullover, unter denen der oberste Hemdknopf geschlossen war. Hier ohne Krawatte und Termin aufzukreuzen war zumindest originell. Begleitet wurden sie von einem hiesigen Übersetzer, den sie stundenweise bezahlten. Ein Anfängerfehler; der Mann würde umgehend alle Details des Gesprächs an die Konkurrenz verkaufen.

Sie tauschten Begrüßungsfloskeln und Visitenkarten aus. Die zwei kamen von der Firma *Importkohle*.

»Was kann ich für Sie tun?«

Sie verstanden kein Wort Englisch.

»Sie möchten Kohle von Ihnen kaufen. Gesiebte Hausbrandkohle aus Sibirien«, sagte der Dolmetscher.

»Das ist leider unmöglich. Wir könnten zehn Mal mehr verkaufen, als wir haben. Das hätte ich Ihnen auch am Telefon sagen können.«

»Wir bezahlen gut.«

Ein Anflug von Mitleid überkam Anton; die zwei hatten einige Mühen auf sich genommen, ihn zu sehen.

»Über welchen Hafen sprechen wir?«

»Trabzon.«

»Beschäftigt ihr euch schon lange mit Kohle? Ich habe noch nie von euch gehört. Was treibt ihr denn sonst noch?«

Der Ältere zählte so ziemlich alles von Weizenimporten bis zu einer Baufirma auf.

Das geht über die übliche Prahlerei hinaus, dachte Anton, der sich keinen Reim auf die beiden machen konnte. »Warum wollt ihr ins Kohlegeschäft einsteigen?«

»Uns interessiert das Kochen und Heizen von Privathaushalten.«

»Dafür gibt's doch schon genug Importeure.«

Die beiden schwiegen verlegen, dann lächelte der Ältere milde. »Wir geben die Kohle den Armen.«

»Den Armen?«

»Wir sind religiös.«

»Ihr wollt die Kohle kostenlos verteilen?«

»Ja.«

»Ein interessantes Geschäftsmodell. Und was erwartet ihr im Gegenzug? Ich meine, außer Allahs Dank?«

Keine Antwort. Sie berieten sich wieder in ihrer Sprache. Anton war alarmiert, denn die Preise in Zentralanatolien würden sinken, wenn jemand begann, seine Kohle umsonst zu verteilen.

»Für wen arbeiten die?«, fragte er den Übersetzer auf Russisch.

»Das ist eine vertrauliche Information«, gab der zurück.

»Verschwende nicht meine Zeit. Nebenan sitzt ein Aserbaidschaner, der spricht genug Türkisch, um den beiden zu erklären, dass du alle Informationen bereits an die Konkurrenz in Trabzon verkauft hast. Die werden dich dann schwerlich noch bezahlen.«

Der Übersetzer nickte.

»Gehe jetzt ins Sekretariat und sage Roksana, für wen die zwei arbeiten. Sie soll mich in fünf Minuten anrufen«, sagte Anton.

Der Mann trank seinen Tee aus und ging hinaus. Die Türken murmelten noch immer vor sich hin, sie schienen alle Zeit der Welt zu haben. Der Übersetzer kam zurück. Anton konnte die zähe Atmosphäre kaum noch ertragen, die rätselhaften Muselmanen strahlten bereits etwas Rabenartiges aus. Endlich klingelte das Telefon.

»Tugendpartei. Klingt schauderhaft, nicht wahr?« Roksana legte auf.

Anton konnte seine aufsteigende Wut kaum verbergen. Bei den beiden handelte es sich also um kleine Parteifunktionäre einer islamistischen Heilspartei, die sich mit der Verteilung von kostenloser Kohle Wählerstimmen sicherte. Er hatte immer wieder solche Gerüchte gehört. Die beiden standen offensichtlich unter Druck, zogen wohl erfolglos von einem Rohstoffhändler zum nächsten, würden jeden Preis akzeptieren. Anton zögerte einen Moment, Geschäft war schließlich Geschäft, aber es gab eine pragmatische Schamgrenze, sich mit religiösen Eiferern einzulassen. Außerdem mochte er die Türkei so, wie sie war. Er grinste; das Sündenbabel Moskau musste der fundamentalistischen Abordnung sicher wie die Hölle vorkommen. Ohne Umschweife forderte er die drei auf zu gehen.

Auf seinem Schreibtisch lagen Notizen über Anrufe, die er verpasst hatte. Die Köchin brachte ihm Pelmeni mit Schmand und Dill, sie hatte von dem morgendlichen Zwischenfall gehört und machte sich Sorgen. Während er aß, ging er die Notizen durch. Zwei Bekannte erinnerten ihn daran, dass Rostropowitsch am Abend im Konservatorium spielte. Er beschloss hinzugehen, die beiden Heilsbringer würde er dort bestimmt nicht antreffen.

Das Telefon klingelte, und als er die Stimme hörte, bereute er, überhaupt abgenommen zu haben. Ein Schweizer Banker, der sich exakt alle vier Wochen meldete, um Erfolgsberichte abzusondern. Der stets übermotivierte Mann hatte in den vergangenen zehn Jahren keine Trendsportart versäumt und war wie die meisten Investmentbanker erfrischend ungebildet. Das Bruttosozialprodukt Russlands entsprach zurzeit dem der Schweiz, was ihn übermütig stimmte. Diesmal berichtete er über ein gigantisches Investitionsprojekt, an dem seine Bank partizipierte. Die Telefonate dauerten stets vier Minuten plus minus dreißig Sekunden und dienten einer sinnfreien Form von Kontaktpflege. Einmal sagte er tatsächlich, *Networking* sei das Wichtigste im Leben. Der Mann telefonierte aus einem Fahrzeug, und Anton bildete sich ein, im Hintergrund John Denver singen zu hören. Er legte auf und stierte vor sich hin, bis Roksana kam, um die Zahlen der Woche mit ihm abzustimmen. Endlich ein ernst zu nehmendes Wesen, dachte er.

»Was hast du mit der Heilspartei gemacht?«, wollte sie wissen.

»Rausgeworfen. Warum fragst du?«

»Ich plane im Frühjahr einen Türkeitrip mit meiner Freundin. Wir möchten keine unangenehmen Überraschungen erleben.«

»So schnell kommen die nicht an die Macht. Du kannst ein paar Dinge in Istanbul für die Firma erledigen, dann übernehmen wir dein Ticket und das Hotel.«

»Wow, diesmal also keine Jugendherberge. Warum so großzügig? Muss ich mich bei dem Raben bedanken? Du bist ein bisschen bleich um die Nase.«

»Das war kein Rabe. Lies mir jetzt die Zahlen vor.«

Wie immer hörte er ihr kaum zu, es wäre anmaßend, das von Roksana aufbereitete Zahlenmaterial zu kontrollieren. Was würde hier wohl passieren, wenn er kündigte? Die junge Frau vor ihm könnte seinen Job übernehmen, sich um die Details kümmern, anstatt wie er die Dinge laufen zu lassen. Roksana hatte Jura studiert und vor vier Jahren in der Firma als bessere Putzfrau angefangen. Neun Stunden am Tag saß sie in einem fensterlosen Kabuff zwischen Faxgerät und Kopierer. Um nicht verrückt zu werden, hatte sie gelesen, was durch ihre Hände ging. Die dumme Firma war zunächst empört gewesen, als sie darum bat, ihr die Abendkurse für Rechnungswesen und Wirtschaftsenglisch zu bezahlen. Jetzt hatte sie den lächerlichen Titel als Antons Assistentin und machte seine Arbeit.

Er beobachtete, wie die Cashflow-Prognosen aus Roksanas Mund sprudelten. Dabei schob sie ihm ein hübsches Diagramm hin, das einen Engpass der Geldmittel im Frühjahr prognostizierte. Er sah sie fragend an.

»Völliger Stillstand wegen des chinesischen Neujahrs. Schon vergessen? Das bedeutet drei Wochen kein Zahlungseingang«, erklärte sie.

Während sie einen Vorschlag machte, wie die Bedrohung zu entschärfen sei, nickte er verlegen. Er wusste noch nicht einmal genau, wie man solche Diagramme erstellte. Roksana überspielte die Situation schnell mit zusätzlichen Daten; sie hielt sich an die unausgesprochene Vereinbarung zwischen ihnen, dass er für die große Linie und sie für die Details zuständig sei. Den Deutschen zu demütigen war nicht zielführend. Doch hier irrte sie, es drohte keine Gefahr; Anton war vernünftig genug, ihre Überlegenheit anzuerkennen. Er spürte, dass die Zeit der großen Gesten selbst in Moskau zu Ende ging, dass die Arbeitswelt immer kleinteiliger und komplexer wurde. Die Zukunft war weiblich, man würde schon bald fleißiger und gewissenhafter arbeiten müssen, Austausch und Kooperation würden an die Stelle erratischer Entscheidungen Einzelner treten. Frauen agierten fast immer ergebnisbezogen, verzichteten auf eitles Schaulaufen, während seine Kunden, Ehrenthal oder er selbst grobschlächtige, selbstgefällige Auslaufmodelle waren. Außer Machtspielchen und der Verteidigung der eigenen Position fiel ihnen nichts mehr ein.

Frauen sind einfach weniger eitel, dachte Anton, während er wieder Roksana beobachtete. Schon die Art und Weise, wie sie viel besser Chancen nutzten, ließ ihn erblassen. Die Möglichkeiten, die der Wandel in Russland eröffnete, hatten vor allem die Frauen genutzt. Noch gab sich Roksana mit etwas Anerkennung zufrieden; Männer wie er würden sich noch eine Zeitlang wegen der brutalen Mechanismen der hiesigen Gesellschaft halten können. Die Fristverlängerung lag auch daran, dass die Universitäten Männer in den entscheidenden Fakultäten immer noch bevorzugten. Doch schon in der nächsten Generation würden die Frauen ganz von selbst die Führung übernehmen. Diese Prognose war derart offensichtlich, dass sie ihn langweilte. Aber die Erkenntnis blieb folgenlos, er förderte keine der Frauen in seiner Umgebung. Männer natürlich auch nicht.

Roksana wiederholte, ohne aufzusehen, eine Passage; sie hatte längst registriert, dass er ihr nicht zuhörte. Unkonzentriert machte er sich eine Notiz. Die Frauen werden sich furchtbar rächen, für alles, was wir ihnen angetan haben, dachte er amüsiert. Oder vielleicht werden sie für Vendetta zu weise sein, keine neuen Opfer schaffen wollen. Wohlig schauderte es ihn vor einer weiblichen Zukunft. Sicherlich wäre eine solche Gesellschaft vernünftiger und harmonielastiger. Vielleicht aber auch enger, kontrollierender, langweiliger. Gleichberechtigung ist genauso schmerzhaft wie Nichtgleichberechtigung, hatte neulich jemand zu ihm gesagt. Der Gedanke, zu den Verlierern dieser Entwicklung zu gehören, störte ihn nicht; er fühlte sich gegenwärtig auch nicht als Gewinner.

Roksana war fertig. Während er unterschrieb, erkundigte er sich nach ihrer kranken Tochter. Sie lächelte, antwortete unverbindlich mit einem Satz und ging. Nein, die Rache wird furchtbar werden, dachte er.

Später schlenderte Anton vor den Eingang des Bürogebäudes und stellte sich zu dem Grüppchen rauchender Kollegen. Sie fragten ihn nach dem Raben und bedauerten das Auto. Der Hausmeister hatte Mitleid mit ihm und fing wie immer an, über die Geografie Deutschlands zu sprechen. Ein herzlicher Mann, der, seit er bei einer Raketendivision gedient hatte, die Position jeder Stadt mit mehr als dreihunderttausend Einwohnern kannte.

Ein Fahrer brachte ihn in die Wohnung, und kaum war er allein, kamen die Szenen vor dem Hotel zurück. Um sie zu vertreiben, legte er sich in die Wanne und hörte dabei die Partiten von Bach. Einmal nickte er ein, und sofort erschien ihm Krabat, ein verstörendes Aufblitzen verblasster Deutschstunden. Ein seltsam platter Traum, er als verängstigter Zauberlehrling, den dunklen Mächten Moskaus ausgeliefert. Nach einer Stunde im Abklingbecken fühlte er sich besser; Rostropowitsch würde später die letzten Schatten vertreiben.

Er zog sich an und ging hinüber ins Konservatorium. Hinter dem Tschaikowski-Denkmal lauerte Nastja, die von hier aus ankommende Besucher taxierte und wie immer unter akutem Rededruck bebte. Anton küsste sie auf die Wangen, es gelang ihm nicht, ihren Pelzmantel einem Tier zuzuordnen. Eine Fontäne an Namen und Ereignissen schlug ihm entgegen. Dann hielt sie kurz inne.

»Grässliche Geschichte ist dir da passiert. Ich habe noch nie von einer Gang namens Rabe gehört.«

»Es handelte sich auch nicht um eine kriminelle Vereinigung.«

»Ach so? Wäre ja auch eine bescheuerte Bezeichnung. Wie auch immer, wir gehen alle später noch ins *Le Prestige des Boyars*. Versprich mir zu kommen. Ich muss dir jemanden vorstellen.«

Er nickte abwesend.

»Lass den Hundeblick. Sie ist entzückend und möchte dich unbedingt kennenlernen. Habe ihr alles von dir erzählt, sie ist schon fast verliebt in dich. Ich beneide euch jetzt schon.«

»Frauen lieben nur die Männer, die sie nicht kennen«, gähnte Anton, immer noch über den Pelz nachdenkend.

Nastja lächelte irritiert. »Deutscher Grübler, stell dich nicht so an. Es wird hier nun mal viel rumgeballert. Du musst doch jetzt unheimlich scharf sein. Ich hab mal gelesen, dass Menschen nach einer Nahtoderfahrung sexuell aufs Äußerste stimuliert sind.«

»Wo hast du denn das gelesen?«

»In der Prawda, du Idiot. Sag, bist du stimuliert? Bis zu deiner Wohnung sind es nur zwei Minuten.«

»Keine Zeit. Der Solist spielt bekanntlich vor der Pause.«

»Es gibt noch andere Solisten.« Ihre Hand streifte flüchtig über seine Hose.

Er wich unmerklich zurück. »Du bist wunderbar. Aber ich brauche jetzt Rostropowitsch.«

»Rostropowitsch? Ich dachte, Baschmet spielt auf. Egal, drücke dich bloß nicht vor dem Restaurant danach. Wir werden dich schon auf andere Gedanken bringen.«

»Was für ein Tier trägst du?«, fragte Anton.

»Chinchilla, rasiert und gefärbt.«

Dann entdeckte sie Bekannte in der Menge, die umarmt werden mussten.

Da er noch keine Eintrittskarte hatte, ging Anton an die Kasse. Die Vorstellung war ausverkauft, aber die Frau hinter der Glasscheibe, die ihn seit Jahren kannte, gab ihm dennoch ein Zeichen.

»Es gibt noch eine Karte in der ersten Reihe.«

»Die nehme ich.«

»Ein großes Tier hat abgesagt. Sie werden neben Solschenizyn sitzen.«

»Wirklich? Ist das heute eine besondere Vorstellung? Ich meine, abgesehen von Rostropowitsch.«

Die Frau bedauerte offenbar sofort, dem ignoranten Parvenü eine derartige Kostbarkeit angeboten zu haben. Anton wusste, was hier auf Unwissenheit, gepaart mit begütertem Erscheinungsbild, stand: Der Preis der Karte hatte sich für ihn gerade verdreifacht. Sie musterte ihn mit einer Mischung aus Mitleid und Verachtung. »Der größte lebende Russe ist vor vier Tagen achtzig Jahre alt geworden. Das Konzert ist unser Geschenk an ihn.«

Während ihn die Frau zappeln ließ, stammelte Anton etwas von Scham und Ehre.

»Perlen vor die Säue«, zischte sie und griff nach den Geldscheinen. Mit zittrigen Händen nahm er die Karte in Empfang.

Das Halbdunkel vor den Garderoben war erfüllt von schlecht genährten Leibern, Parfüm und Vorfreude. Das Konservatorium gehörte zu den wenigen Orten, an denen sich verarmte Bevölkerungsteile noch mit den neuen Reichen vermischten. Frauen zogen ihre Stiefel aus, um sie gegen mitgebrachte Schuhe auszutauschen. Das aufgekratzte Treiben war ein Ritual, das Anton liebte. Viele aßen noch schnell zu Hause eingewickelte Butterbrote oder kommentierten bereits mit Freunden eifrig den Programmzettel. Für die alte Intelligenzija war das alles hier jahrzehntelange Heimat gewesen, manche schwärmten noch von dem damals völlig unbekannten Glenn Gould, der 1957 im großen Saal überraschende Töne anschlug. Das Konservatorium war der lebendige Traum eines noblen Russlands, wo Titanen studierten und lehrten. Der Abstieg des Landes prallte an dieser Festung ab, es blieb der akustisch beste Konzertsaal der Welt, der schönste ohnehin, wo der bedeutendste Klavierwettbewerb stattfand, das Herz einer Kulturnation, um das die Welt sie beneidete. Wie reich andere Nationen auch sein mochten, nie würden sie einen solchen Ort besitzen. Der schlechte Zustand des Bauwerks machte es noch authentischer, es litt an der Zeit, so wie ganz Russland an ihr litt. Selbst die abgetretenen Läufer schienen durchtränkt von mystischen Momenten. Seitdem Rachmaninow hier studiert hatte, war angenehm wenig verändert worden. Man sollte dieses lebendige Museum nie renovieren, dachte er, als er den Saal betrat.

Solschenizyn hatte bereits Platz genommen; der Sessel auf der rechten Seite des Gangs war tatsächlich noch unbesetzt. Der Greis blickte streng zu Anton auf, der daraufhin eine Verbeugung andeutete und sich rasch setzte. Solschenizyn nickte die Unterwerfungsgeste unmerklich ab. Anton hoffte, er möge ihn ab jetzt einfach ignorieren. Immer wieder näherten sich Leute, um der verwitterten Legende zu huldigen, sprachen ihn zärtlich mit *Alexander Issajewitsch* an: Liebeslosungen, die er wach und heiter entgegennahm. Wenn er einen Bekannten entdeckte, rief er ihm mit seiner klaren, verblüffend jugendlichen Stimme, die sich nicht mit dem ausgemergelten Körper und dem Bart in Einklang bringen ließ, ein paar Worte zu. Als das Publikum wiederholt applaudierte, stand er einmal auf, drehte sich um und betrachtete gefasst die Menge, ohne sich zu verbeugen.

Das Konzert begann mit dem *Valse triste* von Sibelius. Was für ein genialer Einfall, mit dem Ende anzufangen! Dann spielte Rostropowitsch für seinen Freund das erste Cellokonzert von Saint-Saëns. Die Verästelungen der Musik als Spiegelbild des Schicksals der Jahrhundertfigur: ein Cello, das sich gegen das Orchester stemmt.

Während der Pause verwarf Anton bei einem Glas lauwarmen Krimsekt jeden Gedanken an eine Kündigung. Er stellte sich zu einer Gruppe von uralten Dissidenten, die aufgekratzt über die Zeiten sprachen, als der verfolgte Mann auf der Datscha von Rostropowitsch und Galina Wischnewskaja Unterschlupf vor der Sowjetpranke fand.

Es folgte eine Sinfonie von Sibelius; die Dissidenten hatten Anton erzählt, er sei der Lieblingskomponist von Solschenizyn. Danach spielte Rostropowitsch die Rokoko-Variationen von Tschaikowski. Der emotionale Erschöpfungszustand erfasste nun jede Zelle der immer lauter stöhnenden Zuhörer, und Anton fragte sich, ob man so etwas mit Menschen machen durfte.

Die Brandung der Ovationen nahm Rostropowitsch kurz entgegen, dann sprang er unter den Schreien des Publikums vom Podium, um genau vor Solschenizyn auf dem Parterre zu landen. Die beiden Männer umarmten sich in einem Sturm von Bravorufen. Saaldiener versuchten, nach vorne stürmende Bewunderer zurückzuhalten. Rostropowitsch bat gestenreich um Ruhe und hielt eine kleine Rede auf seinen Freund. Wieder frenetischer Beifall; aus dem Konzert war eine Kundgebung geworden, ein kollektives Bekenntnis zu Solschenizyn und wofür er stand. Dieser betrachtete das Treiben souverän lächelnd, die Euphorie überraschte ihn nicht: Russland wusste seine Helden zu feiern.

In der Schlange vor der Garderobe beschloss Anton, sofort nach Hause zu gehen. Erschöpft und glücklich wankte er mit anderen Gezeichneten hinaus. Auf dem kleinen Platz warteten einige Fahrer in ihren Limousinen, und die herausströmenden Menschen zwängten sich protestierend zwischen ihnen hindurch. Im Gedränge hörte Anton, dass jemand seinen Namen rief, ignorierte dies aber. Er wollte nur noch zurück in seine Wohnung. Da öffnete sich die Türe einer der Fahrzeugbarrieren, und Nastja sprang aus dem Wagen. Einen Moment später war er von ihrer Clique umstellt.

»Steig ein – wir haben Hunger«, forderte sie ihn auf.

»Unmöglich, bin völlig fertig. Vielleicht morgen.«

»Geht's noch? Nach dem Missgeschick mit dem Raben brauchst du dringend Gesellschaft. Sonst gibt es psychische Folgeschäden.«

»Auf keinen Fall. Ich war die ganze letzte Nacht unterwegs und will nur noch ins Bett.«

Sie berieten sich kurz über den kuriosen Fall.

»Anton steht noch unter Schock. Wir müssen ihn vor sich selbst schützen.«

»Genau! Ein kleines Bankett, und er ist wieder der Alte.«

»Springen wird er wie Rostropowitsch.«

»Was für ein Sprung! Es lebe Mstislaw Lepoldowitsch!«

»Und Alexander Issajewitsch!«

Sie zerrten ihn in die Limousine, der Fahrer bahnte sich hupend eine Gasse durch die Menge. Jemand schlug wütend auf das Dach, die Eintracht im Konzertsaal war dahin, Standesunterschiede wiederhergestellt. Anton sah sich um, gegenüber von ihm saß Nastja auf dem Schoß eines Mannes. Das Fahrzeuginnere war riesig, im Fond hatten sechs Personen bequem Platz. Im Stau auf der Bolschaja Nikitskaja machte eine Flasche Champagner die Runde, und Nastja stellte ihm Nikolai, einen Ölhändler, vor, auf dessen Oberschenkeln sie hin- und herrutschte. Sie erschien Anton noch manischer als sonst.

»Kolja, wir werden in diesem verdammten Stau noch verhungern!«, rief sie wütend.

Auf Koljas Zeichen hin schaltete der Fahrer Blaulicht und Sirenen ein, verständigte sich über Funk mit zwei Begleitfahrzeugen, und alle drei scherten synchron auf die entgegengesetzte Spur aus. Die Geländewagen vor ihnen verscheuchten die entgegenkommenden Autos, diese wichen panisch auf den Bürgersteig aus. Bei zögerlichen Exemplaren kam eine Schiffssirene zum Einsatz. Nastja jauchzte vor Glück. Koljas schwarzes Trio pflügte sich erbarmungslos durch die Innenstadt. Kurz vor dem Restaurant reihten sie sich wieder in den Verkehr ein, die Sirenen und das blau-rot-weiße Lichtermeer erloschen, und die zwei Pilotfische verschwanden in der Dunkelheit.

»Arriving in low profile is more elegant«, sagte Kolja nonchalant.

Anton kannte das Restaurant nicht, es war natürlich neu und begehrt. Ihr Tisch befand sich im hinteren Teil des brodelnden Saals, und auf dem Weg dorthin traf man auf vertraute Gesichter und machte etwas Small Talk. Die Hälfte ihres Tisches war schon besetzt, und Nastja platzierte Anton neben Dascha. Sie hatte klassische, wenngleich etwas melancholische Züge, war hochgewachsen und noch keine vierzig; ab fünfunddreißig war man in Moskau eine alte Frau. Anton gefiel, was sie trug, vielleicht Jil Sander: Offenbar war sie klug genug, nicht mit Frauen zu konkurrieren, die halb so alt waren wie sie. Er wurde munter, Dascha tendierte in Richtung kultiviertes Edelgeschöpf, anspruchsvoll in Pflege und Betreuung. Wahrscheinlich steckte sie in einer trostlosen Ehe fest und wollte sich neu orientieren. Nastja hatte angedeutet, dass ihr Mann schon lange mit keiner über zwanzig mehr schlief. Sie und Dascha mussten gute Freundinnen sein, die sich gegenseitig im Urteil über Männer vertrauten, und von seiner alten Freundin an Dascha verfüttert zu werden erschien ihm reizvoll.

Er kannte die meisten Leute am Tisch, solide Oberschicht, manche hatten ihr Vermögen bereits vor fünf Jahren gemacht. Den Anwesenden war es bisher gelungen, die harsche Selektion der Russlandkrise, jeder nannte sie *Default*, zu überleben. Außerdem brodelte die asiatische Krise weiter vor sich hin. Jetzt war man erst mal heilfroh, dass das Jahr 1998 in zwei Wochen zu Ende ging. Allzu sentimental wirkte dennoch niemand am Tisch, das Gemetzel rund um die Finanzmärkte schien ihre Lebenswut zu schüren.

Dascha ließ im Gespräch mit Anton zu viele Details über ihren Lebensstandard einfließen – Fahrzeugtypen, Hotelnamen, Lage und Größe der Wohnung, der Datscha, all die prominenten Nachbarn. Auch eine Bleibe oberhalb von Cannes und die obligatorische Jacht blieben nicht unerwähnt. Sie taute auf und schien sich umso wohler zu fühlen, je mikroskopischer sie die Nuancen des Wohlstands schildern konnte. Anton sah vorwurfsvoll zu Nastja hinüber. Konsumexzesse als frivole Trotzreaktion auf mangelndes Eheglück interessierten ihn nicht.

Ruslan, ein munterer Kaffeeimporteur, kam mit erhobenem Glas zu ihm herüber und umarmte ihn ostentativ.

»Gut gemacht! Ich schieße auch grundsätzlich zurück. Hat mit Selbstachtung zu tun«, sagte er.

»Fehlinformation. Ich hatte noch nicht einmal eine Waffe.«

»Ach nein, dann ist der Schusswechsel also ein Gerücht?« Enttäuscht ging er zurück an seinen Platz.

»Man hat auf dich geschossen? Gott sei Dank bist du noch unter uns«, sagte Dascha und bekreuzigte sich.

»Wieso spricht sie von Gott?«, fragte Nastja, die selten mehr als ein Wort pro Satz mitbekam.

»Nicht zurückzuschießen ist ethisch betrachtet falsch«, rief Ruslan in die Runde.

»Ethisch? Was soll das denn bedeuten? Klingt wie Liebe oder so etwas. Erst Gott, dann Liebe – sind wir hier in der Kirche?«, murrte Nastja.

»Das christliche Liebesgebot ist die Zusammenfassung des ethischen Willens. Handlungen, die diesem Liebesgebot widersprechen, sind keine ethischen Handlungen«, sagte Dascha.

Alle starrten sie sprachlos an.

»Vermutlich zu viel Prozac«, sagte Nastja. Mehr als zehn Sekunden Ruhe ertrug sie nicht.

Erleichterte Zustimmung, alle am Tisch nickten.

Das Essen kam, die französischen Köche hatten die eingeflogenen Fische phantastisch zubereitet. Anton überlegte, ob Dascha sich vielleicht aus Trübsinn über die desolate Ehe der Kirche zugewandt hatte. Jemand müsste die schöne Frau vor derlei Unfug bewahren. Er fragte sie nach ihren Kindern. Drei Sätze später klagte sie über ihren schwanzgesteuerten Mann.

»Warum hältst du dir nicht einen Liebhaber?«, schlug Anton vor.

»Dann würde ich mich ja moralisch mit meinem Mann auf eine Stufe stellen.«

»Aber vielleicht würde das eurer Beziehung guttun.«

Sie lachte und versprach, es in Erwägung zu ziehen. Anton bot sich als Versuchsobjekt an, sie nickte kess, dachte aber vermutlich hierfür an jüngere Exemplare.

»Sieh dich doch mal in den Jazzclubs um, die sind voller attraktiver Studenten. Eine Frau wie dich zu trösten ist deren Traum.«

»Die werden mich auslachen, wenn ich da in Jeans und T-Shirt auftauche.«

»Auf Knien werden sie um einen Blick von dir flehen.«

»Mamutschka schaut vorbei, werden sie denken.«

»Die Hälfte sehnt sich nach sexy Mama. So wie Papa nach Girlie.«

Dascha blühte bereits, Nastja hatte nicht zu viel versprochen.

»Wo sind denn diese Jazzclubs? Zeigst du sie mir?«

»Klar. Das erste Mal begleite ich dich noch.«

»Das wird wild. Ich weiß schon, was ich anziehen werde.«

Dann fielen mehrere Schüsse. Schreie, zersplitterndes Glas, mehr Schreie, mehr Schüsse. Wie immer bei derlei Zwischenfällen ließen sich alle unter die Tische gleiten, ein eingeübtes Ritual. Der Anschlag fand in der Nähe des Eingangs statt. Anton blickte unter dem Tisch liegend um sich, die anderen wirkten eher genervt als verängstigt. Nastja hielt noch ihr Glas in der Hand und grinste zu ihm hinüber.

»Das ist das dritte Mal in diesem Monat«, sagte sie halblaut.

Wieder Schreie. Noch ein Schuss. Dann Ruhe.

Erst jetzt bemerkte er die halb auf ihm liegende Dascha. Sie rutschte hinunter; bedingt durch die Enge, fügten sie sich in eine Art Löffelstellung. Die ersten Gäste unter den Tischen räusperten sich laut, riefen Fragen in den Raum. Wer seinen Leibwächter entdeckte, forderte ihn auf, die Lage zu sondieren. Wie gewohnt waren diese Leute unmotiviert; sie hatten zwar ihre Pistolen gezückt, begnügten sich aber mit dramatischen Posen hinter der schützenden Bar. Die Täter waren längst geflüchtet, ihr Auftrag war erledigt; jetzt wartete man auf die Polizei, was erfahrungsgemäß lange dauern konnte. Nastja verlor als Erste die Geduld, dem Kaffeeimporteur neben ihr gelang es nicht mehr, sie zurückzuhalten. Sie kroch unter dem Tisch hervor, kniete spähend hinter einem Stuhl, tastete dann nach einer auf dem Tisch stehenden Flasche und robbte mit ihrer Beute zurück. Nachdem sie ein weiteres Glas hinuntergestürzt hatte, brach es empört aus ihr hervor.

»Dies ist ja alles nicht so schlimm, bis man die Opfer sieht. Ich meine, also ich meine wirklich diese leblosen, völlig verschmierten Körper und ihren Abtransport. Nicht die Schießerei selbst, oder?«

Niemand wusste, ob sie darauf eine Antwort erwartete. Sie plapperte weiter, offensichtlich fühlte sie sich für die Stimmung unter dem Tisch verantwortlich. Jegor, von dem es hieß, er sei einmal die rechte Hand von Marc Rich gewesen, kroch auf Anton zu.

»Ist für dich heute also das zweite Mal. Wenigstens hattest du mehr Glück als der da drüben.«

Hinter dem Wald aus Stuhlbeinen konnte man eine reglose Gestalt erkennen.

»Wie lange geht das denn noch? Und wer schützt uns vor der Polizei? Haben sie dir heute Morgen eigentlich geholfen?«

»Nicht wirklich. Sie kamen und stellten fest, dass nichts passiert ist.«

»Dann lief es doch gut. Ich hatte diesen Autounfall vor drei Monaten. Mitten in der Taiga haben wir uns ein paarmal überschlagen.« Er schüttelte sich in einer Mischung von wohligem Schaudern und Vorfreude auf seine eigene Schilderung. Dascha und Anton rückten noch näher zusammen. »Also, wir waren alle ohnmächtig oder bewegungsunfähig. Und was passiert? Nach vierzig Minuten kommt die Polizei und raubt uns aus.«

»Warst du auch ohnmächtig?«, fragte Dascha.

»Ich bin immer wieder zu mir gekommen und habe um

Hilfe gefleht. Und die haben überlegt, ob sie uns noch die Hälse umdrehen sollen.«

»Klar. Wo kein Zeuge, da kein Richter. Wie ging es dann weiter?«, wollte Anton wissen und kraulte dabei Dascha den Bauch.

»Korrekt heißt es ›Wo kein Richter, da kein Henker‹«, belehrte ihn Dascha.

»Ich habe nur brav genickt, als mir einer die Uhr abnahm, da hat er sich wohl erbarmt, denn irgendwann kam dann die Ambulanz. Für einen von uns war es zu spät. Gott mit ihm.«

»Ja, Gott mit ihm«, sagte Dascha.

Kurzes Andachtsschweigen.

»Die Patek? Hat dir der Bulle etwa die *Grande Complication* abgenommen?«, fragte Anton.

»Nein, die hätte er nicht bekommen. Dann lieber sterben. Es war eine Breguet.«

»Mit Tourbillon?«, mischte sich Nastja ein.

»Nein, wo denkst du hin. War ein Geschenk meiner Belegschaft. Der Ratte hat sie natürlich gefallen. Die billigste Rolex hätte ihn glücklich gemacht.«

»Hast du dir die Ferkel später vorgeknöpft?«, fragte nun Nikolai.

»Nein, wo denkst du hin. Sie haben mich doch am Leben gelassen. Vielleicht sorgten sie sogar dafür, dass die Wölfe aus der nächsten Siedlung nicht über uns herfielen.«

»Guter Punkt. Die Säufer hätten euch totgeschlagen«, sagte Nikolai.

Nastja nickte. »Auf jeden Fall. Ohne Bräuche stirbt das Dorf.«

»Verständlich. Unerfreulich, aber verständlich. Außer Wegelagerei gibt's da nicht viel Abwechslung«, meinte Jegor bedächtig, während die anderen schwiegen. In einem Sowjetfilm würden jetzt Balalaikaklänge eingespielt, dachte Anton. Letzte Wahrheiten im Schützengraben.

»Trotzdem schade um die Breguet. Das Schweizer Meisterwerk am Handgelenk eines Provinzbullen.« Dmitri, der sibirische Holzdieb, den niemand richtig kannte, seufzte wehmütig.

Alle nickten.

»Schweiz! Breguet! Puschkin! Unfassbar, wie es das kleine Scheißvolk aus den Bergen ins größte Poem der Menschheit geschafft hat«, schnaubte Jegor, der seine Ausweisung aus der Alpenrepublik nie ganz verkraftet hatte. Wie bei vielen aus dem Dunstkreis von Marc Rich war seine Bewegungsfreiheit dank Interpol auf wenige Länder beschränkt.

Als Dmitri ihn fragend ansah, ergriff Jegor die Gelegenheit. »Ein Dandy spaziert auf den Boulevards (…), so lange er will, bis ihm seine wachsame Breguet die Mittagszeit zu Ohren bringt«, zitierte er aus Puschkins *Eugen Onegin*.

Reihum goutierten sie die literarische Einlassung.

»Es handelte sich also um eine Repetieruhr«, stellte der Holzdieb fest.

»Puschkin selbst hatte natürlich so eine«, sagte Ruslan.

»Dann verbindet ihn etwas mit den staatlichen Wegelagerern«, nickte Jegor gedankenverloren.

Alle schmunzelten zustimmend. Unter dem Tisch hatte sich eine idyllische Szene entwickelt, die entfernt an Manets *Frühstück im Grünen* erinnerte. Man lag ausgestreckt auf die Ellbogen gestützt oder saß in gebückter Haltung. Ein unter dem Nebentisch kauernder Kellner ignorierte Nastja, als sie versuchte, mehr Champagner zu ordern. Wer sein Mobiltelefon bei sich hatte, benutzte es ab und an. Oben auf den Tischen klingelten andere Apparate vergeblich. Daschas Hand ruhte auf der von Anton, entspannt folgte sie der Unterhaltung. Melancholie adé, dachte er, vielleicht lag sie in Gedanken schon in den Armen junger Liebhaber und plante bereits, sich ein kleines Liebesnest im Zentrum einzurichten.

Als Entwarnung gegeben wurde, verließ das Grüppchen beinahe widerwillig den Unterschlupf. Man nahm wieder Platz auf den Stühlen und beschloss, erst aufzubrechen, wenn die Aufräumaktion im vorderen Teil abgeschlossen sein würde. Nur Nastja ging hinüber und starrte auf die zwei Leichen. Ein Polizist begleitete sie zurück an den Tisch, er dachte wohl, sie stände unter Schock. Dort diskutierte man bereits, welches Restaurant als Nächstes besucht werden sollte. Die Wahl fiel auf ein japanisches In-Lokal. Beim Hinausgehen verdeckten Kriminalbeamte den Blick auf den Ort des Gemetzels. Während die Wagen vorfuhren, fragte Kolja eine junge Frau von der Kripo, was geschehen war.

»Typische Exekution. Wo saßen Sie?«

»Ganz hinten, wir haben nur die Schüsse gehört.«

»Sie können gehen, wir haben genug Zeugen.« Sie nickte Richtung Ausgang.

Viele aus dem Restaurant, die noch nicht heimwollten, schlossen sich ihnen an. Die Stimmung wurde ein wenig elegisch, im ruhigen mitternächtlichen Verkehr glitten die Fahrzeuge bis vor das Szenelokal, das in einem Keller lag. Alles dort war in Schwarz gehalten, die Wände bestanden aus indirekt beleuchteten Fotoinstallationen. Ein DJ mixte asiatisch angehauchtes House mit Acid Jazz, nicht allzu laut; hierher kam man, um zu plaudern. Die Ankommenden sahen sich betont gleichgültig um. Wirklich beachtet wurden nur die Bure Brüder, sie saßen inmitten eines Mädchenschwarms in einer Ecke. Es wimmelte von Schauspielern und Musikern, darunter sogar zwei postmoderne Schriftsteller mit ihren Groupies.

Kellner rückten Tische für sie zusammen. Die meisten mäanderten schon bald von Tisch zu Tisch, die übliche Melange aus

Fremden und Vertrauten entstand, nur um sich gleich wieder aufzulösen und andere instabile Verbindungen einzugehen. Die Gespräche waren angenehm substanzlos, man aß Kleinigkeiten und entspannte sich bis zur Erschöpfung. Dascha und Anton erzählten sich ungeschminkte Episoden aus ihrem Leben. Die Leichtigkeit sorgloser Vertrautheit umhüllte sie noch eine Zeitlang, dann ließ der verbindende Effekt rapide nach. Unter Schüben von pelziger Müdigkeit beschloss er, sich von Dascha zu lösen und endlich nach Hause zu fahren. Er hatte nichts mehr zu sagen, nicht zu Dascha oder sonst noch zu jemandem in der Stadt, die ihm zum ersten Mal schmerzhaft gleichgültig war. Aus Höflichkeit bot er Dascha an, sie heimzubringen.

Beim Verlassen des Lokals stießen sie auf einen DJ, den Anton vom MDM kannte, dem *Palast der Jugend*, wo dieser jede Woche auflegte.

»Ich hätte ihn fast nicht erkannt«, sagte der DJ zu Dascha. »Ins MDM wagt er sich nicht im Anzug.«

»Ist da jetzt noch was los?«, wollte Dascha wissen.

»Klar. Wäre aber eine Mutprobe, dort so overdressed aufzutauchen.«

»Ich will jetzt dahin«, entschied Dascha.

»Bin gleich fertig hier. Wir können zusammen fahren«, sagte der DJ.

Der komatöse Anton versuchte zu widersprechen, er wollte nicht auch noch mit dem Luxusgeschöpf in den größten Ravetempel des Molochs, aber er konnte sich nicht durchsetzen. So fuhren sie mit einem Taxi zum Komsomolski-Prospekt. Raver hatten das ideologische Vakuum genutzt, indem sie vor ein paar Jahren den sowjetischen *Palast der Jugend* übernahmen, einen freistehenden, mit Säulen umschlossenen Koloss. Der DJ ging mit ihnen zum Bühneneingang, und die Sicherheitsleute ließen die lokale Größe mit Anhang passieren. Die Türen entlang der Gänge standen offen, in kargen Büros hinter Schreibtischen saßen Angehörige des Managements, beschäftigt mit der Distribution synthetischer Drogen, der Cashcow des Unternehmens. Weiter Richtung Bühne wurde es interessanter, und Dascha betrachtete fasziniert das Reich der Animateure: Wäschekammern, in denen sich Go-go-Boys und -Girls umzogen oder auf ihren Auftritt warteten. Verschwitzte Körper im Dröhnen des nahen Vulkans. Ein schwarzer Adonis lächelte ihr auffordernd zu, nackt bis auf den Slipp teilte er sich eine Zigarette mit einer Tänzerin, die vollkommen unverhüllt neben ihm saß. Klatschnasses Luftholen, eben noch von tausend Augenpaaren verschlungen.

Sie betraten die Bühne von hinten, wo ein Hexenmeister aus London auf einer Empore die Massen orchestrierte. Obwohl zum ersten Mal in Moskau, peitschte er die Körper mit dem korrekten Schlachtruf auf. »Dawai – dawai – dawai.«

An den Türmen der Soundanlage vorbei gingen sie zu ihm hinüber. »Ministry of Sound – the Russian Way!«, brüllte der DJ euphorisch in Daschas Ohr, die sich gleich bei Anton nach dieser Behörde erkundigte. Vorne am Bühnenrand tanzten Langbeine in nassen T-Shirts auf Pylonen. Roboter eiskalter Erotik putschten die stampfende Jugend zu ihren Füßen auf, indem sie periodisch mit verächtlichem Blick die Arme hoben und die Hüften vorschoben, den nächsten Höhepunkt der Litanei begleitend. Die rasenden Jünger unten mussten dann durch Schläge von den Sicherheitskräften davon abgehalten werden, die Bühne zu stürmen. Die Handgemenge turnten sie nur noch mehr an, gleichzeitig steigerten die Go-go-Girls ekstatisch ihre Bewegungen, bis der DJ endlich Erbarmen zeigte und die Beats verlangsamte. Auf gigantischen Leinwänden liefen psychodelischer Animationsmix oder Szenen, die eine Kamerafrau am Bühnenrand in der schon wieder brodelnden Masse einfing. Auch die Frau hinter der Videokamera war hinreißend. Anton und Dascha standen neben ihr und sahen auf den Monitor. Sie nahm ihren Kopfhörer ab, setzte ihn Dascha auf und zeigte ihr, wie der Zoom funktionierte. Über Kopfhörer erhielt sie Anweisungen eines unsichtbaren Regisseurs.

»Gehe weiter nach rechts zu der im orangen Top. Nein, noch weiter. Zu spät, die hat gerade was Originelles gemacht. Schau nachher noch mal bei ihr vorbei. Fahr jetzt nach links zu dem Grüppchen von Psychopathen.«

Während Dascha fasziniert mit der Kamera verwuchs, rauchte Anton stumm eine Zigarette neben der großgewachsenen Kamerafrau, die einer Sphinx glich und seinen Blicken auswich.

Dascha gab ihr den Kopfhörer zurück und zog Anton hinter die Bühne. »Lass uns da runtergehen, mittenrein!«

Sie drängelten sich an den Securityleuten vorbei bis in das Epizentrum und tanzten neben ein paar Mädchen, die sich in Gebärdensprache unterhielten. Die Taubstummen waren hier überlegen, alle anderen behindert.

Erschöpft stiegen sie eine Stunde später die Treppe zur Galerie hinauf und staksten zwischen besinnungslosen Zombies herum. Dann kämpften sie sich zurück hinter die Bühne und verließen den Tempel durch den Hinterausgang. Dascha sog die eisige Luft dankbar ein, kein gewöhnlicher Sterblicher über 21 Jahre hielt es ohne Training länger als eine Stunde in dem lebensfeindlichen Milieu aus. Von einem wartenden Taxifahrer ließen sie sich in seine Wohnung bringen.

Es war nach sechs, als sie, noch immer betäubt, dort ankamen. Während er Kaffee kochte, inspizierte sie enttäuscht die beiden

Räume. Als er ins Wohnzimmer kam, musterte sie gerade eine schlechte Canova-Replik.

»Ist das deine einzige Wohnung?«, fragte sie.

»Mehr brauche ich nicht.«

»Bisschen mickrig. Hätte mehr von dir erwartet.«

»Du verwechselst Hülle mit Inhalt. Ich hole den Kaffee.«

Gegen die Müdigkeit war er wehrlos, Dascha fand ihn schlafend am Küchentisch. Sie flößte ihm Kaffee ein, aber er war ihr nicht mehr gewachsen, selbst zur Kapitulation fehlte es ihm an Energie. Auf dem Sofa nickte er gleich wieder ein. Sie billigte ihm eine halbe Stunde Schlaf zu, begleitet von den Frühnachrichten im Fernsehen. Dann weckte sie ihn mit überhasteten Küssen, fest entschlossen, den Liebesakt mit einem Ohnmächtigen zu vollziehen.

Gegen zwölf wachte er orientierungslos auf dem Sofa auf. Er hatte von der Frau am Bühnenrand geträumt, die mit ihrer Kamera Hunderte von Raben einfing. Anton rappelte sich auf und schwankte ins Bad. Im Flur lag ein fremder Mantel. Als er in den Spiegel sah, fiel ihm eine entzündete Stelle am Hals auf. Er würde später in die Klinik fahren müssen, um sich die verbliebenen Glasnadeln entfernen zu lassen. Verwundert ging er wieder an dem Mantel vorbei, da fiel ihm ein, wer noch in seiner Wohnung war.

Dascha lag angezogen auf dem Bett und starrte an die Decke. Sie gab ihm noch einen Moment, dann sagte sie monoton: »Es war ein guter Abend. Du hast kluge Dinge gesagt. Alles machte Sinn für mich.«

»Ich bin mir nicht sicher, was ich alles gesagt und getan habe. Und warum ich auf dem Sofa geschlafen habe.«

Sie unterbrach ihn. »Du hast gesagt, ich sollte mich regelmäßig durchvögeln lassen, dann würden die Schatten schon verschwinden. Das hat mir gefallen.«

»Verstehe. Was man halt so sagt, wenn jemand melancholisch ist.«

»Schon klar, mein Lieber. Ist vielleicht auch richtig. Aber das ist nicht der Punkt.«

»Sondern?«

»Der Sex mit dir war unfassbar schlecht. Ich muss bis an meine Entjungferung zurückdenken, um ein ähnlich deprimierendes Erlebnis zu finden.«

Noch immer hatte sie ihn nicht angesehen, nur ihre Lippen bewegten sich. Endlich richtete sie sich auf, blickte ihn kurz an und stieg aus dem Bett. In ihren Augen glitzerte eine wütende Träne.

»Mir fehlen die Worte, Dascha«, sagte Anton. Das ging immer, war ein wenig besser, als gar nichts zu sagen. Außerdem war es die Wahrheit. Sie würde gleich »mir auch« antworten, und das wird uns beiden guttun, dachte er.

»Mir auch!«

Anton nickte. Es war jetzt wichtig, sich nicht zu entschuldigen, Erklärungen abzugeben oder gar um eine zweite Chance zu winseln. Heimlich schämte er sich, Dascha hatte sich endlich getraut fremdzugehen, und dann war der Typ noch schlimmer als ihr Mann.

Ein Taxi erschien, es gab nicht mal einen Kuss auf die Wange. Anton blieb in der Türe stehen, während ihre Absätze wütend auf der Treppe hallten.

Er schleppte sich zurück auf das Sofa und schlief sofort wieder ein.

VII
GOGOL

Der Chinese wollte unbedingt noch den akkurat gekleideten Zombie besichtigen, und Anton willigte ein. Seit Jahren war er nicht mehr über den Roten Platz gegangen. Das Einzige, was sich hier geändert hatte, war die Abwesenheit von Menschenschlangen und Ehrenwache vor dem Mausoleum. Selbst das Gerücht, der Einbalsamierte würde demnächst endgültig in Petersburg begraben werden, lockte kaum noch Menschen an. Hochzeitswillige Paare ließen sich nicht mehr mit dem Granitquader im Hintergrund fotografieren, sondern posierten jetzt vor der verschneiten Basilius-Kathedrale.

Als sie die Grabkammer wieder verließen, wirkte der junge Mann aus Hongkong hochzufrieden.

»Seine Haut ist gelb. Lenin war Kalmücke«, erklärte er, zwei hübschen Mädchen nachschauend.

»Mir scheint er einfach vergilbt zu sein«, meinte Anton.

An einem Stand kaufte der Chinese Souvenirs mit dem Stern der Roten Armee. Als er kurz darauf feststellte, dass sie aus China stammten, lief er empört zurück zum Verkäufer. Anton wartete so lange rauchend zwischen Touristen an der ehemaligen Hinrichtungsstätte. Während eine Gruppe Japaner ihn bat, sie zu fotografieren, entdeckte er durch den Sucher der Kamera, dass Boris Petrowitsch ihn gegen die Brüstung der Terrasse gelehnt beobachtete. Unverändert seit den Tagen in Nikolajew, lächelte der Russe ihm zu und wartete, bis Anton die Kamera zurückgab. Sie reichten sich die Hand.

»Auf einem Schafott sehen wir uns also wieder«, sagte der KGB-Mann.

»Und dabei glaubt keiner von uns an Zufälle.«

»Da ist was dran. Ihr chinesischer Freund kommt gleich zurück. Die Geschäfte mit ihm scheinen gut zu laufen. Immerhin überwinden Sie sich, Wladimir Iljitsch Uljanow einen Besuch abzustatten.«

»Stahlgeschäfte. Die bauen zurzeit mehr Wolkenkratzer, als Amerika jemals hatte.«

»Schön für euch. Wir müssen uns unterhalten. Am besten gleich morgen Abend.«

Anton sah ihn überrascht an. Fast hätte er abgelehnt, da es sich um den ersten Weihnachtstag handelte, aber das wäre ein sinnloser Einwand; Russland feierte erst in zwei Wochen, und er ignorierte beide Ereignisse, so gut es ging.

»Wie gesagt, es gibt keine Zufälle. Dann also um neun im Tifliser Hof«, sagte der Russe.

Er verschwand, ohne sich zu verabschieden, und der Chinese kam ohne Souvenirs zurück. Auf dem Weg zum Hotel grübelte Anton über den Grund des morgigen Treffens nach und hörte dem Chinesen nicht zu, der etwas über den tollkühnen Deutschen sagte, der hier auf der Brücke vor zwölf Jahren mit seiner Cessna gelandet war. Geistesabwesend verabschiedete er sich vor dem Hotel, froh, dass sein Gast in wenigen Stunden abreiste. Der bizarre Auftritt des Russen verunsicherte ihn, so wie fast alles seit Sergeis Tod vor sechs Wochen.

Sergei hatte auf der Rückfahrt aus der Ukraine einen Laster überholt und war dabei gegen einen Baum geschleudert. Seine Stirn war mit einer Bandage verdeckt, als Anton ihn am offenen Sarg wiedersah, immer noch wütend darüber, dass er im Dauerstreit mit dem Autonarren Sergei unterlegen war. Trotz der irrwitzig gefährlichen Straßen hatte der Bergbauingenieur sich beharrlich geweigert, selbst längere Strecken zu fliegen. In der eiskalten Aussegnungshalle hielt Ehrenthal eine kleine Rede, seit Jahren das erste Mal, dass er in der Öffentlichkeit keinen Blödsinn von sich gab. Eine wirklich gute Rede, dachte Anton, während er vergeblich versuchte, einen Weinkrampf zu unterdrücken. Dann wurde der Sarg durch die dafür vorgesehene Klappe in einen Omnibus geladen, und alle, die kein eigenes Auto hatten, fuhren mit Sergei, der mitten auf dem Gang lag, zum Friedhof vor der Stadt. Kollegen aus der Firma stapften mit dem Sarg auf den Schultern durch den Schnee bis vor eine frisch ausgehobene Grube, wo es zum Streit kam, weil diese nicht tief genug war, und es dauerte eine Weile, bis ein halber Meter mehr in die gefrorene Erde gehackt worden war. Als der Sarg noch einmal geöffnet wurde und die anderen die Bandage über der Stirn küssten, konnte er sich nicht dazu überwinden. Später, beim Totenschmaus in einem Restaurant, das einer sowjetischen Kantine glich, stand ein Foto von Sergei mit einem Glas Wodka davor, auf dem ein Stück Brot lag. Anton versuchte, sich zu betrinken, war aber offenbar immun gegen Alkohol geworden. Irgendwann ging er zu dem Tisch, an dem Sergeis Familie saß, und stammelte ein paar Sätze, die diese nicht verstanden. Verärgert schickten sie ihn weg. Noch tagelang kämpfte er mit der hartnäckigen Sprachstörung.

Er ging zurück über die Brücke, um im Konsumtempel GUM Geschenke zu kaufen. Abends drohte eine Weihnachtsfeier in

Ehrenthals Stadtwohnung. Die letzten paar Jahre hatte sich Anton davor erfolgreich gedrückt, aber diesmal versäumt, rechtzeitig abzusagen. Als Milizionäre im GUM mehrmals seine Dokumente kontrollierten, verlor er die Lust und trat wieder hinaus auf den Roten Platz. Missmutig stapfte er durch den Schnee in Richtung Twerskaja; der Kreml hatte auf die Sprengstoffanschläge vom September mit einem weiteren Krieg in Tschetschenien reagiert, und mittlerweile konnte man sich nicht mehr frei in der Stadt bewegen. Anton verspürte keinerlei Interesse an Politik, nachdem andere als Nemzow Ministerpräsident geworden waren. Seit ein paar Monaten war es ein täglich populärer werdender ehemaliger Leiter des Inlandsgeheimdienstes. Noch vor Kurzem hatten seine Bekannten den aus dem Nichts aufgetauchten Mann belächelt und über dessen entenhafte Züge gespottet, doch diese Verachtung war schnell in Anerkennung umgeschlagen. Anton hatte eigentlich vorgehabt, die Geschenke in der Kaufhauspassage unter dem Manege-Platz zu besorgen, allerdings fiel ihm jetzt ein, dass hier neulich eine Bombe explodiert war.

Gegen acht ging er hinüber zu Ehrenthals Privatwohnung, ein Labyrinth von Zimmern und Gängen, das durch die Zusammenlegung mehrerer Einheiten entstanden war. Auch nach dreißig Jahren wirkte hier niemand fremder als sein Chef, den Anton in einem Durchgangszimmer vor seinem Bett stehend antraf.

»Frohe Weihnachten«, begrüßte ihn Anton.

»Frohe Weihnachten. Hast du sie schon gesehen?«, fragte Ehrenthal.

Das »sie« bezog sich auf seine Frau, die er mehr fürchtete als alles andere auf der Welt, eine gleichermaßen berühmte wie überschätzte Schauspielerin, die mit ihrer monströsen Vulgarität der Mittelpunkt unzähliger Anekdoten war. Die Angst vor ihr verband die beiden Männer.

»Sei stark«, sagte Anton.

Sie betraten den Salon, wo bereits mehrere Gäste herumstanden. In Ehrenthals Wohnung verhielten sich Besucher wie angespannt Wartende an einer Bushaltestelle, und Anton fragte sich immer wieder, warum überhaupt noch jemand hierherkam. Aber auch ihn reizte die Gelegenheit, ab und an Teil einer Inszenierung zu sein, deren Stimmung an Theaterstücke von Samuel Beckett oder Thomas Bernhard erinnerte.

Aus einem anderen Teil der Wohnung eilte die Tochter herbei, eine große blonde Schönheit, die wie durch ein Wunder das lebensfeindliche Milieu Ehrenthalscher Pädagogik unversehrt überstanden hatte. Alle ignorierend, setzte sie sich an den Flügel, um wie täglich das zweite Scherzo von Chopin zu spielen. Nie versuchte sie etwas anderes, und jedes Mal unterlief ihr zu Beginn derselbe Fehler, woraufhin sie dann stoisch die Stelle wiederholte und immer besser wurde.

Die Hausherrin betrat während des Vorspiels den Raum und setzte sich mit einer verächtlichen Geste in Richtung ihrer Tochter.

»Äaah, das ist ja unerträglich«, rief sie zwei Mal aus.

Die Tochter reagierte auf die Laute des Muttertiers mit virtuosen Läufen, und das Finale gipfelte in einem furiosen Energieausbruch. Zehn hinreißende Minuten des Widerstands. Ehrenthal küsste seine Tochter strahlend auf die Wange, während diese reglos lächelte.

»Wie Rubinstein«, sagte ein devoter alter Geck, der von Ehrenthal eine kleine Pension erhielt, um im Gegenzug durch ständige Anwesenheit die Eskapaden des Drachens abzufedern.

»Rubinstein würde kotzen, wenn er das hörte«, sagte daraufhin die Hausherrin, während der Geck sie gestenreich zur Mäßigung drängte.

Jemand bat die Tochter um die Arie der Rosina aus dem Barbier von Sevilla, was diese ignorierte. Die Köchin brachte lauwarmen Champagner, die Hausherrin rülpste mehrmals, alle nahmen jetzt verlegen am Tisch Platz und warteten. Anton saß neben der Tochter.

»Was hast du heute gemacht?«, fragte sie.

»Ich war mit einem Chinesen bei Lenin.«

»Der Großvater meines ersten Manns hat ihn ausgestopft«, rief die Hausherrin über den Tisch.

Anton sah die Tochter überrascht an.

»Familie ist Schicksal.«

»Wie hält man das hier aus?«

»Ich lese nur noch die Mystiker.«

Ein bedeutender Schauspieler und Regisseur betrat schwungvoll den Raum und entschuldigte sich galant für die Verspätung. Er hielt einige Flaschen mit Wodka hoch, deren Etikett sein Antlitz zeigten, was für Anerkennung und Heiterkeit sorgte.

»Warum gibt es keinen Champagner mit meinem Portrait?«, maulte die Hausherrin, und Ehrenthal stotterte eine Entschuldigung in ihre Richtung. Der berühmte Kunstschaffende nahm gegenüber von Anton Platz. Seit einigen Jahren trat er als Herrenfahrer in Tweetjackett und mit einem Range Rover auf, eine überaus gepflegte Erscheinung.

Wie immer war das Essen absurd schlecht. Und wie immer schlugen die mit ultramarinblauem Chintz bespannten Wände, das Mobiliar im Stil von Louis-seize und die allzu verspielten Bronzeplastiken tanzender Mädchen, deren ausgestreckte Arme mit Halsketten aus Edelsteinen und Perlen drapiert waren, auf Antons Magen. Die Antiquitätenläden der Stadt quollen über mit

Beutekunst, die ihnen verarmte Rentner lieferten und mit deren Hilfe wohlhabende Moskowiter versuchten, an die großbürgerlichen Salons des vorigen Jahrhunderts anzuknüpfen.

»Warum ziehst du nicht ins Ausland?«, fragte Anton die Tochter.

»Man darf Russland jetzt nicht im Stich lassen.«

Der hochdekorierte Regisseur nickte anerkennend in ihre Richtung. Auch er schien unter der Vorspeise zu leiden, der Ästhet rührte nichts an. Plötzlich fiel der Hausherrin auf, dass Kerzen auf der Tafel fehlten.

»Haben die Domestiken etwa die verfickten Kerzen geklaut, um sich damit selbst zu befriedigen?«, schrie sie mit aufgerissenen Augen den Geck an. Ohne zu antworten, sprang dieser auf, stürzte in die Küche und kam mit der Gehilfin der Köchin zurück.

»Sofort die Kandelaber«, befahl ihr die Hausherrin mit einer grotesk obszönen Geste, die sie mehrmals wiederholte. Die junge Frau in der weißen Schürze betrachtete ihre Arbeitgeberin dabei wie ein verständnisvoller Zoobesucher kopulierende Hyänen.

Als die Kerzen brannten, sagte Ehrenthal, Weihnachten sei eine besinnliche Zeit. Dann wiederholte er es noch einmal auf Deutsch. Serviert wurden jetzt Blini mit Kaviar, was nach Suppe und Vorspeise allgemein als Erlösung wahrgenommen wurde.

Die eigentliche Attraktion bei Einladungen im Hause Ehrenthal aber waren die Tischsitten der Hausherrin. Mit aufgestützten Ellbogen hing sie wenige Zentimeter über dem Teller, was Sinn machte, da sie fortwährend sprach, sodass ihr dabei die Hälfte der Nahrung aus dem Mund fiel. Da sie sich beim Trinken nicht aufrichtete, entstand auf ihrem Teller stets ein bizarres Gemansche, was sie sich sogleich wieder gierig zuführte.

Ehrenthal bat sie in doppelter Zärtlichkeitsform, nun die

Weihnachtsgeschichte vorlesen zu dürfen. Anton flüsterte »Monsterchenlein« in das Ohr der Tochter, was diese mit einem hinreißenden Augenaufschlag billigte. Sie ist wirklich wunderschön, dachte Anton.

»Hör sofort auf, mit dem Faschisten zu tuscheln!«, brüllte die Hausherrin in Richtung der Tochter.

»Mamachen, bleiben Sie doch bitte sachlich«, antwortete diese, während sie ihre Hand auf Antons Schulter legte.

»In gewisser Weise sind wir alle Herrenmenschen«, sagte jemand, sichtlich um Vermittlung bemüht.

»Ich bin keines von beiden«, murmelte Anton unbeholfen und sah dabei hilfesuchend zu Ehrenthal hinüber, der aber schon wieder bettelte, endlich die Weihnachtsgeschichte vorlesen zu dürfen.

»Lies schon vor«, sagte die Hausherrin, den Teller ableckend, was ihr wegen der botoxsaturierten Lippen nicht leichtfiel. Hurtig stand Ehrenthal mit der Familienbibel in der Hand auf. Während seine Nase die Seiten immer wieder berührte, las er angestrengt und unverständlich auf Russisch vor. Anton war sich nicht sicher, ob es sich um die Ostergeschichte oder etwas aus den Buddenbrooks handelte. Nach ein paar Minuten stöhnte die Hausherrin immer lauter. Ehrenthal nickte ihr verständnisvoll zu, beendete noch einen Satz, in dem das deutsche Wort *Schneckenhaus* vorkam, und schlug das Buch zu. Als er wieder saß, erhob er sein Glas und sagte mit Tränen in den Augen erst auf Russisch und dann auf Deutsch: »Besinnliche Weihnachten.«

»Besinnliche Weihnachten«, antworteten alle im Chor.

»Er ist und bleibt ein Arschloch«, rief die Hausherrin.

Ehrenthal zuckte kurz zusammen und wandte sich dann an den Regisseur. »Wie soll man nur dem Terror begegnen?«

Als dieser ihn fragend ansah, fügte er hinzu: »Ich meine den auf der Straße.«

»Die Schwarzärsche alle an den Eiern aufhängen«, rief die Hausherrin, bevor der Regisseur antworten konnte.

Anton blickte die Tochter fragend an.

»Mamutschka bezieht sich auf das tschetschenische Volk.«

»Ich denke mal, wir bekommen bald einen neuen Präsidenten«, sagte der Regisseur. Alle sahen ihn verdutzt an, seine Nähe zum Kreml war bekannt. Jelzin war zwar selten nüchtern, aber er lebte, und noch nie hatte ein Herrscher in Russland seine Macht freiwillig abgegeben.

»Und sollte meine Meinung von Interesse sein, dann gebe ich zu, diese Entwicklung zu begrüßen«, fügte der Regisseur hinzu.

Anton wollte ihn fragen, wer dieser neue Präsident sein würde, doch die anderen hatten bereits auf Putin getippt und diskutierten nun die Vorzüge eines Manns, von dem man nichts wusste.

»Er hat kein Alkoholproblem. Das ist die Hauptsache.«

»Der soll erst mal hart durchgreifen.«

»Versteht das Volk, und das Volk versteht ihn.«

»Endlich wird sich was bewegen.«

Anton überlegte noch, was der neue Mann bewegen würde, da warf schon jeder ein paar Stichworte in die Runde. Die Macht der Oligarchen eindämmen, die Armee reformieren, den Korruptionssumpf trockenlegen, die Jugend auf Vordermann bringen, den Krieg im Kaukasus gewinnen und die Expansion von McDonald's stoppen. Die Stimmung besserte sich sichtlich, der Erste unter den Intellektuellen wollte schon die Duma abschaffen.

»Das Volkswohl muss wieder über das des Einzelnen gestellt werden«, rief der Geck.

»Vor allem sollten erst mal die Tschetschenen aus der Hauptstadt entfernt werden«, forderte eine ältere Dichterin mit dünner Stimme und erhielt prompt Beifall.

Als wieder Ruhe eingekehrt war, sagte ein bekannter Historiker in Denkerpose: »Der kampfwütige Kaukasier begehrt seit Jahrhunderten un-be-lehr-bar auf!«

Anton zwinkerte der Tochter zu, deren Liebhaber einer war. Sie lächelte souverän zurück, immun gegen die Sklavenmoral der Spießer.

»Außer dir scheinen sich mittlerweile alle vor Kaukasiern zu fürchten«, flüsterte Anton ihr zu, nachdem er sich versichert hatte, dass die Hausherrin nicht zu ihnen herübersah.

»Kein Kommentar. Der Wolf kann nicht über die Angst der Schafe sprechen«, sagte die Tochter laut und verließ demonstrativ den Raum. Anton wäre ihr gerne gefolgt, hatte aber Angst, die Hausherrin würde dies nicht gutheißen.

Die anderen am Tisch beschworen derweil weiter die Zukunft des Landes, selbst in der Kulturpolitik wurde jetzt eine patriotischere Linie verlangt. Anton fühlte sich überfordert. Noch vor nicht allzu langer Zeit war er in diesem Raum Nemzow begegnet, der ein wenig wie der Erzengel von Guido Reni aussah und für liberale Offenheit stand. Die Kulturintelligenzija huldigte ihm damals und war, wie die halbe Stadt, verliebt in seine Unbekümmertheit. Er trank noch zwei Gläser Wodka aus der Flasche mit dem Antlitz des Herrenfahrers und dachte an das morgige Treffen mit Boris Petrowitsch. Wie sehr er doch den Rat von Sergei vermisste!

Der Tisch in einem Separee im ersten Stock des Tifliser Hofs war gut gewählt, um sich ungestört zu unterhalten. Boris Petrowitsch begrüßte Anton kühl.

»Was haben Sie seit Nikolajew getrieben?«, fragte Anton, die Antwort ahnend.

»Wichtig ist für Sie, dass ich in die Lubjanka zurückgekehrt bin.«

»Der Ausflug in die Privatwirtschaft ist also beendet? Warum sitzen wir dann hier? Benötigt der Geheimdienst Stahl für einen Erweiterungsbau?«

Der Russe sah ihn einen Moment zu lange an. »Wir sind hier, um über Sie zu sprechen. Es sieht nicht gut aus.«

»Konkret?«

»Das mag ich an Ihnen. Also ganz konkret: erstens Beihilfe zur Geldwäsche in Höhe von mehr als hundert Millionen Dollar. Zweitens Dokumentenfälschung, Umgehung von Ausfuhrbestimmungen sowie Steuer- und Zolldelikte. Drittens Bestechung von Beamten auf russischem Territorium in Millionenhöhe.«

Anton wollte etwas sagen, wusste aber nicht, was.

»Und viertens Visabetrug«, fügte Boris Petrowitsch pedantisch hinzu. Dieser konventionelle Zug, der selbst bei souveränen Russen gelegentlich durchschimmerte, hatte für Anton immer etwas Enttäuschendes.

»Beziehen Sie sich auf das veraltete Foto im Antrag?«

»Unterbrechen Sie mich nicht. Dazu kommen Ihre Kontakte zu führenden Mitgliedern krimineller Vereinigungen.«

»Das ist unvermeidbar, wenn man in den besseren Kreisen verkehrt. Darf ich die Fotos mal sehen?«

»Sie sollen mich nicht unterbrechen. Fünftens agitiert eine ehemalige Geliebte von Ihnen für eine staatsfeindliche Organisation.«

»Klingt aufregend. Prangert die etwa das Gemetzel in Grosny an? Welche denn? Helfen Sie mir auf die Sprünge, nach neun Jahren hier habe ich den Überblick verloren.«

Ein Kellner kam, und sie bestellten Kornelkirschsuppe, Chartscho, Chatschapuri und Pelamuschi. Zu Antons Entsetzen verlangte der Russe eine Flasche Khvanchkara, Stalins Lieblingswein.

»Geht es nicht etwas trockener?«, protestierte er.

Der Kellner ignorierte seinen Einwand, und Boris Petrowitsch bestellte noch Bordshomi, dann waren sie wieder alleine.

»Für einen, dem das Wasser bis zum Hals steht, riskieren Sie eine ziemlich große Klappe«, sagte der Russe.

»Ihr kleines Sündenregister ist nicht der Rede wert. Selbst wenn es wahr wäre, hätten Sie keine Beweise. Davon abgesehen bin ich der kleinste Fisch im Teich, und Ihre Vorwürfe entsprechen der Stellenbeschreibung jedes zweiten Managers in diesem Land.«

»Verschonen Sie mich mit allgemeinen Betrachtungen. Sie haben jetzt ein gigantisches Problem, das wissen Sie.«

»*Alles Leben ist Problemlösen.* Was wollen Sie konkret von mir?« Er las in letzter Zeit öfters wieder Karl Popper. Offene Gesellschaft und so was.

»Helfen. Aber vorher lassen Sie mich etwas über die Situation im Land sagen.«

Anton nickte stumm. Eigentlich hatte er sich vorgenommen, sofort zu gehen, sollte der KGB-Mann Hilfe anbieten. Aber er wollte nicht den Trotzkopf geben, und außerdem lockte das vorzügliche Essen. Er könnte sich ja schweigend alles anhören und dann kommentarlos gehen. Das Treffen machte ohnehin keinen Sinn, er kannte weder Geheimnisse noch Personen, die für den Geheimdienst interessant sein könnten.

»Die Zeiten werden sich schon bald ändern. Ein neuer Präsident wird die Zügel anziehen. Der Staat ist pleite und wird von innen und außen bedroht. Noch eine Krise wie die vor einem Jahr, und wir sind am Ende. Das ist die letzte Chance.«

»Was habe ich damit zu tun?«, sagte Anton.

»Der Rohstoffsektor wird wieder unter die Kontrolle des Kreml genommen. Die Gewinne aus dem Volksvermögen sollen nicht mehr in den Taschen von wenigen Parasiten landen. Wir werden diese Bojarenoligarchie beenden.«

»Ach, ihr plant also, die Oligarchen zu enteignen? Alles wieder zu verstaatlichen? Zurück zum Fünfjahresplan? Das wäre dann wirklich das Ende.«

»Natürlich nicht. Die Geschichte wiederholt sich nicht. Diesmal wird man geschickter vorgehen. Es geht um Kontrolle, nicht darum, wem etwas auf dem Papier gehört.«

Anton verstand noch immer nicht. Für das, was diese Leute offensichtlich planten, gab es keinen Namen. Etwas wie staatlicher Kapitalismus, irgendwo zwischen China und Bananenrepublik.

Das Essen kam, und der Russe nahm das zum Anlass, Anton Zeit zum Nachdenken zu geben. Stumm löffelten sie die kalte, delikat-säuerliche Suppe mit frischer Minze.

»Warum bin ich hier?«, fragte Anton nach einer Weile.

»Sie kennen sich bei uns aus. Neun Jahre im Chaos mitzumachen ist schon etwas. Es gibt nicht viele Ausländer in Russland, die mit Zahlen umgehen können und unauffällig geblieben sind.«

»Ich schätze, es gibt ein paar Hundert.«

»Die arbeiten meist für ausländische Banken oder Firmen, das interessiert uns nicht. Amerikaner und Engländer auch nicht. Diese Leute bleiben selbst nach zwanzig Jahren im Land Fremde, bessere Touristen. Sie aber sind hier eingetaucht, verkehren in Kreisen, zu denen Ausländer selten Zugang haben.«

Anton fühlte sich geschmeichelt, so sah er sich auch gerne. Dennoch fing das Gespräch an, ihn zu langweilen. Unterhaltungen mit Geheimdienstleuten laufen tatsächlich wie im Film ab, dachte er, man hat ein Déjà-vu ähnlich dem, wenn man das erste Mal nach New York kommt und schon jede Ecke kennt. Aber wenigstens war das Rindfleisch zart und selbst der Wein trinkbar.

»Warum bin ich hier?«

»Erinnern Sie sich an Nikolajew? Sie haben es abgelehnt, Strohmann bei unserem Hafenprojekt zu sein.«

»Reden Sie weiter.«

»Sie erhalten jetzt noch einmal eine Gelegenheit, diesmal ein paar Nummern größer.«

»Muss an dem vorbelasteten Wein liegen, aber ich verstehe noch immer nicht.«

»Nicht alle Oligarchen werden sich freiwillig in den Dienst am Gemeinwohl stellen. Diesen werden wir die staatsrelevanten Unternehmen vorbeugend entziehen müssen. Aber der Staat kann nicht mehr offiziell als Aktionär auftreten, diese Zeiten sind vorbei.«

Anton überlegte, ob er jetzt nicht doch aufbrechen sollte, aber Pelamuschi, ein mit Walnüssen angereichertes Trauben-Dessert, hielt ihn zurück.

»Ich fürchte, ich werde Ihnen wieder einen Korb geben«, sagte er.

»Diesmal würde es mir schwererfallen, dies zu akzeptieren. Den deutschen Hang zur Prinzipientreue nehme ich Ihnen jedenfalls nicht ab. Lassen Sie sich also Zeit mit der Entscheidung. Wir werden uns jetzt öfter sehen.«

»Vergessen Sie das besser.«

»Es ist das Angebot Ihres Lebens. Sie müssten auch nicht in Moskau bleiben, London wäre sinnvoller. Sie würden nicht nur auf dem Papier ein sehr reicher Mann. Im Gegenzug erwarten wir absolute Loyalität. Ab und zu werden wir Sie natürlich um eine strategische Investition bitten, die Sie auszuführen haben. Sie könnten Teil eines neuen Russlands werden, mit dem es wieder bergauf geht.«

»Als Verweser von Staatsvermögen mit Ihnen als Führungsoffizier? Sagen Sie mir lieber, was für Folgen eine Ablehnung hätte.«

»Klingt zu sehr nach Konfrontation, das wollte ich vermeiden. Aber wenn Sie es schon ansprechen. Was gegen Sie vorliegt, reicht für eine zügige Verurteilung und eines der besseren Lager. Nach ein paar Jahren schieben wir Sie dann ab.«

»Sie haben nichts in der Hand, was vor Gericht Bestand hätte«, sagte Anton. Der unbeholfene Reflex eines schwer Verwundeten. Er hatte sich bisher ganz gut gehalten, aber jetzt versagte seine Stimme mitten im Satz. Der Russe lächelte verständnisvoll, bezahlte die Rechnung und stand auf. Vor dem Restaurant schüttelte er die feuchte Hand von Anton.

»Überlegen Sie es sich. Wie gesagt, wir werden uns jetzt öfter sehen.«

Anton schwieg.

»Bevor ich es vergesse, was Ihrem Kollegen passiert ist, tut mir leid. Er scheint Sie wirklich gemocht zu haben.«

Ohne eine Reaktion abzuwarten, stieg er in einen wartenden Wolga. Anton stand vor dem Restaurant und kämpfte gegen die Übelkeit. Während des Essens hatte er sich lediglich als betrogener Betrüger gefühlt. Die beiläufige Erwähnung Sergeis jedoch war ein Tiefschlag, der alles veränderte. Obwohl sein Fahrer um die Ecke auf ihn wartete, ging er zu Fuß zurück in die Wohnung in der Brjussow-Gasse.

Am nächsten Tag fuhr er früh zum Friedhof des Neujungfrauenklosters, sein Ritual, wenn es ihm schlecht ging. Den wenigen Spuren im Schnee folgend schaute er erst mal bei Gogol vorbei, der panische Angst gehabt hatte, lebendig begraben zu werden. Als man ihn hundert Jahre nach seinem Tod hierher umbettete und dabei den Sarg öffnete, soll er tatsächlich auf der Seite gelegen haben. Später klaute jemand den Schädel, und ein Schriftstellerkollege nahm eine Rippe als Andenken mit. Der Friedhof war voll solcher Geschichten, die die persönlichen Probleme der Besucher relativierten. Anton setzte sich in die Nähe von Eisensteins Grab und dachte nach.

Sergeis Tod zu erwähnen war ein billiges Manöver gewesen, ein Bluff. Warum sollte der Geheimdienst etwas damit zu tun haben? Es war ihm egal, ob sein Freund Kontakt zu diesen Leuten gehabt hatte. Die Firma war durchsetzt mit Spitzeln, Boris Petrowitsch konnte sein Sündenregister von überall her haben. Vielleicht hatte Sergei auch einfach nur ein paar positive Berichte verfasst, um seine schützende Hand über Anton zu halten. Möglich auch, dass Ehrenthal mit dem Staat auf Gebieten kooperierte, von denen er nichts wusste. Das Rohstoffgeschäft könnte Tarnung sein, während im Hintergrund Embargos unterlaufen wurden. Ein paar Hinweise gab es, aber er hatte sie immer verdrängt. Und selbst wenn es so war, das Moralmäntelchen hätte er sich ohnehin nicht umgehängt. Vielleicht war Sergei auch das zentrale Glied einer gigantischen Operation des KGB gewesen. Ebenso gut war es möglich, dass er nie den geringsten Kontakt zu diesen Leuten hatte. Vielleicht war er versehentlich umgebracht worden. Oder es war wirklich nur ein banaler Unfall mit Todesfolge gewesen. In den letzten Jahren waren ein Dutzend seiner Bekannten bei Autounfällen verunglückt, einige davon tödlich. Die Lebenserwartung von Männern lag stabil bei 59 Jahren. Auch Sergeis Bruder war bei einem Unfall gestorben, erinnerte sich Anton. Tatsächlich war jedes denkbare Konstrukt genauso wahrscheinlich wie sein Gegenteil. Es war die alte Blackbox Russland, die ihn an dieser Stelle kapitulieren ließ. Er musste laut auflachen; diese Beliebigkeit von Wahrheit war das Gegenteil von Freiheit, war eine Ausgesetztheit, die seine Leidensfähigkeit überstieg. Beinahe wohltuend verdrängte das Angebot von Boris Petrowitsch die Gedanken an Sergeis Tod.

Der Russe verlangte ein Bekenntnis von ihm, das im Gegenzug fürstlich belohnt werden würde. Ein unlösbarer Bund. Anton wurde schwindlig. Das Land war dabei, ihn mit eisernen Klauen zu umarmen. Das war kein allmähliches Hineingleiten in eine Situation mehr, das sich im Rückblick als verzeihbarer Fehltritt entschuldigen lassen würde. Die Freiheit, in der er sich hier seit neun Jahren suhlte, würde endgültig zur Illusion werden. Schon deshalb musste er sofort das Land verlassen. Er könnte sich so wenigstens treu bleiben, was ihm jetzt allerdings bereits ein wenig kleinbürgerlich erschien. Schade um das viele Geld wäre es auf jeden Fall, dachte er vor dem Grab eines Erfinders, der sich um Flussbagger verdient gemacht hatte, die mit penibler Sorgfalt auf dem Stein abgebildet waren. Er fühlte sich jetzt wieder geschmeichelt, überhaupt von Russland vor solch eine Entscheidung gestellt zu werden. Ob etwas derart Epochales wohl mit Blut unterschrieben wurde? Er musste wieder lachen, das Böse war so viel unterhaltsamer als die moralisch korrekte Beliebigkeit. Die Koketterie mit dem Abgrund gefiel ihm, vielleicht würde er noch ein paar Tage mit der Entscheidung spielen.

Aber wer war die Frau, die sich jetzt politisch aufsässig verhielt? Aus den Tiefen seines Gedächtnisses tauchten verschwommen einige Kandidatinnen auf, doch immer wieder blieb er an Tanja hängen. Er ahnte, dass es eine andere Heroine war, die öffentlich aufbegehrte, doch nach Tanja sehnte er sich jetzt am meisten. Seit sechs Jahren hatte er nichts mehr von der Ärztin gehört. Anton beschloss, sie ausfindig zu machen.

Unzufrieden verließ er den Friedhof. Er war einer Entscheidung zum Angebot Boris Petrowitschs keinen Schritt näher gekommen. Vor nur achtundvierzig Stunden war er dem Russen wieder begegnet, und jetzt überlagerte die Frage, ob er das Land sofort verlassen sollte, alles andere. Geld oder Freiheit, kolossale Privilegien gegen unwiderrufliche Verschmelzung mit einem dubiosen System. Die Weihnachtsfeier vor zwei Tagen hatte ihm einen Vorgeschmack gegeben, welche Richtung das Land einschlagen könnte. Dennoch, ein eigener Jet und ein Haus in Knightsbridge als Kompensation eines fragwürdigen Freiheitsbedürfnisses waren nicht zu verachten. Er spürte, wie seine Konsumbereitschaft bereits die Bedrohung relativierte. Russland war schon immer autokratisch, die vergangenen Jahre lediglich eine Ausnahme gewesen. Eigentlich waren es alle Länder, nur verkauften es manche besser als andere. Er setzte sich in den Wagen. Vielleicht sollte er eine Münze werfen und dann den Rest seines Lebens dem Resultat anpassen. Auch eine Form von Freiheit. Die Stille des Friedhofs strahlte auf die kleine Straße aus. An diesem Ort würde er so lange bleiben, bis die Entscheidung fiel, nahm er sich vor. Er wurde ruhiger und schloss die Augen, ein Tagtraum zwischen Londoner Luxusexistenz und lebenslanger Erdung in Kremlnähe.

Als er wieder auftauchte, steckte ein Zettel hinter der Windschutzscheibe. Er stieg aus, ein Mann entfernte sich rasch in Richtung der Teiche hinter dem Kloster. Ihm nachsehend, entfaltete Anton langsam den Zettel, dankbar für jede Gelegenheit, das Grübeln über eine Entscheidung zu unterbrechen. Er benötigte etwas Zeit, um die Nachricht zu entziffern.

Anton Karlowitsch!
Wie schön ist eine lange, lange Reise! Wie oft habe ich danach wie nach einem Rettungsanker gegriffen! Und wie oft hat mich so eine Reise errettet!

Zieh also weiter, Du ahnst es doch, unser Glück liegt in der Flucht.
Sei umarmt,
Dein Nikolai Gogol

Anton steckte den Zettel ein und folgte dem Mann, der bereits hinter der Mauer verschwunden war. Als er niemanden bei den Teichen sah, lief er zurück, vielleicht war der Unbekannte ins Kloster gegangen. Doch das Tor war verschlossen. Im Auto wartete er, ob noch etwas passieren würde. Eine halbe Stunde später ging er wieder zum Grab von Gogol, dort wollte er die Nachricht in Ruhe studieren. Aber sie war fort, die Innentasche des Mantels leer. Suchend ging er zurück zum Wagen und dann wieder zu den Teichen. Kein Zettel. Wenigstens saß jetzt ein Obdachloser auf einer Bank, ganz in der Nähe, wo der Mann vorhin verschwunden war.

»Hast du Gogol gesehen?«, fragte ihn Anton.

»Der ist tot. Wie wäre es mit ein paar Rubel für einen, der noch lebt?«

Anton gab ihm hundert Rubel für die gute Antwort. Dann durchsuchte er noch einmal alle Taschen und den Wagen. Erst als er die Nachricht aus dem Gedächtnis aufgeschrieben hatte, beruhigte er sich. Den Ort verlassen wollte er zunächst noch nicht. Wer immer sich den Scherz geleistet hatte, würde vielleicht zurückkommen. Anton fröstelte, der Unbekannte wusste sogar seinen Vatersnamen. Lange dachte er nach, um wen es sich handeln könnte, aber es fiel ihm niemand ein, was ihn fast schon aufheiterte. Die Blackbox hatte ihm gezielte Lebenshilfe zugespielt. Allmählich glitt er in einen Zustand konzentrierter Entspannung. Er beschloss, dass die Herkunft der Nachricht irrelevant sei, und entschied sich gleichzeitig, Moskau innerhalb der nächsten Tage für immer zu verlassen. Ein paar Dinge musste er vorher noch erledigen. Und er wollte Tanja ein letztes Mal sehen.

Auf dem Gorbuschka-Markt kaufte er eine CD mit Adressen und Telefonnummern der Einwohner Moskaus. Diese Datenträger wurden ständig durch vertrauliche Informationen aktualisiert, die Mitarbeiter von Behörden und Unternehmen illegal lieferten. Über Tanja enthielt die CD keine Informationen, was er fast erwartet hatte und was nicht ungewöhnlich war, da alle, die Privatsphäre schätzten, ihre Mobiltelefone auf nichtexistente Personen registrieren ließen. Daher fuhr er zu dem Krankenhaus, wo sie vor sechs Jahren gearbeitet hatte. Das Gebäude schien um die fünffache Zeit gealtert. Auf der Station kannte man nicht mal mehr ihren Namen und schickte ihn in die Archivierungsabteilung, wo sich eine Mitarbeiterin das Problem als willkommene Ablenkung und Möglichkeit eines Nebenverdienstes schildern ließ. Für dreißig Dollar versprach sie herauszufinden, wo Tanja jetzt arbeitete, vorausgesetzt, die Gesuchte sei nicht emigriert, was bei hochqualifizierten Ärzten beinahe schon die Regel war. Er zahlte und hinterließ seine Telefonnummer.

Anton misstraute sich selbst, seine Entscheidung zu gehen war vielleicht doch nicht endgültig. Um vollendete Tatsachen zu schaffen, musste er jetzt Ehrenthal treffen und kündigen. Von der Haushälterin erfuhr er, dass der Chef auf der Datscha war. Auf dem Weg dorthin kaufte er ein Flugticket nach München für den nächsten Tag. Zu seiner eigenen Überraschung meldeten sich auf der Fahrt über die Chaussee keine Zweifel. Er ahnte, Ehrenthal würde ihm die Prämie für das zu Ende gehende Jahr nicht auszahlen, was ärgerlich, aber zu verkraften war. Es gab wichtigere Fragen. Würde man ihn überhaupt ausreisen lassen? Sollte er es einfach versuchen oder Boris Petrowitsch über seine Entscheidung informieren? Er musste über sich selbst lachen; natürlich würde er den Russen nicht über seine Pläne auf dem Laufenden halten. Es gab ohnehin keine Geheimnisse, der Kauf des Tickets war für diese Leute eine öffentliche Bekanntmachung.

Er fand Ehrenthal gut gelaunt vor, wie er mit dem Tennistrainer Wadim im Wintergarten einen Imbiss zu sich nahm. Auf dem Tisch lag ein aufwendig ausgestatteter Kasten mit einem Tennisschläger, den er sich selbst zu Weihnachten geschenkt hatte.

»Mit dem hat Boris Becker in Wimbledon gewonnen. Jetzt werde ich damit spielen«, verkündete Ehrenthal stolz. Wadim war skeptisch und empfahl, das Ding an die Wand zu hängen. Ehrenthal hingegen schien überzeugt, dass die magischen Kräfte des Schlägers sich auf sein eigenes Spiel übertragen würden, und forderte Wadim auf, das schadhafte Schweißband zu wechseln. Kopfschüttelnd verließ dieser mit der Trophäe den Raum.

»Ich muss dir etwas zeigen«, sagte Ehrenthal, legte seine Hand auf Antons Schulter und führte ihn in ein anderes Zimmer. Auf einem Sockel stand eine Bronzebüste, die Ehrenthal darstellte. Eine gute Arbeit, wenn man von der riesigen Brille nach der letzten Mode absah, die etwas Gerüstartiges hatte.

»Ein Geschenk für mich!« Ehrenthal freute sich wie ein Kind, denn niemand erhielt weniger Geschenke als er.

»Nicht schlecht. Die Brille kannst du ja entfernen lassen«, sagte Anton.

Ehrenthal war enttäuscht, er hatte dem Bildhauer gegenüber auf der Brille bestanden, und Anton bereute seinen Kommentar sofort. »Sorry, das war nur der erste Eindruck. Ein großartiges Werk. Auf den Büsten von Liszt wurde ja auch jede Warze berücksichtigt.«

Ehrenthal ignorierte die Unverschämtheit. »Ich rufe einen Nachbarn dazu, dann können wir ein Doppel spielen«, sagte er schnell und nahm die Hand von Antons Schulter.

»Ich habe keine Tennissachen dabei und muss mit dir über etwas Wichtiges sprechen.«

»Ich gebe dir welche, bitte spiele mit.« Er wählte schon die Nummer des Nachbarn, und Anton fügte sich ein letztes Mal.

Vor zwei Jahren hatte Ehrenthal eine gigantische Tennishalle ganz aus Holz mit Wellnessbereich bauen lassen, und obwohl diese in Sichtweite war, ließen sie sich hinüberfahren. Wächter öffneten erst das Tor, nachdem sie drei gleichermaßen verwahrloste wie aggressive Hunde hinter dem Zaun eingefangen hatten. Für die vier Tennisspieler war der Sportkomplex auf eine angenehme Temperatur geheizt worden. Alles schien zu groß und perfekt. Anton erinnerte sich wehmütig, wie viel Spaß sie noch vor ein paar Jahren auf dem versumpften Platz hinter der Datscha gehabt hatten.

Sie spielten sich ein. Ehrenthal kam mit dem kleinen Schlägerkopf von Boris Beckers Wunderwaffe nicht zurecht und gab Wadim die Schuld, da dessen Ratschläge nicht halfen. Anstatt still und dankbar zu sein, dass man ihn in dem luxuriösen Ambiente mitspielen ließ, mischte sich der Nachbar mit wohlfeilen Kommentaren zur rasanten Entwicklung von Sportgeräten ein. Er kritisierte die Materialschlacht und lobte die vaterländischen Holzschläger »Wostok« der siebziger Jahre. Die Stimmung wurde immer gereizter. Ehrenthal traf weiterhin kaum einen Ball und bestand auf Regeländerungen, die das Handicap des Profischlägers ausgleichen sollten.

Sie spielten einen Satz, Ehrenthal und Anton gegen Wadim und den Nachbarn. Jedes Mal, wenn die beiden Deutschen führten, begann Wadim, lange Topspin-Bälle auf Ehrenthal zu spielen, mit denen dieser nicht zurechtkam. Sie verloren den ersten Satz, obwohl Ehrenthal bei jedem Ball, der in der Nähe der Linien aufsetzte, *Aus* rief. In der Pause forderte er Wadim auf, ihm die Bälle *fair* zuzuspielen.

Der zweite Satz verlief ausgeglichener, da Wadim jetzt meist Anton anspielte. Aber wenn Ehrenthal dessen Aufschlag retournieren musste, begann er wieder zu jammern. Jeder seiner Bälle landete im Netz.

»Anton, hast du gesehen, wie viel Spin der hatte? Hinterhältig und feige. Ich habe ihm ein Auto geschenkt, und das ist der Dank«, sagte er auf Deutsch.

»Diese Schrottkiste? Wäre Wadim nachtragend, würden wir schon drei Sätze zurückliegen.«

Ehrenthals nächster Ball endete wieder im Netz.

»Unverschämtheit, hast du diesen hinterlistigen Stoppball gesehen? Wadim kann gar nicht anders. Da kommt der Jude in ihm durch«, rief er Anton zu.

Sie verloren auch den zweiten Satz deutlich. Während Wadim mit dem Nachbarn ein Einzel spielte, setzte sich Ehrenthal schmollend an den Spielfeldrand. Anton stand neben ihm. Schweigend beobachteten sie, wie gut Wadim mit Boris Beckers Schläger spielte.

»Was wolltest du mit mir besprechen?«, fragte Ehrenthal schließlich.

»Ich werde nicht weiter für dich arbeiten.«

»Du kündigst? Warum?«

»Neun Jahre sind genug. War eine gute Zeit.«

»Willst du mehr Geld? Widerlich, wie gut Wadim mit dem Schläger zurechtkommt. Und mir will der gerissene Kerl das Geheimnis nicht verraten.«

»Hat nichts mit Geld zu tun. Es wird mir hier zu eng.«

»Ist deine Entscheidung. Den Bonus verrechnen wir.«

»Womit?«

»Mit den Kosten, die dein Ausscheiden verursacht.«

»Die Firma hat noch nie so viel Geld verdient wie in den letzten Jahren.«

»Stimmt. Dein Abgang wird dies bestimmt ändern. Ich werde morgen die zukünftigen Verluste berechnen lassen und dann von deinem Bonus abziehen. Was kann ich tun, damit du bleibst?«

»Mir fällt nichts ein. Vielleicht weiß Wadim Rat. Ich gebe Auto, Kreditkarten und Wohnungsschlüssel morgen im Büro ab.«

»Du bist undankbar. Aber schau, Wadim greift den Schläger extrem hinterhältig.«

Ehrenthal behielt weiter das Spiel im Auge, während er ihm zum Abschied die Hand reichte.

Auf der Fahrt zurück in die Stadt meldete sich die Frau aus der Krankenhausverwaltung. Sie hatte Tanja in einer Privatklinik im Zentrum aufgespürt und gab ihm ihre Mobilnummer. Er rief sie sofort an. Ihre Stimme hatte sich nicht verändert.

»Hier ist Anton. Erinnerst du dich?«

»Natürlich, Anton. Bist du zu Besuch in Moskau?«

»Ich war nie fort. Können wir uns sehen?«

»Wann?«

»Jetzt?«

»Nein. Aber um neun. Hol mich in der Klinik ab.«

Sie diktierte ihm die Adresse, lachte ungläubig und legte auf.

Anton kaufte auf dem Weg nach Hause einen zweiten Koffer, was sich als überflüssig erwies, da er in den vergangenen Jahren kaum Dinge erworben hatte, die er mitnehmen wollte.

Ein paar Maßanzüge und -hemden, Schuhe, Pelzmütze, ein Dutzend signierter Bücher, zwei Fotoalben, CDs und das Portrait von Lermontow, viel mehr war es nicht. Den Rest konnten die Fahrer unter sich aufteilen. Er fuhr in die Firma, löschte die Festplatte seines Computers und schredderte mehrere Kladden mit geschäftlichen Notizen. Den persönlichen Inhalt in den Schubladen packte er in eine Plastiktüte. Als er fertig war, erinnerte nichts mehr an ihn. Durch die verlassenen Räume ging er hinunter zu Sergeis Schreibtisch, den seit dessen Tod niemand angerührt hatte. Er suchte etwas Persönliches, ein Erinnerungsstück, das er mitnehmen konnte, aber Sergei hatte bis auf einen Umschlag mit Fotos keine Spuren hinterlassen. Es waren Bilder von Frauen, seinen Kindern, Autos und Reiseschnappschüsse. Auf einem saß er neben Anton in einem Restaurant am Bosporus, ein scheußliches Polaroid, das ihnen der Wirt aufgedrängt hatte. Anton legte es zurück und ging.

Der Eingangsbereich der Klinik war edel, und Tanjas Name stand neben zwei anderen auf einem polierten Messingschild über dem Empfang. Er war zu früh gekommen. Unruhig musterte er jede Frau, die vorbeikam und ihr entfernt ähnlich sah. Manchmal blickte er zum Messingschild auf, irgendwie gefiel ihm die Symbolik: Während er jetzt arbeitslos war, kündigte das Schild von Tanjas Aufstieg.

An ihrer Körperhaltung erkannte er sie aus der Entfernung sofort wieder. Ihr Gesicht war in den sechs Jahren einen Hauch voller geworden, eindeutig hübscher, obwohl die Augen jetzt weniger dominierten. Und zarte Hüften zeichneten sich ab, dachte Anton entzückt, die Metamorphose der mageren, ausgebeuteten Ärztin bewundernd. Sie trug das Kleid einer russischen Designerin, die sich eine Nische gegen die internationale

Konkurrenz erkämpft hatte, und Anton überlegte, was sie darunter trug. Sie ahnte wohl seine Gedanken, verlangsamte ihren Gang und lächelte nachsichtig, als er sie auf die Wangen küsste.

»Du siehst phantastisch aus«, sagte er.

»Das muss die Freude sein, dich wiederzusehen. Ich bin hier seit zwölf Stunden auf den Beinen.«

»Hast du Lust auf Französisch?«

Sie grinste über die unbeabsichtigte Anspielung. Er wurde rot und haspelte hinterher: »Ich meine, ich habe bei *Acteur* einen Tisch bestellt.«

»Französisch heute auf keinen Fall. Ich habe auch einen Tisch bestellt.«

Ihre Assistentin und ein Fahrer näherten sich. Tanja gab der jungen Frau Anweisungen und wandte sich dann dem Fahrer zu. Offenbar hatte er jemanden zu Musikstunden und Sportaktivitäten herumgefahren und berichtete darüber detailliert. Ein Stich durchzuckte Anton, Tanja hatte Kinder. Fassungslos folgte er dem Bericht des Fahrers. Als dieser weggegangen war, wandte sie sich wieder Anton zu.

»Ja, zwei. Xenia und Nikolai«, sagte sie, bevor Anton fragen konnte. Er gratulierte ihr verwirrt und registrierte, dass sie ihn nicht fragte, ob auch er mittlerweile Kinder hatte. Verlegen zögerte er, unschlüssig, ob er sich ärgern oder rechtfertigen sollte. Gütig befreite sie ihn aus der Defensive, in der er sich bereits nach fünf Minuten Wiedersehen verfangen hatte.

»Lass uns aufbrechen. Ich habe Hunger«, sagte sie.

Sie fuhren zu einem extrem exklusiven Japaner und setzten sich an einen Teppanyaki-Tisch. Anton war zum ersten Mal hier, man musste wochenlang im Voraus reservieren. Der Koch begrüßte Tanja wie eine alte Bekannte. Sie bestellte hier offenbar immer Wagyū Rind mit frischem Wasabi, und er schloss sich an. Eigenartig, dass sie sich über die Jahre nicht einmal zufällig begegnet waren.

»Erzähle mir, wie es mit dir damals weiterging«, forderte er sie auf.

»Sechs Jahre in einer Minute? Also, meine Mutter starb noch im Dezember 1993. Und mein Vater ein knappes Jahr später. Dann wurde ich krank, aber das lassen wir jetzt besser weg. Die Klinik, in der ich angestellt war, bezahlte uns Ärzte kaum noch. Deshalb habe ich mit zwei Kollegen eine Apotheke aufgemacht. Die lief so gut, dass wir nach einem Jahr eine kleine Klinik für plastische Chirurgie übernehmen konnten. Ach, und was dich vermutlich am meisten interessiert: Einen der Ärzte habe ich geheiratet. Alexei, ich denke, er würde dir gefallen.«

Während der Schilderung schauderte es Anton vor Rührung. »Tanjuscha, das ist das Schönste, was ich seit Langem gehört habe.«

»Danke. Die Details waren es nicht immer.« Sie lachte. »Jetzt aber zu dir. Darf ich raten?«

Anton nickte, er hoffte, sie würde ihn schonen.

»Also, ich denke, es geht dir schlecht, sonst hättest du dich nicht gemeldet. Vermutlich nichts Berufliches und auch keine Frau, da bist du ja unverwundbar. Etwa eine Krankheit?«

»Nein. Und keine Angst, ich bin nicht hier, um mich auszuheulen«, sagte er.

»Gerade das würde mir aber gefallen.«

»Engagierst du dich eigentlich für eine Menschenrechtsorganisation?«

»Nein. Jetzt überraschst du mich wirklich.«

»Es ist nicht wichtig. Jemand Unangenehmes erwähnte eine frühere Frauenbekanntschaft. Die wollte ich warnen.«

»Das ist eine edle Geste, aber ich war es nicht. Wer hat dich darauf angesprochen? Das klingt nicht gut.«

»Jemand aus der Lubjanka. Lassen wir das lieber, es ist kompliziert. Aber es war ein guter Vorwand, dich wiederzusehen.«

»Da bin ich ihm aber dankbar. Ich wäre zu stolz gewesen, bei dir aufzutauchen. Ein dummer Grundsatz von mir. Aber jetzt genieße ich jede Minute.«

Sie begannen über die Veränderungen in Russland zu sprechen, den Krieg im Süden und die Terrorwelle in den Städten. Er erwähnte den bevorstehenden Präsidentenwechsel, und Tanja hörte ihm interessiert zu, aber es hätte auch jedes andere Thema sein können. Sie glitten schnell zurück in die frühere Vertrautheit, als sein Russisch noch schlecht war und sie sich vielleicht gerade deshalb so gut verstanden. Verzückt tauchten sie in die damalige Stimmung ein. Nach zwei Stunden ließ sich dies in einem Restaurant nicht mehr steigern. Tanja bezahlte die Rechnung.

Im Auto fragte er sie nach ihrer Adresse.

»Lass uns zu dir fahren«, sagte sie.

Tanja kannte die Wohnung nicht. Während sie den gepackten Koffer und den Rest betrachtete, ging er in die Küche, um Tee zu machen. Erleichtert hörte er sie lachen.

»Das Sexodrom dominiert hier alles! Und die Wanne ist noch größer als in unserer Bleibe damals.«

»Sexodrom? Du meinst das Bett?«

»Obszön riesig. Du Schuft hast hier wohl Orgien veranstaltet.«

»Bitte keine Details«, sagte er und reichte ihr eine Tasse Tee.

»Ja, besser so. Der gepackte Koffer interessiert mich mehr. Ist die Abreise endgültig?«

»Das ist meine letzte Nacht hier.« Er wollte noch etwas hinzufügen, rührte stattdessen verlegen in seinem Tee.

»Und da wolltest du mich noch einmal sehen. Antoschka, das ist so schön, ich weiß nicht, was ich sagen soll, das macht mich …« Schweigend umarmten sie sich lange, dann ging sie halb schniefend, halb lachend ins Bad und ließ die Wanne volllaufen. Als sie sich darin gegenübersaßen, stellten sie fest, dass er seit dem letzten Mal ab- und sie zugenommen hatte.

»Erzähl mir jetzt endlich, warum du das Land verlässt.«

Er begann von der Cholera in Nikolajew und Boris Petrowitsch zu sprechen. Und davon, was der Geheimdienst ihm vorwarf und jetzt als Gegenleistung für die Verschonung wollte.

»Stimmen die Vorwürfe denn?«, fragte Tanja.

»Nein. In Wirklichkeit habe ich viel mehr auf dem Kerbholz.«

Sie nickte gefasst. »Du bist in meiner sechsjährigen Abwesenheit bedenklich entgleist.«

»Als Moralistin kenne ich dich gar nicht. Der Kauf der Klinik wurde doch bestimmt durch einen rabenschwarzen Insulinhandel finanziert.«

»Das fiel unter Notwehr. Du hattest dagegen immer die Option, nichts Illegales zu tun. Aber zurück zum Thema: Das Angebot von denen ist erstaunlich großzügig. Und du bist kein Tugendwächter. Warum machst du dich also aus dem Staub?«

»Es ist die alte Bindungsangst. Ein Pakt mit dem Staat ist das Gegenteil von Freiheit.«

Tanja verdrehte die Augen, beugte sich vor und küsste ihn behutsam. »Mein süßer kleiner schizoider Hedonist hat also furchtbar Angst bekommen und auf diese Weise zufällig mal das Richtige getan.«

Die Liebkosungen verlagerten sich von der Wanne auf das Sofa, für Tanja kam das Sexodrom als Liebesstätte nicht in Frage. Nachdem der erste Luststau eine Stunde später abebbte, erinnerten sie sich gegenseitig an vergangene Szenen, als sie heiter und leicht durch ein anderes Land getaumelt waren. Sie verbot ihm an dieser Stelle, Dylan Thomas zu zitieren, und verschonte ihn im Gegenzug mit Anspielungen auf seine damaligen Sünden. Aber Anton war zu sehr Romantiker, um die Glücksmomente seiner letzten Nacht in Russland nicht zu gefährden.

»Wie bitter, dass es mit uns damals nicht weiterging«, sagte er.

»Das war der falsche Satz, Anton.«

»Ich weiß. Aber ich muss es sagen: Ich habe nie wieder jemanden so geliebt … Alles würde ich dafür geben, wenn wir noch einmal …«

Sie legte ihre Hand auf seinen Mund. »Soll das etwa die Schlussszene aus *Eugen Onegin* werden?« Sie lächelte ihn vorwurfsvoll an, und er bekam gerade noch die Kurve. Das finale Duett aus der Oper rettete die Situation.

»*Sei mein, auf ewig mein!*«, sang er leise.

»*Eugen, Erbarmen!*«, fiel sie ein.

Sie sah ihm tief in die Augen.

»*Nein, niemals, nein! Ach, Tatjana, höre mich!*« Er sang jetzt lauter.

»*Nein, nein, ich bleibe fest!*«

»*Ich liebe dich, ich liebe dich!*«

»*Hinweg von mir!*«

»*Ich liebe dich!*«

»*Leb' wohl auf ewig!*« Sie entwand sich seiner Umarmung, schluchzte laut auf dem Flur und verschwand im Bad, wo sie die letzten Takte der Oper, auf dem Rand der Badewanne sitzend, zu Ende summte.

Als sie zurückkam, betrachtete sie vor dem Sofa stehend den Faun. Er blickte auf ihre Silhouette im Gegenlicht und versank wieder in der Schönheit ihrer Gesten, die noch immer in dem winzigen Augenblick aufblitzten, bevor sie etwas sagte. Diese Bilder werden bleiben, dachte er.

»Dein kleiner Schwächeanfall gefiel mir aber gut!«, sagte sie.

»Ich schäme mich aufrichtig.«

»Gut so. Spiel nicht mit mir, dafür liebe ich dich noch zu sehr.«

»Ich verspreche, in Zukunft still zu leiden.«

»Sehr gut. Weißt du schon, was du als Nächstes machst?«

»Nein. Wahrscheinlich gehe ich erst mal zurück nach New York. Irgendwann werden sich dann die Headhunter melden.«

»Klingt gut. Vielleicht besuche ich dich da mal.«

»Eure besten Sänger sind jetzt an der Met.«

»Bevor es wieder melodramatisch wird, möchte ich dir noch etwas sagen: *Wir* haben alles richtig gemacht. Es hätte damals einfach nicht mit uns geklappt. Ich habe den Mann und die Kinder bekommen, die ich wollte. Und du hast derweil alles mitgenommen, was ging. Aber was mir am besten an dir gefällt, ist deine Entscheidung, jetzt zu gehen. Du hältst an dieser irren Idee von Unabhängigkeit fest, selbst wenn du daran leidest wie ein Hund.«

Ineinander verwoben weinten sie jetzt beide ein wenig. Später zeigte sie ihm Bilder von den Kindern, und er erzählte ihr von seinen Reisen in Sibirien. Weltentrückt schliefen sie ein letztes Mal miteinander. Gegen sechs musste sie aufbrechen. Sie bestand darauf, mit einem Taxi nach Hause zu fahren. Eng umschlungen schlenderten die beiden zur Twerskaja, wo Tanja nach einer letzten langen Umarmung in einem grauen Schiguli verschwand.

Anton ging zurück in die Wohnung und schlief noch vier Stunden auf dem Sofa. Seit Wochen der erste tiefe, traumlose Schlaf. Das Kissen roch noch nach ihr, ein Schutzschild gegen Dämonen und Abgründe. Um elf legte er die letzten Sachen in den Koffer und fuhr in die Firma. Als Erstes ging er in die Rohstoffabteilung, um sich zu verabschieden. Die meisten nahmen die Nachricht stoisch auf, seit Sergeis Tod herrschten hier Trübsinn und Lethargie. Jetzt, da auch Anton sie verließ, gestaltete sich die Zukunft der Mitarbeiter noch unsicherer. Er versuchte gar nicht erst, sie aufzumuntern. Die Lebensklugheit dieser Leute war der seinigen ohnehin überlegen.

Dann schrieb er sich selbst ein famoses Zeugnis und ging damit zu Ehrenthal, der es ungelesen unterschrieb, während er wohl an den eingesparten Bonus dachte.

»Es ist deine Entscheidung. Ich hatte große Pläne mit dir.«

»Die Welt verläuft nicht linear«, sagte Anton.

Verlegen gaben sie sich die Hand.

Der Stau auf dem Weg zum Flughafen gefiel ihm diesmal, sie waren ohnehin viel zu früh losgefahren. Aus der Anonymität der schwarz getönten Scheiben verfolgte er das Chaos. Vor neun Jahren gab es überall in der Innenstadt mehr Parkplätze als Fahrzeuge, jetzt war der Verkehr schlimmer als in New York. Internationale Modeketten dominierten das Zentrum, futuristische Wohnblocks und Bürozentren flankierten die Ausfallstraßen. Die Oberfläche Moskaus hatte den Anschluss an den Westen vollzogen. Der Fahrer sprach angenehm wenig, Anton gehörte schon nicht mehr dazu. Er galt in der Firma bereits als Verräter, einer, der sich mit den Taschen voller Geld verdrückte, bevor die Situation kippte. Das trifft es ganz gut, dachte er, einen liegen gebliebenen Kleinlaster betrachtend. Die Kardanwelle hatte sich gelöst, jetzt versuchte der auf dem vereisten Asphalt liegende Fahrer, sie mitten auf der Straße wieder hochzustemmen. Anton hätte ihm gerne dabei geholfen.

Erst in der Abflughalle fiel ihm ein, dass er die VIP-Privilegien bereits verloren hatte. Belustigt über die Herabstufung, reihte er sich in die Schlange mit Touristen und kommerziellem Fußvolk vor dem Schalter ein. Selbst Übergepäck wurde hier thematisiert, seine letzte Bestechungsgeste in Russland; die Frau forderte ihn auf, zwanzig Dollar in seinen Pass zu legen. Als sie ihn zurückgab, lächelte er ihr verständnisvoll zu. Nach der Passkontrolle ging er in den irischen Pub, um ein Guinness zu trinken. Er hatte noch immer mehr als eine Stunde Zeit. Im Sicherheitsabstand zu den aufgedrehten Expats auf Fronturlaub, die sich mit Schilderungen ihrer russischen Geliebten überboten, versuchte er, nicht an Tanja, die Opernhäuser und das Konservatorium zu denken. Die Expat-Blase breitete sich in seine Richtung aus, erste zaghafte Verbrüderungsversuche kündigten sich an. Er stand auf und schlenderte zwischen den Duty-free-Läden herum. An einem Zeitungsstand blieb er hängen. Auf den Covern wurde das neue Millennium gefeiert. Der *Economist* beschäftigte sich sogar mit Gott. Nächste Woche wird der neue Präsident auf dem Titelbild sein, dachte Anton. Beides interessierte ihn nicht besonders. Es war Zeit, zum Gate zu gehen. Eine letzte Sicherheitskontrolle; das Land zu verlassen war mühselig. Es bildete sich wieder eine Schlange. Er legte sein Handgepäck auf das Band und ging durch den Metalldetektor. Zögerlich sah er auf. Vor ihm stand Boris Petrowitsch mit zwei Männern in Zivil.

»Kommen Sie mit, wir müssen uns unterhalten«, sagte der Russe, und einer der Männer nahm seine Tasche vom Band. Anton überlegte noch, ob er sich weigern sollte, da hatten sie ihn bereits zurück in den Transitbereich bugsiert. Boris Petrowitsch ging voran, die beiden anderen blieben hinter ihm. Eine Türe öffnete sich, auf der Rückseite der bunten Duty-free-Fassade lagen trostlose Verwaltungsräume. Ihr Weg endete in einem fensterlosen Zimmer mit Tisch und zwei Stühlen, Neonlicht und einem Kalender vom Vorjahr. Die zwei Männer sahen sich kurz um und verließen mit seiner Tasche wieder den Raum. Boris Petrowitsch nickte in Richtung des Tisches, und Anton setzte sich. Der Russe ließ ihn allein in dem Raum zurück. Anton fiel ein, dass er sein Mobiltelefon in der Firma abgegeben hatte. Er schloss die Augen und atmete tief durch, bis das Zittern nachließ. Das Flugzeug wird ohne mich fliegen, aber wenigstens finden sie in der Tasche nichts von Belang, dachte er und betrachtete die feuchten Innenflächen seiner Hände. Nach ein paar Minuten kam Boris Petrowitsch zurück und setzte sich ihm gegenüber an den kleinen Tisch. Anton überlegte, woher die Luft wohl kam, die sie hier atmeten.

»Was soll das? Sie können nicht einfach verschwinden«, begann der Russe.

Anton schwieg und versuchte, überrascht zu wirken. Er hielt das für besser, als mit *warum nicht* zu antworten.

»Die Liste mit Vorwürfen gegen Sie ist übrigens seit unserem letzten Treffen noch länger geworden. Außerdem gibt es jetzt Zeugen.«

Der einzige echte Zeuge ist tot, dachte Anton. Sergeis Unfall hatte auch etwas Tröstliches. Er nahm sich vor, weiter zu schweigen. Die Hände waren jetzt trocken, und er dachte an Tanjas filigrane Dessous.

Der Russe änderte seine Taktik. Er zündete sich eine Zigarette an, blies den Rauch in Antons Richtung und lächelte nachsichtig. Antons Kontaktlinsen begannen zu brennen. Er schloss die Augen, was Boris Petrowitsch falsch interpretierte.

»Geben Sie hier gefälligst nicht den Gelangweilten. Ich möchte jetzt hören, was los ist. Sie haben nach unserem Treffen gekündigt, die Zelte abgebrochen. Noch eine letzte Liebesnacht, und das war es dann?«

Anton nickte.

»Ich möchte den Grund hören. Warum wollen Sie die Aufgabe nicht übernehmen? Ist Ihnen die Zukunft des Landes egal?«

Anton schwieg noch immer.

»Sie stehlen sich heimlich davon, anstelle Verantwortung zu übernehmen. Oder glauben Sie nicht an die geplanten Reformen?«

»Es geht nicht darum, was ihr hier an Umgestaltung vorhabt. Das könnte sogar funktionieren, ich meine *ökonomisch*. Nur bin ich der Falsche hierfür. Ich werde mich nicht lebenslang an eure Strukturen ketten.«

»Kommen Sie mir jetzt nicht mit der illusionären Freiheitsscheiße. Das kann nicht der wahre Grund sein.«

»Doch, Boris Petrowitsch, Sie haben mich furchtbar überschätzt. Ich bin hier vor neun Jahren hergekommen, weil ich es bei uns nicht mehr ausgehalten habe. Jetzt wird es hier genauso eng, wie es dort war.« Seine Augen brannten nun so unerträglich in der stickigen Luft, dass ihm eine hilfreiche Träne über die Wange lief.

Der Russe schwieg über die originelle Einlassung und starrte auf die Träne. Er schien auf alles vorbereitet, nur nicht auf eine ungeschminkte Bankrotterklärung. Anton hoffte, dass der KGB-Mann hinter seiner Fassade nichts Brauchbares mehr erkennen würde, zumindest nicht für den Moment. Natürlich würde er, um intern nicht als völlig gescheitert dazustehen, in seinem Bericht eine Zukunftsperspektive für Anton entwerfen müssen. So blieb ihm wenigstens eine vage Option. An nichts waren Männer wie Boris Petrowitsch mehr interessiert als an Optionen; diese offenzuhalten, bildete ihre wichtigste Strategie. Eigentlich so wie bei allen Geschäften, hoffte Anton.

Der Russe musterte ihn noch einmal erzürnt, verzichtete aber darauf, sein Mütchen an ihm zu kühlen.

»Sie können gehen. Wenn Sie es sich irgendwann noch anders überlegen, dann gehen Sie in die nächste russische Botschaft, nennen meinen Namen und hinterlassen, wo ich Sie treffen kann.«

Anton stand auf, er wollte den Raum verlassen. Der Russe blieb sitzen. Ohne aufzusehen, sagte er: »Und machen Sie sich keine Sorgen wegen Ihrer Akte. Die Archive werden nie wieder geöffnet werden.«

Unschlüssig trat Anton vor die Türe. Die beiden Männer zeigten ihm den Weg zurück in den Transitbereich und überreichten ihm seine Tasche. Er sah sie fragend an.

»Ihr Koffer steht unten neben dem Gepäckband. Nehmen Sie die nächste Maschine, wohin auch immer.«

Die Kabine auf dem Flug nach Berlin war halb leer. Von seinem Bankkonto abgesehen, verließ Anton Russland, wie er gekommen war. Er betrachtete das geschundene Land unter ihm, die Stewardess brachte den zweiten Whisky. Die Anspannung verflog, er dachte nicht mehr an Tanja, Boris Petrowitsch oder Gogol. Er machte keine Pläne. Schwereloses Nichts. Felder und Städte ließen sich keinem Land mehr zuordnen. Die Welt verschwamm. Blitzartig wurde ihm klar: Es waren die besten Jahre seines Lebens gewesen.